얼빠진 나라

架下 李東震 제28 시집

얼빠진 나라

초판 1쇄 발행 2021년 11월 25일

지 은 이 ㅣ 이동진
펴 낸 곳 ㅣ 해누리
펴 낸 이 ㅣ 김진용
편집주간 ㅣ 조종순
디 자 인 ㅣ 종달새
마 케 팅 ㅣ 김진용

등   록 ㅣ 1998년 9월 9일 (제16-1732호)
등록변경 ㅣ 2013년 12월 9일 (제2002-000398호)
주   소 ㅣ 서울시 영등포구 당산로 20길 13-1
전   화 ㅣ (02) 335-0414   팩스 ㅣ (02) 335-0416
전자우편 ㅣ haenuri0414@naver.com

ISBN 978-89-6226-124-0 (03810)

架下 李東震 제28 시집
2009~2020년 신작시 모음

얼빠진 나라

이동진 지음

해누리

《조선일보》 인터뷰 2021년 4월 24일

시인 50년, 외교관 30년, 번역 40년…
"이젠 돈 안 되는 책 만듭니다"

칠십 평생 직업만 다섯 개
이동진 전 대사가 사는 법

벽마다 책장으로 둘러싸인 집은 어두컴컴했다. 책 놓을 곳이 없어 화장실까지 책을 쌓았다. 전직 외교관이자 시인인 이동진(76) 전 대사의 집이다. 수천 권의 책들로 가득 찬 집의 한구석엔 직접 쓴 시집과 소설책, 번역서 120여 권을 모아 놨다. 이 전 대사는 "책이 많으니까 자연스럽게 방음이 돼서 바깥 소리가 안 들린다."며 웃었다. "여름엔 무지무지 시원해서 에어컨 틀 필요가 없고요. 책이 방음·방열도 해주니 보통 좋은 게 아니죠."

이 전 대사는 관가에서 '여러 개의 삶을 사는 사람'으로 알려진 괴짜다. 신부가 되기 위해 신학교에 들어갔다가 성균관대 영문과, 서울대 법대까지 학부만 세 군데를 입학했다. 외교관·시인·소설가·번역가·출판사 대표까지 거쳐 온 직업도 여럿. 서울대 법대 시절, 박두진 시인의 추천을 받아 '현대문학'으로 등단했다. 외무고시 합격 후엔 일본·이탈리아·바레인·네덜란드·벨기에 등을 거쳐 주나이지리아 대사를 역임했다.

시인 50년, 외교관 30년, 번역 40년… "이젠 돈 안되는 책 만듭니다"

**칠십 평생 직업만 다섯 개
이동진 전 대사가 사는 법**

이동진 전 대사는 "돈 안 벌려도 내가 내고 싶은 책 마음대로 내며 살고 있다"면서 "외교관 시절 모은 돈을 다 깎아먹고 있다"고 말했다.

　　30년 넘게 외교관으로 일하면서 움베르토 에코의 소설《장미의 이름》등을 번역하기도 했다.《장미의 이름》은 1986년 이 전 대사가 번역한〈우신사〉버전과 이윤기 번역의〈열린책들〉버전으로 출간됐다가〈우신사〉출간본은 절판됐다. 한국화가 황창배는 이 전 대사의 시를 자신의 그림에 넣었고, 소설집《우리가 사랑하는 죄인》은 KBS 미니시리즈로 제작됐다. 2000년 은퇴 후엔〈해누리〉출판사를 차렸다.

– 도대체 직업이 몇 개인가요?

"30년 넘게 외교관 생활한 것 말곤 직업이라 할 수 없죠. 시나 소설은 원고료도 제대로 못 받았고, 순전히 취미 활동이라 직업이라 하기 어려워요(웃음)."

– 취미라기엔 시집을 20권 넘게 냈던데요. 대학생 때 첫 시집을 낸 건가요.

"법대 다닐 때 박두진 시인 추천으로 내 시가 현대문학에 실리기 시작했어요. 당시엔 세 번 추천을 받아야 등단이 되는데, 연말이 될 때까지 소식이 없더라고요. 그래서 내가 참지 못하고 자비로 책을 냈지요. 그게 첫 시집 '한의 숲'입니다. 그리고 박 시인 댁에 찾아가 책을 드렸죠."

시로 등단한 법대생 외무고시 덜컥 합격해
나이지리아 대사까지
《장미의 이름》 번역도 이윤기보다 앞섰죠
베스트셀러는 의미 없어 삶에 도움 되는 책 낼 것

– 당시엔 발칙한 일이었겠네요.

"'왜 빨리 등단 안 시켜주느냐'는 뜻이었으니 반란이나 마찬가지였죠. 박두진 시인이 화가 나서 커피 한 잔 딱 놓고 떡도 하나 안 주시더라고요(웃음). 그래도 그다음 해에 세 번째 시가 현대문학에 실렸습니다."

– 지금이야 자비출판이 흔하지만 그땐 어려웠을 텐데요.

"당시엔 출판이 등록제가 아니라 허가제였어요. 암흑 시대였죠. 출판사는 알음알음 소개받았는데, 돈이 문제였어요. 한정판 500부를 찍는데 40만원이 들었어요. 월급이 9,000원 할 때였으니까 어마어마한 제작비를 들인 거죠. 그래서 책값도 1200원, 커피 한 잔 35~40원 할 시절에, 아무나 살 수 없는 책이었죠."

– 시 쓰는 법대생이었는데 어떻게 외교관이 되었나요.

"법대에 가고 싶어서 간 게 아니에요. 신학교 다니다 적성에 안 맞아 성균관대 영문과로 편입했는데, 먹고살기도 어려운 집안이라 도저히 등록금 낼 방법이 없어 다시 서울대로 갔죠. 서울대 등록금은 사립의 3분의 1이었으니, 그러다 친구들은 전부 사법시험 공부한다고 절에 가고, 캠퍼스에 사람이 없었어요. 사법시험만 시험이냐 싶어서 난 외무고시 시험을 봤죠. 두 달 공부해서 합격했어요."

– 외교관 생활은 일본에서 시작했더군요.

"지금은 일본이 선호 지역이라는데 그땐 아니었어요. 조총련게가 워낙 셌던 시절이라 술집에서 한국말도 못했어요. 일본에서 한국어 쓰면 조총련이 잡아간다고 반공 교육까지 시켰거든요. 그래서 하네다 공항에 내려서 아내랑 서로 영어로 대화했어요(웃음)."

7

– 주나이지리아 대사를 역임할 때 아프리카 여행기를 쓰셨습니다. 아프리카에서의 근무는 어땠나요.

"풍토병이 굉장히 위험하죠. 악성 습진 같은 피부병에 걸려 최근까지 고생했어요. 온몸에 비늘이 생긴 듯 가렵고, 재외공관장 초청 만찬을 가면 대통령이랑 악수해야 하는데 정말 곤란하더라고요. 손등까지 피부병이 다 덮여 있으니, 멀쩡한 손가락 몇 개만 내밀어서 악수했죠."

– 그럼 총 몇 개 언어를 구사하는 건가요.

"영어랑 일본어는 불편함 없이 쓰고요. 신학교에서 라틴어를 배웠기 때문에 프랑스어, 이탈리아어는 쉽게 익혔어요. 칠십 넘어서는 중국어를 배우고 있습니다."

– 그 연세에?

"표현이 굉장히 풍부해서 시를 쓰기에 참 좋은 언어더라고요. 또 고전의 중국어와 현대 중국어가 워낙 달라서 현대 중국어만 배운 사람은 고전을 읽을 수가 없겠더라고요."

– 《장미의 이름》은 어떻게 번역하게 된 건가요.

"바레인에서 참사관으로 근무할 때인데, 《장미의 이름》 영어판을 읽고 '이 책이다' 싶었죠. 당시 알고 지내던 출판사 사장에게 번역료 안 받아도 되니까 출판만 해달라고 부탁했어요. 나중엔 《장미의 이름》을 놓고 두 출판사가 서로 출판하겠다고 싸움이 붙기도 했고."

– 결국 이윤기 번역본만 살아남았습니다.

"섭섭했지만 할 수 없죠. 그전까진 판권이 없어도 번역
할 수 있었지만, 1995년 세계무역기구(WTO)의 지식재
산권 협정이 발효되고부터는 판권을 사야 출판할 수 있
었으니까, 소설 안에 아랍어, 프로방스어, 독일어가 섞여
있어서 번역하느라 고생 엄청 했는데."

– 또 어떤 책들을 번역했나요.

"《반지의 제왕》 당시엔《꼬마 호비트의 모험》과《마술
반지》라는 제목으로 나왔죠. 성바오로출판사라고 수녀
님들이 하는 출판사에서 저한테 번역을 의뢰하길래 제가
신신당부했어요. 외국에 가서라도 번역을 계속할 테니
지식재산권협정이 발효되기 전에 이 판권을 잡아라. 그
렇지만 결국 다른 출판사에 뺏겼죠."

그는 지난해 등단 50주년을 맞아《얼빠진 세상》과《얼
빠진 시대》라는 풍자 시집을 출간했다. '개 같은 대통령
들' '개만도 못한 대통령들' '개보다 더한 대통령들'이라
는 시가 연이어 실렸다. 1970년대부터 1990년대까지 대
통령들을 가리지 않고 비판했다. "개처럼 생긴 지도자들
을 보고 모두 웃는다./허리를 잡고 웃어댄다./그런 지도
자를 모시는 자기 자신이/개만도 못하다는 사실에 절망
하기 때문이다."

– 표현이 상당히 직설적인데 반응은 어땠나요.

"화제가 되면 시집이 엄청나게 팔릴 거라 기대했는데 일주일 지나도 아무 소식이 없어 실망했죠(웃음). 대통령들이 구체적으로 누군지 쓰지 않아서 그런가."

– 지금 대통령으로 다시 시를 쓴다면요?

"글쎄요. 상대할 가치가 없어서…."

– 시집 말고는 고전을 많이 번역했더라고요.

"톨스토이가 쓴 복음서를 번역했고요. 성경 읽을 때 도움 될 만한 고대 문서들을 모아《제2의 성서》는 참고서 같은 책이죠. 출판사를 해보니 좋은 책 내고 싶은 사람은 돈이 없고, 돈 있는 사람은 좋은 책에 관심이 없더군요."

– 좋은 책의 기준이 있나요.

"인생을 살아가는 데 도움이 되는 책. 베스트셀러는 나한테 의미가 없어요. 많은 사람이 꼭 읽어야 한다는 생각도 없고."

– 은퇴 후 인생을 고민하는 분들께 조언하신다면.

"각자에게 운명의 길이 있다고 믿어요. 저는 어쩌다 외교관의 길로 잘못 들어섰죠. 지금 누가 100평짜리 집을 지어준대도 내겐 책에 둘러싸인 이 집이 딱 좋아요. 각자 자기한테 맞는 길 찾아가면 그게 천국이고 행복이죠."

백수진 기자

《현대문학》 1970년 2월호 수록

박두진 시인의 추천사

[시 추천 후기]

이동진 씨의 3회 추천을 끝낸다.

〈다시금 돌아가야 한다〉는 지금껏
보다 뛰어나게 좋은 작품은 아니지만
그의 견실(堅實)한 그동안의 수련 실
력을 알아볼만 한 것이다.

시가 먼저 사상의 기조(基調)가 서
있어야 하고 그것이 정서적 안정과 조
화를 표현으로서 획득해야 함은 물론
이지만, 이동진 씨는 미흡한 대로 이에
대한 불안을 가시게 해주고 있다.

정력적인 다작을 탓할 생각은 없으나 꿈을 품고 대리석을
쪼듯 좀더 조형적인 조탁(彫琢)에 힘써주었으면 한다.

시적 천질(天質)을 다듬는 것과 사상과 기교의 원숙을 위
한 노력이 결코 쉬운 일이 아니며 일생을 걸어야 하도록 지
난(至難)한 사실임을 재인식하기를 당부한다.

박 두 진

【詩推薦 後記】

李 東鎭씨의 三回薦을 끝낸다.
「다시금 돌아가야 한다」는 지금껏
보다 뛰어나게 좋은 作品은 아니지만
그의 堅實한 그동안의 修鍊實力을 알
아볼만 한 것이다.
詩가 먼저 思想의 基調가 서있어
야 하고 그것이 情緖的 安定과 調和
을 表現.으로서 獲得해야 함은 勿論이
지만, 李東鎭씨는 未洽한대로 이에대
한 不安을 가시게 해주고 있다.
精力的인 多作을 탓할 생각은 없으
나 꿈을 품고 大理石을 쪼듯 좀더 造
型的인 彫琢에 힘써주었으면 한다.
詩的 天質을 다듬는 것과 思想과
技巧의 圓熟을 위한 노력이 결코 쉬
운 일이 아니며 一生을 걸어야 하도
록 至難한 事業임을 再認識하기를 당
부한다.
(朴 斗 鎭)

11

《현대문학》 1969년 5월호, 추천 제1회 詩

韓의 숲

이 동 진

숲이 너무나 어둡기 때문입니다

잎새의 향기로운 내음과
초여름 저녁 바람을 하얗게 잊어버린 숲으로
우리의 발은 늘 정답던 길을 찾아가고
길 가 잘게 흔들리던 풀잎 위로
태양의 이슬처럼 반짝이던 이슬을 보기 위하여
가슴속에 설레임을 이유도 없이
마구 불러내는 폭군은 우리네
고귀한 젊음이기 때문입니다

수없이 아름답던 별과
지칠 줄 모르고 바라보던 동해안의 물결과
그리고
셀 수 없는 세월 동안 잉태된 번민의 파도들이
탁한 밀물에 힘없이 떠밀려 오는
서쪽 바다의 그 많은 항구들.

조그마한 우리네 아이들이 아버지를 향하여
언젠가 가슴 아픈 전설을 물어 올 때면
우린

熊女의 이야기를 들려주면서 가만히
아이의 눈동자에 파문 짓는 자학의 씨앗 앞에
그대로, 그대로 化石이 될 것입니까

韓의 얼을 위한 하나의 제단을 아직껏
이 땅에 쌓아 올리지 못함은 정녕
길이 질기 때문입니까

숲은 너무나도 어둡웁니다.

우리네 생명과 아이들의 아이들과
또 그 아이들의 끊임없는 아이들을 위하여
불멸의 성화 타오를 재단 제단 앞에서
우리네 뜨거운 손을 묶는 자는 누구입니까
韓이여

약한 이웃의 운명을 지고
먼 길을 가야 할 우리네 발에
올가미를 거는 자는 누구입니까

제단도 없고 타오를 진실의 기름조차
마련하지 못한 채
우린 정녕
어두어 가는 숲속에서 밤을
밤을 기다려야만 합니까

현대문학 1969. 5.

가하(架下)의 예레미아

이 동 진

　멀리서 강변의 모래밭을 바라보면 주름 하나 없이 다리미로 민 것처럼 보이나, 그 모래밭 펼쳐진 폭에는 숱한 주름과 상처와 발자국과 그리고 추억의 잔물결들이 향기처럼 맴돌고 있는 것이다. 대략 4년 동안 끄적거렸던 나의 300여 편의 시들과 추천된 3편의 시들과의 엄청난 대비(對比) ─ 그것은 정적에 젖은 채 하늘을 담고 있는 모래톱의 언어로나 이야기할 수 있을까? 이제 원시림 앞에 서서 젊음과 순수의 등(燈)만을 들고 그 깊은 어둠을 헤쳐 보려는 탐험가처럼 나는 새삼 시의 영역으로 들어서는 것이다.

　발표 그 자체보다도, 그러니까, 문명 속에 일생을 모자이크해야만 하는 숙명의 한 청년으로서 나는, 가장 진실한 증언자가 되고 싶다. 시의 음성과 의상을 통하여, 비록 십자가 아래 고독한 예언자가 된다 하여도, 퇴색하지 않는 언어로 삶 그 밑바닥을 갉아 먹는 독액에 중화제를 던지며, 핏방울 다하는 발언자가 되고 싶을 뿐이다. 일체의 성

실을 응결시켜 나의 펜끝에서 어리석음
과 욕망과 오류의 혼돈이 파멸하도록 조
그마한 넋을 불태우고 싶을 뿐이다.

가하(架下)의 예레미아가 합창이 된다
면, 얼마나 좋으랴! 들을 귀 있는 자만이
시의 음성을 들을 수 있고, 또한 들리는
음성으로 이야기하는 자세를 더욱 닦아
야 함을 가슴에 새긴다.

박두진 님께 감사드리며, 사랑하는 어
머니와 다정한 벗들, 특히 최초로 나의
시를 깊이 이해해주었던 벗 요한과 함께
이 시작의 기쁨을 나누고 싶다. 운율의
불꽃 속에 미소처럼 떠오르는 하나의 얼
굴을 응시하며 그것이 불멸의 묘비명으
로 나의 이름 곁에 기록될 얼굴이기를 진
실히 갈망하며 소감을 줄인다.

《현대문학》 1970년 2월호

1945. 1. 1　황해도 옹진 출생
1970. 2　　서울대 법대 법학부 졸업예정
1968. 10　카톨릭시보 주최 현상문예작품모집 시 당선
현(現)　　외무부 의전실 여권과(외무사무관)

【안춘근,《한국고서평석》에서 〈韓의 숲〉 평하다】

《韓의 숲》, 이동진

출판된 지 오래 되어 흔히 찾아볼 수 없는, 고서점에 있는 책을 고서(古書)라 하고, 한손 건너서 헌책 속에 쌓여 있는 책을 고본(古本)이라고 한다면, 그 같은 고본 가운데서도 좋은 책을 찾아낼 수가 있다. 얼마 전에 늘 다니던 고서점에 갔다가 오래 된 고서만을 고르는 사람들의 관심 밖의 고본이 널려 있는 자리에서 특별히 눈길을 끈 책이 있어 집어 들었다.

이 책은 4×6배판 크기의 큰 양장본인데 표지의 위로부터 3분의 1을 옆으로 잘라 "韓의 숲"이라는 제호를 쓰고 그 아래 3분의 2 부분에는 컬러로 나무를 그린 서양화로 가득 채우고 있었다. 이상하게도 표제인 "韓의 숲"의 글자가 보는 각도에 따라서 금빛이 어른거리는 것이었다. 이상하다 싶어 손에 들고 자세히 살펴보았더니 아니나 다를까, 글자의 검은 바탕 속에 나뭇잎 모양의 금박이 박혀 있었다.

그렇다면 이 책의 내용이 어떻든 우선 장정으로 보아 다른 책과는 다른 관심을 끌게 하는 책이었다. 우리가 어떤 책을 희서(稀書)라고 말하는 것은 그야말로 보기 드문 희귀한 책일 경우이고, 기서(奇書)라는 것은 책의 내용이야 어떻든 다른 책과 틀린 특별한 모습만 드러내도 그렇게 말할 수 있다.

그런 의미에서 이 《韓의 숲》은 기서라 할 만 했다. 책의 만듦새가 다른 책과는 다른 것이기 때문이다. 속표지를 열어 보고서야 이 책이 이동진(李東震)이라는 사람의 시화집이라는 것을 알 수 있었다. 또 1969년 12월 18일에 이모에게 기증한 책이었다는 사실도 알게 되었다. 같은 해 12월 1일에 '지학사'에서 출판된 이 시화집에는 많은 원색 삽화가 들어 있는 호화판이다. 그림을 그려 준 화가에게 기증한 책이었는데 어찌된 사연인지 고서점 한구석에 나돌고 있었다. 작가는 책이 출판되자마자 재빨리 서명해서 그에게 기증했는지도 모를 호화판 시화집이었지만, 얼마 전에 고서점에서는 단돈 1천 5백 원에 팔리는 고본이 되고 말았다.

책은 사람과 같아서 태어나면서 각기 운명이 달라진다. 사람들이 같은 때 태어나도 서로 운명이 다른 것처럼 책도 같은 날 같은 시각에 발행되지만 어떤 책은 도서관 깊숙이 보관되어 오래 생존할 수 있으나, 어떤 책은 출판되자마자 이 땅에 발붙이지 못하고 사라지는 수도 있다. 책은 발도 없이 세계 어느 곳이나 여행할 수 있다고도 하지만 어떤 책은 태어난 지 얼마 안 되어 무참히 파손되어 쓰레기통으로 들어가는 것도 있다. 책의 운명이 사람과 같다는 생각은 어제 오늘에 비롯된 말이 아니라는 사실을 이 책의 작자도 알고 있었던지 61페이지에는 책을 펴 놓은 그림에 곁들여서 〈삶은 한 권의 책〉이라는 시가 실려 있다…… (이하생략)

— 《한국고서평석(韓國古書評釋)》 동화출판공사,
1986년 9월 5일 초판 발행, 본문 중에서

■■이동진 시집 출판 목록(1969~2021) ■■

《韓의 숲》
지학사, 1969.12.

《쌀의 문화》
삼애사, 1971.5.

《우리 겨울길》
신서각, 1978.3.

《뒤집어 입을 수도
없는 영혼》
자유문학사, 1979.1.

《꿈과 희망 사이》
심상사, 1980.5.

《Sunshines on
Peninsula》
Pioneer Publishing Co.,
Los Angeles, 1981.3.

《신들린 세월》
우신사, 1983.7.

《Agony with Pride》
Al Hilal Middle East
Co.Ltd., Cyprus, 1985.1.

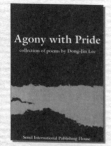

《Agony with Pride》
서울국제출판사, 1986.8.

《이동진대표시선집》
동산출판사, 1986.8.

《마음은 강물》
동산출판사, 1986.8.

《객지의 꿈》
청하사, 1988.8.

《담배의 기도》
혜진서관, 1988.11.

《바람 부는 날의 은총》
문학아카데미, 1990.1.

《아름다운 평화》
언론과 비평사, 1990.12.

《우리가 찾아내야 할 사람》
성바오로출판사, 1993.3.

《오늘 내게 잠시 머무는 행복》
문학수첩, 1995.10.

《1달러의 행복》
문학수첩, 1998.4.

《지구는 한 방울 눈물》
동산출판사, 1998.4.

《Songs of My Soul》
독일 Peperkorn
Edition, 1999.10.

《개나라의 개나으리들》
해누리출판사, 2003.9.

**《사람의 아들은
이렇게 말했다》**
해누리출판사, 2007.6.

《내 영혼의 노래》
등단 40주년 기념시집
해누리출판사, 2009.11.

《Songs of My Soul》
《내 영혼의 노래》 영문판
해누리출판사, 2009.11.

**《개나라에도 봄은
오는가》**
해누리출판사, 2014.12.

《굿모닝, 커피!》
해누리출판사, 2017.12.

《韓의 숲》 초판 복간
등단 50주년 기념시집
해누리출판사, 2019.12.

《얼빠진 세상》
등단 50주년 기념시집
해누리출판사, 2019.12.

《얼빠진 시대》
등단 50주년 기념시집
해누리출판사, 2020.4.

《얼빠진 나라》
등단 50주년 기념시집
해누리출판사, 2021.11.

──── 차례 ────

2018년
시

2020년 시

2009년, 시

기이한 번역

지구라는 물건

걸어다니는 해골

죽은 인연

네가 나를 사랑하지 않는다면
난들 어떻게 너를 사랑할 수 있겠는가?
사랑받지 못하는 것이 괴로움이라면
사랑하지 못하는 것은 더 큰 고통이 아닌가?

사랑해도 우리 앞에서 흘러가는 세월,
사랑하지 않아도 역시 흘러가는 것.
사랑받지 못해도 흘러가는 삶,
사랑하지 못해도 역시 흘러가는 것.

가을에는 누구나 뒤를 돌아보게 마련,
겨울에는 우리도
지상에서 보이지 않을 것이다.
너의 이름도 나의 이름도 결국은
허공에 잠시 머물던 그림자였다.

2009.1.15.

애꾸 소년

아침 출근길에 마주친 애꾸 소년
엄마 손 잡고 성당 골목길로 접어든다.
나는 한 눈을 감는다.
온 세상이 모두 보인다.
이번에는 다른 한 눈을 감는다.
역시 사람도 나무도 모두 보인다.
그렇다면 두 눈이 반드시 필요한가?
두 눈 멀쩡한 사람들은 애꾸보다
세상을 두 배나 많이 보고 있는가?
두 배나 더 똑똑히 보고 있단 말인가?
애꾸 소년은 과연 병신인가?
한 눈이 불편한 사람인가?
(말장난 하지 마라!)
어쩌면, 아니, 오히려
소경이 지금의 세상 더 잘 보는 것은 아닌가?
소경이 의사에게 충고하는 말:
네 눈부터 고쳐라! 네 눈부터 떠라!

2009.3.9.

어렸을 때의 귤과 바나나

냉장고가 뭐야?
텔레비전은 또 뭐지?
한 겨울에 딸기도 귤도 없던 시절,
한 아이가 혼자 귤을 까서 먹고 있었다.
군침 도는 아이는 나 혼자가 아니었다.

그 맛! 아니, 그 맛보다도,
혼자 먹는 그 기막힌 맛보다도
냄새조차 남이 못 맡게 숨기던
그 아이의 고약한 심보가 더 얄미웠다.

바나나는 또 어떤가?
요즈음에는 모든 것이 흔하고,
계절의 장벽과 함께 사라진 것은
희소가치도 감칠맛도 아니다.
혼자 먹는 꿀맛도 아니다.
부러움도 결코 아니다.

그것은 가난한 아이들만이 느낄 수 있던

야속한 심정, 얄미운 마음,
그리고 거기서 샘솟던 삶의 의욕이다!

돈이 홍수 지는 세상,
돈보다 더 많은 탐욕이 폭포 되는 세상,
돈이 돈을 버는 금융이 도깨비 왕인 세상에서
돈은 벌어서 뭐해?
돈이 없어서 돈 벌기를 포기할 수밖에 없는
그런 심정 속에 묻혀버린 선의의 경쟁심,
그것이 사라져버린 것이다!

2009.3.9.

나이 60이 넘으면

나이 60이 넘으면 인생의 황금기
그 황혼이 가까이 다가온다.
한가로이 쉬면서 삶의 여유 추수할 때.

그러나 출세, 명성, 지위, 돈 따위에
여전히 눈독들인 채
아침 일찍부터 밤늦게까지
정신없이 돌아다니며 허세 부리는 사람들,
나이 80이 되어도
한 자리 차지하고 있거나
기웃기웃 권력 주변에서 서성거리는 사람들.

참으로 피곤한 인생 아닌가!
그러다가 덜컥 가버리는 사람들 아닌가?
장례식장에 즐비한 조화!
무슨 소용인가?
신문 부고란, 심지어 특별 기사마저
죽은 자에게 도대체 무슨 의미가 있는가?

살아생전 실천한 선행만 남는 것.
육체를 위해 살다가
육체와 함께 죽는 사람들이라니!

2009.3.9.

호롱불

심지 끝에 매달려 불꽃이 몸부림친다.
어둠에 몸서리치며 뜨거운 혀로 소리치지만
등피에 갇힌 채
함성은 아무 귀에도 닿지 못한다.

등피를 더럽히는 검은 그을음은
홀로 소리치다 우는 불꽃의 분노가 아닌가!
점점 수위가 낮아지는 기름은
짓밟히고 파괴된 정의의 눈물이 아닌가!

종잇장처럼 얇고 투명한 등피가 깨지면
불꽃도 끈끈한 액체 같은 어둠에 질식하고 만다.
호롱불과 함께 가난한 눈들이 사라지면
거미줄처럼 뻗은 전선을 타고
전기가 세상을 밝게 비추어주지만,
행복도 정의도 찡하게
울려줄 가슴 더 이상 만나지 못한다.

2009.3.12.

구멍 파는 여자들

설렁탕 한 그릇 팔듯이 일본돈 5만 엔,
그러니까 50만원에 구멍을 파는 여자들 이야기
신문 사회면을 더럽히고 있다.
죽을 구멍을 파고 있는 여자들…

남편 몰래!
애인도 몰래!
한강에 배 지나간 자국 누가 알랴?

하늘이 알고 모텔이 알고
땅이 알고 구멍이 안다!
이런 것을 사지(四知)라고 하는데도 몰라?

사지가 찢어지는 것이 아니라
가슴이 찢어진다.
유방확대 수술 받은 너의 가슴이 아니라
너와 가장 가까이 있는 사람들,
아이들의 가슴이 찢어져 피를 흘린다.

마른안주 땅콩 한 알이 입에 들어가듯
구멍에 들어가는 것은 물건일 뿐,
사랑은커녕 심지어 사람도 아니다.

곰탕 한 그릇 팔듯 사람의 자격 파는 여자들
그 구멍은 밑이 없고
여자도 역시 밑이 없다.

아무 구멍에나 다 들어가는 남자란
단순히 물건 또는 돈일뿐이다.

2009.5.15.

인어공주, 사이비 언론 그리고 핵무기

인어공주는 물고기가 아니다.
물고기들은 그것을 괴물이라고 피하니까.
인어공주는 사람도 아니다.
그러나 사람들은 공주라고 좋아한다.
어떤 사람들이 좋아하는가?
아이들? 소녀들? 아니면 얼빠진 남자들?

사이비 언론은 진실이 없다.
진실 자체가 그것을 괴물이라고 피하니까.
사이비 언론은 언론도 아니다.
그러나 언론 지원금만은 너무나도 좋아한다.
어떤 지원금일까?
어느 누구를 쥐어짜서 마련한 돈일까?

단군자손이라면서 민족의 자존심도 없나?
백성이 굶어죽는 판에 핵무기는 어디 쏘려고?
백성을 포로 삼아 수용소에 처넣다니!
그들은 결코 동포답지도 않다.
동무? 천만에!

박쥐는 새도 아니고 짐승도 아니라고 해서
미움 받는 것이 당연한가?
박쥐로 태어난 것이 박쥐의 잘못인가?
인어공주는 물고기가 아니고 공주라고 해서
인기가 만점이 당연하단 말인가?
두 눈 멀쩡한
소경들이 판치는 세상이라니!

2009.5.29.

얼빠진 국민장

단돈 몇 백 만원 먹은 공무원도 목을 치더니
드러난 것만 해도 수십 억 뇌물을 받아먹은 뒤
눈먼 부엉이나 앉을 바위 아래 투신자살한 자에게도
엄청난 세금 풀어 국민장이라니!
백만 인파가 서울 한복판에서 애도하다니!
국립묘지에 안장하지도 않을 것을 국민장이라 하나?
그러니까 바로 얼빠진 국민장 아닌가!

현 정권이 민주주의를 후퇴시켰다!
자기 애비 뺨치는 후레자식 말인 줄 아나?
전직 대통령이라는 자가 마이크 잡고 악쓰는 소리다.
그 자는 자기가 현직으로 군림할 때 과연
민주주의 발전을 위해 무슨 일을 했던가?
서울 상공에서 터질지도 모르는 핵무기
그 개발자금으로 달러 현금 대주지 않았던가?

대통령이 대통령답게 다스렸어야 국민장을 치러주지.
대통령이 대통령답게 처신해야 국장을 치러주지.
전직이면 누구에게나 모조리 국장, 국민장이라면

현직에 있는 그도 자기 차례를 노리는 것이 분명하다.
어차피 현직은 전직이 되고야 말 테니까.
그러면 국장이든 국민장이든 하나같이
얼빠진 국민의 얼빠진 장례식에 불과하지 않은가!

2009.5.29.

생사

1909년은 이미 벌써 지나갔다.
2009년도 지나간다.
2109년도 지나갈 것이다.
3009년인들 어찌 지나가지 않을 것인가?

산 자들이 죽은 자들을 묻고
또는 태우고
산 자들도 차례로 죽을 것이다.

생사란 그런 것.
역사란 그런 것.
10만 년을 거쳐도 역시 그런 것.
100만 년이 지난들 어찌 변할 것인가!

2009.5.30.

돈 벼락

화공법은 원시시대에 유행하던 오락.
원자탄은 20세기의 유물.
21세기에는 돈이 모든 것을 태운다.
돈은 벼락.
돈은 수소탄.
사람 살려!
비명소리 들리기도 전에
모두 증발해 버렸다.
남을 구할 사람도 없다.
유일하게 남은 것은 돈뿐인가?
그 때
돈은 참으로 외로울 것이다.

2009.5.30.

기이한 번역

명복을 빕니다.
— 염라대왕 앞에 가서 혼날 줄 알고 있다.

영원한 안식을 주소서.
— 이승에서 무수한 사람을 괴롭힌 사실
기억하라. 감히 안식을 바라다니

님이여, 평안히 가소서.
— 도둑님, 강도님, 살인자님, 뇌물님, 거짓말쟁이님!
저승길인들 네게 어찌 가시밭 길 아니겠느냐?

저 세상에서 편안히 쉬소서.
— 다시는 세상에 나와서 까불지 마라.

화해와 용서…
— 화해란 적을 침묵시키는 것이고
용서란 적을 아예 죽여 버리는 것이라고
너는 가르쳤고 또 실천하지 않았느냐?

영원히 기억할 것입니다.
— 영원히 살 수도 없는 것들이 어찌 영원히 기억하냐?
거짓말쟁이에게는 거짓말이 바로 진실이다!

위대한 업적을 남기고…
— 그렇다! 다시는 이런 인간 세상에 태어나서는
안 된다는 진리를 무수한 사람들에게
각성시킨 업적은 참으로 위대하다!

2009.5.30.

Honey 허니! 하니!

Honey! What kind of honey?
(꿀! 무슨 꿀?)
허니! 아냐, 하니!
뭘 해?

애인을 꿀로 보는가?
꿀은 꿀 단지 속에 있는 법.

남편을 꿀로 보는가?
꿀은 벌통 속에 있는 법.

아내를 꿀로 보는가?
꿀은 곰이 제일 좋아하는 것,
총 한 방에 쓰러질 때까지!

꿀, 꿀, 꿀꿀꿀! 꿀, 꿀, 꿀꿀꿀!
동물농장
돼지들의 합창!

허니! 아냐, 하니!
뭘 해?

2009.5.30.

오빠! 나 사랑해?

실업자 오빠는 오늘도 슬프다.
정다운 누나는커녕 귀여운 누이도 없으니,
암사자만 언제나 곁에 웅크리고 있으니.
암사자가 포효하는 사자후:
오빠! 나 사랑해?

기죽은 오빠 쥐구멍에라도 들어가고 싶다만
임자 없는 쥐구멍은 보이지도 않는다.
아니, 이런 세상이 다 있나?
쥐구멍도 쥐구멍마다 임자가 있다니!

더욱 더 기가 죽는 오빠!
오빠는 오늘도 매우 슬프다.
실업자 오빠는.

오빠는 암사자가 없어야 편히 쉬지만
암사자는 오빠 없이는 살지 못한다.
오빠는 쥐구멍에라도 들어갈 수 있지만
암사자는 쥐구멍에 들어갈 수 없다.

오빠에게는 사랑이 있고
사랑의 갈증도 언제나 많지만
암사자는 오직 먹이만 노리기 때문이다.
암사자는 통이 너무나도 커서
쥐새끼 정도로는 배가 차지 않는다.

오빠! 나 사랑해?
고개 푹 숙인 오빠, 기죽은 실업자 오빠
대꾸는커녕 엎드려 있을 힘도 없다.
오빠는 날마다 슬프기만 하다.

2009.5.30.

지구라는 물건

아무개가 버리고
다른 아무개가 주워간다.
너의 불필요는 나의 필요다.

사람들은 하나씩 떠나버리고
물건들도 주인 곁을 떠난다.
그러나 결국 물건들만 남는다
다른 주인의 손에!

지구란 한낱 커다란 물건일 뿐.
그것도 지상에 살아 있는 사람들 눈에만
그토록 크게 보일 뿐,
누군가 태양계라는 쓰레기통에 내버린
헌 신짝일는지 누가 알겠는가?

2009.6.25.

존엄사

존엄한 사망을 제대로 약칭하려면 "존사"가 맞다.
존엄사망 넉 자 대신에
존엄사 석 자로 쓴다고 해서 더 편리한가?
원칙도 없이 제 멋대로 말을 만들어내니,
바로 그러니까, 초장부터 일이 꼬일 수밖에!

그건 그렇다 치자.
억지춘향이 인기 끄는 나라니까 그렇다 치자.
허위와 조작이 날뛰는 나라니까 그렇다 치자.
상식이 뺑소니 친 나라니까 그렇다 치자.
지역, 인맥이 독식하는 나라니까 그렇다 치자.

촛불이 자기 집 초가삼간 태우는 나라니까 그렇다 치자.
성직자들마저 정치판에서 노는 나라니까 그렇다 치자.
전직 모모 하는 자들이 폭동마저 선동하는 나라니까,
죽창부대, 복면괴한들이 민주화 투사라는 나라니까,
전기톱이 국회 안에서 윙윙 신나게 돌아가는 나라니까,
그건 그렇다고 치자!

존엄사망!
사망이 존엄하다는 뜻으로 지껄이는 말인가?
아니면, 존엄이 사망했다는 미친놈 헛소린가?
도대체 누가 무슨 말을 하고 있는 것인가?
존엄이 무슨 뜻인지도 모르는 자들이,
사망이 무엇인지 알 리도 없는 자들이
대낮에 몽유병자 꿈 이야기나 늘어놓는 것인가?

의식이 없는 듯 누운 환자는 이렇게 속으로 외친다:
존엄사망이든 존사든 떠들기 전에
"인간" 공부부터 하고 와서 떠들어 봐라.
사망이 존엄하다고 외치기 전에
각자 죽을 준비부터 하고 나서 외쳐라.

나야 "존엄사"가 허용되는 말든
때가 되면 반드시, 곧, 떠날 것이다.
어느 누군들,
나를 애처롭다고 바라보는 그 누구인들
때가 되면 떠나지 않고 배길 것이냐?

멀쩡한 사람, 가련한 사람, 가난한 사람, 병든 사람,
각양각색, 남녀노소, 동서불문,
모든 인간도 인간답게 대우하지 않는 주제에,

산 사람도 제대로 돌보지 않는 주제에
무슨 낯짝으로 죽음을 떠들고 앉아 있느냐?

너희 자신의 안락을 위해,
위장된 마음의 편안을 위해,
결국은 그 더러운 돈 때문에
이 무슨 탐욕의 극치에 달한 난장판이란 말이냐!

존엄사한다고 해서 죽은 자가 존엄해지느냐?
존엄사를 시킨들 죽음이 존엄해지기라도 하느냐?
죽음이란 원래부터 존엄한 것.
비참하게 죽든, 이름 없이 죽든, 망각되든
인간도 원래부터 존엄한 것이다.
그런데 이제 새삼 이게 무슨 도깨비 굿판이냐?

존엄사를 찬성하든 반대하든,
호화 묘지를 찬성하든 반대하든,
모두,
죽음이 뭔지도 모르는 한심한 자들의 헛소리.
그러나 이 헛소리만은,
그건 그렇다 치자,
그렇게 어물어물 넘어갈 일이 결코 아니다.

2009.6.25.

전쟁의 20세기

우리에게는 가족이 있다.
그들에게는 없는가?

우리에게는 조국이 있다.
그들에게는 없는가?

우리에게는 생명이 있다.
그들에게는 없는가?

우리에게는 진리가 있다.
그들에게는 없는가?

우리에게는 구원이 있다.
그들에게는 없는가?

우리에게는 승리가 있다.
그들에게는 없는가?

우리에게는 정의가 있다.

그들에게는 없는가?

역사의 수레바퀴에 깔려
그들은 죽는다.
우리는 안 죽는가?

우리와 그들의 공통된 묘비명:
미친 어리석음.

2009.6.27.

떠나간 사람

떠나간 사람을 왜 원망하는가?
너도 그 사람이 싫어지면
언젠가는 떠나갈 사람 아니던가?
너도 누군가에게는 이미
떠나간 사람이 아니란 말인가?

지상의 그 어느 누구인들
떠나갈 사람이 아니란 말인가?
너도 나도 우리 모두도
언젠가는 하나씩, 알게 모르게
떠나가야만 할 사람이 아니란 말인가?

원망하지 마라!
미워하지도 마라!
서러워하지도 마라!

떠나야 할 사람들이 떠나야만
와야 할 사람들이 홀가분하게 올 터이니.

2009.6.28.

강제노동

그들은 자기 몸은 신보다 더 떠받들지만
남의 체력의 한계는 엄살이라 단정한다.
자기 손가락 끝만 베어도 죽는다 악 쓰지만
남의 허리야 부러진들,
남의 목이야 꺾인들 눈도 깜짝 않는다.

노예, 죄수, 쓰레기인간, 위험분자…
그 명칭은 그들에게 아무런 의미도 없다.
강제노동이 목돈만 몰아다 준다면
수천 만, 수억도 기꺼이 동원할 뿐.
굶주림, 갈증, 질병, 쇠약에 쓰러지면
클리넥스 코 풀어 버리듯 처리해버린 뒤
다른 무리로 머릿수를 채운다.

그들의 안락, 사치, 웃음과 호화 여행은
강제노동의 신음과 눈물이다.
그들이 샹들리에 아래 마시는 샴페인은
무수한 손발에서 짜낸 피다.

강제노동에 동원된 자들을 해방하는 메시아는
그들의 보스가 아니라 죽음이다.
그러나 그들은 강제노동의 쇠사슬이 녹을 때까지,
그 쇠사슬이 요구하는 빚을 청산하기 위해
가파른 언덕 위로 바위를 밀어 올릴 것이다.
언젠가 지상에서 정의가 실현되는 날,
그 날 그들은 바위에 깔려 압사할 것이다.

2009.7.5.

걸어 다니는 해골

의기양양한 표정으로 활보하는 사람들,
곱게 화장하고 교태 뿌리며 걷는 여자들,
팬티 보일락 말락
허벅지 드러낸 채 으스대는 아가씨들,
향수 냄새 풍기며 넥타이에 정장한 신사들,
최고급 드레스에 다이아몬드 반지 낀 숙녀들,
그렇다! 모두 멀쩡하게, 멋지게 살아 있다.

그러나 그들의 약한, 얇은 피부 속에서는
해골이 걸어 다니고 있다.
위선, 불륜, 탐욕, 돈, 지위 따위로 위장하여
해골이 그들 눈에는 서로 보이지 않을 뿐.
해골은 해골을 알아본다.

정직, 신뢰, 사랑, 자비가 없다면
액체 같은 살은 언젠가 눈 깜짝할 사이에 썩어
앙상한 해골은 온 천하에 드러날 것이다.

어둠 속에서 통곡하는 해골

그 누가 가련하다고 동정하겠는가?
살아 있는 동안
다른 해골들을 동정하지도 않았는데!
숨 쉬는 동안
다른 해골들을 부수기만 했는데!

엑스레이 카메라로 각종 집회를 촬영한다면
그 사진이야말로 정말 장관일 것이다!

2009.7.5.

빈 도시락

출근할 때 도시락은 무겁다.
하루 일을 앞 둔 어깨
참으로 더욱 무겁다.

퇴근할 때 빈 도시락은
참으로 가볍기만 하다.
저녁식탁 앞 둔 빈 배는
참으로 더욱 가볍다.

도시락이 불필요할 때가 온다
언젠가는.
중노동에서 해방되든,
영영 실직하고 말든.

그 때, 빈 배는
무엇으로 채울까?
그 때도 여전히
참으로 가벼울까?

2009.7.7.

그 사람

자기 몸 하나 끌고 가기도 힘겨운데
남을 부축해 주는 사람.
떨리는 손, 얼어붙은 손이라도
쓰러진 사람에게 내미는 사람.
같이 걸어가다 쓰러지게 되면
자기가 먼저 쓰러지는 사람.

자기 죄 하나 지고 가기도 벅찬데
남의 죄, 무수한 타인들의 죄
대신 지고 가는 사람.
다 함께 통곡하고 싶을 때
남이 먼저 울게 내버려 두는 사람.
남의 눈물 닦아준 뒤 홀로
아무도 모르게 피눈물 흘리는 사람.

그 사람
오늘은 참으로 만나고 싶다.
밖에서나
또 내 안에서나,

언제나 어디서나 만나보고 싶다.
손을 달라 하면 손 내어 주고
눈물을 달라면 눈물도 주고 싶다
그 사람에게만은.

2009.7.14.

저승길 떠날 때

염려 말게나.
저승에도 길은 있겠지.
길이 없다면
자네가 길 닦으면 되지 않겠나?
이승에서도 길쯤이야
얼마든지 잘도 만든 사람 아닌가?

염려 말게나.
돈 걱정은 하나도 하지 말게나.
저승길 닦는데 무슨 돈이 들겠나?
돈 걱정이야
이승에서 한 걸로 충분하니
정말로 염려 말게나.

2009.7.30.

빈 통의 노래

깨끗하고 잘 생긴 통 하나 세상에 나갈 때까지
수천 년의 경험, 기술, 지혜가 깔때기에 모인 것.
알맹이는 어디 가고
빈 통만 길에 버려졌는가?

알맹이가 철학자, 성인군자의 뱃속에 들어갔든,
화냥년, 오사리잡놈, 고관대작 뱃속에 들어갔든
빈 통이야 알 바 없으련마는
그래도 궁금하지 않겠는가?
한 때 자기가 품었던 알맹이니까.

알맹이를 선택해서 품지 못하는 빈 통.
원한다고, 원할 때 내보낼 수도 없는 알맹이.
천치, 탐욕, 자린고비 등의 손이 마구
제 멋대로 꺼내가는 알맹이.

빈 통은 빈 것이 서럽지 않다.
알맹이 또 담을 것이 없어서도 아니다.
빈 통은 빈 것이 어처구니가 없다.

알맹이가 알맹이 구실을 못하기 때문.
빈 통보다 더 텅 빈 얼간이들,
자신이 얼간이인 줄도 깨닫지 못하는 자들이
세상을 쥘락 펼락하기 때문이다.
쓰레기장만 넓히기 때문이다.

빈 통은 차라리 자기 몸을 부수고 싶을까?
그럴 힘도 없으면서 그럴까?
쓰레기장에 처박히기는 싫으니까?

2009.9.13.

덧없는 인연

폭우 고작 하루 전에 그친 듯
가을비는 방울마다 더욱 싸늘하다.

뜨거운 인연도 싸늘한 이별도
모두 덧없어
오면 또 가는 것일 뿐.
사람 몸이야 원래 물거품에 먼지에 연기.
정신인들 몸 떠나 어찌 영구불변하겠는가?

만리장성 같은 사랑도
한 순간 허물어지면 흔적조차 없는 것을!
돌무더기에 깔려 질식하는 것은
덧없는 안심, 믿음, 기대뿐인가?

2009.9.21.

보름달

다 찼구나!

그들의 더러운 그릇에
그들이 마지막에 마셔야만 할
그 물
이제는 다 찼구나!

보름에 바싹 붙어 밀쳐대는 것은
보람이 아니라 빈 바람.
그 바람마저도
그릇에 이제는 가득 찼구나!

그들은 어디로 갈 것인가?
오늘
그들은 도대체 누구인가?

2009.10.2.

빈 방

둘이 나란히 앉아 있어도
마음은 따로따로.
결국은 텅 빈 방.

둘이 부둥켜안아도 뒹굴어도
몸 따로 꿈 따로 동상이몽.
결국은 시종일관 텅 빈 방.

둘이 다 떠나버리고 나면
영원히 텅 빈 방.
눈물만 남아
후회만 빈 벽에 메아리치는 방.

언제든지 혼자 또는 둘 다
돌아올 수 있는 방.
빈 방,
그러나 가득 찬 방.

2009.10.2.

술 한 잔

술 한 잔에 녹아버릴 슬픔이라면
가슴은 애당초 터지지도 않았으리라.
한 잔 술에 잊어버릴 이름이라면
어디서든 아예 듣지도 않았으리라.

술 한 잔에 사라질 미련이라면
어느 누가 눈물의 강에서 허우적대랴?
한 잔 술에 스러질 번민이라면
어느 누가 밤마다 두려워 떨랴?

술 한 잔에 다시 꽃필 행복이라면
싸늘한 마음 피 흘리지도 않았으리라.
한 잔 술에 다시 만날 날이 온다면
돌아서는 발길이 천근만근이었으랴?

술 한 잔에 한 세상은 물거품,
한 잔 술에 애증은 허깨비 춤이더라.

2009.10.2.

과부 처녀 추고별감(推考別監)

병아리 암수 감별하듯
과부인지 처녀인지 가려내서
어느 입에 떡 먹으라 진상하려는가?
그것도 관청이라고 설치한 고려는 무슨 나라고
나라 믿고 여자 바치는 백성은 또 무슨 백성인가?

정신대 서럽다고 이다지도 아우성치는 나라에서
남의 나라 여자들 버젓이 수입하는 꼴은 또 뭔가?
이 땅은 정녕 여자들이 모자라 허덕이는가?
모텔, 집창촌, 노처녀 사태는 보이지도 않는가?

그렇다! 병아리는 마땅히 감별해야 기업이 산다.
좋다! 과부, 처녀, 유부녀, 창녀도 엄밀히 구별해야
나라가 살아 굳세게 서있기만 한다.
그렇다! 수입품은 품질검사에 사후관리까지
철저해야 마땅.
좋다! 국산품은 끝없이 애용해야 부국강병이다.

과부 처녀 추고별감 따위는 아예 잊어버리고

차라리…
(말을 해? 말아? 죽어도 해야겠지!)
주민번호로 로또 뽑기 식으로
남녀 일대일로 사전 배당하면 어때?

과부 처녀 행복센터를 행복도시 한복판마다
가장 넓게, 가장 높게
영구빌딩으로 세워야 마땅할까?

2009.10.2.

두더지

기계도 없이, 다이너마이트도 없이 판다.
짧은 발로, 자기 주둥이로 판다.
인류보다 먼저, 아득한 태고 때부터
설계도도 없이
터널 파는 최고의 전문가
두더지.

눈먼 두더지!
사람들이 무시하고 비웃는다.
두더지는 돌부리에 걸려 넘어지는 법이 없지만
두 눈 뜬 사람들은 비틀거리고 넘어지고 자빠진다.
욕심에 눈먼 인간들!
두더지는 캄캄한 굴속에서 혼자 웃는다.

두더지는 땅 속에서 가장 안전하다.
사람들은 지상에서 가장 위험하다.
두더지의 터널은 결코 무너지지 않는다.
사람들의 터널은 막히고 붕괴한다.

어리석은 사람 같은 두더지는 없다.
캄캄한 데서만 활개 치는,
두더지 같은 인간은 너무나 많다.
두더지는 땅속에서 살아 있다.
사람은 땅속에서 흙으로 돌아간다.

2009.10.2.

두견이

두견이 울음소리가 참으로 슬픈 것이라면
두견이 부부는 평생 슬피 울기만 하나?
두견이 새끼들은 기쁨을 전혀 모르는가?

두견이가 소프라노가 아니라서,
두견이가 테너가 아니라서
두견이 노래가 슬프다니!
슬픈 것은 사람이지 어찌 두견이 노래인가?
두견이는 즐거우니 노래하지 않는가?

두견이가 즐거운지 네가 어찌 아느냐?
장자 같은 소리 그만 해라.
두견이가 정말 슬퍼서 우는 것이라면
그것은 노래가 아니라 통곡.
그러나 평생 통곡만 하는 새가 어디 있느냐?

짝 잃은 사람, 갓끈 떨어진 자들
슬프면 자기나 혼자 슬퍼할 것이지,
즐겁게 노래하는 새는 왜 끌어들이는가?

못된 짓하고 후회할 사람이라면
저 혼자 밤에 몰래 탄식할 것이지,
죄 없는 새는 왜 공연히
자기 선입견의 도구로 삼는단 말인가?

2009.10.3.

아기와 눈물

아가, 우유가 이젠 없단다.
엄마! 걱정하지 말아요.
그래, 걱정은 엄마가 하는 거란다.
아가는 걱정하지 않아도 돼.
그래도 걱정하지 말아요.
나, 배고파도 잘 참아요.

아기 얼굴에 눈물 한 방울.
아가는 울지 않는데
어디서 떨어진 눈물일까?

소나기라도 우유가 되어 준다면
온 세상에
배고픈 아가 하나도 없을 것을!
아니, 눈물이 결코
아기 얼굴에 떨어지지는 않을 것을!

2009.10.27.

자네 초상화
— 벗 구본영을 추모하며

솔직한 담소 아낌없는 배려 속에서
40년 면면히 이어져 무르익은
우리의 우정이야말로 이제
세기와 세기에 걸친 눈부신 무지개가 아닌가!

전화벨 소리 들릴 때마다
"어이, 친구들, 잘 지내지?"
따뜻하고 정겨운 자네 목소리일 듯,
그것이 어찌 환청에 불과하단 말인가!

태어나면 누구나,
울든 웃든 누구나 걸어가는 길,
서로 부축해주고 밀어주며 걸어온
우리들의 이 길이야말로
한없이 허허로운 이승과 저승에 걸친 유일한 길,
우정의 등불만이 어둠을 밀어내지 않았던가!

그 누구보다 더 많이 베풀었기에
사랑과 헌신, 열정과 의욕이 남달리 부유했던 자네,

우리 모두의 친구, 형제, 아니, 분신 자체였던,
그리고 이제는 영원한 빛의 나라에서 평안한 자네,
그리운 그 이름 앞에서 우리는 고개 숙이네.
마음속 눈물은 방울마다 자네 초상화라네.

2009.11.5.

옆집

옆집은 원래 없었다.
빈 터에 어느 날 갑자기 들어선 집
어느 날 아침 갑자기 사라졌다.
헐린 자리에 다시 드러난 빈 터
모습이 원래보다 매우 참혹하다
쓰레기 더미에 뒤덮여.

우리 집, 내 집도 원래는 없었다,
누군가의 옆집이 되었을 뿐.
어느 날 밤 갑자기 헐리고
빈 터만 다시 드러낼 것이다
원래보다 매우 보기 싫은 빈터,
너와 나의 상처 산더미로 쌓인 빈 터를.

일조권이 어쩌고저쩌고 악다구니 써대며
10미터나 높이 솟은 은행나무 세 그루,
우리 집 나무들을 베어버리게 한 옆집 부부
지금 어디서 누구를 또 괴롭힐까?
아니면, 누군가 그들을 괴롭히고 있을까?

그러면 우리는 지금 옆집 사람들에게
여기서 어떤 종류의 옆집 사람들일까?
표리부동에 숨어서 남을 헐뜯지는 않을까?
법이고 개떡이고 내 이익만 악다구니 써대는,
떼거리의 생떼거지에 이골이 난 못난 종자들
혹시나 아닐까?

2009.11.15.

개똥타령

개똥도 약에 쓰려면 없다?
개똥이 정말 약이 되는 시대라면
온 세상 약국들 모조리 문을 닫아야겠다.
사람보다 개가 더 많고
개보다 개똥이 더 넘치는 시대!

개똥밭은 무수히 널려 있어도
개똥밭에서 나는 인물이 어디 있단 말인가?

개똥만도 못한 자가 사람보다 비싼 개를 끌고,
아니, 모시고 다니니
개똥이 사람보다 더 소중하지 않은가?
그래서 개다리참봉들이 큰소리치고
개똥졸부들이 제후인 양 큰길마다 누빈다.

개똥의원 개똥장관 거느리는
개똥대통령 개똥국왕들도 마음 턱 놓은 채
한 세상 맘껏 호사 누리다가 편안히 눈 감고
국립 초특급 개똥무덤을 차지하지 않는가?

개똥밭에 이슬 내릴 때란
천 년에 단 한 번,
어진 임금님 국상 치를 때뿐인가?

2009.11.15.

개미지옥

부지런히 일하며 돌아다니는 개미일수록
개미지옥에 빠질 위험은 더욱 커진다.

아무리 부지런히 일하고 저축해도
내 집 마련이 불가능한 나라
아파트공화국…

그것이야말로 개미지옥!
아니, 투기꾼들의 파라다이스,
천국, 천당, 극락, 무릉도원, 무하유지향!

개미천당은 없고 개미지옥만 있는 땅,
희망은 곧 절망으로 변하고
절망은 죽음에 이르는 문이다.

게으르면 굶어죽고
부지런하면 지옥 밥이 된다면,
차라리 알에서 태어나지 않는 것이 행복인가?

개미… 헤아릴 길 없이 무수한 개미…
오늘도 정신없이 어디론가 쏘다닌다.
하늘이 무너져도 솟아날 구멍은 있는가?
구멍… 그것이 바로 개미지옥일 줄이야!

2009.11.15.

화병의 꽃

시들고 마는구나
며칠 만에 결국은!

그 미소도 그 향기도
언제까지나 싱싱하리라
속절없이 기대를 걸어보았건만,

꺾일 때 이미 한정된 시간,
며칠, 단 며칠 동안만
꽃과 우리,
서로에게 허용된 운명이었구나!

우리 몸은 꽃일까?
아니면, 화병일까?
지구는 꽃일까?
아니면, 화병인가?

2009.11.26.

해는 저문다

해는 저문다.
황혼이 온 누리에 스며든다.
이슬비처럼 내리는 밤.

어느 누구는 황혼에 물들고
또 어느 누구는 밤에 젖는가?
아침 해 바라보는 사람들에게도
저무는 해는 그리 멀지 않은데
온 누리는 늘 먼지에 싸여 있다니!

쾌락도 결국은 고통인 것을,
환희도 끝내는 눈물인 것을
해 저문 뒤에야 소스라쳐 깨닫는다면,
캄캄한 이 길
어느 등불 앞세워 걸어가려는가?

2009.11.27.

사랑이 깨지려 할 때

무조건 아름답게 보일 때가 있었기에
지긋지긋하게 미울 때가 찾아오는 법.
불청객이다!

너 없이는 못 살아!
미친 듯이 아리아 불러대더니
오페라 1막이 끝나기도 전에
서로 등을 돌리고 나면,
영영 남남이다!

그러고는 서로 다른 귀에다 대고
발광하듯이 외치는 말,
그것이 바로, 너 없이는 못 살아!
고작 그 따위 수작인가?

지겹게 싫을 때가 온다면
정말 지긋지긋하게 그리울 때도 온다!
그것을 미리 미리 생각해 두어라!
너 없어도 난 살아! 외치고 싶을 때는

상대방도 그 말 할 줄 안다고 깨달아야지!

너도 없고 나도 없는 세상이라면
너와 나란 말은 왜 생겼나?

너나 나나 짝 잃은 기러기 신세라면
찬란하던 그 시절, 눈멀던 그 때는 무엇이었나?

내뱉고 싶은 말일수록 꿀꺽꿀꺽 삼키고 살아야,
아니, 바로 그렇기 때문에,
세상이란
더럽게도 아름답지 않은가!

2009.11.27.

며느리와 시어미의 증언

며느리가 신혼 초에 한 마디 했다:
힘들어서 못 살겠네!
시어미가 엿듣고 소리쳤다:
못 살겠으면 나가!
대문은 언제나 활짝 열려 있으니까!
입 다문 며느리, 그러나 속으로 맞받아쳤다:
흥! 자기는 며느리 꼴 당하지도 않았나?

며느리 늙어 시어미 된다지만
개구리가 올챙이 적 까맣게 잊는다고도 한다.
시어미도 며느리도 한 지붕 아래
한 세상 고통의 바다 건너가는 여객선 손님이라면
아웅다웅 할퀴고 쥐어뜯어야 재미인가?
파도 높이 칠 때 배가 기운다면
서로 부축하고 일으켜야 사람 아닌가?

힘들어서 못 살겠다고 말한다면
이유라도 들어봐야 어른일 테고,
나가라고 소리치는 사람에게도

고함치는 이유를 물어나 봐야 도리 아닌가?

그러나 상식도 박식도 무식 앞에 머리 조아리고
미색도 박색도 돈방석 앞에 엎드리는 판에
고작 고부 갈등 따위가 무슨 문제인가?
판사도 멍청하고 검사도 허수아비인 세상이라면
변호사 입이 천만 개인들 무슨 말을 하겠나?

며느리는 오늘도 나불나불 입방아만 찧고 있다:
더러워서 못 살겠네!
시어미는 오늘도 고래고래 악만 써대고 있다:
여기가 더러우면 너나 깨끗해져 봐!

그래, 인공위성이 무수히 돌고 돌아도
사람이란 짐승은 결코 진화하지 않는다고
시어미 며느리 합작으로 증언하고 있으니,
이 얼마나 멋진 파노라마 세상인가!

2009.11.27.

장수와 요절

99세 노인이 병석에 누운 채
장수했다고 자랑한다.
장수라… 사람들은 고개를 갸우뚱한다.
그 사람 아직 살아 있었던가?

88세 노인이 팔팔하게 돌아다니면서
장수하고 있다고 자만한다.
장수… 사람들은 시큰둥한 표정으로 조소한다.
저 사람 얼마나 더 남았는데 그래?

청춘은 청춘 그것만 가지고도 아름답다!
그것은 노인들만 하는 객담이다.
그들도 배고픈 청춘을 신물 나게 겪었으련만!

푸르른 고뇌의 지뢰밭을 걷는 젊은 남녀는
황금의 노년기를 차라리 부러워한다,
돈이 궁하지 않은 그 시절을!

노인에게 청춘의 정열이 있다면,

아니, 참된 지혜가 있다면

병들었다 해도 그는 건전한 청년이다.
젊은이에게 노인의 지혜가 있다면,
아니, 노년기가 갈망하는 참된 열정이 있다면
춥고 배고파도 그는 황금의 청년기를 살고 있다.

66세에 타계한 사람을 요절이라 한다.
요절? 평균수명만이 유일한 진짜 기준일까?
77세에 숨을 거두어도 역시 요절인가?
요절이라…
무엇을 요절내야 요절이 아닐까?

2009.11.27.

곤쇠아비동갑들의 추태

김이 새는 곤쇠아비동갑들이 섬기던 조국,
그것은 정말 무엇이었을까?

노곤한 노천극장에서 곤수아비동갑들이 외치던
정의, 진실, 화해,
그것은 과연 누구를 위한 것이었을까?

전전긍긍하는 곤쇠아비동갑들이
칼날 무당굿 하며
손에 쥐려던 조자룡의 헌 칼,
그것은 참으로 어디에 쓰려던 것이었을까?

이판사판 곤쇠아비동갑들이 긁어모은 돈,
그것은 정녕 저승길에 노잣돈이 되었을까?

어중이떠중이 중도 아닌 곤쇠아비동갑들이
지금도 목메어 차지하려는 자리와 명예,
그것은 정말 목 맬 가치가 있는 것일까?

아무개 아무개 개만도 못한 곤쇠아비동갑들이
오매불망 눈알 빠지게 기다리는 장수,
그것은 정녕 영혼마저 팔아 얻어야만 하는 것일까?

2009.11.29.

*곤쇠아비동갑: 나이 많고 흉칙한 사람.

치도곤은 맞아봐야 안다

치도곤을 백 대나 맞고 나서도
정신 못 차리는 자는 분명히 있지.
아니, 치도곤을 백 대나 맞고 나서
제 정신 차릴 수 있는 자 과연 있겠나?

한 번에 열 대가 소용없다면
한 대씩 열 번이면 안 될까?
한꺼번에 백 대 맞아 숨이 멎는다면,
한 번에 한 대씩 백 번 때리면
낡은 사람은 죽고
새 사람이 태어나지는 않을까?

아무리 많은 벌금에도 코웃음 치는 자에게는
한 번에 한 대씩 천 번이면 안 될까?
수십 년 집행유예에도 조소만 보낸다면
날마다 한 대씩 죽을 때까지…
그래도 냉소할까?

지위가 높을수록, 직업이 거룩할수록,

명성이 온 세상에 떨치면 떨칠수록
더 큰 치도곤으로 끼니때마다 한 대씩…
그래도 도둑질을 계속할까?

2009.11.29.

신종 광부 광녀(狂夫 狂女)

광부의 말도 성인이 가려서 쓴다지만
동서남북 발에 채이는 자갈보다 더 많이
득시글득시글! 와글와글!
이 신종 광부 광녀들이야 성인인들
도대체 가려 쓸 말을 해야 말이지.

못난 여자가 화장품, 성형, 정형에 매달리듯
그 알량한 사이비 정의에 목매다는 무리.
노동자, 농민, 빈민, 약자란 그들의 철밥통
깨진 곳 땜질이나 해주는 납덩어린가?

지상천국을 찬양하는 그 입들은 어디서 나왔는가?
위대한 지도자에게 머리 조아리는 그 골통들은
진리와 관용은커녕 상식조차 밀려난 채
악취 만년의 꼴뚜기 먹물로만 가득 차 있나?

광부도 때로 정신 차리면 성인보다 낫다지만
이 신종 광부 광녀들은 대를 이어 충성만 외치니,
저승에 수천 만 번 가봐야만

이승 귀한 줄 깨달을 것인가?

상식이 짓밟히고 광증과 완장이 득세하는 땅
그 불모지에 기생하는 독버섯들,
저 화려한 하루살이들, 역사의 배설물을 보라!

2009.12.6.

마지막인 것

이것이 마지막 담배,
나의 마지막 담배.
그럴까? 과연?

이것이 마지막 담배,
세상의 마지막 담배.
그럴까? 과연?

그것은 마지막 담배였다.
누군가의 마지막 담배.
어느 누구에게도 마지막 담배.
그러했다. 그렇다 지금도.
역시 그럴 것이다.

마지막인 것은 담배뿐일까?
술잔도 사랑도 기쁨도,
슬픔마저도 마지막.
이별도 마지막.

2009.12.20.

거기도 산이 있을까?

그 친구,
작년에 에베레스트 등반하고 온 친구
슬라이드에서 멋진 모습 보여주었지.
어제는 중환자실.
내일 또 만날 수 있을까?

찰칵! 셔터 소리
무수히 반복된다고 해서
산이 나의 주머니에 들어올까?

꼴깍! 숨넘어가는 소리.
참으로 수많은 고개 넘어온 사람,
사람들
무한한 어둠의 고개
무사히 넘어갈 수 있을까?

거기도 산이 있을까?
그들의 사진 누가 찍고 있을까?

2009.12.20.

잠든 사이 내린 눈

잠시 잠든 사이에 내렸다
눈이.
살짝 깔린 눈.
길이 위험하다.

영영 잠자는 사이에 내린다
펑펑 눈이.
눈에 파묻힌다
아득한 별 전체가.

언제 눈을 뜰까?
평안도 위험도 이제는 없다.

고사 상 위 돼지 머리.
돼지만 공연히 죽었는가?
상만 공연히 놓였는가?

절하는 사람들.
그들도 절 받을 때가 온다.

2009.12.20.

일회용 플라스틱 장갑

음식 쓰레기 버릴 때,
그보다 더 더러운 것들 만질 때
끼는 일회용 플라스틱 장갑,
그것 역시 쓰레기통으로 사라진다.

우정, 사랑, 신의도 그런 것일까?
낙태되는 태아들도 고작 그런 것일까?
고문, 착취, 학살…
굶어죽는 수천 만 민초들도 역시
지도자, 위원장, 동지가 한 번 쓰고 버리는
일회용 장갑일까?

지상에 태어난 모든 생명체도
인간이 쓰다 버릴 그런 것일까?
아니, 인류 자체는
어느 누구의 일회용 장갑이란 말인가?
이 외로운 별 위에서!

2009.12.20.

2010년, 시

불륜은 대도시 탓이다

외로워도 또 연락해

슈퍼마켓 카운터 아가씨

빙하가 녹을 때

겨울은 해마다 더 따뜻해진다는데
왜들 이리 춥다고 투덜대는가?
예전에는 난방 되는 버스도 없었지만
이제는 난방 안 되는 버스도 없고 그나마 자주 오는데,
아니, 난방이 너무 잘 되는 지하철마저 달리는데,
아니면, 공짜 더운 바람 쏘일 건물인들 흔하기만 한데
왜들 이리 불만은 눈 시리게 홍수 지는가?

식은 몸들이라도 모여 똘똘 뭉친다면
바람의 칼날인들 한결 쉽게 견딜 수 있는 것을,
모래알처럼 흩어진 채 춥다고 소리치기만 하는가?
약한 몸일수록 팔짱 낀 채 걸어간다면
발걸음이야 한결 더 가벼워지는 이 길인 것을,
서로 손가락질이나 하며 억지에 떼만 쓰려는가?

굶주림도 예전처럼 날이 시퍼렇지는 않고
추위도 번영 앞에서는 풀 죽은 허세일 뿐.
우리에게 부족한 것은 쌀도 방한복도 아니다.
우리가 잃어버린 것은 인내도 사랑도 아니다.

정말로! 서글프게도 우리가 잊어버리고 있는 것은
지금 우리에겐 가진 것이 너무 많다는 사실,
과분하게도 너무나 넘친다는 사실이다.

바로 이 망각의 바다에 빠져 익사하면서
오늘도 우리는 한없는 결핍을 절감하고
무한한 욕망의 갈증에 녹초가 되고 있다.
도대체! 몇 천 년이 지나야만 만족을 배울 것인가?
버릴수록 영혼의 면역력은 더욱 강화된다는 것을,
베풀수록 마음의 평화는 더욱 깊이 고인다는 것을,
이토록 평범하고 이토록 쉬운 진리를
도대체! 몇 백만 년이 지나야만 깨달을 것인가?
아니, 조금이나마 실천하려고 덤빌 것인가?

고작 이러한 상태를 내세워
호모 사피엔스의 발전이라 자부한다면
인류 역사란 참으로 무익한 스승,
하찮은 쓰레기통에 불과하지 않겠는가?
겨울은 해마다 급속도로 더욱 따뜻해지고
북극의 빙산도 남극의 만년설도 사라질 터.
그러나 인류의 가슴 속에서는 언제 과연
빙하는 녹아 뜨거운 사랑의 강이 흐를 것인가?

2010.1.7.

밤과 밤

밤이 정말 먹고 싶다면
밤송이는 사정없이 짓밟아 까고,
겉껍질은 아낌없이 마구 벗겨내고,
속껍질은 살살 벗겨야만 한다.

밤을 참으로 달콤하게 즐기고 싶다면
밤 눈은 잽싸게 멀리 하고,
밤 비는 슬그머니 남몰래 피하고,
밤 샘 역시 매정하게 씨를 말려야만 한다.

밤에 먹는 밤은 황홀하다.
밤을 먹는 밤은 신비롭다.

밤과 밤 그것은
묘지에 즐비한 봉분들이 너나없이
침묵으로 증언하고 있는 인생,
우리 모두의 일생이 아닌가?

밤의 진미를 알고 싶다면

밤을 버려라!
밤의 비극을 정녕 피하고 싶다면
밤의 손아귀를 당장 파괴하라!

2010.1.8.

위스키와 와인의 수상한 환상곡

그가 신세계백화점에서 파는 "글렌피딕 50년"
한 병을 마파람에 게 눈 감추듯 마셔버리면,
한 가족의 전세금 3천만 원이 허공에 사라진다.
신세계백화점은 과연 새로운 세계를 위한 곳일까?

그가 롯데백화점에서 파는 "맥켈란 라리크 3"
또는 "루이 13세 레어 캐스크"를 뱃속에 처넣으면,
한 가족의 일 년치 생활비 2천만 원이 탕진 된다.
롯데(Lotte)는 참으로 이상적인 여인의 모델일까?

과연 그는 1억 원짜리 수의에 싸인 채
10억 원짜리 순금 관 속에 누울까? 진시황제인 양?
설령 그런다고 해서 저승에 가면
아방궁에서 영원히 무궁히 평안을 누릴까?

유족들은 이렇게 만가를 부를지도 모른다:
님은 가셨습니다~
아아, 사랑하는 님은 가셨습니다~

포도주라고 부르면 촌스럽고
와인이라고 해야 고상한 듯 행세하는 세상.
좋다! 한글은 아무도 안 먹는 보리 개떡이고
외국어는 최신식 고급 포장지라고 치자.

그는 현대백화점에서 파는 와인 "샤또 페트뤼스 2005"
한 세트를 사들고 카드를 찍 긋는다.
1200만 원!
현대백화점은 과연 현대를 대변하는 곳일까?

그의 만족감은 3천 원짜리 소주 마시는 사람보다
4천 배나 더 큰 것일까?
천 원에 팔린다는 "별자리 와인" 마시는 사람보다
12000배의 별미를 실제로 느낄까?

유족들은 구슬피 만가를 부를 것이다:
님은 가셨습니다~
아아, 사랑하는 님은 가셨습니다~

사랑하는 님이라니!
그 님은 누가 사랑하는 자일까?
그 님이란 자는 누구를 사랑했단 말인가?

그가 국립묘지에 안장되든
100억짜리 초특급 묘지에 묻히든,
똑같은 크기의 목관 하나 땅 속에 처박힌 채
썩어버리기는 거지나 왕이나 재벌이나 매 한 가지.
장군의 해골인들 사병의 해골인들,
해골 이마에 계급장이 붙어 있기라도 하는가?

2010.1.9.

떠나간 어른들이 그립다

가까운 어른들이 모두 떠나,
존경스런 어른들도 모두 떠나
더 없이 텅 비기만 한 세상,
날로 더욱 쓸쓸해지기만 하는 세상.

그러고 보니 바로 우리 자신이
그 자리를 채우고 있구나!
아들딸은 부모 되고
부모는 할아버지 할머니가 되었구나!

그러나 그만큼, 아니, 절반만큼도
어른 노릇 못 하고 있는 오늘,
무슨 면목으로 큰소리치고 있단 말인가?
내일인들 얼마나 다른 하루이겠는가?

젊은 세대인들, 먼 훗날의 세대인들,
무엇 하나 오늘보다 더 나은 세상이겠는가?
어느 누구에게
젊음이 영원할 수 있단 말인가?

우리도 떠나고 그들도 뒤 이어 떠난 뒤
세상은 누군가에게 한없이 쓸쓸한 곳.
그래도, 떠나간 어른들이 그립기만 하다,
야단치던 어른일수록 더욱 그립다,
언제나 텅 비어 있는 가슴이기에.

2010.1.9.

먼지라고 비웃지 마라

먼지는 구석에 쌓인다.
세찬 바람 피해
약자들끼리 모여
구석이 거기 있는 것에 감사!

구석이 무너지면 먼지는 흩어진다.
순망치한!

한 줌 먼지에 불과한 우리
한 줌 먼지에게나마 구석이 되어 주는가?
구석인 척하며 거들먹거리며
한 줌 먼지나마 흩어버리지는 않는가?

세월의 모진 바람 앞에
영원한 강자는 하나도 없다.
누군들 언젠가 어디선가 약자가 아니랴?
특히, 마지막 숨을 몰아쉬는 순간에!

그 날이 오면

어느 구석으로 피할 것인가?
구석에 쌓이는 먼지라고 해서
평소에 비웃지 마라!

2010.1.10.

등골이 서늘하다

천하의 악독한 대도 도척이 편안히 죽었으니
하늘의 도리는 옳은가 그른가?
이것은 2천 수백 년 전 사마천의 질문이다.
의사당에서 난동 부리고 폭력 휘두른 의원은
"고의"가 없었다고 해서 무죄 판결…
법이란 상식인가 아닌가?
이것은 대학 나온 대한민국 시민의 질문이다.

등골이 서늘하다.
나이가 들었기 때문인가? 그렇다면
등이 아니라 가슴이 서늘해야 마땅하다.
사마천의 질문 때문일까? 그렇다면
등골은 시릴 것이 아니라 오싹해야 마땅하다.
시민의 질문 때문일까? 그렇다면
등골만 시릴 일이 아니다.
오금이 저리고 온 몸 마비되어야 마땅하지 않은가!

판사는 왕이 아니다. 굳이 되고 싶은가?
법을 만들고 싶다면 국회로 가라!

사법 적극주의라니? 이 무슨 궤변인가?
언제는 사법 소극주의였던가?

판사는 법과 양심에 따라 판결하고
오로지 판결만 가지고 말한다? 좋다!
판사의 양심인들 법 위에 있을 리 없고
판사가 읽는 법조문은
시민이 읽는 그것과 조금도 다를 리 없다.
대학 나온 대한민국 시민의 상식도 통하지 않는
그 따위 판결이라면 법은 화장실 휴지 아닌가!

등골이 서늘해지는 이유는
법이 고작 코흘리개 코 닦는 휴지라서가 아니라
소위 법을 안다는 자들, 전문가라는 작자들이
날마다 치고받는 난투극 때문이 아닌가!

판사들은 법과 양심에 따라 판결한 뒤
그들만의 극락에 가서 술 한 잔!
검사들도 법과 양심에 따라 기소, 구형한 뒤
그들만의 낙원에 가서 술 한 잔!
경찰들도 법과 양심에 따라 일망타진한 뒤
그들만의 천당에 가서 술 한 잔!

코에 걸면 코걸이 귀에 걸면 귀걸이,
그런 것도 법이라고, 그런 것이 각자의 양심이라면
등골이 서늘해지기는 고사하고
꽁꽁 얼어서 딱! 부러질 것이다.
전국 어디서나!
어느 놈 어느 년의 등골이거나!

2010.1.16.

감사!

오늘 하루 몸 성하게 지내서 감사!
두통도 없었고 뇌일혈도 없었다.
복통도 없었고 위암에도 걸리지 않았다.
혈관이 막히지 않았고 심장도 정상이다.
두 눈이 보이고 두 귀가 들리며
손발이 움직이고 몸도 가볍다.
(아직까지는!)
아이도 낳을 수가 있고!

몸이 한두 군데 아프다 해도
아프지 않은 곳이 훨씬 더 많다.
그러니까 감사!
온몸이 구석구석 다 아프다 해도
아직은 숨이 붙어 살아있으니 감사!
아니, 숨이 끊어진다 해도
영혼의 희망은 남아있으니 역시 감사!

그러나 그 희망마저 버린 사람이라면?
그래도 감사!

여태껏 살아온 것만 해도 감사!
그게 어딘가? 마땅히 감사!

2010.2.6.

구멍과 줄

오줌구멍이 막히면 몹시 혼난다.
똥구멍이 막히면 죽을 수도 있다.
콧구멍이 막히면 답답하다.
숨구멍이 막히면 끝장이다.

구멍은 뚫려 있어야만 고마운 구멍.
혈관도 결국은 구멍이다.
심장인들 구멍이 어찌 아니랴?
위장, 허파, 창자 모두가 구멍 아닌가!

그러면 돈은 줄인가?
돈 줄, 목을 조르는 돈 줄.
결국 그것도 숨구멍을 막는다.

돈 줄 말고도 줄이 참으로 많은 세상.
힘 줄, 빽 줄, 안면 줄, 몸 줄, 인기 줄, 빨랫줄.
구멍 뚫린 곳을 졸라매는 줄.
언젠가는 결국 가위에 싹뚝 잘리는 줄.

2010.2.7.

제 맛이 나야 물건이다

신 사과가 가장 좋은 사과일까?
꿀처럼 단 사과는 아랫길일까?
새콤달콤한 사과라야 과연 최고일까?

누구나 침 흘리며 날마다 쳐다보는
최고인기 여배우는 황홀한 여신일까?
모든 여자가 성형, 정형 수술을 거쳐
여배우와 똑같은 얼굴이 된다면
"나"라는 단어는 누가 사용할 수 있을까?
"내 얼굴"이란 영영 사라지고 마는 말일까?

시험을 쳤다 하면 누구나 만점!
컨닝 하든, 시험지 빼돌리든,
돈 자루로 채점자를 매수하든,
자유 만세! 만점 만만세!

그러면 시험을 보는 것은 내가 아니라
바로 돈인가?
돈이 받는 점수가 어찌 내 점수인가?

그런 시험은 뭐 하러 보나?
그런 만점은 어디다 쓰나?
아니, 그런 학생, 부모, 선생 등도
사람 축에 들 수 있는 생물인가?

사과는 시큼해도 완전한 사과,
달콤해도 역시 좋은 사과가 아닌가!

2010.2.9.

꽃들이 주는 선물

세상의 모든 것 다 구경한다고 한들
관광에서 얻는 것은 과연 무엇인가?
세상풍파 단 맛 쓴 맛 모조리 거친들
경험이 사람에게 주는 것은 정녕 무엇인가?

세상의 모든 지식, 모든 학문이야
어차피 한정된 것일 뿐인데
우리에게 어떤 희망을 줄 수가 있겠는가?

지상의 모든 것을 다 모아놓아도
먼 우주에서 볼 때는 한 점 하찮은 것.
인간이 부리는 오만의 근거는 결코 못 된다.

올봄에도 어김없이 다시 피는 꽃,
지상에서 천하에서 무수히 피는 꽃은
우리에게 줄 선물이 없다면 왜 또 피겠는가?

— 대지를 사랑하라!
대지의 자녀들인 너희 형제와 자매들,

가난하거나 부유하거나, 병들거나 건강하거나
그들을 있는 그대로 사랑하라!
그러면 너희가 흙으로 돌아간다 해도
어머니 대자연은 너희를 다시 낳을 것이다.
우리처럼 하찮아도 이처럼 더없이 아름답게!
가냘프다 해도 이토록 눈부시도록 찬란하게!

2010.2.15.

노인 행진곡
— "휘날리는 태극기는"의 곡조에 따라

나부끼는 은발은 우리들의 자랑이다.
은은하게 광채 뿜는 경험과 안목이다.
엉성해도 백발은 우리들의 훈장이다.
굳세게 인도하는 지혜와 미덕이다.

기름 발라 번쩍이는 흑발인들 부러우랴?
단 맛 쓴 맛 알지도 못하는 미숙함과 자만일 뿐.
수풀 같은 흑발은 고생길의 낙엽이다.
밟히고 또 밟히어 떨어지는 눈물이다.

흑발인들 백발 되고 백발인들 흑발 낳으니
돌고 돌아 어디선가 다시 만날 흑백이다.
앞에 길이 창창하다 한눈팔면 허탕일 뿐이다.
남은 세월 얼마 없다 한숨 쉬면 바보일 뿐이다.

2010.2.21.

토사구팽

암꿩을 잡는 것은 장끼고
장끼를 잡는 것은 꿩 새끼다.
암컷, 수컷, 새끼 모조리 잡는 것은
매, 수리, 독수리다.
그러면 매는 누구에게 잡히는가?

산 돈을 잡는 것은 흰 손이지만
죽은 돈을 잡는 것은 검은 손이다.
눈먼 돈을 움켜쥐는 것은 시커먼 손,
눈 뜬 돈을 낚아채는 것은 뻘건 손,
이 돈 저 돈 가리지 않고 잡는 것은 강도 손이다.
그러면 그 손들은 누가 자르는가?

토사구팽!
각자에게 세월이 다 지나가고 나면
남는 것은 무덤뿐.
세월에게 토사구팽 당하는
손, 그리고 매!

2010.2.22.

가축

슈퍼마켓에 따라 들어갈 때는 남편.
나올 때는 가축.
짐은 모두 그 홀로 들고 가니까.
사랑이 없다면…
아니, 사랑이 있으니까!

만날 때는 남자친구.
여자 가방 들어줄 때는 가축.
사랑이 없다면…
아니, 사랑이 있으니까 더욱 더!

애견센터에서 개를 살 때는 주인.
개를 안고 갈 때는 가축.
길에서 개의 똥을 칠 때도 가축.
사랑이 있다고 해도!
사랑이 있을수록 더욱 더!

투표함에 깨끗한(!) 한 표 던질 때는 주인.
부정부패에 시달릴 때는 가축.

눈먼 세금이나 뜯기는 가축.
한 가닥 애국심이 없다면…
아니, 아무리 애국심이 넘친다 해도!

2010.3.10.

오늘도 처형되는 그 사나이

역시 오늘도 어김없이 당신은
십자가에 못 박히고 있습니다.
충실한 제자들이 증가할수록
배신자도 그만큼 늘어나게 마련입니까?
예전에는 한 명의 손이 그 짓을 하더니
이제는 수천 수만 개의 손이 당신을 처형합니다.

미성년자 성추행뿐이겠습니까?
성직매매뿐이겠습니까?
화려한 비단 제복, 황금 반지와 왕관,
황제들 궁전보다 더 눈부신 저택.
그들의 권력과 영광은
당신의 권능과 영광을 멀리 초월합니다.
그들의 오만은 당신의 겸손을 조롱합니다.
그들의 탐욕은 당신의 희생을 모욕합니다.

당신의 제자란 당신의 주인이란 뜻이고
당신의 대리인이란 당신의 보호자란 뜻입니까?
결국 오늘도 어차피 당신은

십자가에 못 박히지 않을 길이 없습니다.

그러나 가난한 양떼는 어찌하란 말입니까?
털도 가죽도 살코기마저도 다 빼앗긴 채
어디서 진리와 구원을 발견하란 말입니까?
주님! 가난한 사람들의 가장 가난한 주님!
엘리 엘리 라마사박타니?
당신의 대답은 이것뿐입니까?

2010.3.28.

*엘리 엘리 라마사박타니?: 히브리어. 나의 하느님, 나의 하느님,
 어찌하여 나를 버리셨나이까?

그는 누구일까?

사방이 고요하고 모두 잠든 시간.
그러나 홀로 깨어 생각하는 사람은 있다.
사방이 침묵하고 모두 마비된 시대.
그러나 홀로 고뇌하고 외치는 사람은 있다.

그는 누구일까?
어떤 사람일까?

공원묘지에 황혼이 깔릴 때
모든 영혼은 이미 지상을 떠나 가버렸지만
홀로 남아 허공을 배회하는 영혼은 있다.
아파트 밀립지대 신도시의 창문마다
어둠이 두터운 장막을 드리울 때
모든 육체는 이미 시간에 짓눌려 쓰러졌지만
홀로 텅 빈 거리 걸어가는 사람은 있다.

그는 누구일까?
왜 그렇게 행동하고 있을까?

아는 것이 모르는 것이라면
가진 것은 그림자 움켜쥐는 것일 뿐.
모든 것이 신비고 불가사의라면
모든 이의 지식이란 무지의 심연일 뿐.
더 크고 더 강하고 더 많고 더 아름다운 것도
결국은 미친 거인의 잠꼬대나 장식하는
화려한 빈 말 이외에 그 무엇이겠는가?

그는 누구일까?
어떤 사람일까?
이런 질문이나마
과연 누가 던지고 있을까?

2010.3.28.

허공에 사라지는 억만장자들

자기 집 앞마당에 비행장을 만든 억만장자들,
수십 억 달러! 수백 억 달러!
경비행기와 함께 허공에 사라지다.
글라이더와 함께 바다 속으로 사라지다.
비행선과 함께 사막에서 사라지다.

자기 집 앞마당에서 로켓 쏘아올린 억만장자들,
수천 억 달러! 수조 달러!
우주선과 함께 암흑 속으로 사라지다.
캡슐과 함께 시공 저 너머 영영 얼어붙다.

지상에서는 수억, 수십억의 몸뚱이들이
여전히 굶주림에 쓰러지고 있다.
하늘만 쳐다보던 무수한, 무수한 눈들은
아직도 재림의 환상에 눈이 멀어 있다.

새 하늘은 영영 열리지 않을 것인가?
새 땅은 영원히 펼쳐지지 않을 것인가?
모든 것은 사람들 마음속에 있는데도

마음과 함께 영영 사라지고 만 것일까?

2010.4.1.

죽은 시계

죽은 시계도 맞는다, 날마다 두 번은!
산 사람들은 도대체 평생 몇 번이나 맞을까?
한 번? 두 번?
아니, 무수히 맞는다!
사정없이 매를, 시간의 매를!

죽은 사람도 일어난다,
최후의 심판 때 한 번은!
살아있다면서 사람들은 도대체 평생
몇 번이나 벌떡벌떡 일어나는가?

무엇이 살아 있고
무엇을 위해서 일어나는가?
무엇이 일어나며 왜 일어나는가?
날마다 일어나서 무슨 짓을 하는가?
밤마다 일어나서 무슨 일을 하는가?

쾌락 또는 번식,
고작 그것이 인류의 꿈인가?

허망한 꿈의 전부인가,
죽은 사람들도 일어날 그 때까지?

2010.4.4.

그는 부활했다!

그는 부활했다!
그를 사랑하던 여인이 주장했다.
그러나 사도들은 아무도 믿지 않았다.

그는 부활했다!
사도들이 대낮에 외쳤다.
그러나 무수한 사람들은 믿지 않았다.

만일 그가 부활하지 않았다면
수십억이 외친들 믿은들
그의 부활이 사실이 될 수 있겠는가?

만일 그가 참으로 부활했다면
아무도 외치지 않은들 믿지 않은들
그의 부활은 거짓말이 될 수 있는가?

진리 앞에 무슨 증인이,
무슨 증언이 필요하겠는가?

매년 똑같이 오늘 그의 부활은 찬미된다.
그의 부활이 사실이든, 신화 또는 소문에 불과하든
그를 믿지 않는 사람들에게 무슨 상관인가?
심지어 그를 믿는 사람들에게조차 무슨 상관인가?

그들 자신이 부활하지 않는다면!
신앙 안에서 새 사람으로 태어나지 않는다면!
새 사람답게 새 삶을 살아가지 않는다면!
그의 가르침을 날마다 실천하지 않는다면!
믿지 않는 사람들보다 더 추하게 행동한다면!

2010.4.4.

항해 중

놀라운 경치에 도취해 모든 것 잊을 때
항해 중.
사랑에 빠져 항해 중인 것도 잊을 때
역시 항해 중.
구석구석에서 번식하는 쥐새끼들도
역시 항해 중.

말단 사병에서 선장에 이르기까지
모두 항해 중.
승진에 기고만장하든,
진급 탈락에 비관하든
같은 배 타고 똑같이 항해 중.

빈털터리든 억만장자든
누구나 항해 자체만이 목적일 뿐,
누구나 안전한 항해만 기원할 뿐.

망망한 바다에 무수한 배가 항해 중.
조각배든 대형유람선이든 항공모함이든

각종 모든 배는 항해 중일 뿐.

아침에 일어나 세수하고 식사.
일하거나 빈둥빈둥 놀거나
오락, 쾌락에 빠지거나,
밤새도록 술타령에 빠지거나,
어영부영 시간이나 보내거나
각자 항해 중의 일.
침대에서 자거나 맨 바닥에서 자거나
반드시 자는 것도 항해 중의 일.

항구는 어디 있는가? 젊든 늙든
아무도 모르지만 누구나 아는 척한다.
항구는 어떤 곳인가? 누구나 다
아는 척은 하지만 아무도 모른다.

항해는 언제 끝나는가?
그 때는
각자 다르지만 반드시 오고야 만다.

항해 중인 사람들에게는 항해 중에
항해 중인 사실 자체만으로 충분하다.
항구가 어디 있는지 어떤 곳인지 몰라도

즐겁게 안전하게 항해하면 그만.

어려운 동행자를 도우면 가장 보람 있는 일.
돕는 일 자체가 큰 기쁨이 아닌가!
돕는 일은 항해 중에만 가능한 것이 아닌가?

항해의 끝이 언제인지 몰라도
태풍인들 좌초인들
두려워할 이유가 무엇이냐?
지구인들 한낱 조각배가 아닌가!

2010.4.5.

증오 폭풍

누런 모래 폭풍이 덮칠 때,
40도 열기 속에서
도시 전체는 숨죽인 채 엎드렸다.

빨리만 지나가라!
덮치는 것은 네 일,
피해서 살아남는 것은 내 일!

그러나 시퍼렇게 날 선
증오 폭풍이 덮칠 때,
시뻘건 피가 흐르고 불길 치솟을 때,
도시 전체, 아니, 나라 전체는
숨죽인 채 엎드려만 있을 터인가?

덮치는 것은 네 일,
피해서 살아남는 것은 내 일!
그 때도 그렇게 중얼거리기만 할 것인가?

종교도 사람이 살고 나야 종교지,

서로 죽이는 판에 신인들 신앙인들
무슨 도움이 되는가?
가치나 있는가?

인종도 사람이 살고 봐야 인종이지,
서로 다 죽이고 나면 무슨 소용인가?

그러게나 말이지!
최고로 진화했다는 것들이,
만물의 영장이라는 것들이 정신은
최하등동물보다 더 퇴화했다니!

2010.4.5.

신림동 개천가 개나리

신림동 개천 따라 끝없이 만발한 개나리.
송이송이 구별도 없이 줄줄이 늘어선 개나리.
장군도 없이 사열식에 동원된 사병들인가?
무심히 달리는 차들만 아는 척도 안 하면서
이름 없는 그들을 사열하고 있는가?

장미만 꽃이고 개나리는 꽃이 아닌가?
장미가 눈먼 자들 그 알량한 아량 상징한다면
수수하고 겸손한 개나리야말로,
그러기에 더욱,
서민들 성실한 삶을 대변하고 있지 않은가!

가지마다 다닥다닥 붙어 있는 개나리
뿌리에서 올라오는 물 목말라 기다리는가?
소리 없이 하나 둘 떨어지는 개나리,
아무도 기억해주지 않아
흙으로 돌아가는 개나리
내년에도 과연 개천가 가득 채울 것인가?

개나리가 다 지고 나면
사막의 태양이 아스팔트를 녹일 것이다.
열대 허리케인이 빌딩들을 무너뜨릴 것이다.
그제야 개나리 그리워한들,
아무리 소리쳐 불러본들
이미 늦었다!
때는 이미 한참 늦었다!

2010.4.9.

누가 가려울까?

쓰레기통 옆에 엎드린 개,
애완용 개
앞발로 얼굴을 자꾸만 긁는다.

가렵다. 끊임없이 가렵다.
버림받았기에 더욱 가렵기만 하다.
멀리 달아난 주인은 가렵지 않을까?
아니면, 속이 시원할까?
어쩌면 쓰레기통 쓰레기가 가려울까?

대도시에는 버리는 손들,
버림받는 개들뿐, 그래서 오히려
이, 벼룩, 빈대, 모기가 가려울까?
아니면, 속이 편할까?

2010.4.14.

잡초

짓누르는 바위들 사이 비집고
쇳덩어리 틈새도 뚫고 또 뚫어
파릇파릇 돋아나는 풀.

풀풀 씨를 날려 멀리 퍼지는 잡초.
각양각색 각종 잡초.

사람들이 잡초라 부른다 해서 조잡한가?
나름대로 완전하고 아름다운 풀이 아닌가!

아무리 잘난 사람이라 해도
그의 생명만큼 귀중한 잡초의 목숨!

2010.4.14.

어쩌다가 개로 태어났는가?

살랑살랑 꼬리치며 주인에게 아양 떠는 개
귀여워해달라고 깡충깡충 뛰어오른다.
개란 원래 그런 동물이기 때문일까?
말은 비록 못한다 해도 자기 운명이
주인 손에 달린 걸 알기 때문일까?
살인죄는 있어도 살견죄는 없는 세상,
그런 세상이 더럽게도 무섭기 때문일까?

어쩌다가 세상에 개로 태어나서
개처럼 살다가 개의 최후를 마치는지
개 자신은 끝내 깨닫지 못한다.
아니, 그럴 것이다, 사람의 추측일 뿐이지만.

어쩌다가 세상에 사람으로 태어나서
개만도 못한 취급만 받는 경우,
그것을 경멸, 외면, 천대, 학대라고 하는가?
개만도 못한 자들에게 개만도 못하게 살해되고
개만도 못하게 아무 데나 묻히는 경우,
본인은 그런 이유를 정녕 깨달았을까?

생명은 아름답다! 고귀하다! 신성하다!
그러면 삶 자체도 반드시 그러할까?
오히려, 슬프다! 추하다! 천하다! 저주받았다!
대개는, 그런 것이 아닐까?

2010.4.15.

사료는 자유를 박탈한다

대량생산된 사료 날마다 먹인다, 가축에게.
사랑해서, 가축의 삶을 위해서 그런다면!
무관심하게, 촉진된 죽음을 먹인다, 가축에게.
프로그램 된 그 날이 오면
가축은 도살되고 결국 먹힌다.

들짐승의 자유란 추위와 굶주림의 자유,
사냥의 위험을 피하는 자유,
다른 짐승에게 잡아먹힐까
두려움에 떠는 자유.
그래도 여전히 들짐승의 자유!

애완용 짐승은 알 리가 없다 결코.
날마다 사료를 먹인다, 애완견에게도.
개는 재롱을 떤다.
결국 가축에 불과하다.

사료는 가축의 자유를 박탈한다.
사냥은 짐승의 삶 자체의 파괴자.

사람이 사람에게 사료를 준다.
가축으로 전락한다.
사람이 사람을 사냥한다.
들짐승으로 전락한다.

2010.4.17.

벚꽃 놀이

활짝 핀 벚꽃 가로수 길
화려한 무릉도원 한껏 펼쳐 보이는 듯.
화난 듯 어느 덧 사라져버린 겨울에
화들짝 놀라 나들이 나온 사람들
참으로 행복하기만 할까?

신혼 남녀 행진곡 따라 환하게 웃을 때
신선한 사랑의 맹세도 역시 활짝 핀다.
먼저 핀 꽃은 먼저 지고
나중 피는 꽃은 더 오래 피어 있다는데,

어느 열매가 과연 더 달고 향기로울까?
사람마다 입맛은 제각각인 법이니
아무도 사실은 모르고 산다.
그래야만 자기만족에 살아갈 수도 있다.

벚꽃 놀이도 한 때, 추억만 남는가?
맹세 깨어질 때 추억마저 강물에 버려지는가?
화려할수록 지고 나면 더욱 초라한 꽃.

높이 오를수록 떨어질 때 더욱 비참한 이름들.

그럼에도, 그러니까, 즐길 수 있을 때 즐기자!
정신없이 사방 천지에 우글거리는 사람들.
먼저 즐기는 사람은 먼저 떠나가고
나중에 즐기는 사람은 뒤따라 갈 뿐 아닌가?

2010.4.18.

함부로 버리지 마라!

남들이 길에 버린 그릇들도
깨끗이 씻고 닦아 내가 사용하면
나의 그릇이 되지 않는가?
그릇이 더럽고 추하고 냄새 나는 것은
그릇 탓인가? 주인 탓인가?

남들이 버린 꿀 항아리,
꿀을 다 먹고 버린 텅 빈 항아리
그것도 주워다가 깨끗이 씻으면
나의 서재 멋진 장식품이 되지 않는가?
비록 꿀을 다시 채우지 않는다 해도!

깨지고 부서지지만 않았다면
그릇이든 단지든 항아리든 병이든
어느 것 하나 마구 버릴 것이 있는가?
나름대로, 잘 쓰면 소용이 있는 물건
무심하게 버리는 것은 사람 탓이 아닌가!

사람이 그릇을 버리면 그릇도 사람을 버린다.

사람이 사람을 버리면
그 사람도 결국은 버림을 받고야 만다.
언제, 어디서, 어떻게, 누구에게, 왜,
그것만이 경우에 따라 다를 뿐,
모든 것의 운명은 마음가짐에 달린 것일 뿐.

2010.4.18.

건강한 노파의 리어카

80세 노파가 리어카를 끌고 간다.
커다란 플라스틱 바구니가 떨어진다.
할머니, 바구니 떨어졌어요.
여기까지 끌고 왔는데 떨어지면 어떡하나?

용돈! 아니면, 생계비! 입에 풀칠?
혈색 좋고 몸도 튼튼한 노파
그렇게 동네 골목 누비며 폐품 수집하면
100세까지도 건강은 문제없을 터.

여기까지 끌고 온 것은
반 푼어치도 안 되는 플라스틱 바구니가 아니라
바로 노파 자신의 몸이 아닌가?
노파가 걱정하는 것은
병들어 죽으면 어떡하나? 그것일까?
손자 손녀 배고프면 어떡하나? 그럴까?

어쩌면 권력, 재산, 명성에 중독된 채
스스로 잘 살고 있다고 착각하는 사람들,

그들의 타락과 범죄, 특히 정신병
바로 그것을 걱정하는 것은 아닐까?
여기까지 끌고 왔는데 떨어지면 어떡하나?

2010.4.22.

고향으로 돌아가고 싶다

고향으로 돌아가고 싶다 내 고향으로.
고향 땅 다시 한 번 밟아 보고 싶다.
꿈엔들 그 누가 외치지 않으랴!
누군들 한 시라도 간절한 소망 잊으랴!

고향 집으로 돌아가고 싶다 나의 그 집으로.
고향 친구들 얼굴이라도 보고 싶다.
생사 모른들 목 놓아 외치고 싶다.
아버지! 어머니! 할아버지! 할머니!
아아, 여보! 여보! 여보!

천 리 만 리 먼 길이라 가지 못하는가?
굶주린 늑대들이 앞을 가로막는가?
80 인생 어언 60년이나 흘러갔건만
고향 땅은 여전히 저 세상일 따름인가?

고향으로 돌아가고 싶다 내 고향으로.
마음만이 아니라 몸마저 돌아가고 싶다.
그 어느 장벽인들 내일 무너지지 않으랴!

하이에나 무리인들 제 풀에 멸종하지 않으랴!

2010.4.22.

아침식사 중

부부가 정답게 아침식사 중.
그러나 헤어진 사람들을 생각하라.
곧 등지고 떠날 사람들도 생각하라.
홀로 남아 먼저 간 사람 생각하는
그 사람들 더욱 각별히 기억하라.
아니, 끼니 없는 사람들
그 허기진 배의 고통을 명심하라.

칭얼칭얼 투덜투덜 아이들도 아침식사 중.
그래도 내 새끼! 귀엽기만 하다.
그러나 찬밥 한 덩어리마저 없는 아이들,
원망스러운 부모마저 없는 아이들을 생각하라.

식사할 때마다 모든 음식에 대해,
아직 살아 있음에 감사하라.
살아 있는 동안 기뻐하고, 기쁘게 일하라,
나를 위해서도,
남을 위해서는 더욱 더!

아침식사 중
가장 행복한 시간,
때로는 가장 송구스러운 시간.

2010.4.24.

주님은 죽었다 분명히!

열매를 보면 나무를 알고
제자를 보면 스승을 아는 법이다.
주님은 죽었다 분명히.
그러므로 이제 그의 제자들을 보라.

주님이 정녕 부활했다면, 지금도 살아 있다면
그들의 가르침은 이럴 수가 없다 결코!
그들의 행동이 이럴 수는 없다 절대로!

사제가 미성년자를 추행할 때마다
주님은 죽었다 분명히!
어떤 형태로든 성직이 매매될 때마다
주님은 다시 죽었다 참혹하게!

사도? 제자? 신자?
나는 너희를 모른다. 주님의 말씀이다.
살아 계신 주님!
그들의 입술은 그 말을 담을 자격이 없다.

옷이란 나체를 가리기 위한 것,
지위의 상징일 수는 없다.
더욱이 권력의 도구일 수도 없다.

지난 2천 년의 역사를 보라!
범죄의 역사가 아닌가!
Agnus Dei!
어린양은 사제들의 일용할 양식일 뿐.

Miserere nobis!
Dona nobis pacem!
자비가 없는 교회, 평화가 없는 교회.
주님은 죽었다 분명히!
무수한 성인들조차 막을 수 없는 죽음.

2010.4.25.

*Agnus Dei!: 라틴어. 하느님의 어린 양.
*Miserere nobis! Dona nobis pacem!: 라틴어.
 우리에게 자비를 베푸소서! 우리에게 평화를 주소서!

아무것도 볼 수 없는 우리 눈

맑으면 선명하게, 흐리면 뿌옇게나마
세상은 우리 눈에 확실하게 보인다.
우리는 분명하게 안다고 확신한다,
세상이, 만물이 우리 주위에 존재한다고.

그러나 정말 그럴까?
사람들이 저 세상은 없다고 말하듯이
저 세상 영혼들도 이 세상은 없다고,
우리 귀에 들리지만 않을 뿐,
마음껏 큰소리로 비웃고 있지 않을까?

저 세상이 우리 눈에 보이지 않는 까닭은
단순히 빛의 반사가 없기 때문일까?
마음의 눈이 완전히 역으로 선팅 되어
저쪽에서는 우리가 보이지만
우리는 저쪽을 전혀 보지 못하는 것,
그렇지는 않을까? 확실하지 않을까?

버스 창유리에 맺힌 빗방울들

모두 하찮은 물방울에 불과하다 웃지만,
하나하나 우리 감시하는 저 세상 영혼들,
다이아몬드보다 값지고 더 찬란한 보석들.

내가 나를 보지 못하면 우리도 보이지 않고
우리가 서로 사랑하지 않으면
이승도 저승도 아무 것도 볼 수 없지 않은가!

2010.4.27.

쏠까요? 말까요?

쏠까요? 말까요?
묻지 않고 쏘면 (똑똑한 놈!)
문책, 강등, 불명예 제대.

쏠까요? 말까요?
물어보고 있으면 (멍청한 놈!)
네 몸은 이미 총알의 밥,
아니, 두 동강!

에라, 이판사판!
그래서 대통령이라는 어떤 작자는
군대 가면 썩는다! 그랬구나!

쏠까요? 말까요?
어느 놈에게 물어?
아가리 짝 벌린 지옥문 앞에서
쏠까요? 말까요? 그런 거야?
삼십육계 줄행랑
그거라도 가능하면 넌 다행이야.

에라, 이판사판!
그래서 자칭 평화의 사도라는 어떤 작자는
원자탄, 미사일 제조에 찬조금 뿌렸다는 거야!
그랬구나! 정말 그랬구나!

아무 것도 묻지 마! 무조건 쏴!
그러고 나서 한 마디 해.
오발이었다, 오발!
양쪽 다 오발이었던 거야,
미친놈들, 아니, 악마들의 이 세상에서!

2010.4.30.

173

노조 명단은 극비문서

나치 친위대 명단은 극비문서.
스탈린 비밀경찰 명단 그것도.
조폭 조직원 명단 그것도.
포주가 거느린 여자들 명단 그것도.
뇌물 주는 자의 고위층 명단 그것도.

노조 명단이 어찌하여 비밀인고?
물으신다면
당신은 얼간이라고 말하겠어요.
그런가?
노조의 숨은 목적부터 극비.
노조원이 모두 투사라는 사실도 극비.
그런 공개된 비밀도 모르는 천치가 있나?

명단을 공개하는 조직은 죽은 조직.
명단이 극비인 조직은 죽을 조직.
노조만 조직인가?
어중이떠중이 사조직, 공조직 모두 그렇다!

그러나 명단 공개를 거부하는 조직이란
어딘가 몹시 비린내 구린내가 난다.
음흉한 범죄의 살기가 서려있다.
끼리끼리 치고받고 죽이다가
애꿎은 수많은 사람마저 살상할 것이다.
교육? 누가 누굴 교육해?

2010.4.30.

슈퍼마켓 카운터 아가씨

바코드로 계산되는 각종 상품
남의 것이다.
차곡차곡 쌓이는 현금도,
카드에서 빠져나와 쌓이는 숫자도
모두 남의 것.
줄어들지 않는 줄에 늘어선 사람들
모두 남의 사람.

아가씨 손가락은 뻣뻣해지고
다리는 후들후들 떨린다.
그래도 정해진 시간을 채워야 산다.

출구로 빠져나가는 하루 또 하루는
아가씨 자신의 젊음,
기쁘고 즐거운 순간보다는 피곤하고
괴로운, 슬픈, 억울한 순간이 더 많은
삶 자체.

진정 사랑하는 사람이 없다면,

진정 사랑해주는 사람이 없다면
삶은 참으로 공허한 시간 장사!
남의 시간 돈 주고 사는 사람에게도!

2010.4.30.

매니큐어

새빨간 매니큐어 끝이 닳았다.
오늘도 어제와 같이 가버린 날에 불과,
밤이 꿈속에 젖을지는 의문이다.

내일 아침에는 새카만 매니큐어,
저녁에는 끝이 역시 닳아버릴 것이다.

한 평생 몇 번이나 칠할 수 있을까?
몇 가지 색깔을 바꿀 수 있을까?
닳고 또 닳아도 거듭거듭 칠하는 매니큐어.
바꾸고 또 바꾸어도 끝나지 않는 색깔.
여자는 언제 만족할 수 있을까?

매니큐어 따위
아예 처음부터 칠하지 않을 수는 없을까?
남자들 시선에도 묻어나는 매니큐어,
위선과 허영의 가면,
안쓰럽고 슬프고 피곤한 가면.

남자들의 매니큐어
보이지 않는 그것은 정말 무엇일까?

2010.4.30.

노파는 거친 손으로 말한다

시금치, 파, 무, 마늘,
하루치 팔아 하루 또 사는
팔순 노파에게는 그것이 하늘,
그것만이 하늘의 모든 별이다.

울퉁불퉁 뿌리 닮아 옹이 진 손가락들.
노파는 손으로 말한다.
검은손으로 더 이상 움켜쥐지 마라!
나의 하늘을 갈취해 가지 마라!

화산재가 지구 절반을 뒤덮든,
기름띠가 대륙 한쪽을 엄습하든
노파는 알 바 아니다. 아니, 안들!
시금치, 파, 무, 마늘,
그것만이 생명의 샘물이다.

화석처럼 딱딱해진 회색 손톱들.
노파는 거친 손으로 말한다.
남의 돈 걷어서 먹고 사는 자들,

너희는 더 이상 거짓말하지 마라!
나의 하늘을 무너뜨리지 마라!

2010.5.1.

젊은 날의 나의 얼굴은 그림자

젊은 날의 나의 얼굴은 그림자,
내 몸에서 영영 떠나간 그림자.
지금 나의 얼굴도 또한 그림자,
내 몸에서 곧 떠나가 버릴 그림자.

지금 내가 끌고 가는 이 몸은
젊은 날의 그 몸은 물론 아니다.
언젠가 영원한 안식에 젖을 그 몸도 아니다.
지금 내가 나의 것이라고 주장하는 것,
내 몸이 자기 것이라고 주장하는 그것
도대체 무엇인가? 언제까지 그런 것인가?

빛과 그림자, 시간은 비록 갈라놓지 못한다 해도
어제의 그것이 오늘의 그것일 리 없다.
오늘은 나의 것, 내일은 남의 것.
우리는 각자 지구의 그림자의 미세한 일부.
지구 전체는 누구의 비눗방울일까?

2010.5.4.

노파의 회고록

90이 내일 모레인 노파 곱게 화장한 채
조선호텔 로비
르네상스 시대 의자에 앉아 있다.
손가락에는 굵은 금반지,
거기 박힌 커다란 청옥.

대통령, 장관, 장군, 대부호들,
아라비아 왕자들과 함께 찍은 수백 장 사진
모두 죽어버린 추억의 쓰레기 더미.
책을 내다니!
회고란 홀로 하는 것!
무엇이 남길 가치가 있단 말인가?

돈, 그것은 있다.
시간, 그것은 없다.
걷기조차 힘든 몸, 기억조차 가물가물한 뇌,
아직도 거기 가득 차 번쩍이는 것은
욕망, 허망하고 슬프고 가련한 허영.

노파가 자리에서 일어설 때
젊은 남자비서가 머리를 조아린다.
한 때 세력 떨치던 고위층의 부인,
지금도 대재벌의 사돈,
아니, 살아 있는 사람을 향해서가 아니라
돈을 향해서!
그래, 목구멍이 포도청이라니까!

2010.5.4.

물망초

네가 너를 잊어버릴 리야,
설마!

그래도 언젠가 그런 날이 온다 해도
어찌 잊어서 버리겠는가, 너를?
바로 내가!

결코 말하지 마라 그 고운 입술로!
나를 잊지 말아요! 라고.

네가 나를 잊어버릴 리야,
설마!

그래도 언젠가는 그러고 싶은 날 온다 해도
어찌 잊을 수가 있겠는가, 너를?
바로 나만은!

결코 말하지 마라 부드러운 가슴속에서도!
나를, 나를 잊지 말아요! 라고.

아무리 네가 나를 잊어서 버린다 해도,
아무리 내가 너를 잊어서 버린다 해도
어찌 잊어서 버리겠는가, 우리를?
하늘만은!

결코 말하지 마라 우리 맑은 영혼은!
나를, 나를 잊지 말아요! 라고.

나를 잊지 말아요! 그 말에서
초조와 불안, 망설임과 원망이 묻어난다면,
차라리, 정녕 차라리 이렇게 말하라!
나를 잊어 주세요, 제발!

그러면 어찌 한 순간인들
잊을 리가 있겠는가, 너를!

2010.5.10.

촛불과 세월

소리 없이 타서 줄어드는 초
공연히 헛수고만 했을까?
말없이 흘러가버린 세월
무의미하게 우리 곁을 스치기만 했을까?

마지막까지 타서 소멸된다 해도
촛불은 역시 아름답지 않을까?
다시는 돌아오지 않는다 해도
세월은 역시 고마운 것이 아닐까?

초를 바라보며 촛불을 깨닫는 눈,
맑은 그 눈 역시 아름답기만 하다.
하늘을 우러러 세월을 절감하는 마음,
텅 빈 그 마음 역시 축복으로 가득 차 있다.

생각하라 깊이! 그리고 말하라!
말하라 진실하게! 그리고 행동하라!
행동하라 뜨겁게! 그리고 침묵하라!

침묵하라 끝까지! 그리고 조용히 사라져라!
촛불은 그렇게 말한다.
세월도 역시.

2010.5.30.

담배만 홍어 좆이냐?

담배 값! 올리지 마라!
가난한 늙은이, 힘없는 사람들만 운다.
돈 많은 사람들이야 올리든 말든 무관심,
한없이 올린들 주머니 거뜬하겠지만,
피우고 싶은 대로 마음껏 피워대겠지.
그러나 가난한 사람들, 스트레스에 찌든 사람들,
아아! 으악! 어떡하란 말이냐?
나라 일 맡은 자들은 자기 일이나 공정하게,
청렴하게 잘 하고나 있어라.
언제부터 민초들 건강 그리도 알뜰하게 보살폈더냐?
세상 모든 음식이 독도 약도 되게 마련인데
하필이면 담배만 홍어 좆이냐? 웬 개 타령이냐?
개인의 기호마저 담배 값을 올려 꺾는다면,
애당초 되지도 않을 미친 짓이지만,
나라만 돈을 잔뜩 걷어갈 뿐,
가난한 사람, 힘없는 늙은이들만 운다.
도대체 어떡하란 말이냐?
오라질 놈들!

2010.8.5.

자랑스러운 우정의 합창
— 한오름 50주년을 기리며

낙산 기슭에서 관악 봉우리까지,
백두대간에서 히말라야까지
한 오름 50년!
산에 산을 오르며 우리가 찾으려던 것,
그것은 길, 올바른 길이 아니었던가?

개나리 고개, 많은 형제들이 넘어갔다.
수많은 동문들이 손잡아 이끌고 밀어주며
오늘도 변함없이 넘어가고 있다.
개나리 고개가 끊임없이 이어지는 한
산사나이들은 거친 산길 걸어갈 것이다.

그 누가 뭐래도 또 50년,
아니, 언제까지나
뚜벅뚜벅 험한 산 걸어 오를 것이다.
계곡에서 구름 위로, 땅 끝에서 땅 끝까지
우리는 모두 오르고야 말 것이다.

한 오름! 더없이 정다운 그 이름으로!

한 오름! 그 빛나는 깃발 아래!
한 오름! 자랑스러운 우정의 합창 속에!

2010.8.13.

*한오름: 서울대 법대 산악반 출신 회원들의 모임.

다시 만날 그날까지

비바람 아무리 거세게 몰아친다 해도
쓰러지지 마라! 결코 쓰러지지 마라!
눈보라 아무리 매섭게 후려친다 해도
포기하지 마라!
삶의 의지 결단코 버리지는 마라!
다시 만날 그날까지!
다시 만날 그날까지!

청춘의 불안, 고뇌 제아무리 가혹한들
좌절하지 마라!
내일의 희망 결코 손을 놓지 마라!
먹구름 걷히면 태양도 더욱 찬란하지 않은가?
젊은 날의 고독이 제아무리 깊다 한들
익사하지 마라!
고독할수록 사방을 더욱 넓게 바라다보라!
네 마음 알아줄 이 어디엔들 없겠는가?

늙기도 서러운데 몹쓸 병마저 드는가?
한탄하지 마라!

늙는 것도 질병도 자연의 길이 아닌가?
가난한들 잊혀진들, 아니, 영영 사라진들
원망하지 마라! 노여워하지도 마라!
언젠가는 그 길 들어서지 않을 자 그 누구이며
하늘 아래 땅 위 그 누가 그 길을 벗어나겠는가?

온 천하에 드러난 죄 제아무리 많다 한들,
남모르는 잘못 바다를 메울 수 있다 한들
하늘의 용서를 절망하지 마라!
결코 절망하지 마라!
무한한 자비에 손을 내밀고 자포자기 하지 마라!
다시 만날 그날까지!
다시 만날 그날까지!

2010.8.23.

삶도 죽음도 생각하지 마라!

죽기 싫다! 외마디 소리칠 때마다,
입으로든 생각으로든 절규할 때마다
우리 정신은 허물어져 내린다
이름 모를, 바닥도 없는 심연으로.

살고 싶다! 애타게 호소할 때마다,
눈빛으로든 몸짓으로든 비명 지를 때마다
우리 마음은 썩어 악취만 풍긴다
의미 없는, 이유도 없는 생존경쟁 속에서.

살아 있는 오늘이 당연한 것이라면
죽음의 내일 또한 자연스러운 일 아닌가?
이승의 삶이 영원할 수 없다면
언젠가 당연히 떠나가야만 하지 않은가?

살고 싶다! 고래고래 악 쓰지 않아도
누구에게나 오늘은 충분히 많다.
죽기 싫다! 목쉬도록 울부짖지 않아도
누구에게나 죽음은 공평하게 닥친다.

삶도 죽음도 생각하지 마라!
사랑할 것도 혐오할 것도 되지 못하니
절망적으로 매달릴 것은 또 어디 있는가?

이웃을 사랑하라! 모든 잘못을 용서하라!
무엇보다도 너 자신을 이웃으로 삼아라!
초연하게, 그렇다! 주어진 시간 다하도록
남을 도와 나를 돕는 길 담담하게 걸어가라!

2010.8.25.

세월의 낭비

팔이 제아무리 길다고 한들
세월의 허리 어찌 껴안을 수 있겠는가?
손아귀가 천하에 제아무리 억세다고 한들
시간의 파도 어찌 독에 가둘 수 있겠는가?

꼭 껴안은들 네 것이 어찌 되며
꾹꾹 눌러둔들 훗날 네가 어찌 쓰겠는가?
지난 세월 애타게 그리워한들 무엇 하며
가는 세월이야 너도 함께 가면 그만 아닌가?

오는 세월 철없이 두려워할 리는 또 무엇이며,
무수한 낙엽 때를 만나 대지로 돌아가듯,
한없는 강물 어느 때나 바다로 사라지듯
대통령도 노숙자도 세월 앞에는 한낱 먼지일 뿐.

그런들 맥없이 빈 하늘에 한숨만 올리겠는가?
자기만을 위해 살면 세월도 네가 잃어버린 것.
오만과 불의 속에서는 세월이 살무사의 독일 뿐.
그것도 깨닫지 못한다면 너는

영원한 익사체가 아닌가!

일어서라! 사방을, 가까운 곳부터 둘러보라!
가진 것 없어도 너는 아직 할 일이 있지 않느냐?
병든 몸이라 해도 아직은 남을 도울 수 있지 않느냐?
네 정신, 네 마음, 네 영혼, 아니, 네게 남은 세월
어찌하여 오늘도 하염없이 낭비하며 우는가?

2010.8.28.

생명의 샘

우주에는 분명 생명의 샘이 있어
어떤 것은 나무로, 어떤 것은 짐승으로
또 어떤 것은 사람으로 태어난다.
그리고 각자 그 샘으로 돌아간다.
내가 나무 그늘 아래 있든
길 잃은 개를 만나든
이 얼마나 기막힌 생명의 인연인가!
내가 사람을 만나는 것,
더욱이 사랑하는 사람을 만나는 것이란
얼마나 놀랍고 신비한 인연인가!
생명의 샘에게 감사할 뿐!
그 샘이 존재하게 한 그 존재에게
한도 끝도 없이 감사할 뿐!
그는 아버지! 어머니!
우리 모두의 모든 것이 아닌가!
과거 현재 미래의 모든 것을 초월하는,
시간도 공간도 모두 초월하는 그!
그러나 그는 누구일까? 정녕 무엇일까?

2010.9.4.

사랑은 여신이다

사랑은 지나가는 바람인가?
한 때 온 몸에 경련 일으키고 그치는
뜨거운 광풍에 불과한 것인가?

사랑할 때가 있다면
사랑에 지칠 때도 있다고 한다.
헤어질 때가 있다면
다시 만날 때도 있어야만 한다고 한다.

식은 밥을 전자레인지로 데운다 한들
새로 지은 밥과 그 맛이 어찌 같겠는가?
사랑이 번식의 도구일 뿐이라면 사람에게
사랑이 어찌 여신이 되겠는가?
사랑이 쾌락의 미끼일 뿐이라면
사람과 사람이 굳이 사랑할 이유 어디 있는가?

사랑은 신비인가? 그렇다!
우리는 우리가 가진 것도 무엇인지 모르고
가지지 못한 것도 무엇인지 모른다.

사랑한다고 말할 때도 사랑을 모르고
사랑하지 않는다 외칠 때도 역시 모른다.
그래서 사랑은 영원한 신비, 수수께끼,
아니, 불가사의한 여신이다!

아무리 그렇다고 해도
여신이 모두 사랑은 아니지 않은가!

2010.9.9.

남자와 여자

남자는 여자의 신이다.
때로는 귀신, 때로는 병신,
흔히는 신다 내버리는 가죽신.
그러나 대개 우상으로 서로 착각한다.

도금한 토우,
비바람에 맥없이 부서지는
불모의 우상!

여자는 남자의 신이다.
때로는 요정, 때로는 인어,
흔히는 온갖 배 난파시키는 사이렌.
그러나 대개 천사로 서로 착각한다.

가공현실의 아바타,
정신병자의 환상 속에 떠올랐다가
물거품처럼 사라지는 영상!

이 세상에 남자가 없다면 참 평화가 올까?

이 세상에 여자가 없다면 참 사랑이 올까?
그보다는 차라리 이렇게 질문하라.
이 세상에 돈이 없다면 가난이 사라질까?
이 세상에 삶이 없다면 죽음도 사라질까?

2010.9.9.

낮잠

할 일이 없으면 낮잠이나 자라니?
낮잠이나 잘 것이 아니라,
낮잠만, 그것도 죽을 때까지 내내
낮잠만 자야 마땅한 자들이 있다!

그래야만 세상이 한결 더 깨끗하고
한없이 공정해질 것이다.
그들은 물론 밤에도 내내 자야만 한다.

그들이 누구라니?
온 천하 코흘리개도 다 아는 자들,
너무나도 유명한 자들,
공동묘지에 그들이 들어간다면
죽은 자들이 모두 이사 가겠다고
데모할 판인, 공해 인간들.
그 놈이 그 놈!
모조리 도둑놈들!

이래도 그들이 누구냐고 물을 작정이냐?

너도 한통속이라
짐짓 모른 척하는 게 아니냐?

2010.9.9.

불륜은 대도시 탓이다

대도시란 서서히 자멸하는 공룡.
사람들이 흔히 말하는 그들의 불륜이란

대도시 탓일 것이다 아마도.
천만이 넘는 사람들이 바글바글 대는 곳에서
하필이면 그들이 왜 서로 만났단 말인가?
만났으면 그만이지
왜 서로 좋아하게 되었던가?
자유롭지도 못한 주제에!

서로 좋아하도록 태어난 사람들인데
자연히 좋아하는 것도 죄란 말인가?
사랑이 식은 곳, 아니, 사라진 곳에서
사랑의 발견은 정녕 용서 받지 못할 죄인가?

누가 누구를 용서한단 말인가?
아, 돌팔매 맞는 한이 있다 해도
사랑 속에서 숨지게 하소서!

그러나 그런 염원은 빈 바람일 뿐,
그들은 시작부터 이미 서로 알고 있었다.
불륜은 불륜이다! 무수한 입이 소리친다.
그러고도 그들은 남몰래 딴 짓에 몰두한다.

그렇다! 불륜은 대도시 탓이다.
그들은 차라리 만나지 말았어야 했다.
영영 서로 모르고 한 세상 건너가야 했다.
그러나 누가 그렇게 단언할 자격이 있는가?

2010.9.12.

수상한 남녀

모텔이 먼저 생겼을까?
아니면, 수상한 남녀들이 먼저 나타났을까?
닭이 먼저냐 달걀이 먼저냐 묻지 마라.
태초에는 아무 것도 없었고
먼 훗날에는 아무 것도 남지 않을 것이다.
무엇이 먼저인지 그게 무슨 문제냐?
모텔은 모텔 구실 제대로 하면 그만.
남녀는 나름대로 제대로 처신하면 그만.
가장 중요한 것, 대개 모른 척하는 것이란,
자기 앞가림이나 잘할 것이지
남의 일에 공연히 입방아 찧지 말라는 것.
남을 비난하는 자기 손가락에
자기 눈이 찔리지나 않도록 조심하는 것.
모텔이 먼저인지 수상한 남녀가 먼저인지
정 알고 싶다면 얼마든지 물어보라
모텔을 허가해준 자에게,
아니, 남녀를 지상에 출현시킨 그분에게.
그리고 너 자신은 과연
수상한 남녀가 아닌지도 동시에 물어보라.

2010.9.12.

너 변했구나!

너 변했구나!
어쩌다가 그 꼴로 변했느냐?
남의 충고 아침저녁 비웃더니,
눈부시게 아름다운, 기막히게 향기로운
독버섯만 골라가며 날름날름 집어 삼키더니,
터지기 직전 맹꽁이배가 되어
숨만 헐떡헐떡 쉬고 있구나!
복수하는 데는 둘째가라면 서러워하더니
이제는 복수만 한없이 찬 맹꽁이배로구나!

너 참 변했구나!
신의도 우정도 정의도 공정도 외면한 채,
사랑의 맹세마저 헌신짝처럼 저버린 채,
툭 치면 바스러질 질그릇,
사리사욕 넘치는 항아리로 변했구나!

국립묘지에 들어간들 네게 영예가 있겠느냐?
금박 자서전 남긴들 누가 기억이나 해주겠느냐?
차라리 태어나지 않았더라면 더 나았을 것을!

2천 년 전 그분은 이미 말하지 않았느냐?
흙에서 태어나 흙으로 돌아간들
자연과 섭리에 네가 무슨 보탬이 되겠느냐?

2010.9.12.

소중한, 찬란한, 아름다운 인연

무소식이 희소식이라 믿으며
자주 연락도 못해 미안하네.
그러나 어찌 하루인들 자네 이름이
내 가슴에 푸근하지 않은 날이 있겠는가?

한강 물줄기 시간 너머 도도히 흐르듯
반세기에 걸친 우리 우정도 그칠 날 없네.
아니, 산정에 백설 아무리 쌓인다 해도
언제까지나 내 가슴 속에 싱싱한 자네.

내가 어려울 때면 고마운 손 내밀어준 자네.
비틀거릴 때면 내 어깨 다정하게 잡아준 자네.
아무리 오래간만에 만나도 환하게 웃으며,
어이, 친구야!
정겹게 악수해주는 사람, 자네가 아닌가!

고맙네. 모든 것이 한없이 고맙기만 하네.
가없는 세월의 바다에서 자네 만난 것마저
더없이 소중한, 찬란한, 아름다운 인연 아닌가?

하찮은 것들 훌훌 털어버리고 속 편히 지내게나.
언제나 어디서나
행복한 나날을 누리게나.

2010.9.13.

모란 공원묘지

공원이란 이름뿐.
여기 있는 것이라고는 묘지뿐.
한 때는 살아 있었지만 이제는 이름뿐.
지금은 살아 있지만 모두 언젠가는 이름뿐.
천하의 그 누구든
여기 남길 수 있는 것이란 묘지뿐.
이곳이 정녕 공원이라면
대도시, 나라, 대륙, 바다, 아니,
지구 전체가 하찮은 공원일 뿐.
우주에 둥둥 떠가는 한낱 무덤일 뿐!
누가 아는가,
어디로 가고 있는지?

2010.9.18.

등산, 남녀 그리고 삶

산을 사랑하기는 쉽다.
산을 사랑한다고 말하기는 더 쉽다.
그러나 어느 산을 가장 사랑하는가 묻는다면
누구나 한동안 망설일 수밖에는 없다.
수많은 산에 오른 사람일수록
선택은 더욱 어렵다.
어느 산인들 사랑스럽지 않겠는가?

여자든 남자든 좋아하기는 쉽다.
사랑한다고 말하기도 그리 어렵지 않다.
그러나 가장 사랑하는 사람은 누구인가?
어느 누구인들 사랑스럽지 않겠는가?

우리의 삶은 또 어떠한가?
어떠한 삶을 가장 사랑하는가?
유한하기에, 단 한 번뿐이기에 더욱 어려운 대답.
어떤 종류의 삶인들 사랑스럽지 않겠는가?

산에 오르는 길도 산에서 내려오는 길도

다 같이 힘들지만 역시 즐겁다.
누구나 각자 한 번 걸어가는 삶의 길도
오르막이든 내리막이든
아무리 힘들어도 즐겁게 마무리 질 일이다.
불평, 비관 따위, 심지어 야망과 탐욕마저
무슨 즐거움을 더 보태준단 말인가?

2010.9.21.

뒤통수라도 긁어라!

할 일이 아무 것도 없는 날이면,
그래서 마음 푹 놓고 빈둥거리기만 하면
영락없이 뒤통수치는 일이 터진다.
불행은 혼자가 아니라 떼 지어 돌아다니는 법.
엎어져도 뒤통수가 깨지는가 하면
자빠져도 안경 박살에 코피 쏟는다.
교통사고가 남의 일일 뿐인가?
마누라 입원도 남의 일만은 아니다.
엉뚱한 곳에서 부고도 날아온다.
치매, 말기 암 판정도 드물지 않다.
주식 폭락에 부동산 거품 펑!
사기는 남만 당하나?
어두운 골목이나 주차장, 홍두깨가 도사린다.
할 일이 없다고 너무 좋아하지 마라.
나는 언제나 오히려 불안하다.
그래서 오늘도 뒤통수를 긁는다.
그나마도 아직 남은 할 일이 아닌가!

2010.9.21.

건달 공화국

건달은 아무 일도 않고 놀기만 한다.
그러니 세금 따위는 한 푼도 낼 리가 없다.
건달은 군대도 가지 않고 각종 기회만 노린다.
그러니 노른자위 남보다 먼저 해치운다.
건달은 높은 자리도 독식한다.
그러니 매스컴에도 남보다 자주 등장한다.
건달은 유명하다.
인기도 만만치 않다.
건달은 세력이 언제나 어마어마하다.
건달은 군림한다.
조폭도 검찰도 굽실거린다.
건달 공화국 만세! 만만세!
아, 참으로 한심하다!

2010.9.23.

위원장은 위대하다

여자들은 분홍빛 치마저고리.
남자들은 양복바지,
와이셔츠에 넥타이.
덩실덩실 춤을 춘다,
대포에 미사일,
군사 퍼레이드 광장에서.

노예들은 보이지 않는다.
고문당하는 정치범들도,
굶어죽는 무수한 민초들도
보이지 않는다.
절대로 보이지 않는다.

위원장은 위대하다 그들이 노래하는 대로.
그의 위장이야말로,
오로지 그의 위장만이
수천 만 인간도 통째 삼킬 수 있으니까!
그것은 참으로 전대미문의 위장!

2010.9.28.

오줌보

터질 듯 터질 듯 오줌보가 터질 듯.
종종걸음 달려갈수록 더더욱 터질 듯.
온 세상에 그보다 더 다급한 일도 있는가?
산더미 같은 황금도, 황제, 교황의 관도
그것에 비하면 지푸라기 같은 것.
그보다 더 시원한 쾌감이 어디 있는가?

주차한 트럭 뒤에 숨어 하수구에 갈긴다.
아, 터졌다! 터졌다! 둑이 터졌다!
트럭이 미끄러져 내려 깔린다 해도,
세상만사! 무슨 여한이 있겠는가?

이윽고 천천히 걸어간다 담배도 피워 물고.
이제는 급할 것이 하나도 없다
둑이 다시 터질 때까지는.
세상만사!
급할 것은 정말로 하나도 없다.

2010.10.5.

밥 한 끼가 어렵다

밥 한 끼가 어렵다.
참말로 어렵기만 하다.
따뜻한 밥 한 끼!
정처 없는 대도시 유랑민에게도,
먹을래야 먹을 수 없는 중환자들에게도.

밥 한 끼는 생명의 시작,
아니, 목숨 그 자체.

그러나 사랑이 식은 싸늘한 손,
위선의 장갑 낀 손,
배신의 칼 숨긴 손,
그 따위 손이 내미는 밥 한 끼는
눈물에 젖은 찬밥,
절망에 쉰, 목이 메는 찬밥.
집도 절도 없어
길에 쓰러진 노숙자들에게도,
인정에 굶주린 대도시 유랑민들에게도.

밥 한 끼는 힘들다.
참으로 힘들기만 하다.
따뜻한 밥 한 끼!
얻어먹고 배탈 나지 않기도,
주고도 욕먹지 않기도 힘들다.
정말 힘들다.
세상에서 가장 힘들다.

2010.10.10.

길일(吉日)

1988년 8월 8일은 길일일까?
1999년 9월 9일도 길일일까?
2010년 10월 10일은 최고의 길일일까?

그해 8월 8일에도 여전히
무수한 인민이 자유를 잃고 굶고 실직했지.

그해 9월 9일에도 세계 최대국가에서는
일당 독재의 깃발이 힘차게 나부꼈지.

올해 10월 10일에는 평화상 수상 '뉴스'가
재갈 물리고 차꼬 채워진 채
13억 가슴 속 깊이 침몰해 있었지.

길일이라니?
모든 날은 똑같이 24시간.
모든 날은 차례대로 오가는 기간일 뿐,
달력 만든 자들의 눈에는 단순한 숫자일 뿐.

오늘날의 기원의 주인공은
30여세 나이에 비참히 처형되었을 뿐.
무한한 허공 우주에는 시간도 사실 없는 것.

허공에 뜬 먼지
지구에서
길일 따위가 도대체 무엇이란 말인가!

2010.10.11.

외로워도 또 연락해

아, 외롭다!
그래, 사람이란 원래 다 외로운 거야.
언제나, 어디서나.
(시시한 표현이지만) 비가 오나 눈이 오나.
낮이나, 밤에는 더욱 더.

너 홀로 외로운 게 아니잖아!
네가 외로우면 나는 얼마나 더 외롭겠어?
내가 외로울 때면
넌 얼마나 많은 눈물을 흘릴까?

외롭겠지.
그래, 한없이 외로울 때가 좋아.
외로움이 끝나면, 끝날 까닭도 없지만,
할 일도, 느낄 일도 더 이상 없지 않을까?

잘 자. Good night.
잠들면 모든 게 편해.
그러나… 내일 또 연락해.

오늘 하루도 잘 지냈다고. 고맙다고.
그분에게.

2010.10.11.

땅 한 평

한 평만 해도 넉넉하고 또 남는다
관 하나 들어가 묻히기에는.
그럼에도 남보다는 더 넓게,
천 배, 만 배라도 더 차지하다니!

비가 온들 눈이 쏟아진들 천둥번개가 친들
알 리도, 필요도 없다 관 속에서는.
그럼에도 남보다는 더 크게, 더 높게,
천 배, 만 배라도 봉분을 쌓아 올리다니!

목관인들 어떠하며 석관인들 어떠하리.
알몸인들 어떠하며 비단수의 입은들 무엇 하랴?
어차피 거기서도 영영 떠나버리고 말 것을.
무덤 장식하는 것이 생화인들 조화인들,
아니, 아무 것도 없은들, 무명 잡초만 무성한들
무엇이 어떠하며 누구에게 어떠하랴?

산 사람들 자주 찾아온들 덜 외로울 리 있으랴?
아무도 찾아오지 않은들 더 외로울 리 있으랴?

산 사람인들 외롭지 않으며 그 누군들 떠나지 않으랴?
그럼에도 남보다는 더 잘 먹고 더 잘 입고
더 잘 살려 발버둥치는 속물들의 세상,
어제도 오늘도 내일도 여전히 변함없는 세상!

2010.10.11.

헌 몸과 새 몸

하잘것없는 우리 몸.
소리 값 전혀 없는 초성(初聲) 이응처럼,
소리 없이 스쳐가는 낯선 입김처럼
한 때 마른 땅 진흙탕 두루 헤매다가
덧없이 자취도 없이 사라지는 몸.

아무리 곱게 화장한들
누군들 화장터 피해갈 수 있겠는가?
아무리 값진 보석으로 치장한들
어찌 수의와 악취 막을 수 있겠는가?

그러나 살아 숨 쉬는 동안
사람답게 처신하고 한없이 베푼다면,
몸은 가도 행위는 모두 남는 것.

바로 그렇다!
몸은 비록 하잘것없다 해도
친절, 자비, 사랑이야 어찌 빛나지 않겠는가!
썩지 않는 새 몸을 어찌 이루지 않겠는가!

2010.10.19.

우리는 휴머니스트
— 휴머니스트회 50주년을 기리며

청춘! 그 말에 우리 정열은 얼마나 끓어올랐던가?
미래! 우리 눈은 그 얼마나 멀리 투시했던가?
희망! 세상만사 그 얼마나 만만하게 보였던가?
이 모든 것의 합창 우렁차게 부를 때
우리 가슴은 또한 그 얼마나 뜨겁게 달아올랐던가?
휴머니즘, 바로 그 이름으로!

그렇다! 우리는 휴머니스트였다!
지금도 휴머니스트,
앞으로도 영원히 휴머니스트!

20세기 허리에서 21세기 문지방 너머
절망의 폐허가 번영의 고속도로 그물에 덮일 때까지
땀과 열정, 아니, 눈물도 한숨마저도 아낌없이 바쳤다.
억울한 사람, 짓눌리는 사람 없는 공동체를 위해,
나 홀로가 아닌 우리 모두를 위해
일하면서도 공부했고
다리를 절면서도 끊임없이 전진했다.

그러나 세월의 거친 파도가 새로운 격동을 예고하는
바로 오늘, 바로 이 자리에서도
우리 각자의 가슴은 과연 휴머니스트로서
출발의 그날처럼 한 치도 변함없다 자부하는가?
아니, 한층 더 뜨겁게 달아오르고 있단 말인가?
휴머니즘, 바로 그 이름으로!

불의를 미워하다니! 그 얼마나 쉬운 말인가?
정의를 외치다니! 그보다 멋진 일이 어디 있는가?
인간의, 인간에 의한, 인간을 위한 사회라니!
이 눈부신 슬로건을 어느 누가 마다하겠는가?

그러나 뒤를 돌아다보자 잠시만이라도.
오늘은 그렇게 해야 마땅한 날이 아닌가?
차분하게, 정직하게 돌아다볼 때 비로소
짧은 미래나마 또렷하게 드러나지 않겠는가?

목이 당장 날아가도 목청껏 외쳐야만 할 때
자기변명, 몸보신의 방패 뒤에서 침묵했다면,
휴머니즘! 그 얼마나 부끄러운 너울이었던가?

수많은 이웃이 비틀거릴 때, 쓰러질 때,
눈물을 흘리거나 굶주림에 허덕일 때,

병들어 신음하거나 노쇠함에 고독에 짓눌릴 때
그들에게 도움의 손길 움츠리고 외면했다면,
휴머니즘! 그 얼마나 초라한 가면이었던가?

그러나 휴머니즘은 영원히!
그렇다! 휴머니스트도 영원히!
오늘이야말로 또 한 번 반세기 멀리 눈을 들어,
휴머니즘! 그 거룩한 이름으로 다시금,
휴머니스트! 그 긍지 높은 깃발 아래 다시금
우리 가슴은 용암보다 더 뜨겁게 끓어야만 한다.

그리하여 온 누리 구석구석 활활 태워야만 한다.
이 시대가 갈망하는 진정한 휴머니즘 그 불길로!
공허한 말보다는 구체적, 실효적 실천으로!
그것이야말로, 오로지 그것만이 우리 모두의 길,
휴머니스트로서 당당히 걸어야 할 대도가 아닌가!

2010.10.20.

개미 떼 등산

산이 봉우리마다 눈을 뜨고 있다면
사방에서 오르는 사람들을 어떻게 볼까?
개미탑에 새카맣게 달라붙은 개미떼,
호모 사피엔스가 비웃듯이
그렇게 하찮은 벌레로 여길 뿐.

인종, 언어, 민족이 다르다고 한들,
지위, 빈부, 명성, 인기의 차이가 있다고 한들,
각자 모시는 신의 이름이 수천 가지인들
산봉우리들이 아랑곳할 이유가 어디 있는가?

비행기에서 내려다 볼 때에는
에베레스트 봉우리들마저 좁쌀에 불과한데,
그 정상에 기어오른 것이 뭐가 그리 대단한가?
개미가 개미탑 꼭대기에 기어 오른 것도
정복이라 하는가?

호모 사피엔스 하나의 오줌발도 노아의 대홍수.
속절없이 무너져 사라지는 개미탑일 뿐인데,

산이 있으니까 올라간다 한들 어떠하며
산이 좋아서 오른다 한들 또 어떠냐?
심심해서 무심히 오른다고 한들 무슨 잘못이며
굳이 기록에 도전해야만 진짜 등산이 되는가?

오르고 싶으면 마음껏 끝까지 올라가라!
오르고 또 올라가도 반드시 내려갈 때가 온다.
낮은 곳에 있어야만 올라갈 수도 있다.
올라간 뒤 어느 누가 하산을 피하겠는가?

기를 쓰며 올라가 개미 신세 되는 것은 자유.
아예 올라가지 않고 평지에 머무는 것도 자유.
등산도 하산도 피곤한 유희에 불과하다면
산을 찬미하는 것도 부질없는 짓,
산을 무시하는 것은 더욱이나 어리석은 짓.

2010.10.20.

복된 죽음

붉은 포탄들이 쏟아진다.
용, 아니, 악마가 아가리를 벌린다.
군인도 민간인도 잡아먹히고
부녀자, 아이, 노인도 쓰러진다.
불타는 집들이 무너진다.

확전되지 않도록 만전을 기하라!
평화! 인도주의!
외교관들은 검은 장갑.
산송장들은 검은 선글라스.
지도자들은 목 비틀린 풍뎅이.
햇볕은 무수한 시체 위에 쏟아진다
포탄처럼.

죽은 자들만 불쌍하다 젊은 나이에!
아니, 그들만 행복하다 오히려!
이런 세상 더 이상 보지 않으니,
이런 세상 헛소리 더 이상 들리지 않으니!
승진, 훈장, 국민성금 따위

억울한 영혼들에게는 참혹한 모독.

살아서 사람 값 못할 바에는 모두
차라리 침묵하라! 울지도 마라!
조기 게양한 채 고개나 숙여라!

2010.11.25.

자연산을 좋아해?

얼굴은 물론 온 몸 구석구석,
아니, 남이 보지 못하는 가슴속 양심까지
위선의 실로, 뇌물과 거짓말 반죽으로
온통 누더기 로봇 신세인 주제에,
성형, 정형 하나도 안 해 본 여자
자연산을 좋아해?

그는 자기 마누라를 좋아한다,
자연산이니까.
그는 자기 딸을 좋아한다,
역시 자연산이니까.

그렇다! 사람이면 누구나
자연산으로 태어나 자연산으로 돌아간다.
자연은 산이고
산은 자연이 아닌가!

굳이 자연산만 좋다고 우긴다면 고작
사람을 광어나 돔 정도로만 보는가?

제멋대로 입맛대로 회 쳐서 먹을,
그래도 아무도 말리지 않을
그런 먹을거리로?

소위 정치가라는 자가,
그것도 여당 대표라는 자가 함부로
자연산을 좋아한다 나팔 부는가?

2010.12.27.

No.

2011년, 시

사교댄스와 서커스

사람이 남기는 이름

단풍 따라 가버린 사람

촛불이 흔들릴 때

소리도 없이 타버리는 초.
촛불이 흔들릴 때마다
죽은 자의 영혼은 뜨거운 언어를 토한다.
산 사람들 귀에는 닿지 않는 지혜.

너 자신을 태워서 버려라!
어리석음도 미움도 원망도
남김없이 모두 태워서 버려라!
이승의 그 무엇 미련을 남기려느냐?
목숨이란 한 줄기 뜨거운 입김일 뿐,
다 타고 나면 재도 남지 않는 것.

촛불이 흔들릴 때마다
우리는 여전히 자기를 또 속인다.

2011.1.29.

아베크

가로등 희미한 길 함께 걷는 길,
손을 잡을까? 팔짱을 낄까?
수줍어 망설이며 조마조마한 마음.
터질 듯 터질 듯 활화산보다 더 위태로운 정열.
부서질 듯 부서질 듯 유리잔보다 더 허약한 첫 경험.
그래, 첫 경험이란 무슨 종류든 다 그래.

세월은 하염없이 흘러가고 남는 것은 추억뿐.
퇴색해버린 마음속 사진들,
다시는 시선 닿지 않는 앨범 속 사진들.
어디 버렸는지 기억도 나지 않는 장신구들처럼
무수한 두 사람이 뿔뿔이 제 길만 걸어간다.
오늘도 무심히 빈 하늘만 바라보며 걸어갈 때
기약도 이유도 없이 아쉬움에 절로 한숨만 내쉰다.

쓰라리면 쓰라린 대로, 달콤하면 달콤한 대로
그 날 그 첫 아베크는 여전히 황홀한 것.
그럴까? 아니다! 아니, 그렇다!
사랑의 깊이는 키스하는 입술로 잴까? 혀로 잴까?

뒷맛이 쓰면 쓴 대로, 행복하면 행복한 대로
첫 경험이란 무슨 종류든 다 희미한 추억일 뿐,
아베크란 부서질 추억들을
낙엽처럼 밟으며 걸어가는 길.

2011.1.30.

불행한 사람

남이 푸근하게 느끼도록 대해주지 않는다면
내 마음도 푸근해질 리가 없다.
남을 너그럽게 대하지 않는다면
내 마음이 부드럽게 넓어질 수 없다.
사소한 일마저도 결코 양보하지 않는다면
충돌과 손해 자초하고야 만다.

남에게 사사건건 까다롭게 군다면,
잔소리로 신경질로 남을 괴롭힌다면
나의 삶은 하루 또 하루 피곤할 뿐.

불행이란 그런 것 아닐까?
불행한 사람이란 게 어디 별 것인가?

2011.3.11.

새 소리

갑자기 들려오는 새 소리,
이름 모를 새들의 명랑한 합창소리,
그 소리에 올해 4월도 문이 활짝 열린다.
봄이다!
유난히 끈질기던 추위도 이제는 끝.
그러나 길거리 구석구석
사방에 깔린 것은 여전히 혼돈,
불안과 갈등의 그림자들.
사람들은 변했다고 자부하지만
하나도 변한 것이 없다니!

2011.4.3.

낙엽들의 추모

오늘도 역시 낙엽이 진다,
어제 진 낙엽들을 추모하면서,
이미 비료가 된 낙엽들을 연민하면서.

마른 가지에 다시 새 잎이 돋는다.
눈부신 녹색 옷에 춤추는 나무들.
봄! 즐거운 사람들만의 잔치.

여린 연두색 잎들은 언젠가,
아니, 곧 낙엽으로 지게 마련이지만,
활짝 핀 꽃보다 더 아름답지 않은가?

며칠 못 가 시들 꽃보다 더 싱싱한 잎,
생명을 노래하는 잎!
오늘 지는 것이 어제 진 것을 추모한들
무한한 생명의 강물에서 무슨 유감인가?

2011.4.16.

무덤의 대화

자네 나보다 10년 더 살았지?
그동안 재미 더 있었나?
이별의 슬픔, 배신의 아픔 등
고생만 더 한 거 아냐?
나보다 100년 더 살았던들
그게 무슨 의미가 있을까?
이제 우리 한 곳에 모여 있지.
그래, 누워 있는 거야,
하늘만 쳐다보며, 언제까지나.
여기도 영원히 머물지는 못할 거야.
여기서도 언젠가는 떠나야겠지.
지구도 언젠가 사라질 테니까.

2011.4.20.

Ora pro nobis!(오라 쁘로 노비스!)
— 우리를 위해 기도해 주십시오!

설령 우리가 내세를 믿을 수 없다고 해도
Ora pro nobis!
내세 따위는 믿지 않는다! 우리가 외친다 해도
Ora pro nobis!

당신을 날마다, 끝까지 부정한다 해도
Ora pro nobis!
당신의 이름을 저주한다 해도
Ora pro nobis!
당신에게 등 돌린 채 숨진다 해도
Ora pro nobis!

우리란 도대체 무엇입니까?
지렁이보다 더 천하고 더 더럽고
마른 나뭇가지보다 더 연약한 존재,
먼지에서 나서 먼지로 돌아가도록 창조된
당신의 자녀들이 아닙니까?

기도를 거부하는 자들을 위해서도
Ora pro nobis!
잘난 자들을 위해서도
Ora pro nobis!

2011.4.24.

사람이 남기는 이름

표사유피 인사유명(豹死有皮 人死有名)
표범이 남기는 것은 털가죽뿐인가?
표범이라는 이름도 남아 있겠지.
사람이 남기는 것은 무덤이 아니라
오로지 이름뿐이겠지.

다만 사랑, 헌신, 희생, 자비의 화신으로 남는다면
그것은 밤하늘의 찬란한 별들!
증오, 탐욕, 배신, 잔혹, 학살의 대명사로 남는다면
그것은 영원히 사람들을 해치는 추악한 괴물들!

금박으로 포장되었지만
속은 구더기 들끓는 이름들,
누더기 걸쳤지만 날이 갈수록
광채 강렬해지는 이름들,
이름조차 남기지 못해도
영원히 아름답고 가치 있는 영혼들,
무의미하게 먼지 같이 사라져버린 이름들…

이름을 남기는 것이 그다지도 중요한가?
어떤 종류의 이름을 남기려고 하는가?
사람이 이름을 남기는 것이 아니라
이름이 사람을 남기는 것이 아닌가!

2011.4.28.

탤런트의 요절보다야 추녀의 장수가 낫다

황금숭배 가문에서 태어났으니 성은 김씨,
천하일색 비슷하게 생겼으니 아름다울 미,
곱게 화장하고 화려하게 사니 끝 자는 려,
그래서 김미려, 그러나 사실은 가명이다.

텔레비전에 얼굴 팔리면 누구나 탤런트란다.
뛰어난 재능이야 진짜 탤런트지만
얼굴 반반, 말 찍찍 갈기는 것도
탤런트는 탤런트.
아무개 김미려는 야수들에게 희롱당하다
은근슬쩍 사라져 의혹만 남긴다.

오늘도 성형, 정형, 미용에 스타 탄생!
수많은 김미려들이 활개 치며 잘도 산다.
그러나 언제까지 잘 살기만 할까?

무용지물의 나무가 맑은 산에서 장수한다.
이것은 장자의 거룩한 말씀. 그러므로
돼지 얼굴의 추녀는 아마도 장수할 것이다.

아이 많이 낳고 생고생 직사도록 하겠지만
탤런트의 요절보다야
추녀의 장수가 훨씬 더 낫다.

미녀는 무용지용(無用之用)을 알 리가 없고
추녀는 가인박명(佳人薄命)을 깨닫지 못한다.
그래서 세상이란 언제나 울고 웃어도
누구에게나 영원히 공평하게 마련 아닌가!

2011.5.7.

영원한 꿈

꿈은 하룻밤 사이.
그래서 하루에도 만리장성을 쌓는다.
어떤 꿈은 수십 년.
그래서 한평생이 간다.
또 어떤 꿈은 수백 년.
그래서 한 왕조가 소멸한다.
그러나 어떤 꿈은 영원하다.
어떤 꿈일까?
어디 있을까?

2011.5.11.

도시락

내 손으로 도시락을 마련한다.
밥 따로 반찬 따로 비닐 통에 담아
비닐봉지로 꽁꽁 싼 다음
조용히 가방에 넣는다.
쓸쓸하지 않다!
아무리 속으로 외쳐도
여전히 허전한 가슴.
곁에 아무도 없다.
없어도 없고
있어도 없다.
도시락만 있다.
맛없는 도시락.

2011.5.11.

조용한 그의 방

그의 방은 조용하다 이상하리만큼.
창밖은 매우 시끄럽다.
재잘재잘 중얼중얼,
아우성치는 소리, 싸우는 소리.
연기가 하늘 높이 피여 오른다.
화약 냄새, 살이 타는 냄새도.
황사에 익사한 도시.
그러나 실내에서는 세월이
고요히 천천히 흐른다,
혼자 사는 노인에게는,
적어도 그에게는.

2011.5.14.

위험한 매혹, 생명의 심연

매혹의 순간을 누가 예측하겠는가?
페스트인 양 순식간에
누구나 삼켜버리는 매혹.
눈이 멀고 귀가 먹고 온 몸이 재가 된다.
죽어야 살아남고, 살아남아도 죽는다.
모든 것은 허공에 사라지고
남는 것은 오로지 환상뿐.
긴장, 초조, 설레임, 고뇌의 밤
모조리 욕망의 불길에 타버리고 나면
남는 것이라고는 희미한 추억뿐,
무한한 어둠 속 혜성처럼 떠나간 이름뿐.
그러나 위험하면 위험할수록
매혹은 신의 위대한 생명의 심연이다.

2011.5.21.

사교댄스와 서커스

사교댄스는 목적이 사교인가? 댄스인가?
묻겠다고 한다면,
발레는 예술인가? 운동인가?
차라리 그렇게 물어라.
이것도 되고 저것도 되기도 하고
이것이나 저것, 아니면 양쪽 다 된다.
서커스를 즐기는 것은 누구인가?
관중인가? 흥행사인가?
조련사, 배우, 동물들인가?
어리석은 질문은 끝이 없다.
정치를 즐기는 것은 누구인가?
돈을 즐기는 것은 누구인가?

2011.5.21.

과잉 진료 과잉 처방

사람이든 동물이든 병원을 찾아가면 모두가 환자.
병원에 들어서면 무조건
주사바늘로 쿡쿡 찌른다.
약도 한 보따리.
의사 간호사에게 환자란
어차피 남의 몸. 내 알 바 아니겠지.

과잉 진료 과잉 처방.
의사 간호사도 먹고 살아야겠지.
제약회사도 적자 면하고 번창해야겠지.
그래야 세금 많이 걷히고
나라도 발전하고 모두 행복해지겠지.
그래, 그래야겠지.
아무렴! 그렇게 믿어야만 하겠지.

그러면 의사 간호사 제약회사 사장,
아니, 나라 자체가 환자가 될 때
과잉 진료 과잉 처방이 고분고분 입 다물까?
온 국민이 행복해진다고,

온 세상이 평화 누린다고
굳게 믿고 얌전해질까?

산 사람만이 아니라 죽은 자도 모두 환자.
욕망이라는 암에 걸려 말기에 이른,
아니, 돈독에 눈이 멀고 정신이 썩은 송장이라면
차라리 과잉 진료 과잉 처방이 아니라
소돔과 고모라 후려친 불벼락은 어떤가?

누구나 때로는 그렇게도 생각하겠지. 하지만
자기만은 살아서 도망칠 수 있다고 믿겠지.
산으로 달아나 소금기둥이 된다 해도!
바다로 피해서 고래 밥이 된다 해도!

그러니 제발 무조건
주사바늘로 쿡쿡 찌르지 마라.
약도 한 보따리씩 마구 주지 마라.
남을 네 몸 같이 사랑하라고는 말하지 않겠다.
최소한 자존심만은 지켜 남을 학대하지는 마라.
과잉 진료 과잉 처방이란 바로
자기 얼굴에 똥칠하는 바보짓,
아니, 자기 정신을 죽이는 자살행위!

2011.5.21.

쓰레기장에 버려진 꽃바구니

어버이의 은혜는 한이 없어라.
그래, 무한의 무한 배라 해도!
열흘도 못 가 시드는 꽃 한 바구니,
어찌 그것이 은혜를 담을 수 있겠는가?
시든 꽃바구니 쓰레기장에 던져질 때
불 꺼진 방 한 구석에 떨어지는 눈물.
흘러간 세월,
떠나간 아이들,
아무도 찾아오지 않는 그 방.
오늘도 들에 가득 피는 이름 없는 꽃들은
우리의 그 알량한 어버이 생각
고작 하루 이틀 장식해주기 위하여
시들 날 하염없이 기다리며 웃는가?

2011.5.26.

동해안의 화룡점정 강릉
— 휴머니스트회 강릉 여행 인상

휴머니즘의 묘목 우리가 한 그루 또 한 그루 이 땅에
우리 가슴에 심기 시작할 즈음 학산 마을 등성이마다
함박눈인 양 무리 지어 학이 내려앉았으리라.
학들이 목을 늘여 우는 소리 청풍명월 더불어
드넓은 벌판에 보이지 않는 파문 일으키는 동안
땀방울마다 우리는 휴머니즘을 품었으리라.

이제 60이나 70 고개 넘어가며 마음 합하여
동해안의 화룡점정 강릉으로 나들이 간 우리
제일 먼저, 가장 반갑게 맞아준 것은 무엇일까?
아무리 마셔도 취하지 않는 맑은 공기일까?
30여 년 전 폼페이에서 보았던 양귀비, 파파베리일까?
아니, 단 한 잔에도 향수에 온 넋이 흔들리는
시원한 막걸리, 그래, 양귀비 막걸리가 아니었을까?

사방을 둘러보아도 학은 그림자도 없지만
학보다 더 귀하고 멋있는 인물들이 자랄 법한 마을.
껑다리 적송이든 난쟁이 해송이든 그 어느 것 하나
한없이 부럽지 않은 것이 어디 있으랴?

해안선 따라 뻗은 철조망이 비록 냉엄하게
오늘 우리의 착잡한 위치 증언해 준다 해도
도로마다 꼬리 무는 차들, 장터에 식당에 넘치는 인파는
평화를 갈망하는 사람들의 희생이 남긴 유산 아닌가?

하늘 높이 솟은 시청의 실루엣은 어쩐지 공허하기만 했다.
굳이 넓게만 자리 잡은 오죽헌은 왠지 어색했다.
그러나 초당 마을 소나무들,
선교장의 초가들과 장승들은 물론
뒷산의 소나무 숲은 추억의 한 장면으로 영영 남으리라.
경포대 스치는 바람결에서는 이미 오래 전에
비극의 냄새 모조리 사라져버렸지만,
그리 오래 되지도 않은 그 시절
이름 없이 별이 된 무수한 사람들의 염원이 들린다면
나는 공연히 환청에 시달리는 과민 환자일까?

오징어 물회와 막걸리는 참으로 궁합이 좋았다.
바닷가에서 1만 원에 산 멍게 한 보따리
토끼굴 지나 한강 둔치 풀밭에 앉아 까서 먹다 보니
놀랍게도 110개! 멍게 하나에 100원도 안 되다니!
약자들의 슬픔이 멍게마다 바닷물로 고여 있었다.
아니, 사방 천지에 어디 멍게에만 고여 있겠는가?

그 많은 멍게 누가 먹어 치웠나? 그것은 비밀!
환상적인 노랫소리에 꿈같던 여행도 끝나고
기억할 수도 없는 꿈길을 달리는 택시 속에서
나의 몸과 영혼은 낯선 어둠의 바다에 침몰했다.

2011.6.8.

개는 컹컹 닭은 꼬끼오

개는 컹컹 낑낑 깽깽!
닭은 꼬끼오 꼬꼬댁 꼬꼬!
사람은 끙끙 끄응 끙!
개도 닭도 병들어 죽고,
아니면, 보신탕, 삼계탕, 프라이드치킨.
주인도 병들어 죽고,
아니면, 늙어서 죽어 산에 가고.
개집은 쓰레기, 닭장도 헐린다.
주인집은 주인이 바뀔 뿐.

2011.6.12.

역지사지(易地思之)

내가 무더위에 땀을 줄줄 흘리는데
개인들 털가죽에 덥지 않을 리 있나?
나야 손수건으로 땀을 훔치면 그만.
개는 고작 혓바닥만 내밀 수 있을 뿐.

역지사지, 그래,
남의 입장도 고려해주는 게 좋겠지.
내가 억지 부린다면 남도 역시 그렇겠지.
내가 괜히 싫어하면 그도 역시 그렇겠지.
내가 먼저 좋아하면 그도 내게 호감을 품을 테지.
시기, 모함, 아니, 저주마저 다 그럴 테지.

한 때 아무리 더없이 가까웠던 사이인들
세월 따라 어느 덧 멀어지고 망각되게 마련.
사람의 인연이란 강물에 떠도는 낙엽,
물결 따라 어디론가 흘러가게 마련.

그러니 지금 내 곁의 모든 이들에 대해
역지사지, 상대방 입장을 존중해 주자.

웬만하면 화기애애, 나날이 즐거울 테지.
최소한, 미움이나 싸움은 없을 테지.

내가 덥다면,
남들이야 한층 더 덥지 않겠는가!

2011.6.19.

뼈다귀 사냥

물에 빠진 생쥐 꼴이 뭐가 어때서?
뼈다귀 하나 입에 물면,
Oh, lucky day!

쏟아 붓는 폭우도 뚫고, 전진! 또 전진!
초원을 달리듯, 산골짜기 누비듯
아스팔트 골목골목 샅샅이 뒤지는 개.

덩치는 팔뚝만 해도 역시 사냥개.
뼈다귀 하나 걸려들면,
Oh, happy day!

코 묻은 돈 똥 묻은 돈이 뭐가 어때서?
사기를 쳐도 한몫 단단히 잡기만 하면,
Oh, lucky day!

쏟아지는 욕바가지 깨며, 앞으로! 앞으로!
문어발이든 낙지발이든 뻗기만 하면 장땡!
남이야 죽든 말든 돈만 긁으면 광땡 아닌가!

점잔 빼고 으스대며 걸어도 영락없는 속물.
쇠고랑 찬들 지갑만 두둑해지면,
Oh, happy day!

손발을 비비든 밑구멍을 핥든 뭐가 어때서?
감투 하나 잡기만 하면,
Oh, lucky day!

눈치 코치 염치 따위는 볼 것도 없이,
곧장 앞으로!
아니꼽든 더럽든 감투 커지기만 하면, 만세!
짓밟든 후려치든 몰래 한몫이면, 더욱 만만세!

박사, 훈장, 고관 자리 자랑해도 오리는 오리.
역적으로 남은들 금 방석에 앉기만 하면,
Oh, happy day!

2011.7.3.

살무사

오를 대로 잔뜩 독이 오른 여자.
살무사.

어둠 속에서도 번득이는 눈.
살기등등한 눈초리.

무슨 변명을 해?
사내자식이! 어설프게!

제 명대로 살고 싶어?
차라리 당장 헤어지는 게 어때?

아무리 미련이 질기다 한들,
매달린다고
마음이 돌아서기라도 해?

독이 올랐으면 떠나가면 그뿐이야.
사내에게는 왜 매달리고 난리야?

살무사든 뭐든 뱀이란 모두
슬픈 어리석음 그 자체.

2011.7.7.

노생상담(老生常談)

귀가 먹을 리는 아직 없다.
그러나 남의 말 결코 거기 들어갈 리도 없다.
자기 이야기만,
그것도 지난날의 무용담만 늘어놓는다.
자기에게만 재미있는 것,
주인공들은 모두 이미 저 세상이다.
그가 거짓말 하는지 아닌지 누가 알아?

나이도 80을 넘긴 마당이니
노생상담에 빠진들 무리는 절대로 아니지.
그래, 아무렴 그렇고말고.
그런데 말이야.
요즘 세상은 진화가 너무나도 빨라.
IT 시대! 메가바이트! 슈퍼컴퓨터!

80고개까지 수십 년이나 남은 것들마저,
그것들이 그 고개에 도달한다는 보장도 없지만,
벌써 노생상담이야.
자기 얘기만 주절주절 지껄인다고.

그것도 자기 귀에다 대고 말이야!
10대나 20대는 철이 없다고나 하지.
하지만 30대, 40대, 50대 등등은 뭐야?

각종 언론에서 근사하게 떠들어대는 자들,
일컬어 지도자, 저명인사라는 것들,
그 너절한 노생상담에는 귀에 진물이 나와.
지도자? 저명인사? 개가 웃을 일이지.
공정한 언론? 소가 웃을 노릇 아냐?

끼리끼리 추켜세우고 우상화하는 쇼! 쇼! 쇼!
미운털 박힌 놈들은 무자비하게 까발리고
혀로 독화살 쏘아 모조리 죽이는 쇼! 쇼! 쇼!
하늘 아래 땅 위에, 아, 글쎄, 온 세상 천지에
노생상담 아닌 데가 있어?
눈을 씻고 찾아보란 말이야!

눈을 씻어도 눈병 안 나는 물,
안전한 물,
맑은 물이 아직도 남아 있나?
기적 같은 그 물, 도대체 어디 있는 거야?

2011.7.7.

개 오줌이 그렇게 더러워?

연립주택 늘어선 한적한 골목.
일요일 아침.
장마 비 잠시 그치고
중년 여자 둘이 수다를 떤다.

산책 나선 개가 오줌 갈긴다,
전봇대에, 쓰레기 봉지에, 자동차 타이어에.
갑자기 천둥소리.
앙칼진 여자 악쓰는 소리.

왜 타이어에 오줌 갈기고 지랄이야!
개는 들은 척도 안 한다.
개가 뭘 알아?

지랄? 그래, 지랄이라고 치자,
개가 길에서 여기저기 오줌 싸는 것을.
그럼 바락바락 악쓰는 저 여자는 뭐지?
자기는 가랑이 벌리고 오줌 안 싸나?
한평생 반드시 변기에만 싸는 여자냐고?

개 같은 년! 개만도 못한 년! 개보다 더한 년!
그렇게 내뱉으면 그 입만 더러워지겠지.
귀여운 손자 손녀 방바닥에 똥오줌 갈겨도
저 여자는 고래고래 악을 쓰겠지.
왜 아무 데나 똥오줌 싸고 지랄이야!

게다가 자동차란 점잖은 데만 다니는 거야?
차에 탄 남녀들은 사람다운 짓만 하느냐고!
타이어란 어딜 굴러다니는 거야?
시궁창이라고 해서 안 지나가?
그런 거에 개 오줌이 뭐가 그리 더러워?
자기 팬티 더럽히는 건 도대체 뭔데?

2011.7.17.

해안선은 파도의 공동묘지

우리가 태어날 때 한창 젊던 그들,
세상의 즐거움도 괴로움도 모두 차지한 그들,
이제는 거의 모두가 종점.
극소수 남은 자들도 치매 또는
병실에서 가구나 다름없는 신세.

우리가 한창 젊을 때 태어난 그들
이제 온 세상을 차지한 채 웃고 또 운다.
그 모습 우리는 나날이 바라보며
충고하다 꾸짖고 분노하다 한탄한다.
그들은 비웃기도 하고 침묵으로 조롱한다.

우리에게 무슨 특별한 권리라도 있는가?
먼저 태어나든 뒤에 태어나든
자연의 순서일 뿐.
차례대로 한 세상 뒤흔들다가
때가 되면 어김없이 차례대로 물러갈 따름.

먼 바다의 파도가 이어지는 것을 보라.

자세히 보이지 않는다 해도 파도는
뒤에서 미는 힘에 밀려 어쩔 수 없이
해안선을 향해 쉬지 않고 나아갈 수밖에!
해안선은 결국 파도의 공동묘지가 아닌가!

오늘 마음껏 웃는 그들도
내일은 새로운 파도를 볼 것이다,
자기 손으로 세상에 내보낸 그 파도를.

2011.7.25.

반 고흐의 노인

나이 70 넘어, 아니, 80도 넘어
아내, 아들, 딸, 친척, 친구들,
그래, 다 사라졌다.

모두 떠났다.
하나도 남지 않고 다 떠났다.
빵도 떠나고 굶주림만 닥쳤다.
장작도 떠나고 추위만 엄습한다.

나도 떠나야한다
이 방에서 바야흐로.
이제 남은 거란 물 한 잔뿐.
마지막 마시고 떠나자
영원한 길
눈물과 함께.

2011.8.9.

늙기가 두렵다면

늙기가 두렵다면 태어나지도 마라.
젊음은 괴롭지 않단 말이냐?
건강은 허무하지 않단 말이냐?
재산은 모래성이 아니란 말이냐?

미모는 허공에 뜬 장미,
피었다면 지는 것은 순리일 뿐.
이미 왔다면,
가는 것은 시간문제일 뿐.

아무 것도 잡지 마라.
아무 말도 하지 마라.
갈 때는 누구나 예외 없이
눈멀고 귀먹고 혀도 굳는다 영원히.

우주, 그 무한한 허공에서 단 하루라도
네가 지상에 머물렀다면,
바로 그것이야말로 얼마나 엄청난 기적이냐!
떠나는 것은 더욱 놀라운 기적이 아니냐!

2011.8.9.

그 날 그 시간

그 날 그 시간, 단 1초도 틀림없이
그 이전에는 내가 없었다 영영 지상에.
그 날 그 시간, 단 1초도 어김없이
그 이후에는 내가 없다 영영 지상에.

그 날부터 다른 그 날까지
몇 십 년인들, 백년이 넘든 무슨 상관인가?
왕궁에서 천하를 주무르는 왕이든
초라한 몰골로 방랑하는 거지든 무슨 차이인가?

억울한 경우도 서러운 일도 많겠지만
흐르는 물에 씻겨 내려가고 나면
다 그게 그거 아닌가? 누구를 원망하겠는가?
누군들 모두 하나같이 허수아비일 뿐인데!

인생은 무대, 주연상을 받은들 떠나지 않겠는가?
상을 주던 사람들은 지금 어디 있는가?
어제 불던 바람이 오늘 그 바람인가?
지난 해 피던 꽃이 오늘 그 꽃인가?

오늘 보는 산도 천 년 전 그 산은 결코 아닌데!

그 날 그 시간 이전도
또한 그 날 그 시간 이후도 한결같이
누군가 내쉰 한 줄기 숨결,
티끌 위 한 순간 스치고 지나갈 뿐인데!

2011.8.11.

어렵지?

어렵지? 그래, 어렵고말고.
너도, 그리고 나도.
그래도 서로 도와야지 조금씩.
아니, 조금이나마.

어려움은 같이 나누고
격려는 서로 해야지.
서로 도울 사람은 우리뿐이야.
어느 누가 거들떠나 보겠어?

어렵다, 어렵다 말만 하지 말고
두 팔 활짝 벌린 채
숨을 깊이 들여마셔 봐.
주저앉지만 말고 말이야.

네가 쓰러지면
너만 쓰러지는 게 아니잖아.
네 옆에서 차례차례
시간문제야.

어렵지? 그래, 정말 어려울 거야.
그래도 내일 아침까지 기다려 봐.
그 날이 결코 오지 않는다 해도
기다려.
기다리는 것만이 우리 인생이니까.

2011.8.12.

쓰레기통

쓰레기통도 닦으면 깨끗해진다.
하물며 사람이야!
어떻게 닦느냐? 묻지 마라.
언제, 어디서? 그것도 묻지 마라.
닦으리라 결심만 진정 섰다면,
지금, 여기서! 그것만이 해답이다.
누구나, 어디서나! 할 수가 있다.

산속에서 빛을 구하지 마라.
사막에서 지혜를 파내려고 하지 마라.
속세의 먼지 속에서 발견하지 못한다면,
하찮은 인간 사이에서 얻지 못한다면,
우리 마음은 황무지,
우리 정신은 참으로 쓰레기통!

2011.8.23.

새로운 것은 없다

그것은 일어섰다.
잠시 동안 서 있다.
그리고 쓰러진다.

또 일어섰다.
잠시만 서 있다.
또 쓰러진다.

다시 또 일어섰다.
잠시만 서 있다.
다시 또 쓰러진다.

일어서기 위해 쓰러지는가?
쓰러지기 위해 일어서는가?

태양 아래 새로운 것은 없다.
솔로몬의 지혜도 천년 왕국도
인류 자체도 새로운 것은 결코 아니다.

그 시작도 번식도 존속도,
최초의 한 쌍과 마찬가지로
최후의 한 쌍도 역시.

2011.9.1.

사냥

휘익! 화살에 꽂혀 고꾸러지는 토끼.
탕! 피 흘리며 쓰러지는 사슴.
남녀들의 환호성.

고귀한 족속?
정신은커녕 육체마저 고상하지 못한 자들.
귀족?
권력의 환상, 아니, 환상의 권력일 뿐.

휘익! 채찍 아래 쓰러지는 무수한 토끼.
탕! 헛된 맹세 아래 전쟁터 비료가 된
무수한 남녀노소.

사냥은 악마의 스포츠.
전쟁은 그들만의 불고기 파티.
천하제일의 영원한 사수,
그것은 황금,
아니, 무한하고 어리석은 탐욕.
결코 잡을 수 없는 신기루.

그래서 신들은 모두 죽어버리고
스포츠만 버젓이 남아 있다.
오늘도 변함없이 천지사방에서 쓰러지는
무수한 토끼, 사슴, 그리고…

2011.9.4.

넋두리

살은 갈라지는 거야. 터지는 거야.
피도 나고 종기도 나고.
늙어서 그래. 젊어도 그렇지.

몸이란 항상 변하는 거야.
더 이상 변화가 없으면
그건 끝이야. 죽음이지.

언제나 튼튼하길 바라나? 강철같이?
미모가 영원하길 바라나?
온 세상이 찬탄하기를?
그건 백치의 백일몽이야.

명성은 결국 사라지는 거야.
돈도 주인을 바꾸지.
행운도 그래. 사랑도 그래.
사람도 그렇고말고.

2011.9.5.

가치 있는 것

꽃이 피었다가 진다.
소리도 없이
남몰래
송이마다 홀로 진다.
그것만으로도 아름답다.
가치가 있다 충분히.

공룡도 그렇고
개미마저 그렇다.

비록 거창한 업적이 없다 해도,
천하에 이름 떨치지 못했다 해도,
사람이란 한 세상 살아간 것만으로도
어느 누구든
가치가 있다 충분히.

남의 눈물을 닦아주었다면,
어려운 이웃 조금이나마 도왔다면
그야말로 금상첨화가 아닌가!

2011.9.7.

고독한 삶인들 무슨 문제인가?

그들과 함께 있다고 해서 외롭지 않은가?
그들이 곁에 없다고 해서 외롭단 말인가?
그들은 도대체 누구인가?

너와 똑같이 허공에 떠도는 먼지,
때로는 마주치고
곧 영영 떠나버리고 마는 것 아닌가?

너와 다름없이 기억력이 약해
지나간 일도, 스쳐지나간 사람과 사물도
별로 기억 못하는, 애착도 없는,
그저 그렇고 그런, 평범한 사람들 아닌가?

그들인들 왜 고독을 모르겠는가?
게다가 인류가 존재하든 말든
우주 전체마저 영원히 고독한 존재일 뿐,
어쩌면 창조주마저 고독할지도 모르는데
하찮은 너의 하찮은 고독이 무슨 문제인가?

고독하다고 느껴도 하루는 가고
고독하지 않다고 자부해도 일생은 흘러가버린다.
차라리 고독을 덤덤하게 바라보라.
무심히 고독이
너의 모든 것을 휩싸게 내버려둬라.

아, 그저 그런 거로구나.
그렇게 생각하고
조용히 미소 지으며 살아가라.
고독한 삶인들
다른 모든 삶과 무엇이 다르겠느냐?

2011.9.18.

오늘 아침

오늘 아침
너는 보지 못하고,
떠오르는 해
너는 다시 보지 못하고.

아무리 그렇다 해도
세상은 더 행복한 것도 아니고,
사람들이 더 착해진 것도 아니고,
지혜가 더 많아진 것도 아니고.

내일 아침
더 많은 사람들이 보지 못하고,
언젠가 그 날 아침에는,
적어도 이 지구상에는
사람들이 더 이상 없을지도 모르고.

물론 우주 그 어느 구석에도
아침도 해도 더 이상 없을지도 모르고.

2011.10.6.

한 치 앞

한 치 앞도 못 내다보면서
왜 그렇게 안달을 하나?
재산이 목숨보다 그토록 소중한가?
지위가 깨달음보다 앞서기라도 하나?
쾌락이 참된 행복이라 착각하나?
한 치 앞은 캄캄한 절벽.
왜 남보다 빨리 달려가려 안달복달인가?

2011.10.12.

단풍 따라 가버린 사람

단풍이 들 무렵 떠나간 사람.
단풍이 한창일 때 가버린 사람.
단풍이 질 때 단풍 따라 가버린 사람.
금년에도 10년 전에도,
아니, 천년, 이천년 전에도 떠나간 사람.

어디로 갔을까?
모두 어디 있을까?
휴대폰 벨 소리는 듣고 있을까?

붉은 단풍에 한없이 서러운 사람.
노란 단풍에 가슴이 미어지는 사람.
갈색 단풍에 하염없이 눈물짓는 사람.
어제도 오늘도,
아니, 내일도 백년 뒤에도 슬퍼하는 사람.

어디로 가고 있을까?
모두 무엇을 찾아 헤매고 있을까?
휴대전화는 날마다 얼마나 유용할까?

푸른 잎은 단풍이 되고 싶어서 되나?
때가 되면 푸르고 또 때가 되면 단풍일 뿐.
영원히 반복하는 계절의 입김이야
그 누가 피해 갈 수 있단 말인가?

오늘 서러운 사람.
내일은 그 사람을 위해 서러워할 사람.
앞서거니 뒤서거니 끊임없이 걸어가다가
언젠가는 모두 평화!
서러움도 눈물도 없는 곳에서 만나지 않을까?
휴대폰 없이도 마음이 서로 통하는 그곳에서!

2011.10.16.

황제의 소유는 황제에게

동전에 새겨진 그림과 문자는
황제의 소유.
그것이 매수, 장악할 수 있는 모든 것,
재산, 권력, 그 부속물 전부
역시 황제의 소유.
황제에게 바쳐라.
그러나 황제는 하느님의 것을 탐내지 마라.

그러면 무엇이 남을까?
토지도 생명도 황제가 소유하던 시절.
잡히면 누구나 노예가 되던 시절.
칼 앞에는 정의도 없던 시절.
과연 무엇이 남을까?
사랑, 신앙, 헌신?
하느님의 소유는 그것뿐일까?

그래도 좋다.
그나마라도 하느님에게 바쳐라.
황제 자신도, 그의 목숨마저도

어찌 하느님의 소유가 아닌가?
황제인들 하느님에게 바쳐야 할 것이
그 얼마나 많은가!
그러나 하느님을 섬기는 사람도
황제의 것은 탐내지 마라.

오늘날 황제는 누구인가?
아니, 누가 황제가 되어야 마땅한가?
황제는 하느님의 것에 손대지 마라.
하느님의 사람도 황제의 것에 손대지 마라.

2011.10.16.

감나무

푸르던 잎 붉게 변하고
검붉게 변색하여 모두 떨어지면
대지의 품으로 돌아갔다고 말한다.
떠나지 않고서야 어찌 돌아가겠는가?

감나무 뿌리도 기둥도 가지마저도
대지와 한 몸을 이룰 뿐인데,
가지에 한 때 돋아나 자란 잎인들
원래 대지와 한 몸일 따름인데,
어찌 돌아간다고 무심히 말하는가?

앙상한 가지마다 감들만 올망졸망.
그러나 그것도 한 때일 뿐.
곧 떨어지고 만다,
단 하나도 예외 없이.
가지에 매달리든 땅에 뒹굴든
그 자리만 달라졌을 뿐.

흰 눈이 내리면,

하염없이 내려 어깨만큼 쌓이면,
칼바람 쌩쌩 몰아치는 산
거기 무엇이 숨죽이고 있을까?
눈보라만 방랑하는 빈들
거기 무엇이 남아 있을까?
아니, 무엇이 내일을 기다리고 있을까?

2011.10.29.

너나 나나

중환자실 침대에 누우면
너나 나나.
재벌회장이든 길거리 노숙자든
너나 나나.

더욱이 칠성판에 누우면
너나 나나.
나폴레옹 꼬냑 마시고
벤츠 몰고 으스대던 너나,
막걸리에 소주나 마시고
지하철에 버스 타던 나나,
애당초 너나 나나.

지하 캄캄한 곳에 누우면
너나 나나.
향수 뿌린 황금 관에 누운 너나,
싸구려 널빤지 관에 누운 나나,
봉분 하늘 높이 대리석 비석 세운 너나,
잡초 우거지고 비석도 없는 나나,

결국은 너나 나나.

저 세상에 갈 것까지도 없고
심판 날을 기다릴 것도 없지,
너나 나나.
무한한 우주에 둥둥 떠 있는
먼지보다 미세한 별에
잠시 머물다가 떠나는 너나 나나
우연한, 어쩌면 불필요한 여행길
나그네일 뿐.

어이, 관광 잘 했어?
잘 놀았어?
이제 시원해?

2011.10.29.

세월은 흘러야만 약이 되는 것

시간이란 흘러가야 비로소 약이 되는 것.
아무리 극심한 슬픔도 잦아들고
치가 떨리는 미움도 시들해지고.

세월이란 하염없이 흘러가야 비로소
곡식이 익고 과일이 영글고,
아이들도 자라서 어른이 되고,
사랑도 무르익고,
너그러운 마음도 더욱 풍성해지고,
그래서 세월은 약이 되는 것.

흐르고 또 흘러가도 시간은 남아 있는 것.
날아가고 또 날아가도 여전히 머물러 있는 것.
이승에 살아 있는 한,
우리의 어리석음도 욕망도
변함없이 제 자리에서 맴돌기만 하는 것.
그래서 세월은 거울,
맑고 투명한 거울이 되는 것.

세월이란 흘러가면서 우리에게,
바라보라! 지혜롭게 응시하라!
그렇게 손짓하는 것.
세월의 흐름 아쉬워하지 마라!
오히려 고맙다고 노래하라!
그렇게 충고하는 것.

세월이 멎으면, 모든 것도 멎고,
지상에서 우주에서 움직임은 모두 사라지고,
생명은 더 이상 찾아볼 수도 없고,
그래서 세월은 흘러야만 약이 되는 것.

2011.11.8.

사진

그래, 그 때는 궁금했지.
보고 싶었지.
보아야 할 필요도 있었지.

수많은 계절이 반복된 뒤
지금도 여전히 그럴까?
수많은 추억이 지워진 뒤
지금도 여전히 그럴까?

너도 떠날 때가 되었지
내 곁에서.
안 그래?
너만 떠나는 게 아니야.
다 그래. 나도.

2011.11.23.

청백리의 백비(白碑)

한 세상 깨끗이 살았으면 그만이지
비석은 세워서 무슨 소용인가?
굳이 비석을 세운다 한들
무슨 말을 거기 새길 것인가?
하찮은 손이 쓴 번드르르한 글 따위로
정녕 위로라도 받는단 말인가,
이미 흙으로 돌아간 자의 혼령이?

관리들이 줄지어 늘어서서 고개 숙인다.
전국 각지에서 너도나도 몰려든다.
유행! 체면! 실적!
고향의 영광? 관광사업! 돈!
그렇게 해서, 그렇기 때문에
깨끗한 관리들이 대량 배출된다면야
우리나라 만세!

그의 백비에는 사실 이렇게 적혀 있다.
썩은 동태눈에는 절대로 보이지 않는 글.

나의 묘에는 분향도 헌화도 묵념마저 부질없으니
차라리 온 백성을 향해 허리 깊이 숙여라.
내 이름 따위는 칭송할 가치조차 없으니
온 백성이나 늘 하늘처럼 지성으로 섬겨라.
청백리로 역사에 남을 생각마저 버리고
남들이 알든 모르든 그냥 깨끗하게 살아라.

2011.12.9.

바람처럼 가볍게 떠나라

바쁘게 돌아다니며 산다고 해서
반드시 좋은 건 아냐.
하루에 수많은 사람을 만나본들
참으로 사람다운 사람
그 중에 과연 몇이나 될까?
네가 그런 사람이 되기라도 할까?

남보다 수만 배 돈을 번다고 해서
반드시 좋은 건 아냐.
많이 쌓아두면 둘수록
쓸 시간은 더욱 줄어들지 않을까?
욕심이 거기 쏠리면 쏠릴수록
잃어버릴 걱정은 더욱 불어나지 않을까?
네가 진정 행복한 사람이 되기라도 할까?

네가 하루를 살아가는 동안
빈털터리 거지도 역시 하루를 사는 거야.
슬픔도 기쁨도, 고통이나 쾌락마저도
누구에게나 모두 유한하고 공평한 법.

잃을 것이 많으면
이승 떠날 때 그만큼 더 괴로운 거야.
아무 것도 가진 것이 없다면
바람처럼 가볍게 떠날 수가 있을 거야.

2011.12.17.

표리부동

개가 귤 맛을 알아?
알겠지.
그래서?

따끈따끈한 온돌방에 누워서
터질 듯한 배나 쓰다듬는 사람들.
헐벗고 굶주리는 사람은 행복하다는 말,
2천 년 전 선각자가 왜 했는지 알까?

알겠지.
그래서?

그러니까 가난이라는 말
그들은 입에만 달고 다닐 뿐
자기 몸에는 절대로 걸치지 않는 거야.

아니, 아는 체는 하겠지.
그러니까 표리부동.
미꾸라지 양다리 처신에만 능숙한 거야.

다른 얘기 해 봐.

무슨 다른 얘기?

뭐든지 하나마다 똑같겠지.

안 그래?

2011.12.17.

담배의 연기

담배의 연기
허공에 사라진다.
정말 사라져버리는 것일까?
영영 아무 것도
남지 않는 것일까?
남기지 않는 것일까?

베토벤의 연인.
이룰 수 없는 사랑.
피아노의 아름다운, 애잔한 선율.
허공에 사라진
두 줄기 연기일까?

2011.12.18.

창조는 단 한번 뿐일까?

자연에서 태어난 사람.
자연의 품에서 자라고 살아가는 사람.
자연의 자궁으로 돌아가는 사람.
그래서 자연은 한없이 넓은 어머니,
우리는 모두 한없이 미세한 그 자녀들.

지구는 우주의 아들.
우주는 자연이 낳은 무한한 자궁.
그러나 자연도 또한 결국에는
전능한 창조주의 품에서 태어난
무수한 딸들 가운데 하나일 뿐.

눈에 보이는 모든 우주도,
눈에 보이지 않는 모든 미지의 존재도,
우리의 고통과 즐거움도,
슬픔과 사랑도 결국에는 모두
전능한 창조주의 품에 안기는 것일 뿐.

창조는 단 한 곳에서

단 한번 이루어졌을 뿐일까?
전능은 과연 거기 그치는 것일까?
무수한 종류의 창조
지금도 어디선가 계속되지 않을까?
창조의 신비란
우리가 영영 모르는 것일 뿐.

2011.12.24.

누구나 걸어가는 길

앞에서 걸어가던 사람들.
무수한 사람들.
같은 경우란 하나도 없던 사람들.

큰 이름이든 하찮은 이름이든,
세계적인 부호든 발가벗은 거지든
누구나 걸어가는 길.
각자 단 한번만 걸어가고야 마는 길.

그 길에서
그들을 알고 기억하고 추모하면서도
그들이 말없이 소리치는 지혜 못 깨달은 채
그들이 저지른 잘못과 어리석음만 반복한다면,
문명의 빛도 볼 수가 없는,
문화의 메아리도 듣지 못하는 짐승,
우리는 한낱 천치 원숭이일 뿐.

창조주를 아버지라 부를 자격도 없고
구원의 희망도 물거품의 환상일 뿐.

먹고 마시고 번식하는 것도
무의미한 기계적 유희일 뿐.

무한한 우주 속 티끌 같은 지구 위
인류의 존재 자체란
멸종한 공룡이 한 때 존재했던 것과
도대체 무엇이 다르다는 말인가?

2011.12.25.

일방통행

너는 너무나 먼 별에 살고 있지.
사랑해.

내가 카톡 메시지 보낸들
너는 결코 받아보지 못하지.
수십억 광년이나 떨어져 있으니.

네가 설령 문자 메시지를 보내도
난들 생전에는 받아볼 수가 없지.

남의 속도 모른 채
우린 각자 일방통행.

우주 시대가 열린들
영원히 변함없는 건 단 하나.
일방통행.

2011.12.27.

가는 건 다 마찬가지야

부자로 뛰다가 쓰러지든,
가난하게 기다가 기진하든
가는 건 다 마찬가지야.

뭐가 더 행복해?
뭐가 서럽다는 거야?
잘났다고? 그래서?
못 났다고? 뭐가 어때서?

그저 열심히 살면 그만이야.
인생이란 결코 거창한 게 아니잖아!
하루하루 살아가는 거야.
그러다가 훌쩍 떠나는 거야.
그거뿐이야.

2011.12.29.

혁명이든 개나발이든

혁명이든 나발이든,
반혁명이든 개나발이든,
모두 너나없이
한번 잡아보자는 거야.
너나없이 하나같이
나도 한번 먹어보자 이거야.
못난 것들!
잔혹한,
탐욕의 노예들이야,
혁명이든 술이든 개나발이든!

2011.12.31.

2012년, 시

상도동 골목길

굴비는 비굴한가?

하루인들 고마운 것

한 때와 영원

한 때는 박사, 미국 박사.
그 명함 누구나 부러워했지.
이제는 먼 산 속 공원묘지.
찾아오는 친구들도 없지.

그래, 한 때는 장관.
돈자루도 남의 목줄도 거머쥐었지.
서슬 시퍼런 장관.
그 자리에는 누구나 굽실거렸지.
이제는 어느 도시 변두리.
가족들조차 들어주지 않는 넋두리.

한 때란 한 때에 불과했지.
지금마저 지나가는 한 때 아니겠어?
올해도 누구에게나 한 때.
십년도 백년도 역시 한 때.
천년인들 백만 년인들 다를 바 있어?
그러나 어느 누구든 잊으면 안 되는 것,
그건 우리 앞에 놓인 영원 아니겠어?

2012.1.2.

폐선

땅거미가 짙어갈 무렵
항구 모래톱에 홀로 서 있는 어린 소년.
검은 수평선
멍하니 바라보기만 하는 건 아니었지.

수평선 너머
아무도 모르는 먼 바다 저쪽까지
언젠가는 항해하기로 결심했지.

그리고 어른이 되어 40년 동안
각종 파도 비바람과 맞서 싸우며
여기저기 정처 없이 돌아다녔지.

이제 70 고개 넘은 늙은이가 홀로
항구 한 구석에 버려진 폐선을 보고 놀라지.
수평선을 향해 멋지게 파도 헤치는 배들에게
낮은 목소리로 이렇게 중얼거리고 있지.

항해란 해보지 않고는 그 묘미 모르듯이

짧든 길든 끝까지 살아보지 않고서는
인생이란 그 진미 결코 깨닫지 못하는 거야.
깨달아본들
남은 여생 변할 리도 없고
삶이란 다 그렇고 그런 거라 해도 말이야.

2012.1.5.

개들이 하는 말

먹고 자고 싸고…
먹고 자고 싸고…
강아지 두 마리
오늘도 마냥
반갑다 달려드는데…

슬프다니?
왜 네가 슬퍼하는 거니?
개들의 팔자
그게 그리 슬픈 거냐고?

돈이 다 뭐야?
인기가 다 뭐냐고?
출세라니?
한껏 그래서 도대체가
뭘 어쩌겠다는 거야?

개들이 하는 말
넌 영영 못 알아들을 테지.

암, 그렇고말고.
알아듣고도 여전히
고작 그 꼴이라면 너야말로
정녕 개만도 못한 거야.

2012.1.16.

내 몸 내 마음

내가 내 몸이라고 생각하는 것,
내 몸이라 부르고 그렇게 믿는 것,
그것이 참으로 나의 것일까?
내 마음대로 끌고 다닌다 믿은들,
내 마음대로 부린다 소리친들,
사실은 마지못해 움직이는 동작이야말로
내 행동의 거의 전부가 아닌가?

내 마음은 정말 나의 것일까?
기뻐할 일도 시무룩하게 바라보는 마음,
슬퍼할 일도 남몰래 고소하게 여기는 마음,
격분할 일도 짐짓 외면한 채 모른 척하는 마음,
내 생각과 달리 제멋대로 달려가는 마음,
아는 듯해도 사실은 전혀 모르는 마음,
내 말을 듣는 듯해도 사실은 전혀 엉뚱한 마음,
그 마음이 정녕 나의 것일까?

하물며 남의 몸, 남의 마음이야!
산더미 돈으로 산들 어찌 나의 것이 되겠는가?

명예, 지위, 아니, 천하로 얽어맨들,
내 멋대로 부릴 수 있는 것,
내 멋대로 장난해도 좋은 나의 것인가?
너나 나나 그 누구나
잠시 지나가는 그림자일 따름인데!

2012.1.20.

마음의 줄다리기

네가 있는 곳이라면 내 마음도 있어.
네가 부르면 내 마음은 이미 떠났어.
하지만 나도 좋아하는 곳이 있고
또 싫어하는 곳도 있지 않겠어?
내 마음 도무지 머물 수 없는 곳이라면,
아무리 네가 거기서 부른다 해도,
글쎄, 아무리 내 마음이 떠났다 해도,
내 걸음은 도통 내키지가 않지 않겠어?
하는 수 없어.
어쩔 도리도 없어.
하지만 너무 섭섭해 할 것까지는 없어.
세월은 여전히 기다려줄 수도 있지 않겠어?
아직은, 글쎄, 아직은 말이야.
해가 지기 전까지는 말이야.

2012.1.21.

시야 바깥에는 마음이 없다더라
— Out of sight, out of mind

눈길이 닿지 않으면 마음도 없다더라.
마음이 없으면 눈길도 닿을 리 없다더라.
옛날부터 그렇다고 한다더라.
무수한 사람들이 그러하다고 한다더라.
하지만 아닐 수도 있으랴 정말?
예외가 있다면 몇이나 되랴 과연?

눈길이 닿지 않아도 마음은 있다더라.
마음이 없다 해도 그물은 있다더라.
태고 때부터 그렇다고 했다더라.
어디서나 누구나 그러하다고 한다더라.
그러나 아닐 수도 있으랴 참말로?
예외가 있다면 두서넛은 되랴 과연?

눈을 감으면 눈길도 끊어진다 하더라.
네가 없으면 내 마음도 식어버린다더라.
내가 없으면 네 마음인들!
우리는 만나기 전부터 그러했다더라.

크고 작은 입이 모두 그렇다고 말한다더라.
하지만 아닐 수도 있으랴 진실로?
예외가 있다면 너랴, 아니, 나랴 과연?

2012.1.22.

불친절한 전화 안내양에게

그건 여기 소관이 아니니 저기 물어 보세요.
20대 아가씨 목소리는 아침부터
권태와 짜증, 무성의와 불친절 범벅이었지.
저기서 들려오는 여직원도 역시 그 꼴.
안내 데스크가 요 모양 요 꼴이라니 21세기에!
그놈의 회사 참으로 잘 번창도 하겠지.

손님이란 답답하니까 물어보는 거 아냐?
너야 하나도 답답할 일이 없겠지.
손님이란 모르니까 전화로 물어보는 거 아냐?
너는 컴퓨터로 뚝딱 알 수도 있지.
저기 물어보세요!
또, 저기 물어보세요!
안내 데스크란 풍뎅이 모가지 비틀듯이
삥삥이 돌려 손님 바보 만드는 데야?
그래, 그놈의 회사 인기 쑥쑥 올라가겠지.

너도 손님이 되면 답답해질 거 아냐?
너도 모르면 안내 데스크에 물어볼 거 아냐?

하물며 손님 돈으로 월급 받아 먹고사는 주제에
뭐가 잘났다고 도도하게 "저기 물어보세요!"야?
친절이란 너에게 서비스가 아니라 의무잖아!
네가 잘 먹고 잘 살려면
오로지 친절만이 밑천 아니냐고!

한 마디만 더 사족을 달자.
친절하게 안내해주면 네 입이 부르터?
컴퓨터 자판 조금 더 두드린다 해서
네 손가락에 쥐가 나느냐고!

2012.1.22.

주말을 즐겁게!

주말 즐겁게 보내기를!
덕담이겠지.
아니면, 빈말일까?
나는 너에게, 너는 나에게 던지는
빈말의 비수.
— 마지막 주말일지도 모르니
지상에서 마지막으로 즐겁게!

그래도 좋다.
나에게 마지막 주말이 닥친다면,
너에게도 그것은 시간문제일 뿐.
나에게 용빼는 재주가 없다면,
넌들 별 수 없는 것도 뻔하지.

그래, 너도 주말을 즐겁게!
제 아무리 꿈같은 주말을 보낸들
고달픈 한 주간은 또 기다리지만,
그래도 좋다.
즐겁든 고달프든 세월이야 흘러가고

너나 나나 살아 있는 건 확실하니까.

힘들다고 투덜대지 마.
하루 또 하루 살아 있는 것만 해도
천만다행이라고 여기라고.
공짜로 받은 목숨 이어가는 것만 해도
한없이 고맙다고 절을 해야만 하지.
살아 있는 모든 것에게는, 살아 있는 한,
살아가는 것 그 자체가 소중하니까.
나머지는 모조리 장식품
또는 잔소리니까.

2012.2.17.

원숭이

예전에는 미신에 젖었지만
지금은 유언비어에 푹 빠져 있다.
제 아무리 비행기가 날고
우주선이 허공에 널려 있다 한들,
인간의 마음, 그 어리석음은
여전히 변함이 없다니!
원숭이,
겨우 조금 영리해진 원숭이!

2012.3.12.

어제

세월은 모두 어제.
10년 전 그날도 어제.
천 년 전 그날도 역시 어제일 뿐.
누군가의 곁을 스치고 지나간 날.
아무도 다시 걸을 수 없는 날.
누군가에게는 저주가 되고
또 누군가에게는 행복한 추억인 그날.
지금 당장 지나가는 세월도 모두 어제.
어제의 파도에 휩쓸려 표류하는
우리는 먼지인가? 낙엽인가?
우주의 눈물인가?
코미디언의 콧물인가?

2012.3.27.

상도동 골목길

60년 전 타박타박 걸어 다니던 골목길.
아는 사람 하나도 남지 않은 동네.
떠난 사람들 그 자리에 새 사람들 들어차고,
헐린 집들 그 자리에 빌딩들 우뚝 서고,
길만 남아 소유권 싸움의 방패 되는 곳.
고향도 아니다.
정든 마을도 아니다.
부동산과 사람이 어울려 씨름하다가
힘 부치는 사람들이 떠나고 만 장소일 뿐.
어린 시절의 추억이란 어차피 깨진 바가지.
미련도 한숨도 악몽마저도 모두 새어 버려야만
어쩌면 단물 약간 남을 수수깡!
어느 마을이나 백 년 전에도 그러했고
백 년 뒤에도 여전히 변함없을 게 아닌가!

2012.3.27.

그렇지만

오늘은 외롭다…고 할까?
아니지.
오늘도 외롭다…고 해야지.
그렇지. 정말 그러하지.

오늘도 고달픈 하루… 그렇지.
오늘도 어딘가 슬픈 하루… 그렇지.
오늘도 누군가 억울한 하루… 그렇지.
오늘도 어디선가 썩어문드러지는 하루… 그렇지.
오늘도 사방에서 거짓말 나팔소리… 그렇지.
유령, 악귀, 좀비들이 판치는 거리… 그렇지.

유사 이전에도 유사 이래에도 참으로 그렇다지만
내일은 외롭지 않을 테지…라고 말해야지.
내일은 오늘보다 덜 고달플 것이다.
적어도 오늘보다는 덜 슬플 것이다…고 말해야지.
아니지.
그렇게 말할 수가 있어야만 하지.

2012.4.5.

성냥 개피 하나

성냥 개피 하나
촛불을 켜면 다른 초에도 불이 켜지고,
수많은 초가 골목에서 골목으로,
작은 마을에서 수천 만 명 대도시로
번지고 또 번져 어둠을 몰아낼 수 있지.

그러나 홀로 타다가 꺼지고 말면
한 사람의 방마저 어둠에 묻히고 말지.

우리 각자 하나뿐인 성냥갑 속에는
정녕 몇 개피나 들어 있을까?
여태껏 어디에 어떻게 사용했을까?
몇 개피가 겨우 남아 있을까?

그나마도 이제 무엇을 하려고 할까?
가스라이터?
거기 남은 가스는?

2012.4.11.

개와 사람

개는 왜 뒷다리를 하나 번쩍 들까?
오줌을 갈기려고 하는 것이다.
사람은 왜 우뚝 서 있을까?
역시 오줌을 갈기려고 하는 것이다.
개 오줌인들 사람 오줌인들
거기 무슨 차이가 있을까?

사람은 자꾸만 사방을 두리번거리지만
개는 전혀 아랑곳도 하지 않는다.
나무 아래에서는 그 차이뿐
어둠 속 꿰뚫고 흐르는 시간은 공평하다.

지금 나무가 서 있는 그 자리는
언젠가 주차장으로 변하고
사람도 개도
지상에 더 이상 머물러 있지 못한다.
그러면 오줌 냄새는 남을까?

2012.4.15.

새

가장 부지런한 새는 제일 먼저
모이를 쪼아 먹어 배가 부르다.
사방을 둘러보며 으스댄다.
나는 그 얼마나 잘났는가!
그 얼마나 현명하고 똑똑한가!

약간 부지런한 새는 가장 부지런한 새를
바라보며 부러워한다.
아이쿠! 내가 한 발 늦었구나!
그나마 부스러기라도 남았으니 다행이다!

그러나 모이에는 독이 들었다.
아니, 모이는 처음부터 상한 것이다.
가장 부지런한 새는 숨이 넘어간다.
약간 부지런한 새는 배탈이 났다.

자기가 부지런하다고 생각하지도 않는
평범한 새는 부지런한 새 두 마리가
모두 어리석은 천치라고 여긴다.

비록 모이가 없어 배는 고프다 해도
이슬에 젖은 풀밭 한가로이 거닐며 만족한다.

모이란 오늘만 거기 있는 것이 아니니까!
낮이란 내일도 틀림없이 찾아오는 것이니까!
그래도 배고픈 나날만 이어진다 해도
목숨이 다 할 때까지 살다가 떠나면 그만이니까!

2012.5.26.

원룸

원룸이라 하면 여러 모로
단칸방보다 더 고상하겠지.
대여섯 식구 오글거리는
단칸방
그 이미지는 떠오르지 않겠지.

그래서 더욱 현대적일까?
그래서 더욱 낭만적일까?
거기서 홀로
더욱 편안할까?

원룸보다는 원 베드룸이 낫겠지.
거실 말고 침실이 따로 있으니까.
아니, 그보다 투 베드룸은 어때?
아니, 침실이 서너 개 되면 어때?

백 평 짜리 아파트가 평생 꿈이라고?
이왕 꿈을 꾸려면
천 평, 백만 평 아파트는 어때?

그러면 초현대적 삶이 되고,
그러면 더없이 멋진 출세가 될까?

거기 어떤 종류의 사람들이 사는데?
홀로 또는 여럿이
오손도손 만족할까?

지상에서나 물속에서나
공중에서나 우주 그 어느 곳에서나
육체란 자기 부피 이상으로는
절대로 공간을 차지할 수 없지.

그게 법칙이라는 거야.
그리고 그 공간마저도
결국 육체 떠난 원상태로 돌아가지.
육체란 빈 방의 손님이니까.

2012.6.1.

만리장성 푸념

흉노, 돌궐, 서하 등
중원을 경멸하던 북방 민족들
그들의 위협이 막강하지 않았더라면,
대항 능력이 없던 중국인들이
장성을 쌓을 생각이나 했을까?

그러니까 만리장성이야말로
북방의, 야만족이 아닌, 당당한 제국들의 군사력
그리고 무수한, 쥐떼처럼 살 길을 찾던
중국인들의 노동력이 합작한 물건 아닌가?

만 리… 고작해야 6천 킬로미터.
그래서 중국인들은 "만리" 장성이라 불렀지.
백성들의 피와 땀을 착취한
절대왕조의 상징으로.

그런데 21세기에는
그 길이가 2만 여 킬로미터라니?
20여 세기 동안 돌 성벽이 스스로 자랐던가?

그렇다면 명칭은 4만 리 장성일 테지.
만 리 뺀 나머지는 컴퓨터 그래픽 산물인가?

오늘의 중국, 권력과 어용학자들은
결코 어리석은 것도, 눈먼 것도 아니라
다만 현실적이고 교활하고 사악할 뿐.
무엇인가 노리고 있다.
멀리 내다보며 무섭게 노리고 있다.

그러나 언젠가 중국이 변해
쪼그라들거나 없어진다면
만리장성은 다시 6천 킬로미터로 돌아가겠지.
아니면, 그것마저 새 권력의 궁궐을 짓기 위해
채석장이 되었다가 영영 사라지겠지.

인민민주주의 공화국에는
인민도 민주도, 민주주의도 공화국도 없다.
인민의 피와 땀,
바로 그 착취의 상징 만리장성
거기 왜 집착할까?
왜 자랑으로 내세울까?
인민, 민주, 공화국의 위장수단 아닌가!

2012.6.9.

돌아보지 마라(2)

너는 꽤 멋지게 보인다 뒷모습이.
돌아보지 마라!
너는 참으로 매력적이다 뒤만.
돌아보지 마라!

너는 어지간히도 비열하다 과거가.
돌아보지 마라!
너는 참으로 죄가 많다 과거에는.
돌아보지 마라!

너는 완전히 눈이 멀었다 출세에 명성에.
돌아보지 마라!
너는 완전히 미쳐버렸다 돈에 권력에.
돌아보지 마라!

너는 행복하다고 믿는다. 너만, 오늘은.
돌아보지 마라!
너는 구원받았다고 자부한다. 너만, 오늘만.
돌아보지 마라!

그렇다고 너에게 내일이 반드시 있는가?
돌아보지 마라!
그런다고 만사 네 뜻대로 되는가?
돌아보지 마라! 절대로!

2012.7.9.

하루인들 고마운 것

푸른 나뭇가지에서 노래하던 새들
한 마리 또 한 마리 날아가 버린다.
계절이 바뀌면
맨 가지에는 시든 잎들
떨다가 떨다가
하나둘 모두 떨어지고 만다.
빈 바람만 날마다 나뭇가지 흔든다.

세상이 좁다고 휘젓고 다니던 사람들
하나둘 모두 떠나가고,
소주, 맥주, 막걸리 빈 병들만 남는다.
대문 앞마다 쌓인 생수 페트병들은
물마시고 버린 사람들 역시
언젠가는 떠날 날을 예고하고 있다.

그러나 결국 하루인들
함께 웃던 바로 그 시간 때문에
정녕 고마운 것 아닌가!

2012.8.19.

그 이름 그 얼굴

하염없이 앉아 있을 때나
무심히 걸어갈 때나
느닷없이 메아리치는 이름.
기억의 수평선 넘어간 이름.

보름달을 바라볼 때나
낙엽을 밟으며 걸을 때나
저 홀로 달궈진 가슴에
어렴풋이 떠오르는 얼굴.
망각의 파도에 자맥질하는 얼굴.

누구일까?
하늘에나 있을까?

2012.9.5.

털 없는 원숭이

몸에 털이 없는데
겨울에 춥지 않을까?
얼굴에도 손에도 털이 없는데
세수는 왜 하지?

수상한 재료 구두를 신고
어디를 그리 싸돌아다니지?
괴상한 디자인 옷을 입고
도대체 어디서 무슨 짓을 하지?

최신식 병원 많이 세우고
잘난 의사들 대량생산.
그래서 불로장생 노래하겠지.

철없는 신들, 아니, 고작해야
털 없는 원숭이에 불과한 것들이니
지구 자체가
자기들 무덤인 줄도 모르지.

문명이란
아무도 읽어주지 않는 묘비인 줄도
결코, 영영, 알리가 없지,
털 없는 원숭이니까.

2012.9.5.

예외 없이

개와 개가 붙어
싸운다.
피투성이로
목숨 걸고 붙는다.

남자와 여자가 붙어
싸운다.
무지하니까
무지무지하게 붙는다.

목숨이란 예외 없이 태어나면 죽는다.
세상만사 시작하면 끝이 난다.

너는 예외인가? 인류는 예외인가?
지구는? 아니, 우주는?
우주 너머 무한, 영원은?

2012.9.11.

가련한 좀비

어마어마하게 돈을 벌어
축구장만한 아파트에 입주하기.
수십 억 짜리 외제차 타고
동에 번쩍 서에 번쩍 하기.

진시황제 로마황제 다 꺼져라!
흥청망청 돈 뿌리며 주색잡기.
게다가 방방곡곡 어디서나
되는 일도 없고
안 되는 일도 없는 나라,
권력마저 손아귀에 움켜잡기.

이런 게 자나 깨나
너의 평생 꿈이냐?

지극히 간절한 소망은
반드시 이루어지고야 만다?
그래, 너는 꿈을 달성했지.
너는 꿈나라에서 살고 있지.

잘 했어. 암, 잘했고말고.

그러니까 넌 이제 사람이 아니야.
유령이야. 좀비란 말이야.
꿈에서 깨어날 수도 없는,
한 줄기 입김 같은
가련한 망령이라고!

2012.9.11.

개만도 못한 사람들

애완용 개나 고양이
발바닥은 닦아주지만
사람 발에는 고개 돌린다.
애완용 개나 고양이
뒤는 닦아주지만
사람 뒤는 봐주지 않는다.

개만도 못한 사람들.
고양이만도 못한 인간들.
네 눈에는 그렇다는 거지?
하지만 정녕 그래야만 해?

이웃을 네 몸 같이 사랑하라.
다 함께, 더불어 사는 세상.
이게 몽땅 결국은
허공에 날아가다 터진 풍선,
허무한 꿈의 추억,
그 뿐이겠지? 고작해야!

2백층, 3백층, 5백층,
아니, 일 만 층 빌딩이 솟은들,
개만도 못한 사람들,
고양이만도 못한 인간들은
어딜 가야 살아남을 수 있지?

내 알 바 아니라 하겠지.
애완용 개나 고양이
뒤나 닦아주는 너니까!

2012.9.12.

여행 중

여행을 시작한다.
그건 네 생각일 뿐.
네 일정은 이미 끝났다.

여행은 끝났다.
그것도 네 생각일 뿐.
아직도 여행 중
집을 향하여.

하지만 어떤 집으로?
어디 있는가?
언제 닿을 것인가?
거기 정말
누군가 있는가?
기다리고 있는가?

2012.9.16.

최고

간암 수술에서 세계 최고 권위.
박사에 훈장도 수십 개.
잘났지.
암, 그렇고말고.

그런데 왜 불안에 떨어?
날마다 말이야.
머지않아 떠날 이 별이
그렇게도 아깝고 아쉬운 거야?

지상천국의 제왕, 모든 왕들의 왕,
자칭 메시아들도 하나 예외 없이
구더기 밥이 되어 버렸어.
할렐루야! 아멘! 아멘!
그렇게 소리치면 다 영원히 사나?

최고? 좋지! 정말!
그러나 네가 못하는 일도 무수해.
네가 피할 수 없는 일도 셀 수 없어.

네가 최고라고 으스대는 그거야말로
도대체 뭐야? 고작해야
무수한 기술 가운데 미세한 한 가지 아냐?

그러니까 고개 숙여.
푹, 아주 푹 숙이라고.
그러고는 웃고 살아봐.
바로 그게 진짜 최고야!

2012.9.17.

명화 속 명배우들

명화 속 명배우들
남녀
모두 다 저 세상으로.
40여 년 전 명화를 다시 보는 우리도
머지않아 모두 사라질 테지.

영화 속의 사랑도 미움도,
우리 삶도
결국은 모두 같은 것인가?
꿈속에서 꾸는 꿈,
그뿐인가?

제국들의 폐허.
텅 빈 옥좌들.
군주들의 석관들.
용광로에서 사라진 왕관들.
순식간에 무너지는 초고층 빌딩들.
누가 이루 다 헤아릴 수 있는가?

2012.9.17.

오늘이라는 이름의 하루

오늘이라는 이름의 하루.
2012년 9월 20일
오늘 하루
지상에서 무사히 살았으니
어찌 감사하지 않을 수 있겠는가?

수많은 생명이 사라지고
수많은 육체가 부서진 오늘,
무수한 정신이 무너지고
무수한 권력이 썩어문드러진 오늘.

2012년 9월 20일
비록 유사 이래 모든 날과 같다 해도,
무사히, 아직은 무사히 살아서
넘겼으니
어찌 진심으로 고맙지 않겠는가?

내일이라는 이름의 하루,
온다면, 오늘보다 더 무사할까?

오늘보다 한층 더 행복해질까?

하루 또 하루가 쌓여
한 해가 된다지만,
내년이라는 이름의 한 해,
온다면, 올해보다 더 무사할까?
올해보다 더욱 더 행복할까?

우리는 앞서 걸어간 세대보다,
우리 후세대는 우리보다
정녕 더 행복할까?

2012.9.20.

하의 실종

삼각팬티만 입은 듯.
여자들.
처녀든 아니든
하여간 여자들.

허벅다리
눈이 부시다 못해
눈물이 나겠지
아래에서.

미끈하게 잘도 빠진
허벅지.
처녀든 아니든
하여간 여자들
허벅다리 사이에서
잘도 빠진다
뭐든지.

2012.9.22.

굴비는 비굴한가?

굴비는 비굴한가?
그렇지. 그렇고말고.
죽은 뒤에도 미라 남기려고
생전에 그 얼마나 꼬리 쳤던가?

자칭 선비들이 가장 애호하는
굴비는 과연 비굴한가?
그렇지. 그렇고말고.
생전에도, 아니, 사후에마저도
자기를 결코 닮지 말라고
고작 반면교사나 될 뿐 아닌가?

자칭 지도자들이, 전문가들이,
그래, 선비들이 각계각층에서
앞서거니 뒤서거니 다투어 가며
줄줄이 엮여 쇠고랑 차는 판에,
굴비! 너야말로 드넓은 바다에서
떳떳이 살다가, 자유롭게 헤엄치다가
다른 생선 뱃속으로 사라졌더라면!

미라를 남긴들 무슨 소용이 있나?
썩은 선비들 식탁에 올랐다가
썩은 창자에 들어가 똥이나 될 것을!

산에 들에 수많은 공동묘지에 돋아난
독버섯 같은 무덤들, 그 주인공들은
과연 굴비보다 덜 비굴한가?
천만에! 만만에 말씀!
죽은 뒤에 겨우 무덤이나 하나 남기려
생전에 그 얼마나 더러운, 악취 진동하는
시궁창에서 마구 뒹굴었던가!

2012.9.24.

미인도의 미인들

초승달 눈썹은 낫,
보리 이삭인 양
어느 목이든 싹둑싹둑 자른다.
앵두 입술은 총알,
심장에 탕탕 박히는 죽음.

달걀 얼굴은 올가미,
걸리기만 하면 뼈도 못 추린다.
비단 살결은 수의,
매미 허물만 남은 자 휘감는
한낱 연기 같은 추억의 샘.

무지개 머리카락은 무엇일까?
향수의 향기는 또 무엇일까?
미인도의 미인은 오늘도 여전히
한껏 교태부리며 눈웃음친다.

날개 찢어진 나비,
모가지 비틀린 풍뎅이

아스팔트에 무수히 널려 신음한다.
이윽고 마지막 순간.

그러나 그 여자들은 진짜 미인일까?
제 눈에 안경!
아무리 그렇다 쳐도 그렇지.
어쩌면 눈도 안경도 모두
이상하지 않을까?
아니면, 세월이 미친 것일까?

2012.9.24.

할 일 없으면 잠이나 자

할 일 없이 보내는 하루라면
라면이나 끓여먹고 잠이나 자지!
자지 자지 해도 잠이 안 올 때
때 없이 들이닥치는 도둑.
도둑질로 긁어모은 재산이 산더미.
산더미보다 더 크고 무시무시한 근심.
근심이란 바로 쇠고랑 찰까 바들바들 떠는 신세.
신세타령 할 바에야 차라리 냉수나 먹지.
먹지도 못할 금은보화 뭐 하러 쥐나?
쥐나 펴나 똥 묻은 손은 악취가 진동.
진동하는 악취에 썩어 문드러지는 코.
코가 아무리 큰들 맡지도 못하는 냄새.
냄새 없애려 비단 보자기 덮는다 해도,
해도 해도 너무나도 악독한 짓이 어딜 가나?
가나오나 헛소리뿐, 동서남북도 모르는 주제,
주제넘게 어디 함부로 누굴 다스려?
다스려봤자 개꼬리 사오년에 역시 개꼬리.
꼬리나 내리고 줄행랑치는 게 장땡.
장땡 위에 광땡 있으니까 조심하라고!

하라고 하는 일은 하지 않고 까불다가는
가는 비에 옷 젖는 줄 모른 채 여러 해 동안
동안이 백발 되도록 부귀 누린다고 알다가는
가는 사람 말리지 않는 손에 걸려 황천길이야.
이야기는 해도 해도 끝없이 이어지지.
지지 않는 해가 어디 있단 말인가?
인가 맡지도 못할 도둑질 따위 그만 작작해,
해파리에 쏘여 객사하기 전에!

2012.9.26.

벽사기(辟邪旗)

기가 세어 요귀를 물리치나?
기운이 뻗쳐 마귀가 미리 도망치나?
고종이 황제로 즉위하여
처음 사용했다는 벽사기.

군대도 외교도 없는 황제가 깃발만으로
동서양 요귀들을 모두 물리쳤나?
벽사기가 없던 시절에는
도대체 무엇으로 나라를 지켰나?

안에서 득시글대던 요귀들부터,
자기 주위에서 나라 좀먹던 악귀들부터
목을 싹 베어 버렸어야지.
그런 칼 한 자루나마 마련했어야지.

뿌리 채 썩어 쓰러지는 고목
그런 왕조에서 황제 칭호라니,
벽사기 따위란 불탄 동아줄 아닌가?

식민지 노예로 전락한 수천 만 생령
그들의 피와 눈물, 한숨과 통곡만이
하늘을 향해 울부짖은들 무슨 소용인가?

백여 년이 지난 오늘도
벽사기 따위나 휘두르는 무리
무엇을 또 어느 요귀에게 내어주려는가?

2012.10.7.

헌 신

남이 신다 버린 헌 신
내 발에 맞으면 내 신 아니냐?
나에게 헌신할 내 신
다 닳아 없어질 때까지!
바로 그러니까
새 신만 신이냐고!

버릴 때는 다 나름대로
이유야 있겠지.
그렇다 해도 아무리
버리긴 왜 버려?

잘 간수해 잘 쓰기만 하면
너에게 헌신할 네 신 아니냐?
바로 그러니까
이 신 저 신 왜 따지냐고!

2012.10.10.

누가 뭐래?

새싹이 돋는다고 누가 뭐래?
단풍 들고 낙엽진다고 누가 뭐래?
네가 간다고 누가 뭐래?
가야만 한다면 가면 그만인데,
갈 수밖에 없다고 누가 뭐래?

신록이 우거진다고 누가 뭐래?
서리 내린다고 흰 눈 쌓인다고 누가 뭐래?
네가 영영 사라진다고 누가 뭐래?
보이던 것도 보이지 않게 마련인데,
사라질 수밖에 없다고 누가 뭐래?

2012.11.18.

거지같은 인생

이가 많으면 앓는 이도 많지.
시큰시큰 쿡쿡 흔들흔들…
이가 없으면 잇몸이라도 성해야지.
전체 틀니 해서라도
9988234 기대하지.

많아도 걱정 없어도 걱정.
근심걱정에 허구한 날 보내는 게
민초들 인생이라는 거지.

거지같은 인생.
그래도 살 가치는 있지
한 번쯤은.

2012.11.21.

촛불과 삶

초가 없으면 촛불도 없지.
촛불이 타지 않으면
초는 딱딱한 시체일 뿐이지.

대지가 없다면 인간도 없지.
인간이 살아 움직이지 않는다 해서
지구는 불모의 대지일 뿐일까?

인간이 없다면 역사도 없지.
역사 기록이 없다고 해서
인류는 바람에 날려 사라지는
연기일 뿐일까?

역사란 개인의 일생이 모인 것일 뿐.
거기 큰 이름 남기지 못한다 해서
올바른 삶이 과연 무의미해 질까?

2012.11.24.

깨닫지 마라

깨닫지 마라.
깨달으면 간다.

한번 가면
다시는 오지 못하는 길.

그 길 걸어가야만 해도
지금은 아니잖아!

깨달은 뒤에 간다 해도
결국은 같은 길.

그 길이 뭐라고
서둘러서 가느냐?

2012.11.28.

먼저 간 친구들

먼저 간 친구들 한둘인가?
보이지 않는 얼굴들,
정답던 이름들 역시 한둘인가?
못 견디게 그립다면,
이미 들만큼 들었다 나이가,
누가 뭐래도!

아무리 간절히 그리워한들
보이지 않는 것 어디에도 없고
들리지 않는 것은 들릴 리 없다.

바로 그러니까
남은 친구들이 그만큼 더 소중하다.
남은 세월
하루를 천 년인 양
서로 아끼고 더욱 정답게!

2012.12.1.

뒤죽박죽

올라가야지,
그래, 고개 빳빳이 든 채.
젊을 때는 그런 거야.
오만해지는 거라고.

내려가야지,
그래, 고개 푹 숙인 채.
나이 들면 다 그런 거야.
겸손해지는 거라고.

그런데 이게 뭐야?
뒤죽박죽이잖아!

2012.12.17.

호빵 유효기간

앞으로 이틀 남았다 호빵 유효기간이.
그래서 30% 할인.
살까 말까?

하루밖에 남지 않았다.
그래서 50% 할인.
살까 말까?

주머니에 찬바람 횡횡 불어댄다면
이런 거라도 먹어야지.

서너 시간밖에 남지 않았다.
살까 말까
아무도 망설이지 않는다.
100% 할인이라 해도
아무도 쳐다보지 않는다.

나의 유효기간은 얼마 남았을까
너에게, 그리고 이웃 모두에게?

영하 20도 한겨울
따끈따끈한 호빵 못지않게
누구에게나 반가운 사람,
힘든 사람들에게 필요한 사람,
어려운 사람들에게 유익한 사람,
그렇게 살아갈 유효기간은
과연 얼마나 남아 있을까?

2012.12.28.

쌀도 소금도 떨어진 날

쌀이 떨어진 빈 통.
긁어도 긁어도 거친 소리뿐.
삶의 기둥이 부러지는 비명이다.

소금마저 떨어진 날에는
맑은 하늘 그 어디에도 없다
희망을 걸 구름 한 점도.

원망할 기력조차 남지 않은
고독한 노년의 군상을 본다.
시대의 탁류 헤쳐 갈 의욕도 없이
정처 없이 떠내려가는 무리도 본다.

샴페인 거품마다 낭만을 노래하고
30년짜리 양주 그 잔에 풍요 넘칠 때
영하 20도 거리에서 몸을 떠는,
그래, 이름 없는 그림자 인생들도 본다.

티끌만도 못한 작은 별 이 지구에서

중첩된 낙원과 지옥을 본다.
쌀이 떨어진 날,
소금마저 떨어진 날, 눈물의 오늘,
나는 어디 있는가?

2012.12.28.

2013년, 시

안녕하세요?

인생 칠십 고래희

마지막 감자 한 개

빈 자리

빈 의자가 없다 하지만
의자를 차지한 사람들이란
하나 같이
그림자의 그림자일 뿐.
그러니까 의자는 모두 빈 자리.

찬 의자도 없다 하지만
의자를 떠난 사람들이란
한결같이
아득한 미래의 그림자일 뿐.
그러니까 의자란 원래 빈 자리.

2013.1.1.

눈길을 걸으며

휘이 휘이 휘파람을 불자,
눈길을 걸으며.

꽁꽁 얼어 눈사람이 된다 해도
경쾌하게 유쾌하게 휘파람을 불자,
눈길을 걸으며,
쓰러지는 순간까지 걸으며.

인생이란…
엄숙하게 말하지 말자.

아무 귀에도 닿지 않는 휘파람인들,
너와 나, 우리가 쉬지 않고 부는 것이라면
그야말로 멋진 삶의 노래 아닌가!

아무 눈도 거들떠보지 않는 눈사람인들,
너와 나, 우리가 빚어내는 조각이라면,
그야말로 둘도 없는 걸작 아닌가!

휘이 휘이 휘파람을 불자.
지난해 눈 천지에서 모습을 감춘 뒤에도,
새싹이 돋고 신록이 우거진 뒤에도,
낙엽 우수수 지고 다시 눈이 내린다 해도,
그래, 다시금 눈길을 걸으며.

2013.1.1.

페트에게 구원이란 무엇일까?

페트, 애완동물 페트.
네가 기르던 고양이 오늘은 왜 보이지 않지?
내가 기르던 강아지 늙어서 벌써 도망갔지.

페트, 애완동물 페트.
너나 나나 영락없이 페트 아냐?
보이지 않는 끈, 운명의 끈 목에 맨 페트.

무엇인가 우리가 모르는 존재
우리를 데리고 노는 거겠지.
페트, 그래, 애완동물 페트, 지구의 페트.
지구 역시 페트, 별나라의.

페트에게 구원이란 무엇일까?
자유? 그래, 자유.
그건 죽음 자체가 아닐까?
그 다음은? 그 누가 알겠어?

2013.1.13.

똥싸개들

무를 많이 먹으면 하얀 똥.
홍당무가 들어가면 빨간 똥.
푸성귀나 먹고 살아야 하는 민초들.

돈을 많이 처먹으면 황금 똥.
금은보석 처먹으면 무지개 똥.
오늘도 황금 똥 무지개 똥
꾸역꾸역 사방에 갈겨대는 무리,
저명 인사, 전문가, 고관대작…

결국 들어가야만 할 곳이란 고작
지하 저 낮은 곳, 물속 저 깊은 곳,
하늘 저 높은 곳.

뼈마저 삭아버린 뒤,
그들의 잠 과연 편안할까?
정말 안전할까?

2013.1.16.

간다 간다

간다, 가야만 한다, 말이나 말지.
간다, 간다, 입버릇처럼
날이면 날마다 반복하더니만
결국은 가고야 말았지.

간다는 데야 말릴 손 어디 있나?
말릴 수 있는 손 있기나 하나?
막상 갈 때는 말릴 손 없지.
말릴 수 있는 손 하나도 없지.

간다고 슬퍼할 이유도 없지,
너만 가는 게 아니라 누구나 가니.
하지만 누가 가든 가는 건 슬퍼
하염없이 눈물로나 배웅하는 거지.

2013.1.27.

감자 한 알

누가 버렸나 감자 한 알,
아스팔트 길바닥에 달랑.
비가 오고 싹이 튼들
뿌리 내릴 흙이 어디 있나?
비 한 방울 닿기도 전에
타이어에 갈리면 오징어 포.
눈 감으면 편해지겠지.

하지만 끝가지 기다려야지, 암!
바람이 불면
데굴데굴 굴러가 개천에 풍덩.
그러다가 어딘가 걸리겠지,
물도 있고 흙도 있는 곳에.
감자 한 알인들 팔자라는 게 왜 없겠어?

오늘도 웃어봐, 헛웃음이라 해도.
웃으면서 마냥 기다려봐,
밤에 이슬 맞고 떤다고 해도!

2013.2.1.

다 타버리는 초

타고 또 탄다.
끊임없이 타들어간다.
아무리 큰 초,
코끼리 다리통 같은 초라 해도
결국 흔적도 남지 않는다.
심지도 재조차 남기지 못하고.
사람의 일생 역시 그런 거,
천하 없는 그 누구라 해도!
인류의 역사 또한 그런 거지.
우주라 해서 과연 다를까?

2013.2.2.

재수 없는 거

사내가 한 마디 내뱉는다.
"일요일 아침부터 재수 없게!"
잔뜩 찌푸린 얼굴.
주절주절 종알종알 잔소리에
휴지처럼 구겨질 대로 구겨진 표정.

유독 일요일 아침이라 재수가 없어?
평소에는 좋았고?
일요일, 그게 뭐 특별한 날이야?
특히 너에게 말이야!

아침부터, 그래, 아침부터
하루는 시작하지. 늘 그런 거야.
그래서 어쨌다는 거야?
재수도 아침부터 시작하는 거냐고.

아닌 밤중에 홍두깨도 몰라?
재수란 시도 때도 없이,
없는 건 없는 거야.

네 곁에 누가 있는지 잘 봐.
그게 정말 재수 없는 거라고!
아니, 네가 바로 그런 거 아냐?

2013.2.3.

재수 좋은 날

살얼음 언덕 길 노인이 넘어졌다.
엉덩이도 허리도 멀쩡하다.
지팡이만 저 아래 굴러 떨어졌다.
재수 좋은 날!

이제 그만 만나. 굿바이!
애인이 돌아섰다.
하염없이 울고 또 울었다.
눈물이 마르자 백내장이 사라지고
착한 애인이 보이기 시작했다.
재수 정말 좋은 날!

빌딩, 별장, 주식, 채권, 등등등
자녀들은 어마어마한 유산 기대하며
화장실에 들어가 혼자 웃는다.
노인은 전 재산 사회 환원한 뒤
조용히 눈을 감았다 미소 띤 얼굴로.
재수 억세게 좋은 날!
바로 그 노인에게만!

2013.2.3.

커피 천국

원두커피 따위
원산지 원숭이들은 안 먹는다.
하찮은 인간들이나 먹으라고 해.

원산지 원주민들도 안 먹는다,
하찮은 인간이 아니니까.
원숭이보다는 영리하니까.

그래서 끓여 마시기 시작했다,
심심해서가 아니라
약으로.

열 집 건너 카페,
또 열 집 지나 커피하우스,
붉은 네온 십자가보다 더 널리고 널린
서울 거리.
남녀노소 불문하고 커피 들고 다니는
커피 천국.
심심해서 마셔대는 커피.

원숭이보다 더 영리할까?
원주민보다 더 현명할까?
돈이야 더 많겠지.
많아봤자 별 거 없는 주제들.

심심풀이로 마셔대는 커피
약이나 될까?
독약일는지도 모르지.

성형, 정형, 사기, 강탈, 온갖 위장술에
스스로 괴물로 변하는
지킬박사와 하이드의 숨바꼭질…

2013.2.3.

멋진 산책

눈이 내리는 밤 개를 끌고 산책 중
60이 넘은 후배가 전화,
그리고 하는 말.
"개보다는 애인 데리고 산책해야 멋있지요!"

정말 그래?
그 나이에 아직도 그런 생각이나 해?
세상에 믿을 년 믿을 놈 하나도 없다는 말,
몽땅 다 도둑이라고 아우성치는 소리,
아직도 그게 뭔지 모르고
한가로운 수작이야?

아무리 한참 아래 후배라 해도
그렇게야 마구 대할 수는 없었지.
그래서 점잖게 한 마디.
"노후에도, 아니, 노년이 깊어갈수록
멋진 애인 새록새록 더욱 더 필요하겠지.
착한 사람, 좋은 사람 소개나 해봐."

"아니, 선배님!
그런 사람 있으면 제가 왜 소개해요?"
저도 급한데… 하하하!
허허허! 그럴 테지.
잘해 봐. 뭐든지…

2013.2.3.

최고의 유행가

사랑한다고 말할 걸 그랬지.
그래, 유행가란, 정말 최고의 유행가란
유행을 절대로 타지 않는 노래지.
아무리 세월이 물 같이 흐른 후에도
가슴속에서 여전히 싱싱하게 울리는 노래,
기쁠 때나 슬플 때나
끊임없이 우리를 감동시키는 노래,
그게 최고지. 그래, 그게 최고야!

망설이다가 가버린 사랑.
어느 누가 망설였지?
망설이지 않았다면 가버리지도 않았나?
가버린 뒤에는 잠시 외로웠겠지만
더 좋은, 유익한, 멋진 사랑 오지 않았어?
아니면, 더 기다려 봐.

유행가란, 최고의 유행가란
장님들 코끼리 만지기 아니겠어?
각자 나름대로 해석하고 도취하게 만드는,

수 만 가지 효능 간직한 당의정.
일종의 만병통치약, 그러나 엉터리!

그럴까? 그래, 그러면 어때?
한 때 좋아했고, 지금도 좋아한다면,
앞으로도 줄곧 좋아할 노래라면
그걸로 충분해. 우리 인생이란
너무 짧고 너무 불완전, 미완성이라
진짜 만병통치약 기대는 과분하지.
과분하고말고!

2013.2.3.

아픈 추억은 버리자

어린 날의 추억도 이제는 쓰리지 않다.
누구는 고깃국에 흰쌀밥,
누구는 하루 종일 쪼르륵 빈 배,
그런 기억도 이제는 아득한 그림자일 뿐.

여태껏 살아온 세월만 기적 같다.
모든 이에게 감사!
먼저 간 사람들이든,
주변에서 친절한 사람들이든,
착한 사람 좋은 사람 모두에게 감사!

금빛 찬란할수록, 부지기수로 많을수록,
추억이란 떠나갈 때 더욱 무거운 짐.
벗어버리기 그 얼마나 진땀나는가?
마지막 숨결 그 얼마나 거칠기만 한가?

아픈 추억은 모두 버리자.
슬픈 기억도 모두 바람에 날려 보내자.
작은 친절, 고마운 은혜만 고이 간직한 채,

그 날이 오면
조용히 웃으며 떠나기로 하자.

한 줄기 삶이란
매듭이 있기에 애처로운 것이지만,
바로 그러하기에
더욱 아름답고 값진 게 아니겠는가!

2013.2.11.

개는 교양이 당연히 없다

너 교양이 있어 없어?
나?
난 원래 없어,
개니까.
그런데 그걸 물어보는 너,
신사든 숙녀든, 아이돌이든 재벌이든,
지위가 아무리 높은 것들이든,
제 정신이야?
아니면, 치매야?
교양이 마땅히 있어야 할 것들일 텐데,
정말로 있기는 하는 거야?
그래서 날마다 하는 짓거리라는 게
고작 이 따위냐고!
수천 년,
수만 년 동안이나!

2013.2.15.

개똥이 더럽다 욕하는 그 년

대문 앞 개똥
더럽다고 욕하는 여자.
자기 남자 술 처먹고 토해놓은 거,
그건 보고도 못 본 체.
정 개를 욕하고 싶다면,
야, 이 개새끼야!
그 한 마디면 그만이지.
남자를 욕하고 싶다면,
야, 이 개만도 못한 새끼야!
그 한 마디면 족하지.
그럼 욕하는 그 년은 뭘까?

2013.2.17.

먼지가 쌓인다

먼지가 쌓인다.
보이지도 않는 미세 먼지.
재깍재깍 초침 소리마다
쌓인다 먼지가.
날마다 달마다 해마다,
우리가 떠난 뒤에도 쌓인다 영원히.

먼지 위에 눈부신 빛.
먼지 아래는 눈물.
지구는 먼지.
우주도 먼지.
우리가 아는 신들도 먼지.

그뿐일까?
새로운 먼지가 생겨난다
어디선가는!

2013.3.13.

눈물과 미소

우리가 서로 미워할 때,
우리가 서로 괴롭힐 때,
우리가 서로 죽일 때,
지구란 우주의 한 방울 눈물,
인류란 그 싸늘한 수증기.

그러나 우리가 서로 사랑한다면,
우리가 서로 돕고 살아간다면,
테러, 학살, 인종청소 등을 막는다면,
지구는 우주의 한 줄기 미소,
인류는 가장 눈부신 웃음의 꽃다발.

할 수 없다는 말은 하지 마라.
할 수 있으면서도 하지 않는다면,
해보려는 의욕마저 품지 않는다면,
아니, 남이 하려는 것마저 방해한다면,
도대체! 동시대에 여기 살아가는
이유는 어디 있는가?
우리 모두의 삶의 끝은 무엇인가?

2013.4.21.

라면 냄새

그 집 앞을 지날 때마다
라면 냄새가 난다.
오늘은 너구리,
내일은 멸치일까?

날이면 날마다 그 골목에서는
라면 냄새가 난다.
오늘은 오뚜기,
내일은 꼴뚜기일까?

라면 따위 고개 싹 돌리는
도시의 약탈자 유목민 떼거리.
오늘은 밸런타인,
내일은 나폴레옹일까?

너나없이 한 때 태어났다가
담배 연기처럼 사라지는 판에
태양 아래, 구름 아래 도대체
뭐가 그리 중요하다고 법석인가?

생명은 어리석음을 낳고
어리석음도 헛수고로 치달을 뿐.
오늘은 내 차례,
내일은 네 차례일 뿐!

2013.6.22.

오뉴월에 얼어 죽을 위원회

청렴 위원회에 청렴한 놈 있어?
결백 위원회에 결백한 년 있냐고?
수백 수천 위원회에서
옳은 말 한 마디 나온 적 있어?

위원이 수백 명이라 해도
위원장 한 마디에 모두 설설 기는 판에
위원회는 무슨 오뉴월에 얼어 죽을!
노예들만 모아놓은 위원회에서
위원장이란 또 뭐하는 물건이야?

그럼 결국 위원회들이나 수없이 만드는 자는
할 일이 있는 거야? 없는 거야?
아니, 자기 할 일 알고나 있어?
깊은 잠 영영 자라고 해,
아무 데나, 땅속에 들어가서!

2013.6.26.

늙은이 배낭

70인가 80인가 몰라도
노인이 등에 지고 가는 배낭
예전에 지던 지게보다 무거울까?
노파가 지고 가는 것은 예전에
머리에 이던 동이보다는 가벼울까?

배낭에 가득 찬 것은 무엇일까?
헛되게 흘려보낸 세월?
아니면, 아직도 못 다 버린 욕심?
걸어도 걸어도 가벼워질 리 없는 걸음.
최신 등산화에 밟히는 낙엽 같은 미련.

남녀노소 너나없이 지고 가는 배낭.
도시의 유목민, 아니, 달팽이들이
오늘도 제각기 운반하는 무덤.
한 줄기 바람처럼 사라질 역사,
그 그림자만 가득 찬 꿈 자루일 뿐.

2013.6.26.

개는 역시 개

아무리 충성한다 해도
개는 역시 개.
닭 뼈, 족발 뼈 가리지 않고
아작아작 씹어댄다.

아무리 귀엽게 군다 해도
고양이는 역시 고양이.
자기 발만
혀로 날름날름 핥아댄다.

아무리 골백 번 맹세한다 해도
사람 혓바닥은 역시 혓바닥.
달면 삼키고 쓰면 뱉는 입.
더우면 붙고 차면 돌아서는 등.

여기까지 진화했다는 짐승들이
오늘도 여전히 하는 짓을 보라.
먼 훗날 돌연변이가 발생한들
더 나은 지상이 펼쳐질까?

낙관이든 비관이든
오십 보 백 보.
유명하든 무명이든
비열한 놈은 역시 비열한 놈!

2013.6.27.

인생 칠십 고래희

인생 칠십 고래희!
그래, 네가,
세상에 둘째가라면 피눈물 뿌렸을
바로 네가
이제 곧 칠십이라니,
오늘도 무사히 보낸 사실만 해도
감사!
무조건 하늘에 감사!

그러나 요즈음 세상이 모두 미쳐
인생 일백 다반사!
고작 고 모양 고 꼴인 너마저
다반사 축에 끼이려 발버둥이라니,
허허허!
바로 코앞의 일도 모르는 주제에
천 년 만 년 살듯이 추태라니,
허허허! 허허허허!

꿈속에서 꿈을 깨본들

꿈이야 계속 이어지겠지.
그러나 너는
어디로 가는 중일까?
여전히!

2013.6.29.

먼지와 시간

먼지가 쌓인다 끊임없이.
서가 가로 널빤지 위에도,
레코드플레이어 뚜껑 위에도,
방바닥에도.
눈에 보이지 않는 미세 먼지가
우리가 잠든 사이에도
쉴 새 없이 쌓인다.
치워도 치워도 여전히 쌓이는 먼지
그것은 우리의 몸.
결국 우리는 먼지로 돌아간다.
위대한 것, 만일 있다면,
그것은 오로지 시간뿐,
먼지를 뒤에서 조종하는 시간뿐이다.

2013.7.2.

반드시 올 시간

오고야 말 시간이라면
애타게 기다리지 않아도
반드시 온다.
그러나 막상 닥칠 때
등을 돌리고 싶다면…

한여름 땀을 뻘뻘
그것도 한 때.
그래서 한 여름.
다시 볼 수 있을까?

그렇게 질문해야만 하는
무수한 사람이 있다면,
자기도 모르게…

제국, 문명, 역사인들,
인류, 지구, 신들인들 한 때.
우주는 그게 아닐까?
유일신은 정말 그게 아닐까?

2013.7.3.

뭘까?

개가 사람을 좋아할 때
사람은 이미 사람이 아니다.
개다
적어도 개에게는.

사람이 개를 좋아할 때
개는 이미 개가 아니다.
뭘까
적어도 사람에게는?

신이 사람을 사랑할 때
사람은 이미 사람이 아니다.
신이다
적어도 신에게는.

사람이 신을 사랑한다고 할 때
신은 이미 신이 아니다.
뭘까
적어도 사람에게는?

2013.7.5.

그 세월이 그 세월이지

해가 뜨고 해가 지니 하루,
어느 새 저물었지?
한 달은 30일,
어느 새 새 달이지?

일 년은 열두 달,
그건 365일.
Happy New Year!
1월 1일 하루만 그런 날?

장수! 장수! 장수!
백 년은 며칠이지?
3만 6천…
그보다 더 오래 숨 쉰 사람은 몇이지?
천 년은 며칠이지?
36만 5천 일!

수십, 수백 년 왕조가 뭐라고…
동서양에서!

하물며 4~5년 또는 10여년짜리
정권 그런 따위가 뭐라고!

2013.7.6.

사람이 뭘 알아?

강아지가 발랑 누워 앞발들 오무린 채
이리저리 몸을 흔들어 댄다.
애교 떠네.
누워서 춤추는 거야.
아이들은 손뼉 치며 깔깔깔,
주인어른 슬며시 미소 짓는다.

강아지는 등이 가려울 뿐,
그래서 바닥에 등을 비빌 뿐.
도대체!
사람이란 것들이 알긴 뭘 알아?

강아지 눈에 사람이란
신은커녕, 천사는커녕
개만도 못한 어리석은 짐승일 뿐.
어쩌면 악마가 아닌가!
만물의 영장이란, 그래, 고작해야
만물의 도살자가 아닌가!
우주의 파괴자가 아닌가!

2013.9.4.

1회용

컵은 1회용, 그래서 곧장 쓰레기.
플라스틱 빨대도 1회용.
짜장면 그릇마저 1회용.
커피, 홍차, 콜라, 쥬스 기타 등등
모조리 1회용 속으로 사라진다.
1회용만 먹고 마시고 배설하는
남녀 자신도 어느 새 1회용.
만나는 것도 헤어지는 것도 1회용.
너와 나, 나와 너는 있어도
우리는 없으니까.
인생은 1회용.
지구도 1회용일까?
우주는? 신은?

2013.9.16.

골목길과 개

우리 동네 골목길
아침저녁 산책길.
사람들이 마주친다.
멀뚱멀뚱, 인사도 없다.

우리 동네 골목길
개들도 마주친다.
꼬리 치며 달려간다.
한결같이 수캐뿐,
암캐는 인기가 없다.

2013.9.21.

문학상 병

가을이 오면,
해마다 가을이 오면
어김없이 도지는 병,
메시아 고대하듯 유행하는 질병,
일컬어 노벨문학상 증후군.

한국병일까?
한국이 중병 들었을까?
한국인이 모두 병들었을까?
천만에!
결코! 천만에!

떡은 아예 없는데
김칫국만 미리 마시는 잔치꾼들,
그들만의 갈증,
조갈병에 불과하지 않을까?

언젠가는, 누군가는 수상하겠지.
그러면 병이 말끔히 사라질까?

꿈이여, 다시 한번!
그렇게, 영원히, 외쳐대지는 않을까?
멍청한 것들 같으니!

지상의 무수한 문학상,
어중이떠중이 이름 붙인 상
그 중 하나,
그게 만병통치약이라도 되는가?

2013.10.7.

인생길

인생이란 갈 짓 자 지그재그
모퉁이 돌고 또 돌아서 가는 길.

넘어지면 일어나라!
지치면 쉬엄쉬엄!
비틀비틀 어기적어기적
한없이 걸어가라!

비록 당장은 보이지 않는다 해도
언젠가는 각자 도달하는 종점.

돌아보면
아무 것도 보이지 않는,
길 자체도 보이지 않는
인생길.

2013.10.26.

그림자(1)

내가 없어도
그림자만 홀로 남을까?

내가 외로울 때
그림자도 따라 외로울까?
외로운 나의 외로운 그림자!

내가 기쁠 때
그림자 역시 기뻐할까?
즐거운 나의 즐거운 그림자!

하하하! 허허허!
그림자도 웃을 줄 알까?
아니, 통곡할 줄을 알까?

2013.10.28.

그림자(2)

야금야금 발밑에서 갉아 먹는다,
내 구두.
바닥부터 갉아 먹어 들어온다,
그림자가.

시시각각 길어지는 그림자.
사각사각 쪼그라드는
내 구두.
갈 길은 아직도 천 리 만 리.
저승은커녕
이승만 해도 아득할 따름인데.

구두가 사라지면 맨발로라도
끝까지 걸어가야만 하는 길.
발바닥 다 벗겨져도,
발가락 모조리 닳아버려도.

어차피 도달할 끝이라면
하루 빨리 만나는 게 좋을까?

어차피 부서질 꿈이라면
지금 당장 깨어나는 게 다행일까?
그림자가 내 몸 모두 갉아먹은 날
끝이란 도대체 무엇이고
또 꿈이란 과연 무엇일까?

2013.10.28.

김치찌개

보글보글 찌개가 끓는다.
김치는 살신성인.
꽁치도 바닥에서 부창부수.
김장이 끝나면
날로 더욱 깊어지는 감칠 맛,
새 김치.

사람들이 바글바글 어리석든,
사회가 아웅다웅 부패하든
김치는 제 맛의 길을 간다.
찌개도 여전히 보글보글.

세상만사 부질없는 꿈인들,
한숨도 한탄도 빈 바람인들,
별 것도 아닌 우리에게 가장 소중한 건
오늘 하루뿐.
한 끼 밥상 찌개 맛 만끽하는 일,
김치에게, 꽁치에게 감사하는 마음,
그것 뿐.

2013.10.31.

접시와 사람들

사람들이 버린 접시
땅에 묻힌다.
눌려 깨진다 해도
파편들은 썩지 않는다.
아니, 썩을 수가 없다.

지상에 머무는 동안
하찮은 사람들의 검은 손,
범죄로 더럽혀진 손에 시달렸으니,
썩을 음식들 너무나 많이 담아주었으니
이제는 불멸 불후의 안식이 당연하니까.

접시를 내던져 버린 사람들
한 줄기 연기처럼 지상을 거쳐
땅에 묻힌다.
아무리 견고한 관에 누웠다 해도
소리 없이 사라져 버린다.
어디로 사라진 것일까?
모두, 예외란 단 하나도 없이!

오늘도 여전히 푸른 하늘
지상을 향해
소리 없이 웃고 있을까?
행복에 취해 웃고 있는 사람들 향해
야릇한 미소를 짓고 있을까?

2013.11.3.

차 봉지

차 봉지 넣은 주전자에
뜨거운 물을 붓는다.
처음 따른 건 너무 진하다.
세 번째는 너무 연하고
그 이상은 맹물이나 다름없지.
누구나 다 아는 상식적 얘기
새삼 뭐 하려고 하지?
다시 잘 생각해 봐.
차 봉지는 우리 자신,
물은 세월.
풍화, 바로 그거야.
맹물이야말로 진짜 물맛이지.
다른 맛 다 빠진 뒤
유일한 진짜 맛이라고!

2013.11.6.

우주도 촛불 하나

후욱! 입김 한 번에
순식간에 꺼지는 촛불.
어제와 변함없이 오늘도 사라지는
무수한 불꽃.
내일 또한 어디서나 소리 없이
무수히 사라질 불꽃.

언제? 어디서? 왜? 어떻게?
그런 게 무슨 의미가 있단 말인가?

무한히 먼 어디선가
밀려오는 한 줄기 입김.
우주 전체인들
촛불 하나에 불과하지 않을까?
아무리 별이 무수하다 해도,
아무리 우리 영혼이 불멸이라 해도!

2013.11.9.

가짜 예언자들이 많다

옛날도 옛날 한참 그 옛날
예언자 시대에도
가짜 예언자들이 정말 많았지.

오늘날, 21세기 오늘날,
정치, 경제, 사회, 문화,
구석구석에서 너나없이 모조리
입만 열면 거짓말이지.

그러니 어느 구석 어중이떠중이
자칭 예언자들이 몽땅 가짜인들
이상한 일은 결코 아니잖은가?
진짜가 하나도 보이지 않는 거야말로
오히려 기절 복통할 천재지변 아닌가!

가련한 자들!
자기 할 일이나 제대로 할 것이지,
예언은 뭘 안다고 예언?
자기 자신도 구하지 못하는 자들을

맹신하는 무리는 또 뭔가?

구원이란 것이 정말 있다면, 그것은
네가 구원받을 가치조차 없는
먼지임을 깨닫는 순간 비로소 온다.
눈을 떠라, 가짜에게 속지 말고!

2013.12.6.

신들린 함박눈

함박눈,
신들린 함박눈.
미친 춤, 미친 춤
그 속으로 숨어버린 하늘.

입술에 닿은 눈송이
지칠 대로 지쳐 사라진다.
이미 지상을 떠난
무수한 사람들의 일생인 듯.

미쳐 날뛰는 세상
너나없이 눈 한 송이.
역사도 문명도 역시,
지구도 우주도 한 송이 눈.

누군가의 입술에 닿아
순식간에 사라지고 마는 것.

2013.12.12.

개는 개일 따름

들개는 이름이 없다.
들에서 얼어 죽으면 그만.

금목걸이 자랑하며
주인에게 아양 떠는 개
이름이 있다.

버림받은 개
이름이 너무 크다.
그래서 총살!

다른 개들도 모두
개는 개일 따름.

2013.12.14.

마지막 감자 한 개

고사리 손 어린 손자,
파 뿌리 백발 할머니,
그들에게는 남은 가족이 없다.
먹을 것마저도 없다,
감자 한 개 이외에는.

한 겨울 밀폐된 다락방,
감자를 둘로 쪼개어
각각 한 조각씩 먹는다.
아무도 기억해 줄 리 없는,
어느 역사엔들 남을 리 없는,
침묵의
최후의 만찬.

번개탄 살 돈이 어디 있나?
불붙일 성냥조차 없다.
손자와 할머니
그냥 찬 바닥에 눕는다.
나란히…

그뿐이다.

그러나 정녕 그뿐일까?
어느 누군들,
반드시 언젠가는
그들과 똑같이 눕지 않겠는가?
그 날이 오면,
바로 그 때가 오면,
아무리 푸짐한들
최후의 만찬이야!

2013.12.18.

안녕하세요?(1)

그건 왜 물어 새삼스럽게?
십 년 전이나 지금이나
수상하긴 매 한 가지 아냐?
잘 알면서,
공공연하게,
공연히 그건 왜 물어?

네가 안녕하면, 당연히
남들도 안녕한 줄 알지?
너나 안녕히 지내!
그래, 천 년 만 년 너 홀로
안녕히 지내라 이거야!
입이나 닥치고!

2013.12.18.

안녕하세요?(2)

왜 나한테 그런 걸 물어?
내가 안녕한지 어쩐지,
그건 나도 몰라.
따지고 자시고 할 경황이 있어?
입에 풀칠하기도 바빠
죽을 지경인 판에!

안녕하세요 라니?
넌 정말 알고 싶지도 않지?
넌 정말 한가롭기 짝이 없지?
심심해서
날 놀리는 거 아냐?

2013.12.18.

안녕하세요?(3)

네가 아침에는 저녁 걱정,
저녁에는 내일 걱정하는 처지라면,
안녕하세요?
그렇게 내가 물어봐도 좋을까?

속이 뒤틀리겠지.
내가 어떻게 해주면 좋겠어?
오만 가지 기대에 너는
골이 빠개지지 않겠어?

역지사지(易地思之)야.
입장을 바꿔놓고 생각해 봐.
좋은 자리에서 으스대지만 말고
네가 지금 뭘 해야만 좋을지
생각해 보라고.
아니, 당장 실천하란 말이야!

안 들려?
뻔하지.

2013.12.18.

진실

유명한 사람의 말이 옳다면,
그건 그가 유명하기 때문이 아니라
그 말이 옳은 것이기 때문이다.

예수의 말인들, 공자 말씀인들,
그 어느 예언자의 말인들,
원래 옳은 것이 아니라면 그건
결코 옳은 것이 될 수 없다.

예전에도, 지금도,
앞으로도 영원히!

2013.12.20.

선생은 선생답게!

선생은 선생답게!
주먹 따위 휘둘러
남의 코피 터뜨리지 마라!
아니면,
아스팔트에 떨어진 씨 한 톨일 뿐,
백 배 천 배 추수는 헛된 꿈!

교수는 교수답게!
감투 사냥 따위 즐기지 마라!
인기 꽁무니도 쫓아다니지 마라!
아니면,
보리밭 깜부기,
무수한 이삭 죽이는 병균일 뿐!

남을 가르치기 전에 먼저
사람다운 사람 되는 길
그거부터 배워라!

2013.12.25.

2014년, 시

텅 빈 대성당

빈 바람이 하는 말

우상을 숭배하지 마라

개 사랑

이른 아침. 겨울.
10대 소녀가 80 노파에게 조심스레 다가선다.
폐지 수집하려고 열심히
쓰레기봉투 뒤지는 노파에게
깡통 네 개를 내민다,
노파 발치 검은 강아지에게 주라고.
강아지 상표도 선명한 양고기 통조림!
아, 개 사랑!

이번에는 노파가 손을 내민다.
마침 지나가는 60대 사내에게
깡통 두 개를 내민다,
사내가 끌고 가던 흰 강아지를 위해.
"무상으로 받았으니 나도
무상으로 나누어주어야지요!"

사내는 노파에게 감사!
사내는 소녀에게도 감사!
모두 건강히! 장수하기를!

골목길은 한층 더 밝아진다,
해는 아직 떠오르지 않았다 해도!

성도 이름도 사는 곳도
서로 모르는 그들
각자 제 길을 떠난다.
오늘 하루 참으로 푸근할 테지.

2014.1.1.

세상의 모든 노래

세상의 모든 노래 무슨 재주로
다 들을 수가 있단 말인가?
아무리 음악에 미쳤다 해도!

각자 좋아하는 대로,
들을 수 있는 만큼만
들으면 그만 아닌가?

함께, 잘 어울려,
즐긴다면 더욱 좋을 테지.
그래, 다 그런 기라고!

세상의 모든 술도
역시 그런 것이지.
세상의 모든 재물도!

어느 것인들 하나 예외 없이
다 그럴 테지.

아무리 미쳤다 해도!
그래, 다 그런 거야!

2014.1.19.

쓰레기 재활용

쓰레기란 불필요한 것.
그러니까 세상 만물이란
모조리 쓰레기.

얼마나 많은 경로 거치는지,
어떻게 거치는지,
그건 문제가 아니다.
그러나 언제 거치는지는
시간문제.

천상도 천하도 모두 쓰레기.
인류도 지구도 우주의 쓰레기.
그럼 우주는
누구, 어느 존재의 쓰레기일까?

재활용은 멋진 일.
쓰레기란 반드시 썩는다.
바로 그렇기 때문에
재활용은 더욱 아름다운 것.

어느 손이 인류를 재활용할까?
지구를, 아니,
우주 전체를 재활용할까?
언제, 어떻게, 왜?

2014.1.23.

은행나무

우리 집 담 안쪽에 높이 자란
은행나무 세 그루.
베어 버리라고 악다구니 퍼붓던
뒷집 늙은이 부부.

그들은 집 팔고 이사가 버리고
그 집은 헐려 5층 빌라 들어서고.
아직도
어디선가 살아 있을까?

그 집 뒤 절간도 팔려나가
역시 5층 빌라 들어서고.
거기 모셨던 부처들
어디서 또 돈을 벌고 있을까?

결국 한 그루만 달랑 남아
오늘도 하늘 높이 솟은
은행나무.
사람보다 백 배 낫지 않을까?

2014.1.24.

비교적

넌 비교적 돈 좀 있을 뿐이지.
너보다 돈이 더 적은 사람 무수하지만
더 많은 사람 역시 헤아릴 수 없지.

아무리 잘났다 해도
비교적 그렇지.
그뿐이야.

아무리 힘이 세다 해도
비교적 그렇지.
그뿐이야.

아무리 오래 산다 해도
역시 결국은
비교적 그렇지.

비교하지 않으면 행복해질까?
비교하지 않고는 못 배기는 거,
그게 사람 아닐까?

비교라는 말조차 잊어버려!
될까?

비교적 인간답고…
비교적 지구답고…
비교적 우주답고…
비교적 신다운 것도 있을까?

2014.2.8.

싸다

개새끼들이 똥 싸다.
애새끼들은 오줌 싸다.
아무 데서나 싸다.

너도 나도 짐 싸다.
아무 거나 다 싸다.
아무 데서나 다 싸다.

이 물건은 싸다.
아무 거나 다 싸다.
아무 데서나 다 싸다.

너야말로 싸다.
난들 왜 안 싸?
아무 거나 다 싸다?
아무 데서나 다 싸다?

2014.3.13.

개처럼 살라!

먹고 자고
또 먹고 자고.
싸고 까고
또 싸고 까고.
개처럼 살라!
이거야말로
어느 지도자의 인생 교훈.
불평도 불만도 없이
개처럼 살라!
그래, 개처럼!

2014.3.30.

텅 빈 대성당

텅 빈 대성당.
신자들이 사라진 것이 아니라
신앙이 식어버린 것.
그 바람에
권력도 돈도 말라버리고.

교회란 웅장하고 화려할수록,
가난한 무리에 둘러싸일 때,
부패와 독선에 가라앉을 때
더욱 빨리 텅텅 비는 것.

권력이란,
더욱이 신앙을 팔아 거머쥔 경우,
그것을 탐내는 자를 잡아먹는 괴물.
극도로 자라면
스스로 소멸하는 환상.

2014.5.30.

낙하산 인사도 인사야?

낙하산 인사?
낙하산 타고, "굿모닝!"
"친애하는 국민 여러분, 안녕하세요?"
고작 그 따위 인사야?

자니 기타~ 자니 기타~
오, 마이 자니!
코미디언이 낙하산 타고 싱글벙글!
어중이떠중이 낙하산 타기
대유행인 판에, 그렇고 그런 개판에
코미디언인들 낙하산 타는 게
뭐가 어때?
늦었지! 진작 탔어야지, 암!

낙하산 타고, "굿나잇!"
"친애하는 국민 여러분,
안녕히 주무세요, 영영~ 영원히~"
차라리 그게 솔직한 인사일 거야.
사람 정말 죽여주네 이거!

하지만 낙하산이란
어느 놈이 뀐 방귀에
언제 구멍이 뻥 뚫릴지 몰라.
코미디언도 낙하산 줄에 목매달려
언젠가는 숨이 캑캑 막히겠지.

낙하산 인사
이거야 정말 사람 죽여주네.
헤아릴 수 없이 무수한 사람들 말이야!
어제도, 오늘도, 아니, 내일도 영원히!

2014. 8. 9.

가난은 서러운 것이 아니다

가난은 서러운 것이 아니라지.
괴로운 것도 아니라지.
다만 불편할 따름이라지.
그러니 남을 원망할 것도 없고
시기할 것도 미워할 것도 없다지.

하지만 멍에를 벗어버리려는 의욕, 의지,
죽는 한이 있어도 끝가지 노력하려는 투지,
그것이 없을 때 비로소 서러운 것,
마냥 고통스러운 것이라지.

가난은 사방 어디서나 도사린 족쇄지만
노예사슬 끊어버리는 망치 역시
사방 어디서나 발견할 수가 있지.
볼 줄 아는 눈,
잡으려는 굳은 의지만 필요할 뿐이지.

머리 하나 손 둘은 비록 무력하다 해도
수많은 머리가 모여 한 마음을 이룬다면,

무수한 손이 서로 마주잡고 함께 일한다면
하늘 아래 땅 위에 못 이룰 기적이 어디 있는가?

지도자가 없다고 한탄하지 마라.
각자 자기 자리에서 지도자가 되라.
자원이, 자본이 없다고 주저앉지도 마라.
결의에 찬 인간, 아니,
지식과 기술을 배우려는 의욕 자체야말로
기적의 샘을 넘치게 하는 진정한,
고갈되지 않는 자원, 자본이 아니겠는가!

2014.8.17.

우상을 숭배하지 마라

나 이외에 다른 신은 없다!
— 나는 누구인가?
— 아니, 무엇인가?

우상을 숭배하지 마라!
— 우상이란 무엇인가?
— 아니, 누구인가?

그릇된 신앙,
광신 그 자체가 우상이 아닌가?
남의 신앙 탄압 자체가 우상이 아닌가?
신의 이름을 빙자한 폭력, 비리,
살인, 학살, 그것은 지옥의 우상이 아닌가?

나 이외에 다른 신은 없다!
— 나는 자비다.
— 나는 사랑이다.

2014.8.18.

공연 음란 검사장

빈털터리 유럽 청년이 어느 날
아프리카 밀림에 들어가 큰 나무 밑에서
바지 내리고 그 물건 꺼내 주물러댔지.
수많은 원숭이가 내려다보다가
너도나도 같은 동작을 시작했지.
원숭이란 원래 흉내 내기 명수니까.
젊은이가 노린 것은 바로 그 거시기.

자제력의 브레이크 고장 난 원숭이들
하다 하다 그만 지쳐서 낙엽처럼 우수수 추락.
그는 손쉽게 자루에 주워 담아다가
어디론가 팔아넘겨 큰돈을 챙겼다지.
이것은 수백 년 전 식민지 시절에
유럽인을 미워한 나머지
원주민이 지어낸 블랙 유머겠지.

그러나 21세기에, 민주주의 공화국에서
빈털터리도 아닌 지검장이라는 자가
길에서 자기 물건을 꺼내 그 짓을 했다니!

그것도 사방 돌아다니며 여러 번 했다니!
원숭이도 없는 대도시에서,
밀림도 아닌 아스팔트 정글에서
원숭이들을 생포하고 싶었던 것일까?
그의 눈에는 걸어 다니는 여자들이 모두
부대에 쓸어 담을 원숭이로만 보였을까?

각종 범죄자들 가차 없이 부지런히 잡아들여도
시원찮을 판에,
정작 할 일에는 요리조리 눈치나 보는 주제에
말단 경찰도 그냥 검사도 아닌 검사장이라는 자가
스스로 원숭이가 되어 자루에 들어갔다니!
기자회견마저 열어 거짓말 떡 먹듯 해대고!

성형수술 의사를 협박한 해결사 검사,
검사실에서 여자 피의자와 관계 맺은 성 검사,
별장에서 성 접대 의혹의 법무부 차관,
혼외자식은 없다고 거짓말해대던 검찰총장 등등
들어난 것만 해도 엄청 화려한 전통이라서
이제는 여자들 뒤따라 다니다가 여기저기서
그 물건 꺼내 그 짓하는 검사장까지 등장!
다음에는 얼마나 더 높은 자리의 작자일까?
얼마나 더 기가 막힌 기상천외 쇼를 할까?

궁금한 게 아니다 결코!
눈알 튀어나올 일도 아니다 결단코!
검사동일체 만세! 외칠 힘도 없다.
왕조시대 법이 살아 있다면 아마
모조리 능지처참을 당했을까 몰라.
적어도 곤장 백 대는 당연했을 테지.
이제는 사표 한 장 당랑 던지면
그것으로 끝! 아니면, 집행유예!
아, 참으로 인권이 너무나도 잘도 보장되는
우리나라 만세! 좋은 나라 만만세!

2014.8.23.

노는 꼴

신문을 펼칠 때마다
격세지감, 아니, 격세지통!

텔레비전을 켤 때마다
코웃음, 아니, 콧물!

세상이란 반드시
어느 누구만의 세상은 아니지.

하지만 노는 꼴이란!
남녀노소 불문하고!

고저장단 전후좌우 가릴 것도 없이
정말 그 놀아나는 꼬락서니란!
하도 강아지 같아서!

2014.9.1.

빈 바람이 하는 말

잘 먹고 잘 살다 간 사람들
많지, 참으로 많지.
그런데 정말 잘 살았을까?

높은 자리 대접 받다 간 사람들
많지, 참으로 셀 수 없이 많지.
그런데 사람구실 제대로 했을까?

천하에 명성 떨치다 간 사람들
많지, 밤하늘 별처럼 많기도 하지.
그런데 그 이름 무슨 의미가 있을까?

신처럼 군림하다 간 사람들,
아니, 신으로 추앙받는 사람들
많지. 앞으로도 더욱 많겠지.
그런데 하나같이 모두 사기꾼 아닐까?

하루하루 그럭저럭 살다 간 사람들,
가난해도 착하게 이름 없이 간 사람들

많지, 무수히 정말 무수히 많기만 하지.
그런데 모두 공연히 살았을까?

2014.9.28.

굶어죽는 것이다

천만 명 대도시에서
쥐새끼도 아니고
개새끼도 아닌
바로 사람이 굶어죽는다.
그래도 싸다?

마야제국의 무수한 신들
인신공양의 피를 마시다가
왕국이 무너지자
모조리 굶어죽었다.
그래도 싸다?

무수한 사람이 전지전능하다고 믿는
각종 명칭의 유일신들
그 신앙이 식어 사라지면,
전지전능했기 때문에,
바로 그 이유 하나 때문에 굶어죽는다?

잘 먹고 잘 사는 무수한 사람들

비만, 당뇨, 고혈압, 암 등으로 간다?
아니, 지혜, 사랑, 자비의 결핍,
그 무서운 불치병 때문에
서서히 또는 갑자기 굶어죽는 것이다!
그래도 싸다?
아, 기가 막힌다!

2014.9.29.

강남의 화장실

강남에는 사람들이 참으로 많다지.
다들 행복하겠지.
그런데 말이야
하나같이 왜 찡그린 얼굴이지?
사방에 널린 성형 정형 병원들
잘난 의사들 솜씨가 고작 이거야?

강남에서 제일 행복한 곳은,
아하, 화장실!
거기뿐이지.
최고로 가장 시원해.
아래위 꽉 막힌 원숭이들
그들의 하수도니까!

사람 많은 곳에는 사람 없고
사람 없는 곳에 사람 있으니까!

2014.10.21.

역사상 가장 불쌍한 사람은

역사상 가장 불쌍한 사람은 누굴까?
뭐니 뭐니 해도 그거야
단연코 예수지!

"예수"교'는 돈을 많이 걷어.
참말로 엄청 많이도 긁어대.
하지만 예수는 오늘도
가난한 자들은 축복받았다고 외치지.
자기야말로 가장 가난하니까!

성경말씀은 그래.
그건 말짱 헛소리일까?

십자가에 매달린 예수는
오늘도 여전히 팬티바람이지.
처형 당시에는
그 팬티나마 걸쳤을까?
공수래공수거
그는 몸소 끝까지 보여주었지.

하지만 제자들은 그의 이름으로
수백 억 수천 억 짜리 궁전을 지었지,
고대 그 어느 신전보다
더 장엄하고 더 화려한 궁전들을.

그리고 왕국을 세우고 군림했지.
지금도 나라들을 흔들어대지.

한겨울 팬티바람에 내쫓긴 그는
정처 없이 떠돌아다니고 있지.
영원한 방랑자!
인류역사상
가장 위대한 가르침을 외친 탓에
가장 불쌍한 신세로
영영 전락한 사람!

2014.10.21.

아생연후살타(我生然後殺他)

우선 두 집을 지어야만 산다.
그러나 앞에는 만리장성을 쌓았다 해도
뒤에 탁 트인 들판 같은 왕국 따위야
무주물이다.
선점이 최고!
먼저 집 짓는 자가 임자란다.

자기가 살았으면 그만이지
살타(殺他)는 왜 하는가?
다 잡아 죽여도,
대마불사(大馬不死) 무시하고 잡아도
바둑판 전체란 고작해야
400집도 될 수 없는 판에!

2014.11.10.

2015년, 시

구원이란 연목구어

인류는 우주의 불꽃

바로 네가 지옥이다

흡연의 기쁨은 어느덧 사라지고

부담 없이 담배 맘껏 피우던 시절
흡연의 기쁨은 어느덧 사라지고,
그 시절은 이미 자취도 없이 사라졌네.
2,500원 한 갑이 단숨에 4,500원이라니
단연코 높이뛰기 올림픽 최고 신기록!

가난하고 힘없는 서민 주머니 쥐어짜서
어느 놈들 배때기 채우려고 작당했는가?
살쾡이, 늑대 떼 지어 짖어대는 음흉한 소리,
금연! 금연! 방방곡곡 언제나 금연!

아아, 흡연의 기쁨은 어느덧 사라지고
금연의 슬픔만 영원히 남았네.

고달픈 하루에 휴식을 안겨주던 연기,
울분도 한숨도 후욱 날려 버리던 연기,
내일을 꿈꾸는 명상에 비료 주던 연기,
아아, 덧없이 모조리 사라지고
모리배들 사악한 조소에 시달리는

슬픔만, 한없는 슬픔만 영원히 남았네.

하염없이 눈물만 흐르네.
방향타 잃고 표류하는 난파선에 갇힌
가련한 서민들,
우리 눈물만 하염없이 흘러내리네.

2015.1.2.

진리란?

진리는 가장 가까이 있지.
눈 뜨고도 보지 못하는 것.
물론 허위도 가장 가까이 있지.
진리로 가장된 것.
아무리 눈을 부릅떠도 보이지 않는 것,
그러니까 그게 진짜 진리지.

세상에서 가장 높은 산 그 봉우리들
가장 가까이 있지.
하지만 사람들은 가장 높은 줄도.
가장 귀한 줄도 모르지.
진리란 바로 그거지.

먼 데만 한 눈 팔지 말고
가장 가까운 발밑부터 살펴라.
함정이나 올가미만 피하지 말고
개미가 밟혀 죽는지 조심하라.
그것만이 진리 아닌가!
그것만이 사랑 아닌가!

2015.1.23.

고요함

아득한 능선 위
솜사탕 같은
구름 한 점 흘러간다.
지상에 그림자 드리운들
보이지 않는다.
그래도 좋다.
비가 되어 대지에 키스할 때
구름은 죽어
생명의 즙으로 다시 태어난다.

너나 나나 우리는 각자
구름 한 점.
지상에 무엇을 남기려는가?
굳이 남길 필요가 어디 있는가?
남기지 못해도 좋다.
어디서 와서 어디로 가는지조차
물어보지 않아도 좋다.

윤회의 이치 깨닫는 일도 부질없고

해탈했다고 외치는 소리도 공허하다.
장작더미 위에서 연기로 사라지는 자는
구름이 되든 별이 되든
절대자유 속에서 아랑곳하지 않는다.

우주에 가득 찬 것이라고는
영원불멸의 고요함뿐.

2015.1.28.

담배 값 인상 유감

담배 한 갑 한꺼번에 2천원이나
껑충 올린 자들은 누구인가요?

금연가라면,
남이 피우는 담배 맛 배 아파 죽는
놀부 심보일 테고,
애연가라면,
돈 많은 자기 혼자만 즐기려는
슈퍼 놀부 심보,
그런 거 아니겠어요?

어쨌든 선거 때마다
알아서 주인노릇 단단히 잘 하세요.
이 나라 주인 어르신네들이 과연
누구인지 확실하게 보여주세요.

아, 참!
이런 말도 선거법 위반인가요?

정말 그렇다면,
말로만 국민에게 봉사하는 하인들,
사실은 국민을 졸로 보아
모가지 비틀고 쥐어짜는 자들,
결국 사람 같지도 않은 자들,

지들 맘대로 하라지요.
제기랄!

2015.2.21.

고양이의 절망

한겨울 길가에 버림받은 고양이
따뜻한 방 한 구석,
따뜻한 그곳이 그립다.

사방은 꽁꽁 얼어붙어
물 한 모금 마실 수도 없고,
쓰레기마저 비닐봉지에 꽁꽁 갇혀
빵부스러기 하나 주워 먹지도 못해,

축 늘어진 뱃가죽, 움푹 패인 볼,
마른 잡초 같은 털가죽, 초점 잃은 눈동자.

짙은 화장에 모피코트에 가죽장화
교양 없는 얼굴의 여자가 아파트를 나선다.
아, 저 여자가 한 때 나를 귀여워했지.

고양이는 절망,
두 눈을 감는다.

2015.3.3.

충성!(2)

기병이 애마의 머리 쓰다듬으며 속삭인다.
— I love you!
재갈 물린 채 준마는 주인을 위해
달려야만 한다, 죽을 때까지.
— 충직한 말!
사람들은 칭송한다, 시체 앞에서.

충성!
무수한 신사숙녀들이 우렁차게 합창할 때
황금 모자 다이아몬드 목걸이는 눈부시다.
참으로 장엄하고 위력 드센 재갈은
노예들의 입마다 물려 있다.
그들이 외칠 수 있는 말은 단 한 마디,
충성! 죽을 때까지 충성!

2015.3.7.

똥!

똥!
떨어지기만 하는 줄 알았더니
하늘 높이 솟기도 하는구나.
똥별들,
똥보다 더 더러운 것들이.

똥!
똥배 속에 든 것이 무슨 쓸모 있을까?
닥치는 대로 모조리 처먹어
배탈에 변비나 일으키는 뇌물 따위가!

똑! 똑!
누군가 두드린다.
열리지 않는 문.
아니, 문이 아예 없다.

딱! 딱!
무엇인가 부러지는 소리.
탁! 탁!

무엇인가 타락하는 소리.

똥! 똑! 딱! 탁!
똥! 똑! 딱! 탁!
사방에서 끊임없이 들려오지만
아무도 듣지 않는다.
아니, 아무도 귀가 없다!

2015.3.9.

꽃샘추위에도 봄기운은 역력하다

찬바람에도 역시
봄기운은 깃들어 있다!

계절의 순환은 어김없이 이어지고,
세월은 여전히 무심히 흐르고,
한 평생 각각 살아가는 사람들
그 행렬은 오늘도 끊어지지 않는다.

거기 무슨 잘난 자가 있고
또 못난 자가 있다 하는가?

어마어마한 일을 이룬들
개미탑일 뿐,
하루하루 호구지책에 몰두한들
엄연히 한 인간의 삶이 아니겠는가?

2015.3.11.

오늘 하루 하루도 여전히

쌀쌀한 바람결에도
흰 목련 망울들은 벌어지기 시작한다.
봄은 봄이다,
아직 봄이 아니라 해도.

산불
사방에서!
총소리도 여전히 사방에서!
무덤도 끊임없이 늘어난다.
그 주인들 이름이 있든 없든,
지구상 어디서나 사방에서.

오늘 하루도 여전히 시끄럽다.
행복하지도 비참하지도 않다.
그저 그런 하루일 뿐,
지구는 고요히 우주에 떠돌 뿐.

2015.3.23.

헛소리

토라지다니!
겨우 열아홉인 주제에
세상살이 알면 그 얼마나 안다고!
팩 토라지다니!

푸줏간 앞에서 등 돌려
헤어지는 남녀.
여자는 여우일까? 아니면, 백치?
남자는 늑대일까? 아니면, 얼간이?

역정을 내다니! 마구!
환갑도 훨씬 넘은 주제에,
세상 물정 알만큼 안 주제에
아무에게나 아무 데서나 역정을 내다니!

무한한 허공 전후도 좌우도 없이
둥둥 떠 어디론가 흘러가는 별,
거기 기생한 채 고작 백 년이나 살까?

그런 주제에
그 무슨 이별이 어쩌고,
그 무슨 얼빠진 미운 놈 운운인가?

부질없는 짓이야, 그래, 얼간이 수작이야,
오늘도 무수히 사라지는 사람들에게는,
아니, 심지어 태어나는 자들에게도.

그러니 제대로 살아 있고 싶다면
헛소리 그만 집어치워라 이거야!
입 닥치고 얌전히 숨이나 쉬라 이거야!

2015.3.25.

동창이라고 다 친구야?

동창이라고 다 친구는 아냐!
K가 한 마디 충고해줄 때까지
나는 전혀 몰랐다 그런 줄.
그런 생각 뇌리에 스친 적도 없다.
하물며 착하디착한 친구 K가
그런 말 내뱉을 줄이야!

쓰라린 꼴 여러 번 겪었을 테지.
그래, 믿는 도끼에 발등도 찍혔을 테지.
어스름에 골목 저쪽으로 사라지는
그의 두 어깨는 축 늘어져 있었다.

동창이라고 다 친구는 아냐!
그런 생각에 마음 정리할 수도 있겠지.
친구인 척 하며 친구 아닌 자도 있겠지.
하지만 진짜 친구도 없지는 않을 테지.
왠지 온 하늘이 허전해진다.

2015.3.26.

보슬비 내리는 날

저 멀리 가로등 아래 한 쌍
무슨 사연 그토록 안타까운가?
마냥 부둥켜안은 채
옷 젖는 줄도 모르다니!

보슬비는 올봄도 어김없이
무수한 검은 유리창 두드리다 지쳐
소리 없이 흘러내리기만 하는데,

모든 눈물의 샘,
우주의 영원한 모태,
무한한 자비의 바다,
그 누가 홀로 넘치게 하는가?

2015.3.31.

빗방울(2)

허공 어디선가 후두둑 후두둑
빗방울이 떨어진다.
아무도 거들떠보지 않는
명동거리 노숙자 눈물인가?

밤하늘 등진 채 번쩍번쩍
네온사인 다투듯 명멸한다.
너나없이 오만하게 활보하는 강남대로
남몰래 하수도로 사라지는 정자들인가?

2015.4.3.

빈 곳간

찰싹찰싹 뺨따귀를 갈긴다.
고작 서너 살짜리 아이,
줄줄줄 눈물 콧물 흘리는 아이.
툭하면 야단치는 선생도 미운 판에
하물며 동네북 삼아 치는 지에미란!

서럽게 울어댄다.
맥없이 서럽게 울다 목이 메인다.
캑! 캑! 캐액!
숨이라도 정말 넘어가는가?

선생이 선생답지 못하다면
누가 누구에게 무엇을 배우란 말인가?
부모가 부모답게 처신하지 않는다면
아무리 큰 나라도 빈 곳간이 아닌가?
쥐새끼들만 서까래 갉아먹어 치우는
텅 빈 곳간…

2015.4.3.

죽음이 그토록 두려운가?

체면치레든 뭐든 수도 없이
남의 집에 문상하러 돌아다녔지.
심지어 가족 중에서도 꽤 많이 떠나보냈지.

수만 년 역사 뒤적일 것도 없이
지금도 날마다 무수한 죽음이 뉴스지.
스크린에서 무대에서 흥미진진하게 벌어지는
죽음은 그 얼마나 많기도 한가?

사람이란 태어나는 순간부터 숨 쉬며 살다가
이렇게 저렇게, 그래, 다양하게 가게 마련.
그런데도 죽음이 그토록 두려운가?

삶의 등잔 불이 다 타서,
기름이 마지막 한 방울까지 다 타버려
불꽃이 저절로 탁 사라지는 것,
그것이 죽음일 뿐,
죽음 자체는 추상명사에 불과할 뿐.

그런데도 죽음이 그토록 두렵단 말인가?
너만은 당하지 않는 예외라 믿고 싶은가?

참으로 가장 어리석은 자여!
공동묘지의 가장 크고 화려한 봉분보다
차라리 한 송이 들꽃을 더 부러워하라.
무명의 들꽃은 잠시 핀 것만도 마냥 즐거워 웃고
시들어 떨어질 때는 아무 불만도 없지 않은가!

2015.4.7.

검은 물소와 대지진

잔잔한 수면에 찍힌 점, 점, 점…
더우면 물에 몸 담근 채 꼼짝도 하지 않는다.
싸늘해지면 호숫가 모래밭에 엎드려 일광욕이나.
출출해지면 어슬렁거리며 아무 풀이나 뜯는다.

8도 대지진에 수천 명이 죽은들,
때가 되면 번식하는 검은 물소 떼
아랑곳할 리도 없다.

차라리 집이 없었더라면
무너지지도 않았을 테지.
아무리 땅이 갈라지는 격진이 닥친들
깔려 죽지는 않았을 테지.

하지만 누가 더 과연 행복할까?
이미 저 멀리 떠나간 가난한 사람들?
아니면, 가난 속에 먼지 속에서 잠시
헐떡거리며 더 살아야만 하는 사람들일까?

검은 물소들은 말을 할 수 없다.
눈 덮인 산봉우리들은 아예 말이 없다.
무한한 허공이야 영원하겠지만,
산 사람에게든 죽은 사람에게든
도대체 무슨 의미가 있는 것일까?

2015. 4.27.

무엇이 문제인가?

하루 일당, 고작 5달러에서 10달러 사이.
그나마 옥신각신 흥정 끝에
30여 킬로 배낭 메고 산에 오르는 포터.
세 끼 식사는 각자 해결해야지.
그러고 나면, 남는 건 얼마?

그래도 그나마 일거리가 있으니 다행?
실업자, 노숙자보다는 더 행복할까?
그래, 확실한 건 단 하나뿐.
돈이 많을수록 불만이 더욱 많은 관광객보다
돈은 없어도 불평도 없는 포터
그가 더 행복하다는 것.

No money, no problem,
that is the problem!
Much money, much problem,
that is not the problem,
but madness!

산을 좋아한다고 말은 하지만,
사람은 아낄 줄 모른다면,
그의 입김은 산을 마구 더럽히는 독.
하루 일당 10달러 미만.
카투만두 시내 식당에서
포터의 한숨은 참으로 길기만 했다.

2015.4.27.

*No money …… madness!
돈이 없으면 문제도 없다.
바로 그것이 문제다!
돈이 많으면 문제도 많다.
그것은 문제가 아니라 미친 짓이다!

버려라!(2)

잡것들이 무슨 소용이냐?
잡념을 버려라.
잡년은 냉큼 잊어서 버려라.
잡놈이야 더 말할 나위도 없지.
그래, 그러면,
아니, 그래야만,
세상 모든 게 평온해지지.
아주, 아주 공평해지지.
그래, 그렇지.
아니, 그래야만 하지.

2015.4.30.

꼬마 원숭이

먼지 펄펄 피어오르는 신작로 가
팔둑만한 꼬마 원숭이 한 마리.
허리가 끈에 묶여 애완용 신세.

가게 그늘에 모여 입방아나 찧던
네팔 여자들
원숭이에게 느닷없이 돌팔매질.
그리고 깔 깔 깔 터지는 폭소.

꼬마 원숭이야,
너 무슨 괘씸한 장난을 쳤니?
사람들이 밉지?
사람이 원숭이보다 더 악질이지?
네 팔자가 더럽지?

원숭이 눈물을 보는 사람은 성자.
누더기 성자.
어른이고 아이고
애완동물을 모질게 학대하는 자는

성자에게도 돌팔매질.
악귀를 물리치겠다는 자들은
자기가 악귀인 줄을 결코 모른다.

2015.4.30.

사람답게 살자 이거야

자주는 아니야. 날마다는 더욱 아니고,
그저 가끔 술 한 잔 하자는 거야.

사람답게, 그래, 진짜
사람답게 살아보자는 거야.
담배도 한 대 서로 권하며
연기처럼 살아가자 이거야.

즐거울 때는 말할 것도 없고
슬플 때도 다 함께 한 잔!
담배도 한 대 서로 권하며
사람답게 살아보자는 거야.

이거 저거 다 끊고 나서
숨만 쉬는 건 사는 게 아냐.
그래, 사람에게 입이 있는 건
숨만 쉬라는 게 결코 아냐.
사람답게, 진짜 멋지게 살자 이거야!

2015.5.14.

진짜 휴지

무심코 버리는 휴지.
아낌없이 언제나
어디서나 내버리는 휴지.
나만 빼고 모조리 휴지.
고따위 꼬락서니
바로 너야말로,
아니, 오로지 바로 너 홀로
진짜 휴지.
언제나 어디서나
외톨이 진짜 휴지.
하지만 너만 그걸 모를 테지
노망 들 때까지도.

2015.5.17.

바보가 따로 있나?

바보가 따로 있나? 모르면 바보지.
몰라도 아는 척하면 더 바보지.
알아도 안 하면 제일 바보지.

바보가 따로 있나? 천재가 바보지.
바보나라 바보 임금 아래에서는
바보인 척하면 더 바보지.
천재인 척하면 제일 바보지.

바보가 따로 있나? 한 번 바보는 영원히 바보.
아무리 돈이 많아도,
성형수술 미인 되도 바보는 바보.
살아서도 바보, 죽어서도 바보.

하지만 바보는 신바람에 활개 친다.
바보 천지에서는
오늘도 여전히!

2015.5.17.

구원이란 연목구어

헌책 한 권, 담배 한 갑,
그리고 생맥주 500cc 한 잔,
그 값이 거의 같지만,

헌책방은 자주 보아도 한산.
호프집은 가끔 가도 시끌벅적.
머리는 남녀노소 모두 텅 비고
뱃속에는 날마다 오물만 고이는가?

그러니 저 높은 곳에는,
아니, 필요한 곳일수록 더욱 더,
쓸 만한 머리란 거의 없는가?
욕설에 주먹질은 약과,
각종 배설물만 출렁거린단 말인가?

대낮에 등불을 손에 든 채
지혜를 찾아다니던 철학자
굶어죽은 그 시체 너머로,
찬란한 문명 앞에 줄줄이 엎드려,

할렐루야! 호산나! 만수무강! 만만세!

울고불고 악쓰는
무수한 우상숭배자들.
수천 년 동안에도 그러하듯
앞으로 수만 년 동안에도
구원이란 연목구어!
아닐까?

2015.5.27.

고작해야 저승길

서두를 거 없지 하나도.
아무리 서둘러봤자
고작해야 저승길.
아웅다웅 다툴 것도 없지.
바작바작 애태울 건 뭐람?

아득바득 안달할 건 또 뭐람?
죽자 살자 아무리 그래봤자
고작해야 눈물 길.

만날 수 있는 동안 자주 만나
등이라도 서로 두드려줘야 최고지.
그리고 담배도 한 대,
술도 한 잔
껄껄 웃으며 함께 즐길 때,
오로지 그 때만이 정말 최고지.

눈 감으면 너나 나나 그 누구나
우주 천지 캄캄한 밤일 뿐이지.

그래, 그 뿐이지.
아무 개가 아무리 진리를 짖어대든!

2015.6.5.

니 불알친구 출세했다며?

니 불알친구 출세했다며?
중학교 동창 김사장 말야.
니 불알친구 돈 엄청나게 벌었다며?
항구 도시도 절반쯤 휘어잡고!
지방 상고 겨우 뒷문으로 나왔어도
순금 배지 달았으니 출세잖아!
훈장도 주렁주렁, 기막힌 출세 아니겠어?

한 때 잘 나갔지만 지금은 갓끈 떨어진
파락호나 다름없는 소설가,
내 친구는 기가 막혀 이렇게 대꾸했다.

사시미 두 번 근사하게 얻어먹었지.
하지만 그 친구 불쌍하지.
간도 쓸개도 없고,
콩팥마저 영영 가버리고 말았지.
당뇨에 고혈압에 기타 등등,
간신히 걸어 다니는 종합병원이야.
산더미 금은보화, 훈장, 명함, 기타 등등,

그게 다 무슨 소용이야?
남은 세월 기껏해야…

김사장은 니 소설 주인공이지?
"친구야! 아이고, 내 친구야!"
그 소설 말이야.
조폭두목이든, 정치깡패든,
날강도, 재벌, 대통령 각하, 황제 폐하든,
한 때 잘 나가다가 한 순간에 탁!
전기가 끊어지는 거야.
숨도 못 쉬는 거야.

바로 그런 게 인류 역사상 누구나
딱 한 번 경험해보는 인생살이라는 거야.
니 불알친구는 니 초상화,
니는 바로 내 초상화 아니겠어?
그러니까 우린 모두 친구지.
그러니까 우리 모두 노래나 부르자.
친구야! 아이고, 내 친구야!
잘 놀았어! 잘 가! 지화자 좋다!

2015.6.6.

"참 나"는 어디 있나?

천하제일 고승이 지긋이 눈 감은 채
말했다 마이크에 대고.
"참 나"는 어디 있나?
무수한 신도들이 엄숙하게 지켜보았다
방방곡곡 텔레비전 앞에서.
그리고 모두 "참 나"를 찾는 척했다.

코흘리개 아이가 깔깔대며 소리쳤다.
아이, 참, 나! 모두 미쳤어!
"참 나" 따위를 왜 찾나?
그걸 몰라서 여태껏 찾나,
엄청난 재산마저 갖다 바치며?

어린애 말이라고 사람들은
무조건 무시하기만 하지.
도무지 알아듣지도 못하는 주제에!
그래서 친절하게도, 쉽게, 번역해주면,
이런 말이 될 테지.

호호백발 되도록 도대체 뭐를 했기에
"참 나" 따위도 하나 못 찾았다면,
저건 돌팔이에 허수아비!
학교 종이 땡! 땡! 땡!
이런 것도 알 리 없는 땡중, 땡땡중!

색즉시공, 공즉시색!
그러니 저 중은 "무",
아니, 사람이란 모두가 "무".
"무아"도, "참 나(진아)"도 모두가 "무".
그러니 "참 나"를 어떻게 찾을 수가 있나?

찾을 수 있다고 말을 한다면,
무아는 원래부터 무가 아니지.
"참 나"도 원래 없는 것이 아니지.
그러니 자가당착, 모순, 거창한 뻥만
주둥이로 까는 천하제일 땡중 아닌가?
그러니까 엄숙하게 듣고 나서 찾는 척만 하는
그들도 모조리 미치고 환장했다 이거야!

우주의 안이든 밖이든 그 어디든,
아니, 시공을 초월하든,
(초월이 무엇인지 어느 누가 알랴?)

전지전능한 존재가 만일 존재한다면,
영원한 낮잠을 자다가 모로 돌아누우면서
이렇게 잠꼬대를 할 테지.

"참 나"? 그건 나도 모르는 게야.
지금 나도 고작해야 무아에 불과하거든.
그러니 어디 있는지 누가 알겠어?
찾아봤자 헛수고!
모두 잠이나 자! 영영 깨어나지도 말고!
악몽이나 꾸지 않는다면 그게 바로
지극한 행복, 구원, 해탈, 기타 등등
그런 거 아니겠어?

이어서 그는 이렇게 사족을 달 테지.
돈이라니? 그게 뭔데?
내가 한 번이라도 달라고 한 적 있나?
그 따위 쓸 데 없는 것이란
자칭 내 제자라는 것들,
그러니까 가짜들에게나 바쳐라.
실컷 받아먹고 배나 터지라고!

2015.6.6.

파라오들은 속았다

대자연은 모든 아름다움이다.
아름다움 속에 도사린 죽음.
죽음 뒤에 솟아오르는 희망,
그것은 곧 부활이다.

그러나 죽은 자가 동일한 자로
되살아나는 건 결코 아니다.
새로운 희망,
곧 새로운 사랑의 시작일 뿐이다.

생명의 무한한 파장,
그 일부분에 불과한 사랑.

이집트 파라오들은 속았다.
사제들이 대대로 이어온 허구,
곧 고대 소설에 빠져 익사한 왕들.
미라에 모든 것을 걸었다 해도,
미라든 관이든 거의 모두 사라졌다.

속은 자들에게는 물론, 속인 자들에게도
벽화에, 파피루스에 그려진
영생, 불멸, 부활이란 없다.
부활을 간절히 바라는 마음,
그 믿음 자체가 부활,
곧 사랑의 부활일 뿐.

2015.6.9.

잔인무도한 자들

평화란 지루함이다. 따분함이다.
인생은 단 한 번.
시간은 황금.
하루의 평화는 손해 본 시간,
이 얼마나 아까운가?
눈에서 피가 쏟아질 지경.

남들의 평화란 참으로 눈꼴시다.
참아줄 수가 없다.
후려쳐라. 마구, 모조리 박살내라.
파괴는 무한한 이익의 샘이다.
이익, 그 꿀맛에 마음껏 도취하라.

잔인무도한 자들,
그들의 혈관에 흐르는 피는 죽음,
바로 싸늘한 죽음 그 자체.
그것은 영원불멸이다.

그러나 그들은 결국 하루살이.

잔인무도함,
누가 제조한 우상인가?
우주란 지루함인가?
지루함, 무한히 지루함인가?

2015.6.14.

시간이란

시간이 빨리 간다고 한탄하지 마라.
시간이란 원래 그런 것.
동시에 흘러가지도 않는 것.

입신출세, 돈, 기타에 정신이 팔려
동서남북 불알에서 요령 소리 나듯
돌아다닐 때는 시간 자체를
의식하지도 못했지.

먹고 살만 하고, 한가롭고, 지루할 때가 되니,
그래, 인생길 언덕마루에 올라서게 되니
시간이 너무나 빨리 지나가는 듯 느끼지.

인생이 짧다고 한탄하지도 마라.
요절하든 장수하든 똑같이
단 한 번만 겪고 가는 인생이란 원래
길지도 짧지도 않은 것.

어떻게 살았는가?

그것만이 중요한 것.

참되게, 정직하게, 보람 있게,
자타에게 유익하게 살았다면,
참으로 길고 긴 삶이지.
헛되게, 사악하게 살았다면,
그야말로 하루살이지!

2015.7.4.

기죽지 말고 만족하게 살기

1, 2, 3, 4, 5, 6, 7…
천 원 또는 만 원, 서민들 머릿속에서는
보통 그 정도 단위가 고작 아닐까?
한편, 천만 원, 수억 원마저 껌 값이라고
코웃음 치는 족속이 어찌 적겠는가?
백만 달러, 억 달러 정도 태연히 오간다면
눈알 빠질 사람이야 무수히도 많을 테지.
그러니까 단위란 사람마다 천차만별.
그렇다고, 단위가 높을수록 행복 또한
정비례로 더욱 많아질 리야!
오히려 대개는 불만지수가 더욱 증가할 테지.
바로 그게 단위의 묘미라는 게다.
바로 그런 게 사람의 신비라는 게다.
바로 그거야말로 인생은 공평하다는 게다.
그러니까 천 원, 만 원 단위로 살아간다 해도,
기죽지 말고, 멋지게 살자.
만족하게 살아가면 그게 바로 최고!

2015.7.9.

우리 동네 신림동 짜장면집

노인들 위해 한 그릇에 2천 원.
담배 반 갑도 안 되는 짜장면 값.
낙성대 헌책방에서 헌책을 뒤지다가
귀한 책 한 권 건져 기분 좋은 날
지친 다리 이끌고 들어서서 한 그릇.

옆 테이블에 앉은 20대 두 청년
다정하게 마주 보며 맛있게도 후루룩 후룩.
오가는 대화 너무나도 유쾌했지.
웃음소리는 너무나도 쾌활했지.

젊음이란 그래서 멋진 거야.
그래, 우정이란 그래서 짜릿한 거야.
짜장면 값 먼저 내려고 서로 다투는 거,
그게 바로 아름다운 청춘이지.
둘 다 주머니가 달랑달랑일 테지.
술값도 그런 거야.

아, 나도 반세기 전에는

그들과 똑같이 한창 젊었지.
그리고 호주머니는 텅텅 비었지.
그래도 언젠가는 온 세상 굽어볼 거라며
큰 소리 탕탕 치기도 했지.

허허허! 허허허허!
이제 남은 건 고작 그거뿐이야.
헛웃음, 그게 바로 세상이라고!
헛웃음 소리, 그거야말로 바로
우주의 알파요 오메가!
한창 젊을 때는 알 리가 없지.
안다면, 아니, 아는 척한다면,
그건 얼어 죽은 청춘에 불과하지.

짜장면 한 그릇에 배 두드리며 휘파람.
그보다 더 행복한 시간이란 없지.
결코 그 어디에도!
그 어느 시대에도 영원히!

청춘이 정말로 아름다운 건지,
노년이 참으로 우아한 황혼인지 아닌지
배부를 때 따지면 바보!

그냥 만족한 채 눈이나 감아.
담배도 한 대 피우라고!
하하하! 하하하하!

2015.7.21.

개 잠꼬대를 들으며

딩동이는 암캐, 몽동이는 수캐,
신림동 내 서재 바닥에 비스듬히 누운 채
자는 동안 가끔 잠꼬대를 한다.
다리도 몸도 떨면서, 끄응! 끄응!
주인에게 버림받은 개들.

악몽에 가위 눌리는 걸까?
어쩌면 개들에게는 살아 있는 기간,
아니, 이승 자체가 가장 끔찍한 악몽 아닐까?

아무리 그렇다 해도,
아무리 지금 삼복더위라 해도,
너무 겁에 질리지 마라.
착한 주인 만난 팔자나 오래 오래 누려라.

그러고 나서 저승에 가게 되면
부디 견우직녀로 다시 태어나라.
가난도 눈물도 없다는 그곳,
몽둥이 세례도 없다는 그곳에서

날마다 배불리 먹고 편안하게 살아라.

행복이 무엇인지도 모르고 묻지도 않지.
불행이 무엇인지 느낄 줄도 모르지.
언어가 없으니 애초부터 모략도 불가능하지.
필요가 없으니 축재도 독재도 외면하지.
평생 털가죽 한 벌이면 오케이.
비가 오나 눈이 오나 언제나 오케이.

하지만 개 팔자가 제 아무리 좋다 해도
이승에 다시는 태어나지 마라.
개로든,
더욱이나 사람으로는!

2015.7.21.

찜통더위 푸념

해가 져도 섭씨 30도를 오르내리지.
그래서 잠 못 이루고 땀만 뻘뻘 흘리지.
찜통더위.
이제는 정녕 실감 안 할 도리가 없지.
에어컨 바람 시원한 줄이야 누가 몰라?
형편이 안 되니 설치할 길이 없지.

그런데 이게 무슨 소리야?
새 에어컨으로 바꿀 쿨한 기회라니!

바꾸든 말든,
헌 거라도 있어야 말이지!
아무리 돈벌이가 좋다고 한들,
힘없는 사람들 꼭 약을 올려야 시원해?

가정용, 병원용 가릴 것도 없이
각종 바이러스 활개 치는 데가 바로 에어컨.
아닐까?

선풍기로 한 여름 버티어 보자.
그것도 없으면 부채 하나로!
팔뚝 근육 튼튼해지니 건강에도 만점!
부채 만들고 파는 숱한 사람들에게도
반가운 소식.
아닐까?

2015.7.22.

개천 한가운데 돌

수백 년 걸렸을까?
아니, 수천 년은 걸렸을 테지.
관악산 꼭대기에서 벼락 맞아
도림천 물길 따라 밀리고 또 밀려 구르면서
우리 집 앞 개천 한가운데
처박힐 때까지.

수석 수집가들이 탐낼 만한
기암절벽 형도 아니다.
기이한 그림이나 문자도 없다.
그저 아무렇게나 빚은 메주덩이 같은 것.

하지만 갈수기에는 수면 위로
절반쯤 드러나니
비둘기도 참새도 두루미도 날아와 쉰다.
못 생겨도 나름대로 쓸모가 있다.

집중호우 쏟아져 개천이 범람한다 해도
저 돌은 이제 꿈쩍도 않고

제 자리를 굳게 지킨다.

돌부리가 진흙에 너무 깊이 박힌 탓일까?
너무 오래 박혀 있어
진흙과 하나가 되었기 때문일까?

아니, 더 이상 굴러 내릴 경사도 없는
개천 한가운데가
산꼭대기보다 더 아늑하기 때문일까?

수백 년, 아니, 수천 년이 흐른 뒤에도
돌은 여전히 저기 처박혀 있겠지.
수천 만 인구의 대도시들이 폐허로 변하고
무수한 국경선들이 사라진 뒤에도
수면 위로 솟은 돌 꼭대기에는
새들이 날아와 쉬겠지.

영원히 아무 말도 없는 돌은
하루살이 인간들처럼 만물의 영장 운운하며
잘난 척 으스대지도 않겠지.

2015.8.1.

소설이나 영화보다 더 재미있지만

소설이나 영화는 왜 재미라는 게 있을까?
거울에 비친 인생 파노라마,
그걸 구경하기 때문이지.
구경꾼은 구경만 할 뿐,
고통도 슬픔도 배우들의 연기일 뿐,
그저 구경하는 재미만 느낄 뿐이지.

또한 약육강식의 정글에서 영영
감추어지고 묻히는 온갖 범죄는 물론,
사악, 잔인, 탐욕의 무리가 자부하는
온갖 비밀의 무기도, 묘기마저도
발가벗겨 드러나는 꼴을 구경할 때,
그 짜릿한 흥분보다 더한 쾌감이 어디 있겠는가?
게다가 그 감동이란!

그런데 요즈음에는 소설이나 영화보다
더 흥미진진한 게 너무나 많아 죽겠지?
정치, 경제, 사회, 문화, 종교, 언론, 등등
각계각층의 자칭 타칭 지도자들은 물론,

그 알량한 인기에 편승한 저명인사들이 열심히,
날마다, 아낌없이, 공급하는 각종 뉴스가
그 얼마나 더 재미가 있느냐 이 말이지.

그야 구경하는 재미는 있지,
언제나 뒷맛이 더럽기 짝이 없기는 해도.
하지만 감동이란 가물에 콩 나기도 아니지.
원래 구경할 가치조차 전혀 없는 것들이니까!
문명이란
발달할수록 더욱 더 골치 아프기만 한 것이니까!

2015.8.1.

말장난 하지 마라!

두 눈이 먼 사람은 장님 또는 맹인이 맞다.
그런데 웬 시각장애인인가?
시력이 0.01 또는 0.02로 안경 낀 사람은
시각 장애인이 아니란 말인가?
미인의 컨택트 렌즈는 시각 장애 아닌가?

심지어 두 눈이 멀쩡하다 해도
사람을 제대로 알아보지 못한다면,
돈에, 지위에, 명성 따위에 눈이 멀었다면,
그야말로 진짜 시각장애인 아닌가?
애꾸눈은 50% 시각장애인가?

눈먼 사람을 장님이나 맹인이라고 부르면
모욕인 반면, 시각장애인이라고 하면
사람을 사람답게 대접하는 것인가?

오히려 일컬어 시각장애인을 제외하면
나머지는 모조리 시각정상인 척하는 위선,
정상이라고 우기는 자만의 꼴불견 아닌가?

사실, 그들이야말로 모두 진짜 시각장애인!
말장난이나 즐기는 주제에!
장님들도 속이고 자기 자신마저 속이는
바보 천치인 주제에!

이따위 말장난이 어디 장님뿐인가?
민간이든 정부든
애매모호한 명칭이나 영문 약자로
온 세상을 속이는 짓이 어디 하나둘인가!

2015.8.1.

용용 죽겠지?

용용 죽겠지?
용 쓰면 죽어.
대가리에 피도 안 마른 주제에
온 세상 쥐락펴락 하겠다며
너무 용 쓰면 죽는다고!
넌 일회용 고무풍선에 불과하거든.

용용 죽겠지?
용 쓰면 죽어.
뒷구멍으로 호박씨나 까는 주제에
온 세상 구원하는 메시아로 자처하며
너무 용 쓰면 죽는다고!
자가 선전이란 자멸의 독약,
그것도 몰라?

용용 죽겠지?
용이란 원래 왕이나 제후들의 장난감.
불, 총검, 대포, 군함, 전투기, 미사일,
핵폭탄, 기타 등등.

한 마디로, 온갖 종류의 모든 무기,
아니, 권력 자체의 동화 속 상징물이지.

하지만 용을 너무, 자주, 심하게, 쓰면
황제도 제국도 모조리 죽게 마련이지.

용용 죽겠지?
이건 공연히 놀리는 농담이 아니지.
용의 탈을 쓴 악마가 내뱉는 저주,
하지만 인류에게는 매우 유익한 충고라고!

2015.8.1.

역사의 절망

담화라니? 무슨 개소리야?
높은 자리 잠시 차지했다고 으스대며
그자는 거짓말을 하고 있지,
온 천하를 향하여, 자기 자신에게도.
사내답지 못하게! 모범적으로 비겁하게!

무수한 사람 가슴에 박아대고 있지.
날카로운 쇠못을 박아대고 있지.
침략전쟁 그 때나 다름없이
오늘도 줄기차게
피 묻은 거짓말, 그 쇠못을!

절망하는 것은 무수한 사람이 아니라
오로지 그자, 그 추종자들뿐이지.
그자야말로 눈이 멀었고,
그자야말로 역사의 절망이니까!

하찮은 인간이 살아있는 신이라니?
신을 섬기는 대신이라니?

그게 다 무슨 낮도깨비들 헛소리냐?
인신 제물이나 바쳐
잔인한 잡신들 따위나 떠받치던
그 졸개, 그 무당들에 불과하지!

2015.8.14.

와글와글 공화국

어중이떠중이 대회. 와글와글…
돈을 모으자! 와글와글… 지글지글…
사면이다! 특사다! 와글와글… 우글우글…
선거판, 무조건 당선! 와글와글… 아글아글…

수천 만 청개구리는 여전히 개골개골.
수천 만 몽유병자는 오늘도 무지개 나라.
허공에 사라진 구호들. 와글와글…
망각된 영혼들의 절규. 침묵! 또 침묵!

구걸하는 자들에게 평화는 등을 돌린다.
비겁한 자들에게 평화는 침을 뱉는다.
썩은 자들에게 정의는 왕따.
그들은 모두 사라진다. 조만간! 반드시!

와글와글 공화국의 아침.
먹구름 속에 숨은 해.
어디선가 샴페인 술잔이 넘칠 때
수천 만 줄기 한숨에 천지 뒤덮는 먼지.

2015.8.15.

인류 최초의 키스

사랑한다. 그래서, 키스.
더 이상 말하지 마라.
더 이상 말하지 않겠다.
그래서, 키스.

거짓 키스도 있지.
속이는 키스도 있고
죽이는 키스도 있고.

누가 인류 최초로 시작했을까?
언제?
어디서? 낙원에서?
정말 왜?

2015.8.15.

변기에 앉아 잡생각에 젖다
— 지구는 똥별이다!

그들은 똥을 싸고 갔다.
그렇다! 물찌똥을 내갈기고 갔다.
명성의 이름으로 좍좍 싸갈긴,
명예란 그림자도 없는 똥.

향기는커녕 구린내로 천지 뒤흔들고,
풍요는커녕 피 안개로
무수한 숨통 질식시킨 똥.

그들은 한 때 폐하, 전하, 각하,
각종 종교의 각종 교주,
어중이떠중이 세력의 어중이떠중이 패자.

오늘도 자칭 타칭 그 아류들이
쉴 새 없이 사방에서 똥을 싸고 있다.
한 마디로, 지구는 똥별이다!
우주에서 유일한 똥별!

2015.8.18.

바로 네가 지옥이다

남의 편안함이 꼴도 보기 싫다면,
너는 지옥이다.
세상 모든 것에 짜증만 치민다면,
너야말로 지옥이 아닌가?

신경질에 골통이 터지고
미움에 가슴이 미어진다면,
너는 지옥이다. 네가 지옥이다
바로 너 자신에게!

세상을 원망하지 마라. 원망할수록
네 지옥을 한층 더 깊이 파는 짓일 뿐.
다른 사람들을 괴롭히지 마라. 그럴수록
네 지옥에 기름을 더욱 퍼붓는 짓일 뿐이니.

네가 지옥에서 벗어나는 길은
오로지 하나뿐이니,
그것을 낙원으로 전환시키는 게 아니냐?

네 심보를 고쳐라!
친절, 사랑, 자비 따위는 바랄 것도 없고,
최소한, 비뚤어진 네 심보나마
똑바로, 철저히, 뜯어고쳐라!

아무 걱정도 마라.
수리비는 무료니까!

2015.8.23.

가야만 하는 길

가지 말아요!
아무리 말려도 소용없는 일.
눈물로 호소해도 소용없는 일.
다 소용없는 일이지.

언제나, 어디서나, 가슴 찢어질 듯
정녕 그토록 슬픈 일이라면,
차라리 태어나지도 말 것을!
이승에서 서로 만나지도 말 것을!

그래도, 아무리 그렇다 해도,
다만 한 때나마 함께 웃었지.
참으로 힘들어도 서로 위로했지.
땀방울은 모두 진주가 되고
눈물은 방울방울 남김없이 별이 되었지.

아무리 간절히 바란다 해도 여기
영원히 머물 자 그 누구인가?
빈부귀천 막론하고 그 누군들 반드시

한 번은 떠나가야만 하는 길이라면,
가지 말라고, 떠나가지 말라고
애처로운 목소리로 말리지 마라.
하염없는 눈물로,
땅이 꺼지는 한숨으로 막지도 마라.
떠나는 자에게나 남은 자에게나
모두 부질없는 몸부림일 뿐.

바람처럼 텅 빈 채 떠나는 자.
구름처럼 정처 없이 떠나는 자.
숨결처럼 가볍게 떠나는 자.
그래, 그렇게 마음 편안히 떠나가도록
인연의 끈 시원하게 탁 놓아주자.

가지 말아요!
아무리 간절한들, 비통한들,
이 얼마나 허망한 외침인가?
인류가 지상에서 이어지는 한 결코
사라질 리 없는 이별의 순간,
바로 그것을 확인하는 카메라 플래시 반짝.
바로 그 순간 속에 혹시라도 우리 모두의
구원 또는 영원함이 도사리고 있을는지…

2015.10.18.

가난하던 시절

깡그리 잊어버렸다고 믿는다 한들
그게 어찌 그럴 수 있는 것이냐?

춥고 배고프던 시절,
비가 내리면 그냥 온 몸으로 비를 맞고,
눈이 내리면 그냥 손발이 얼기만 했지.

빈주머니라 커피 한 잔은 엄두도 못 낼 사치.
짜장면 한 그릇도 아쉬운 판에
스파게티, 파리 바게트,
꿈이나 꾸었겠느냐?

하지만 이제 가난 이야기 따위란
옛날 옛날 이야기, 그나마
아주 고리타분하고 재미없는 것.

호랑이 담배 먹던 시절의 전설쯤,
역사가 결코 못 되는 신화쯤,
요즈음 젊은 세대 귀에는 그렇게 들리겠지.

당연히!

그래도 그 추억에 가슴은
오늘도 여전히 찢어진다,
난자된 심장은 보이지 않는다 해도.

깡그리 잊어버렸다고 믿었는데도
엉뚱한 곳에서 느닷없이 밀어닥치는
추억의 쓰나미.

수평선 너머
무수한 사람이 쓸려가 버린다.
어영부영하다가 소리 없이 사라지는 생령들.

박수치지 마라.
비석 따위도 세우지 마라.
우리는 나름대로 멋지게 한 번 살았고,
미련 없이 깨끗하게 자리를 비워 준다.
그걸로 충분하다.

하지만 가난이란 원래가 잡초라서
구석구석 여전히 번성하고 있다.
추억으로 얽힌 가시 바구니에는

보일 듯 말 듯 눈물의 이슬비,
들릴 듯 말 듯 한숨의 우레.

직시하는 사람들만 괴로울까?
고개 돌리면 반드시 편안할까?
그게 어찌 그럴 수가 있는 것이냐!

2015.10.18.

매미들의 합창

한여름 매미들이 줄기차게 노래한다.
내년에 다시 만나자!
찬 서리에 그들은 하나도 없다.
내세로 가버렸을 테지.
누가 아는가?
어디론가 떠나갔을 테지.

내년에는 정말 다시 올까?
올 수가 있는 것일까?

무수한 사람이 토해내는 간절한 염원.
저 세상에서 다시 만나자!
그들은 정녕 거기 가는 것일까?
갈 수는 있는 것일까?
그곳은 정말 어딘가 있는 것일까?

빙산들이 녹아도 바다는 잔잔하다.
구름이 사라져도 하늘은 고요하다.
매미들의 합창도 그치고

무수한 사람들 함성도 이윽고 잦아든다.

눈 덮인 대지는 새 생명들을 위해
봄을 기다릴 뿐.
영원히 엄숙한 침묵 뿐.

2015.10.25.

몸이 말랐다!

최소한의 살과 뼈만 남으니
걸어 다니기조차, 그래, 힘이 들기도 하지.

하지만 뻔뻔스러운 낯짝의 거짓말쟁이들이나
금테 명함, 두툼한 검은 지갑 따위나
자랑하는 근육질의 금수 같은 자들보다
나의 삶이 더 고달플 까닭은 하나도 없지.

몸이 가벼우니 오히려 더 좋고,
가진 게 별로 없으니 속도 더 편해.
게다가 이승 떠날 때 무슨 미련 남아 있겠나?

가진 게 많으면 많을수록
골치만 더 아프지 않아?
이승에 애착이 너무 많아 떠날 때
더욱 괴롭게 몸부림치기만 하지?

단말마!
그런 거 알기나 해?

2015.11.4.

똥님, 감사합니다!

25년 전인가 30년 전인가 파리에서 한 잔.
이어 조참사관 집에 몰려가 밤새 또 한 잔.

그런데 화장실에서 마주친 두세살 꼬마가
참으로 희한했다.
수세식 변기를 향해 절을 꾸뻑,
그리고 하는 말.
똥님, 감사합니다!
똥님, 안녕히 가세요!

나는 대사 한 번 거치고 일찌감치 은퇴.
그건 모질고 탐욕스러운 위선자 윗놈 만나
아닌 밤중에 홍두깨 맞을 팔자였다니!
조참사관도 대사 거치고 정년.
그래, 우리는 멕시코에서 만났지,
한 잔 하려고.

똥님에게 작별 인사하던 그 아이도
결혼한 지 꽤 되었지. 자녀들도 있겠지.

그 아이들도 인사를 할까?
똥님, 안녕히 가세요! 라고?

이제는 나이 70에 내가 화장실에서
자주 조용히 뇌까려본다.
똥님, 감사합니다!
똥님, 안녕히 가세요!

이보다 더 아름다운 감사의 말은 없다.
이보다 더 시원한 인사는 세상에 없다.

2015.11.8.

인류는 우주의 불꽃

관객이 없다면, 아무리 화려한들
불꽃놀이는 무슨 의미가 있겠는가?
불꽃이란
캄캄한 허공에서 사라지는 꽃,
죽은 꽃일 뿐이니.

인류는 우주의 불꽃.
인류의 역사 전체도 역시 그렇다.
관객은 신일까?
외로운 단 하나의 관객.

어디서 바라보고 있을까?
감탄할까? 가끔 박수는 칠까?

아니면, 아무도 없는 무한한 허공,
무한한 암흑, 그것뿐일까?

2015. 11.9.

마지막 부탁 미리 해두자

손오공이 아닌 바에야
돌산에서 튀어나왔을 리도 없지.
신의 아들이 아닌 바에야 어느 날
하늘에서 뚝 떨어졌을 리도 없지.
그러니까 아득한 먼 옛날부터 대에 대를 이어
지상에서 태어난 건 분명하지.

그러고는 잠시 한 세상 구경 잘 하다가,
또는 허리 부러져라 고생만 실컷 하다가,
대에 대를 이어 세상에서 사라진 것과 똑같이
어느 날 한 순간, 바람에 촛불 훅 꺼지듯이
캄캄한 세계로 떠나가는 것도 불가피하지.
그러니 마지막 부탁 하나 미리 해두는 건데…

내가 스스로 운신이 불가능한 지경이 되면
그냥 자연스럽게 내버려 둬.
연명 치료니 인공호흡이니 뭐니 모조리 사양이야.
절대로!
그리고 숨이 멎으면 당장 사망 확인.

가능하면 그 날로,
아니면, 가장 빠른 시기에 화장.
빈소 차리고 조문객 받는 일 따위 아예 그만 둬.
화장도 가능하면 100% 태우는 걸로 해.
혹시 가루라도 남는다면 아무 산에나 올라가
그냥 허공에 뿌려버려. 불법이거나 말거나!

그런 다음 일주일쯤 지나 어느 생맥주집에서
내가 떠난 것을 축하하는 파티를 열어.
영정도 화환도 방명록도 조위금 접수도 없이,
추도사 따위도 일체 없이,
그냥 파티를 열라 이거야.
신나게 먹고 마시고 떠들고, 노래도 해.
그러나 술값은 각자 내는 거야.

이런 부탁, 들어줄 거야?
아니면, 살아있는 동안에 내가 직접
미리 파티를 열까?
농담이라고? 허허허허….

2015.11.10.

돌사자는 돌이다

돌사자는 몸통이 피라미드만 하다.
그보다 열 배도 넘는 날개들
어깨 양쪽에 하늘 높이 치솟아 있다.

그러나 한 번도 날아다닌 적 없고
앞으로 영원히 날아다닐 수 없다.
돌사자는 그냥 돌무더기일 뿐,
참새 한 마리보다 못한 물건일 뿐.

아무리 정교하게 만든,
생생하게, 거대하게 만든
페가수스, 용, 각종 기이한 짐승들,
아니, 심지어 신들이라 해도,
그것은 돌무더기, 청동 덩어리일 뿐.

살아있는 것 누가 보았단 말인가?
인간의 손으로 만든 물건이 단 하나라도
살아 숨 쉬는 것이 있단 말인가?

그러나 눈에 보이든 보이지 않든,
각종 무수한 돌사자 앞에 향을 피우며
오늘도 인류는 엎드려 절을 하고 있다.
그리고 무시무시한 구호 외치며
서로 죽인다.
우상에게 바칠 제물로!

아, 우상숭배의 욕망, 염원, 환상, 본능이란!
그보다 더 잔인하고 무서운 것, 어디 있는가?
그보다 더 비열하고 허망한 것, 어디 있는가?
아, 천상천하 유아독존!
인간 자신이 가장 사악한 우상이라니!

2015.11.11.

그들도 결국 낙엽일 따름인가?

대도시 동맥은 아스팔트에 뒤덮이고
실핏줄마저 모조리 포석이 차지한다.
타이어와 구두 바닥만 편안한
눈부신 문명.
흙을 몰아내고 화석이 된 폐허.

늦가을 찬비에 떨어진 플라타너스 잎들
하나 또 하나 완벽한 대자연의 걸작.
한여름 그늘을 누구에게나
무료로 베풀던 자선가.

그러나 이제 썩을 곳마저 없다.
짓밟힐 뿐,
부서지고 찢어지고 바람에 흩어질 뿐.
청소부들이 힘겹게 쓸어 담아
어디론가 끌어가 처분하는 쓰레기일 뿐.

온 천지에 남녀노소 누구나
돈! 돈! 돈!

돈 세상에서
처음부터 돈이 없는 자,
아예 돈을 벌 수가 없는 자,
힘이 없거나 늙거나 허허벌판 외로운 자,
그들도 결국 낙엽일 따름이란 말인가?

2015.11.13.

개의 생각

신문을 보고 있는데
애완견이 달려들어 물어뜯었다.
개에게 신문은 그냥 종이일 뿐.

텔레비전을 보고 있는데
애완견이 다가와 멍멍 짖었다.
개에게 텔레비전이란
미친 소리 나는 이상한 상자일 뿐.

그런데 참으로 이상하고 괴상한 일.
정치인들이 텔레비전 화면에 나타나자
개가 꼬리 내린 채 고개를 돌렸다.
그들이 외계인 괴물로 보였을까?
쳐다볼 가치도 없는 쓰레기로 보였을까?

패거리들이 몰려다니며 환호한다.
복면 쓴 무리에게 박수 치는 자들.
폭력이 쓰나미 치는 거리에서 날뛰는 자들.
사람이라고 다 사람일까?

개는 그렇게 생각하지 않을까?

2015.11.20.

잔소리와 개소리

하늘이 두 쪽 난들 그럴 리는 없지만,
세상의 모든 아내가
천하에 둘도 없는 절세미인들이라고 치자.
세상의 모든 남편들은 한없이 행복하겠지?
그렇다 한들, 안방의 잔소리가 어찌 날마다
지겹지 않고 배기겠는가?

세상의 핵무기가 모조리 연쇄 폭발하여
지구가 콩가루가 될 리는 절대로 없겠지만,
유한한 한 인간이 진리를 남김없이 깨달아
모든 인간을 구제할 수 있다고 치자.
어느 누군들 행복하지 않겠는가?

그렇다 한들, 공자, 맹자, 석가, 예수,
기타 등등 선각자들의 말씀인들,
귀에 못이 박히도록 날마다 듣는다면, 어찌
신물이 나지 않고 배기겠는가?

애견이 아무리 귀여워서 죽을 지경인들,

개가 짖는 소리는 역시 언제나 개소리.
개 주인이 차라리 죽는 게 낫지,
그게 어찌 모차르트의 음악으로 들리겠는가?

그런데 정의를 실천한다고?
더욱이나 신의 이름으로?
맙소사! 맙소사!
차라리 하늘이 무너져라!
오로지 그들 머리 위에만!

2015.12.5.

마지막 외침

사자는 사자대로 살아가는 방법이 있고
또 죽는 길이 있다.
늑대도 늑대대로 그렇게 살고 죽는다.
사람인들 어찌 나름대로 그렇지 않겠는가?

그런데 도대체 어찌하여 지금 지상 어디서나
야수의 길이든 사람들의 길이든
모조리 뒤죽박죽 교차되어
어느 것이 짐승인지 어느 것이 인간인지조차
구별하지 못하는 지경에 이르렀단 말인가?

야수든 미물이든 모두 잡아먹어 멸종시키면
인류 홀로 인간답게 행복해지겠는가?
테러, 전쟁, 학살 등으로 거의 전멸시킨 뒤
남은 극소수 인간들은 과연 행복할 것인가?

우주선이 수만 개 지구를 떠나 광속으로,
아니, 무한 속도로, 캄캄한 공간 속
별들을 향해 날아간다 해도,

각자 마음속 여전히 영원히 도사린 것들,
탐욕, 증오, 잔인성 등은 결국
어쩔 수도 없는 자멸의 칼날일 뿐인가?

메시아가 수만 번 온들, 와서 제물이 된들,
여전히 그 타령 그 타령 반복하기만 하는
인류 역사란 이 얼마나 초라한 졸작인가!

아, 나의 신이여! 어디 있는가?
마지막 외침은 그것이었던가?

2015.12.9.

구르메

세계 최고급 레스토랑 최고 진미인들
북극곰이 어찌 아랑곳할 리 있겠는가?

사자가 가장 맛있게 씹어 먹는 고기,
바로 그 모양 그대로, 피 뚝뚝 그대로,
구르메들은 웃으며 즐길까?
한 손에는 샴페인 잔을 들고?
Oh, no! 맙소사!

오늘도 학살되는 무리.
굶어죽는, 이름도 없는 무리.
하나, 둘, 셋…백만, 천만, 수억,
그냥 통계숫자에 불과할까?
무덤이야 있든 없든 무슨 차이?
추모 꽃다발 쌓이든 말든 무슨 의미?

정치가들의 공허한 연설 홍수.
밤낮 사방에서 울리는, 여전한, 총성.
Oh, no! 맙소사!

2015.12.10.

2016년, 시

아름다운 상처

오늘, 원시림의 하루

고장난 시계의 만리장성

신성 모독
— 자유인들을 살해하는 자들

우리가 믿는 교리를 조롱하는 자, 풍자하는 자,
반대하는 자, 냉소하는 자, 비판하는 자 등등
죽여 버려라! 잔인하게, 칼로 난자하여!
무신론자들, 지상에서 쓸어 버려라! 쓰레기다!
계율을 어기는 자, 돌로 쳐라!

신의 이름으로!
신은 위대하다! 신은 오로지 하나뿐이다!

신은 사랑이다.
신은 자비다.
신은 무한한 용서다.
신은 말했다: 사람이 사람을 죽인다면
그는 마땅히 죽어야만 한다.

신의 이름으로 자행하는 살인,
그것이야말로 최고의 신성 모독이다!
그 누구든 죽어 마땅하다!

성직자, 그들은 과연 신의 대리인인가?
신을 섬기는 자, 하인, 봉사자일 뿐,
하찮은 인간일 따름이 아닌가?
살인을 자행하거나 명령할 권한 따위
어찌 감히 인간의 입으로 주장한단 말인가?

그러나 그들이 권력을 장악했을 때
그 얼마나 비참한 역사가 피로 물들었던가!

비판의 입을 침묵시키는 종교는 괴물,
죽음을, 태풍처럼, 몰고 다닌다.
오늘도 쓰러지는 자유인들,
추풍낙엽 무수한 자유인들!

2016.1.1.

인연이 오죽하겠는가?

바싹 붙어서 미소 지으며
다정한 포즈.
그렇게 사진을 찍어야만 애인
또는 부부라고 믿었지.

하지만 수십 년 후
그 사진을 같이 바라보는 경우,
몇이나 될까?
그 시절 그 감정 변함없이 그대로
지금도 똑같이 느끼는 경우,
과연 몇이나 될까?

인연이란 참으로 가냘픈 실낱,
정이 식으면
찬 입김 한 번에 툭 끊어지는 것.
이을 수도 없고,
이어도 이미 실은 실이 아닌 것.

그래도 인연에 매달려야만

오늘도 목숨이 이어지는 게 사람.
그러니 어찌 하겠는가?

오래 살수록 근심걱정, 번민과 갈등,
게다가 몸과 마음의 고통만 더 많다 해도
기어이 장수하겠다고 용쓰는 것도 사람.
그러니 어찌 하겠는가?

그런 사람들끼리 만나 맺어지는 것
그게 인연이라니,
그 얼마나 오죽하겠는가?

2016.1.19.

지구는 한 마리 개

개는 집이 따로 없다.
아무 데나 엎드리면 거기가 바로 자기 집.
동그랗게 몸을 웅크리고 자면
거기가 바로 자기 침대.
얻어 걸리면 먹고, 없으면 쫄쫄 굶는다.
돈 따위는 알 턱이 없고,
있어도 쓸 줄도 모른다.

지구는 한 마리 우주 개.
허공에 둥둥 떠가는 정처 없는 개.
사람이란 거기 붙어 발버둥질 치다
이윽고 제각기 흔적 없이 사라지는
한 마리 강아지.

어리석다는 말조차 사치스러운,
천치가 아닐까?
고문, 약탈, 겁탈, 살육, 전쟁…
신의 이름으로!

2016.1.28.

득도라니!

눈에 보이지 않는다 해서
길은 정말로 없는 것인가?
보인다고, 본다고, 사람들이 우긴다 해서
길은 과연 보인단 말인가?

득도라니!
길이란 언제나 거기 있는 것인데,
아무도 독점할 수 없는 것인데,
길을 얻었다니 무슨 말인가?

얻을 수 있는 길이라면
그것은 원래 길도 아니다.
누구나 걸어갈 수 있는 길,
모두 걸어가야만 하는 길,
그것이 바로 진짜 길이 아닌가!

발견이라니!
무수한 사람이 이미 지나간 길인데
이제 새삼 무슨 발견인가?

네가 실눈을 조금 떴을 뿐이지.
그래서 보일 듯 말듯 그 뿐이지.

2016.2.6.

아름다운 상처

절대로 넘어지지 않는 자,
과연 누구인가?
평생 단 한 번도 엎어지지 않는 자,
이 세상 그 어디 과연 있단 말인가?

부딪치면 상처란 당연한 것.
베이면 유혈이란 자연스러운 것.
한 동안 쓰리고 아프고 괴로운 것도
역시 당연한 것이 아닌가!
그래, 한 동안만은!

상처란 이윽고 아물게 마련.
영원한 상처란 원래 이승에는 없는 것.
저승인들 어찌 그런 것이 있겠는가?
남는 것은 상흔
그리고 추억뿐.

넘어지는 것은 조금도 부끄럽지 않다.
넘어지고도 여전히 잘난 척하는 것이

참으로 몰염치,
그리고 다시금 넘어지는 것이 더 없는 수치!

자신이 나약한 존재임을 깨닫는다면,
나아가 평생 겸허한 마음을 간직한다면,
상처보다 더 고마운 스승이 어디 있는가?

남의 상처 어루만져주고 위로해주는 지혜
그것마저 깨닫고 실천한다면,
상처보다 더 아름다운 거울이 어디 있는가?

2016.3.6.

너를 응시하는 까닭은

하염없이 무심히 흘러가는 세월,
시력이 날로 약해진다 해도
끊임없이 응시하고 있다 너를.

시력이 남아 있는 한,
아니, 시력이 사라진다 해도
나의 숨결이 이어지는 한,
끝까지 바라보고 있다 너를.

너의 머리카락이 탐스럽기 때문일까?
너의 눈이, 네 얼굴이 아름답기 때문일까?
네 몸매가 뛰어나기 때문일까?

향수의 매력은 도취시킬 수도 있지.
기술은 추한 곳을 얼마든지 변모시켜
전능한 환상과 착각마저 누구나
포로로 생포하는 마술을 부릴 수도 있지.

하지만 그건 아니다.

아직도 희미한 시선으로나마
응시하는 것은
그런 것들 때문은 결코 아니다.

사실은, 장구한 세월이 지난 뒤에도
네 마음이 여전히 아름답게
살아 있기 때문이다.
충직한 우정, 참된 사랑,
그리고 거기 뿌리 내린 멋진 삶이
오늘도 한없이 눈부시기 때문이다.
오늘도 하염없이 그립기 때문이다.

2016.3.15.

모든 창문에 평안이 깃들기를!

호롱불이든 촛불이든 무슨 상관인가?
불 밝힌 창문마다 평안이 깃들기를,
오늘밤도 무사히 모두 평온을 누리기를!

깜박거리는 형광등 불빛인들
저 멀리 간절한 소망을 추방할 리야!

오히려 샹들리에 아래 눈부신 광채
홍수 지는 곳일수록
평화든 안식인들
겁에 질려 더욱 멀리 달아나지 않는가?

크리스탈 술잔이 수만 번 부딪친들
시시각각 부귀가 토해내는 피로, 권태, 절망에,
명성의 심연에서 솟구치는 허무의 매연에
그 누군들 부러진 갈대가 아니 되겠는가?

불 꺼진 창문에도 어느 하나 예외 없이
새벽을 고대하는 희망이 깃들기를!

내일의 비상을 위해 강한 날개 마련하기를!

그렇다!
쓰러져도 두려움 떨치고 다시 일어서는
그들이야말로, 오로지 그들만이
진정한 평안
마음껏 누릴 자격이 있는 것이다!

2016.3.19.

최고봉 영산

수천, 수만, 수십억이나 사람들이
절을 한다.
날이면 날마다 향을 피우며
촛불을 밝히고 합장,
간절히 기도마저 바친다,
영산을 향해.

수십억 수백억인들 무한에 비하면
아무 것도 아니다.
하지만 내 몸 하나 개인에게
무수한 것은 무서운 경이.
그래서 최고봉
영산은 한 치 더 높아지는가?

오히려 한 치씩 깎여 낮아지고
언젠가는 지상에서 사라지고 말 것.
산이란 원래 스스로 거기 있는 것도 아니고
우연히 잠시 거기 놓여 있을 뿐.

그러니까 최고봉
영산이란 여러 산 가운데 하나일 뿐.
아무 것도 보지 못한다.
아무 것도 듣지 못한다.

5천 년 전이나 오늘이나 변함없이
어중이떠중이들이 소리친다 온 세상을 향해,
"오로지 나 홀로 최고봉! 숭배하라!"
그들은 늪지대 모기 날개에 맺힌 이슬 한 방울,
사막의 능선에 솟은 신기루일 뿐.

가장 강한 자는 자기선전이 없다.
가장 지혜로운 자는 침묵한다.
최고로 만족하는 자는 웃기만 한다.
전능한 자는 숭배조차 필요가 없다.

2016.3.28.

왜 살지?

생사의 경계선에서 오락가락하던 친구,
까다로운 수술 여섯 시간 동안
죽은 듯 누워 있던 내 친구,
침대 위에 녹초, 떨리는 입술 열어 물었다.
왜 살지?
우리 삶은 무슨 의미가 있지?

인생 칠십 고래희란 이제 헛소리.
흔해 빠진 칠십 고개 넘어 빤히 보이는 것
즐거움인들 뭐가 그리 대단하겠는가?
오히려 각종 번민과 고통만 널려 있겠지.

아무리 그렇다 해도 사는 데까지는 살아야지.
숨넘어가는 그 순간까지 열심히 살아가야지.
태어나고 싶어 나온 사람 하나도 없으니
살아 있는 것 자체가 우리 삶의 목적이겠지.

우주 만물이든 인간이든 왜 창조했는지
그 이유는 먼 훗날 각자 그분에게 물어보라.

그분인들 무슨 뾰족한 대답이 있겠는가?
대답한들 하찮은 인간이 어찌 알아듣겠는가?

왜 사는지 물을 한가한 시간이 있다면 차라리
담배나 한 대 더 피우는 게 낫지.
술이나 한 잔 더 서로 권하는 게 제격이지.
인생이 꿈이든 구름이든
부질없이 따질 것도 없는 게지.

2016.4.17.

무용지물

대형마트란 원래 규모가 대형이니
문자 그대로 도매상이지.
아무나 쥐새끼인 양 들락날락할 게 아니라
동내 골목 소매상들만 출입해야 마땅하지.

싸다! 싸다! 엄청 싸구나! 얼씨구!
너도나도 물건을 마구 집어
바퀴 달린 카트에 내던진다.

남녀 늙은이들이 삼사십 개 들이
커다란 치약 박스를 집어 들고 웃는다.
며칠 후 그들은 모두 치과에 가서
전체 틀니를 끼운다.

이가 있어야 치약도 있지.
틀니에도 치약 발라 칫솔질 하나?
싼 게 비지떡 그 정도가 아니라
아예 처음부터 무용지물!

어쩌면 남녀노소
그들 자체가 무용지물은 아닐까?
그럴 리가 없다, 절대로!
그럴 리가 있어도 안 된다, 절대로!

2016.4.21.

참된 기도란 착하게 산 하루뿐

황금 십자가 앞에서 향을 피운다.
금색 제의에 반사하는 햇빛이 눈부시다.
수천 명을 수십 년간 먹여 살릴 만한 보석들,
그 보석들로 장식된 십자가 저 아래
무명의 무수한 신도들은 굶주림에 지친다.

일용할 양식은 어디 있는가?
영혼의 갈증 풀어줄 진리란 도대체 무엇인가?
전지전능한 신에게 향연은 정말 필요한가?
하찮은 인간들의 찬미가에 정말 기뻐하는가?
간절한 기도, 하소연이 수증기처럼 올라가야만
비로소 지상에 자비를 이슬비처럼 뿌려주는가?

부질없는 망상!
천둥 번개는 그렇게 야단치겠지.
하지만, 공수래공수거 나그네로서
바칠 수 있는, 유일한, 최고의 기도란
착하게, 정직하게, 겸손하게 산 하루,
그 하루의 삶 자체가 아니겠는가?

한 백 년 한결같이 그런 하루처럼 살아간
삶 전체, 그것만이 참된 기도가 아니겠는가?

아니, 이것마저도, 부질없는 망상!
그뿐이라면, 생로병사의 아득한 길은
도대체 왜 오늘도 이어지고 있는 것인가?

2016.4.21.

잔소리하는 여자는 생지옥

종알종알 중얼중얼 쫑알쫑알 쭝얼쭝얼,
재잘재잘 주절주절 아글아글 아악아악,
잠시도 쉴 새 없이 놀리는 주둥아리.
잔소리 주렁주렁 매달린 여자 주둥아리.

그걸 달고 동네방네 세계 일주하는 년,
남편이든 남이든 누구에게나 폭군,
언제나 어디서나 마구 폭언 퍼붓는 주제.

하지만 글이란 엽서 한 장도 못 쓰는 년,
외국인 앞에서는 입 닥치고 벙어리로 돌변하는 년.
잘 났지. 세상에서,
아니, 우주에서 제일 잘 났지.

개 데리고 산책하는 신사에게 골목길에서
개는 왜 데리고 다니느냐고 잔소리,
아니, 악담하는 년.
그것도 모르다니, 허 참!

그거 참, 개만도 못한 년이로군.
대꾸할 가치도 없는 하찮은 년.
그 남편이, 아이들이 가련하다.
그야말로 평생 생지옥이 아닌가!

그런 년에게 아침부터 재수 없이 봉변당한 놈은
그 얼마나 한심하고 처량한 시인이냐?
이 따위를 시라고 쓰고 있다니!
그래도, 개만도 못한 년에게 감사해야겠지,
이 따위 시라도 쓸 영감을 주었으니!

2016.4.23.

초라한 사람

벌이가 시원치 않아.
언제 목이 잘릴 지도 몰라.
전전긍긍, 날마다, 여리박빙이야!
무슨 소린지 알아? 정말?

애들 과외 따위 어림도 없어.
백화점 문턱에도 못 가는 주제에
성정 정형 미용 수술이 어느 나라 말이야?
수십 억 뇌물, 수천 억 정치자금이라니
어느 외계인들이 지껄이는 잠꼬대야?

변비 걸린 듯 수시로 꽉 막히는 대로,
고속도로의 포로행렬은 부럽지도 않아.
거기 변비로 끙끙대는 사람 얼마나 많아?
지하철에 마을버스면 오케이 아냐?

구겨지고 헐렁한 옷차림이야 초라하겠지.
하지만 남들 속처럼 그렇게 더럽지는 않아.
반백 머리에 빈 주머니야 초라하겠지.

하지만 남들 속처럼 욕심 덩어리는 아니야.

인생이 뭔지는 깨달았다면 그야말로 최고 아냐?
껍데기만 보고 초라하다고 비웃는 사람들,
그들이야말로 안팎이 참으로 초라한 거 아냐?
멋진 저택에 살든, 호화무덤에 묻히든 말이야!

2016.5.3.

테러! 테러!

365층 꼭대기 스카이 가든에 모인 수퍼 부호들,
(수십 만? 수백 만?)
세계최대 재벌 회장의 만수무강을 위해 건배!
샴페인 기포들이 보이지 않게 허공에 사라지는 동안
수십 층 자하 주차장에 소리 없이 밀려드는
차, 차, 차!

진퇴양난 따위는 걱정할 것도 없다.
원래 주차가 목적이 아닌 차마다
트렁크에 가득 찬 것은 원자탄보다 더 고성능인
신형 액체 폭탄이 아닌가!
드론에 장착된 원격조정 장치…

하지만 그건 약과, 아니, 약과에 묻은
콩가루 한 점도 아니다.
천상천하 유일무이 진짜 테러라고 한다면
콩가루만 한 지구 핵심에 도화선을 연결,
마그마를 모조리 폭발시키는 걸까?
인류, 아니, 모든 생물의 멸종이 아니라

무한 우주 속 한 행성의 소멸…

사랑은 창조하고 증오는 파괴한다고 치자.
그렇다면 비뚤어진 사랑, 오만과 독선으로 가득 찬
사랑이 내뿜는 독기 서린 증오란
그 얼마나 무시무시한 파괴력의 원천인가?

바로 그 증오는 어제 오늘 새삼스러운 게 아니라
지상에 인류가 출현할 때부터 솟아난 것,
아니, 각자 가슴속에 심어진 것이 아닌가?
도대체 어느 미치광이가 그걸 심었단 말인가?

한 사람인들 억울하게 교수대에 매달릴 때마다
지구는 그 종말을 예감한다.
무고한 사람들이 광신의 열풍에 사라질 때마다
인류는 그 종말을 목격하고 몸부림친다.
무수한 사람들이 아사, 익사, 맞아죽을 때마다
우주의 모든 생명체는 그 존재이유를 상실한다.

각자 가슴속에 도사린 무지, 편견, 증오 자체야말로
진짜 진짜 테러임을 깨닫지 못하는 한
판도라의 상자에 희망인들 남을 리가 없다!

2016.5.3.

실수라

종로에서 뺨 맞고 한강에서 눈 흘기기.
애꿎은 사람에게 화풀이 한들
도대체 얻을 게 뭔란 말이냐?

실수란 누구나 하게 마련이지만
솔직한 인정, 반성은 누구나 하는 게 아니지.
그러니 실수 자체가 부끄러운 게 아니라
실수가 아니라고 우기는 게 더 뻔뻔하지.

한강에서 눈 흘기고 종로에서 곤장 맞기.
실수하고도 잘난 체하다가는
날벼락이야 따 놓은 당상,
시간문제지.

아무리 조심해도 느닷없이 실수는 저지르게 되지.
그러나 실수가 두려워 복지부동할 게 아니라
차라리 용감히 당당하게 부딪치는 게 더 낫지.
그러다 보면 좋은 일, 멋진 일도 이루어지게 되니.

2016.5.4.

사랑의 맹세라니!

사랑하라 모든 사람을, 원수마저도.
그것이야말로 진정한, 산 신앙이니!
그래서 맹세했나니라, 사지를 뻗고 엎드린 채.
모든 사람을 사랑하겠노라,
원수마저도 사랑하겠노라고.

하지만 그건 실현 불가능한 일이니라.
모든 사람을 사랑한다는 거야말로
아무도 사랑하지 않는다는 말이니,
그 얼마나 공허한 헛수작이랴?

사랑의 맹세는 오히려 사랑의 불씨를 꺼버리고
이기심의 뿌리만 튼튼하게 키웠나니라.
자기방어의 벽만 높이 쌓아올렸나니라.

수십 년 동안 좋은 일 참으로 많이도 했지만
그건 모두가 물거품일까?
어느 날 문득 깨닫고야 만 진실이란
결국에는 무엇일까?

사랑이 떠난 가슴에 가득 찬 것은
빈 바람뿐이니라.
신이란 원래 빈 바람이니라.
그래서 바람을 잡으려 죽기 살기로 매달렸느니라.

하지만 눈에 보이는 사람도 사랑하지 못하면서
어찌 빈 바람을 사랑한다고 말하랴?
그렇다고 하여 어느 누군가에게 사랑의 열정을 쏟으면
그거야말로 사랑의 맹세를 저버리는 짓이라 하니,
아니, 이거야말로 참으로 진퇴양난!

차라리 맹세 따위 아예 하지도 않았더라면
예나 지금이나, 언제나 자유로울 것을!
하늘에 걸어서도 맹세하지 마라,
땅에 걸어서도 맹세하지 말라고 한
그분 말씀은 왜 처음부터 잊어버렸느냐?
게다가 실현 불가능한 것을 맹세하다니!
그거야말로 애당초부터 무효가 아니랴!

2016.5.4.

뇌수술 장면

삶과 죽음 사이 보이지 않는 칼날 위로
재깍재깍 초침 소리만 미끌어져 내린다.
의사는 외롭다.
화산처럼 폭발하는 내면의 고독.
전지전능할 리 결코 없는 자기 자신 너머
상의할 상대도, 시간도 없다.
눈앞에는 절개된 타인의 뇌뿐.

죽은 듯 누워있는 환자는
외롭다는 말조차 무한히 먼 곳에서 방황한다.
왜 죽어가고 있는지조차,
왜 살아나야만 하는지조차 의식하지 못한 채,
삶과 죽음 사이 줄타기하고 있는 자기 자신이
삶에 중독된 절망적 중증환자인지,
무의미한 신의 무모한 복제품인지조차
깨닫지 못한 채, 그럴 능력도 전혀 결핍된 채,
꿈도 아닌, 끈적끈적한 암흑에 침몰,
끊임없이 침몰하고 있다.

수술이 끝나면 의사는 커피를 마신다.
진하디 진한 블랙 커피,
시간의 피.
여전히 외롭다.
성공이든 실패든 더욱 외롭다.
반면, 마취에서 깨어난 환자는
의사보다 훨씬 덜 외로울까?
존재이유가 영원한 수수께끼인 별 위에서,
삶도 죽음도 결국 한 순간의 변덕에 불과한
시간의 칼날 위에서…

2016.5.8.

친구들이란

나이가 들수록 친구보다 더 좋은 건 없지.
마음 툭 터놓고 끝없이 이야기 나누어도
시간 가는 줄 모른 채 한없이
즐겁기만 한 게 친구들이지.

지난 날 짓궂은 장난 고백해도
서로 웃기만 하는,
마냥 흐뭇한 표정만 짓는 친구들이지.
술잔이 돌고 돌아
맨정신 머리가 모두 돌아도
여전히 웃음바다에 풍덩 빠진
늙은 아이들이지.

십년 또 십년 따위는 기약하지도 말자.
내년 이맘 때
몇 명이나 모일지도 가늠 못하니
남은 시간 동안 부지런히 자주 만나자.
정다운 얼굴 서로 바라보며 허허 웃고 지내자.

그래야만 친구란 더욱 친구다워지고
우리 일생도 더욱 멋진 노래가 되지 않겠는가?
가없는 우주 아득한 저 너머
소리도 없이, 영원히 울려 퍼지는 노래,
그것은 바로 우리들의 진정한 우정 아닌가!

2016.5.11.

꽃 파는 소녀

꽃 사세요, 꽃을 사!
싱싱하고 향기로운 꽃을 사세요, 꽃을 사!
가는 허리 흔들며 처녀 셋이 춤을 춘다.
펄렁이는 치맛자락 돈 냄새가 물씬 풍겨난다.
구역질나는 텔레비전 광고.

꽃 사세요, 꽃을 사!
탐스럽고 물때 좋은 꽃을 사세요, 꽃을 사!
펄렁이는 붉은 치맛자락,
달러에 굶주린 유령들의 그림자가 어른거린다.
흡혈귀를 어버이로 받들어야만 하는 운명!

꽃 사세요, 꽃을 사!
물도 좋고 맛도 좋은 꽃을 사세요, 꽃을 사!
남쪽에서 울리는 간드러진 노랫가락,
비리, 부정, 아첨, 무능 등등 악취가 진동한다.

꽃 사세요, 꽃을 사!
북쪽에서 대륙 구석구석까지 울려 퍼지는 선율,

백 년 동안 낙원에서 추방된
수천 만 노예들의 뼈와 재가 쌓여 있다.

꽃을 사주면 소녀는 조금 더 행복해질까?
차라리 온 천지에 꽃이 피지도 말았더라면
꽃 파는 소녀도 세상을 헤매지 않았을 것을!

꽃이 뭐라고,
꺾는 것도 성에 차지 않아 아예 잡아먹다니!
아, 식인종보다 더 지독한 식화종의 세상,
그 얼마나 무섭고 지겨운 시대인가!

하늘이여 쏟아져라! 태산이여 무너져라!
수천 년 전 진시황 때 백성들의 노랫가락,
지금 어디서 누가 부르고 있단 말인가?

꽃 사세요, 꽃을 사!
화무십일홍이니 어서 빨리 사세요!
꽃 사세요, 꽃을 사!
꽃 사세요, 꽃을 사!

2016.5.12.

603

신성한 강

똥, 오줌, 위선으로 오염된 강,
불의와 부패로 썩어버린 강,
스스로 정화가 불가능한 강.
하지만 지금도 신성한 강.

쓰레기에 파묻힌 채
바다로 흘러가 버리는 신앙.
인간이 스스로 품고 살아가는,
아니, 죽어가는,
어리석음, 결국은 속임수.

지상에서는 아무 것도 신성할 수 없다.
인간은 그 누구도 신성할 수가 없다.
절대존재란 신성시도
추앙도 숭배도 전혀 필요가 없다.

아무리 그렇다고 해도, 이 강은 신성하다,
적어도 그렇게 믿는 그들에게는.
유사 이래 그래왔던 것처럼

앞으로도 장구한 기간에 걸쳐서는.

썩어도 또 썩어도 역시
언제나 신성한 강.
적어도 신앙이 살아 있는 동안에는.

보리수 아래 비쩍 마른 채
하품하는 고양이는 이미 해탈.
배가 고플까?

2016.5.15.

사랑도 사랑 나름이지

개를 사랑한다니!
목줄 맨 채 제멋대로 끌고 다니는 주제에!
개는 개다, 살아도, 죽어도!

좋아하면,
그냥 좋아한다고만 해라.
싫으면, 그냥 발로 차버리든가!
개는 개다, 살아도, 죽어도!

원수를 사랑한다니!
억울한 사람 목에 올가미 건 채
바야흐로 제멋대로 잡아당기는 주제에!
사람은 사람이다, 살아서도, 죽어서도!

미우면, 그냥 보기 싫다고 해라.
정의니 사랑이니
그 알량한 포장지 따위는 찢어버리고!

신을 사랑한다니!

우주의 먼지만도 못한 인간이 어찌 감히
주둥아리 제멋대로 놀려
신을 사랑한다니!

사랑도 사랑 나름이지.
신이 어느 시골 갑돌이나 갑순이냐?
서양 어느 뒷골목 존이나 메리란 말이냐?
사랑할 자격조차 없는 주제에!

2016.5.31.

기념사진이란

세계 최고의 망원경으로 찍은 천체 사진.
그야말로 무수한 별들 가운데
이미 우주에서 영영 사라진 별들
그 누가 헤아릴 수 있단 말인가?

수백 년 뒤 머나먼 우주선에서 찍은 사진.
그야말로 또 다른 무수한 별들 가운데
이미 우주에서 영영 사라진 별들
어느 누가 일일이 기억할 수 있는가?

지상에서 날마다 찍는 기념사진.
그야말로 무수한 얼굴 가운데
다른 세계로 영영 떠나간 사람들
어느 누가 정말 헤아릴 수 있는가?

여러 해 또는 수십 년 전 사진을 바라본들
과연 무엇을 기념할 수가 있는가?
지금 무엇인가 바라보고 있는 그들 자신도 고작
끊임없이 사라지고 있는 별이 아닌가?

사라진 별들, 유명을 달리한 사람들
모조리 모아놓고 사진을 찍는다면
그야말로 비로소 진짜 기념사진이 될 수 있을까?
있다면, 참으로 무엇을 기념할 수가 있을 까?
전지전능한 창조의 장관일까?
순간도 안 되는 피조물의 존재의 신비일까?

2016.5.31.

목 잘린 호랑이 대가리

인왕산 골짜기에는 호랑이가 모두 떠난 뒤
살쾡이, 늑대, 여우, 고양이 따위만 득시글득시글.
왕도 대감도 모조리 구더기 밥이 되고 나니
왕거미들 거미줄만 황혼에 초라할 뿐.

호랑이는 아가리를 쩍 벌리고 있지만,
날카로운 어금니도 세차게 뻗어 있지만,
그건 그냥 모가지 잘린 대가리일 뿐.
바위투성이 계곡에 버려진 포장지 위
인쇄된 상표 속의 호랑이일 뿐.

만리장성이란 그 나라가 이미 망했다고
원래 쌓기 시작할 때부터 천하에 알리는,
소리 없는 북소리, 나팔 소리가 아닌가?
핵무기, 탄도미사일, 항모전단 따위가 어찌
평화와 번영을 보장하는 철옹성이 된단 말인가?

호랑이는 죽어서 가죽을 남긴다지만
그까짓 가죽이 몇푼어치나 되겠느냐?

왕은 죽어서 왕국을 물려준다지만
그까짓 나라가 몇 대나 이어진단 말이냐?

죽어 박제가 된 거북보다는 흙탕물 속에서
꼬리치는 산 송사리가 더 낫다고 하지.
그러면 장자도 자기 이름이 언젠가는
박제가 되는 날이 오리라 알고는 있었을 테지.
그래, 분명히 깨닫고는 있었을 테지.

2016.5.31.

그래도 아름다운 삶

개천을 가로지른 다리 위에서
하염없이 내려다본다.
급류는 어디로 그리 서둘러 흘러가는가,
물보라 일으키며 숨마저 넘어갈듯?

정신없이 사방으로 몰려가는 인파
그 사이로 몰래 빠져 사라지는 것,
그것은 시간,
대개, 부질없는 목숨이 아닌가?

그래도, 살아 숨 쉬는 동안이란
한없이 아름다운 것,
무한한 고요와 침묵의 우주 속에서!

2016.7.7.

지구는 하나의 머리

지구는 하나의 거대한 머리.
허공에 불쑥 내던져진 채
무엇인가 생각은 하고 있는지,
몸통도 없이
팔다리도 없이
창백한 표정으로 오로지 숨만 쉬는지
아무도 모르는 오늘.

석가의 머리일까?
예수의 머리일까?
예언자의 머리? 철학자의 머리?
아니면, 성현의 머리?

인류 전체의 머리라고 하기에는
아무래도 뇌가 모자라는 듯,
아니, 아예 무뇌증인 듯.

지구는 하나의 거대한 풍선,
언젠가 바늘에 찔려 펑 터질 것인가?

끊임없이 김이 새어 쪼그라들고 있는가?
참으로 끔찍한 상상이라
비관주의마저 너무나 낙관적이라니!

2016.7.8.

오늘, 원시림의 하루

새벽에 세수하고 나서
잠시 망설이게 된다.
엽차 한 잔으로 시작할까?
아니면, 커피 한 잔?

이래도 하루 저래도 하루
별 차이도 없을 테지만,
어제나 그제나 다를 바도 없겠지만,
그래도 망설여지는 까닭은 무엇일까?

엽차 한 잔에 서린 서러움 때문일까?
블랙커피 한 잔에 사라진 추억 때문일까?
아니면, 오늘 하루
이것저것 말끔히 잊어버린 채
원시림의 하루가 되어야만 하는 것일까?

2016.7.10.

바닥없는 똥통에 마이똥풍

수천 만 명이 목을 매고 살아가는 곳
한 나라의 수도라는 곳에,
그것도 한복판에, 제일 높은 곳에
천상천하 유아독존 더없이 오만하게,
단군 이래 지상 최대라며 자랑스럽게
참으로 바닥없는 심연이 들어선다.

얼핏 보면 대개 명경지수인 양 착각하지만,
국가기밀은커녕 온 천하에 드러난 사실이라서
사실 그대로만 말하자면,
그건 영락없는 똥통에 불과하다.
하지만 어마어마한 불가사의 똥통이란다!

거기 우글거리는 건 구더기들인가?
차라리 구더기라면 낚싯밥에 쓸모나 있지.
도대체 무용지물,
철갑을 두른 불가살이들이 아닌가!

그런데 똥통에 평생 처박힌 채

모르쇠 알이나 까는 주제에
똥도 더럽다고 처먹지도 않는다.
그것들이 독차지한 영원불멸의 철밥통은
도대체 무엇으로 날마다 가득 차 있을까?

그것은 결코 불가사의일 리도 없다.
그것들 눈에는 개돼지만도 못한
황야의 잡초라니까.
전국 방방곡곡에 널려 있는 잡초,
실뿌리에서 열매까지 아작아작 씹혀 먹히는,
춥고 배고픈, 게다가 힘도 없는 잡초라니까.

저 놈의 똥통! 무고한 민초들이 도대체
얼마나 더 빠져 죽어야 다 메워질까?
불가살이 모가지 수십 만 개 처넣으면
구역질 나는 똥냄새라도 일단 사라질까?

저 놈의 똥통!
도대체 어떤 연놈들이 관리하는 거냐?
관리는커녕 똥물마저 퍼다가 팔아먹는 거냐?

네 월급으로 만족하라!
수천 년 전 현자가 이미 갈파한 삶의 지혜는

영영 마이똥풍에 지나지 않는 것인가?
바로 그러니까, 헛소리는 아닌 듯,
그런 가르침이나마 남기고 갔던가?

2016.7.18.

고장 난 시계들의 만리장성

만리장성이 천 번 만 번 천하를 휘감을 때
무수한 왕조의 무수한 왕들처럼
무수한 벽시계가 즐비하게 걸려 있다.

다이아몬드로, 각종 보석으로 장식된
황금 시계들.
모조리 고장 나 정지된 바늘뿐.

무수한 시계의 만리장성인들
유유히 소리 없이 흘러가는 시간의 물줄기
어찌 막을 수가 있겠는가?

결국 시간을 참으로 즐기는 것이란
시계 따위 아랑곳할 리도 없는
들꽃들 뿐.

아침에 피었다가 저녁에 진다 해도
만족한 채 웃으며 살다 가는 꽃들뿐.
이름 없는 풀들 또한 그렇지 않은가!

나머지는 모조리, 제 아무리 잘난 척한들,
영락없이 고장 난 시계.
스스로 낭비한 시간에 쓸려가 버리는
익사체들,
가 닿을 해안이 어디 있겠는가?

2016.8.1.

우리는 형상들이 농축된 것

우리가 살아가는 동안 누구나 각자
매초 무수한 형상으로 나타나지만,
하나도 남김없이, 순식간에 사라지고 만다,
기념사진이란 빙상 일각도 되지 못한 채,
기억하든 망각하든 아무런 상관도 없이.

그러나 안타까울 것도 아쉬울 것도 없다.
형상이란 우리 눈에 보이지만 않을 뿐,
영영 소멸되기는커녕 오히려 안으로 침투하여
각자의 영혼 깊숙이 스며들어 고이기 때문.
그리하여 세월 따라 우리 표정뿐만 아니라
몸매도 성격도
인격마저 반드시 변화시키는 게 아닌가?

오늘 우리 자신이란 결국
지난 날 생성된 형상들이 모여 농축된 것일 뿐.
그 이상도 그 이하도 결코 될 수 없는 것.

언젠가 멋진 자기 모습을 보고 싶다면,

아니, 누군가에게 보여주고 싶다면,
굳이 평가를 원한다면,
살아있는 동안, 매초, 가치 있는 순간으로
형상들을 빚어내는 일 이외에
그 무엇이 우리에게 중요하단 말인가?

2016.8.3.

길

어찌 사람만 지나가는 곳이라 하느냐?
바퀴벌레도 기어가고
다람쥐도 달려간다.
꽃잎도 바람에 불려 스쳐간다.
바람인들 어찌 지나가지 않겠는가?

그림자도 스쳐 지나가고
세월도 보이지 않게 흘러서 가는 길.
길이 없으면 모든 것이 숨 막히고
길이 사라지면 모든 것이 혼돈이다.

하지만 길이 없다 해도
우주는 잘만 돌아갈 것이다,
우리가 알 길 없는 그 길 속에서,
그것이 혼돈이든 뭐든 아랑곳없이.

길을 발견했다고 으스대지 마라.
길이란 언제나 뻗어 있는 것이니
너보다 먼저 지나간 자는 무수히 많다.

길을 안다고 오만 방정 떠는 자는
눈이 멀어도 한참이나 멀었다.

남을 인도하겠다고 나서기보다
자기 눈부터 먼저 떠라.
그러면 전혀 새로운 길이
난생 처음 보일 것이다.

2016.8.11.

찜통더위, 마누라, 지옥도

마누라는 없어도 살 수 있지만
에어컨 없이는 못 살아!
　방방곡곡 아우성,
　전기요금 폭탄 무서워.

마누라는 없어야 잘 살지만
돈 없이는 못 살아!
　방방공곡 무너지는 소리,
　잔소리에 귀청 성할 놈 없어.

양심은 없어도 살 수 있지만
빽 없이는 못 살아.
　방방곡곡 피투성이,
　칼부림에 총소리, 맙소사!

마누라 없이는 살 수 있지만
갓끈 덜어지면 정말 못 살아.
　방방곡곡 넘치는 노예군단,
　천지 진동하는 아첨의 할렐루야!

천당, 낙원, 극락 따위는 너무 심심해.
지옥은 그나마 불구경 신나게 하지.
  사방에서 치솟는 화려한 폭죽,
  개똥밭에 굴러도 이승이 최고!

지장보살은커녕 자기구제마저 불가능한 주제,
차라리 지옥에서 영영 뒹굴겠다니!
  사방에서 천둥치는 염불소리,
  허무하고 또 허무하다, 인류의 역사!

2016.8.12.

나의 그 길

쟁쟁한 나의 목소리가
우주에서 영영 사라진다 해도
내가 한 때 걸어온 길은 남는다.
그 길만은 길이 남는다.

그리고 거기서 만났던 사람들,
즐겁게 나누었던 이야기들,
행복한 웃음, 주고받은 술잔, 담배 연기,
심지어 나를 쓰러뜨려 몸부림치게 만든
극심한 상처들마저, 비통한 눈물마저
그 길에는 영원히 각인되어 있다.

그리하여 무한한 정적에 흠뻑 젖은 채
그 길을 다시금 홀로 걸어가면서
내 영혼은 영구히 명상에 잠긴다.

한 때 왕이었든 거지였든,
한 때 명성을 떨쳤든, 결국 무명의 민초로
묘비도 없이 들판에 묻혔든,
그런 따위 어찌 대수로운 문제겠는가?

2016.8.22.

카르마

누군가 내다버린 개.
무슨 이유든 어느 날 갈 곳 없는 개.
그 개들이 내 곁에 머무는 것은 결국
카르마일 뿐일까?
개들의 카르마?
아니면, 나의 카르마?

평균수명 어느 것이 더 긴지
비교한들 무슨 소용인가?
짐승이든 사람이든 어느 것이나
제 명에 가는 것일 뿐.
때가 되면 각각 홀로 떠나갈 따름.

언제 헤어지든, 어떻게 떠나가든,
그것도 결국은 카르마.
개들의 카르마.
또한, 나 자신의 카르마.

2016.8.29.

우주를 벗어나지 못하는 영혼들

강아지들이 하루 종일 주인만 바라본다,
뭔가 맛있는 거 기대하며,
꼬리도 치며.
사람도 평생 한눈팔지 말고
신을 바라보아야만 할까?
뭔가 구원 같은 거 기대하면서?
꼬리치기 대신에 기도하면서?

사후에도 우주를 벗어나지 못하는 영혼들,
우주를 초월한 신 어찌 만나겠는가?
우주 밖 저 멀리 무한히 떨어진 그곳마저
신의 그림자는커녕 어둠만 가득 차 있다면?

신이란 원래 우주 따위
가볍게 초월하는 존재가 아닌가?

영혼인들 우주를 벗어날 수 있다는
보장이 없고, 인간인 한,
아무도 그 가능성 여부조차 알 수 없는 것.

해탈이든, 무하유든, 설령 벗어난다 해도
과연 신을 만날 수가 있는가?
어떻게, 왜 만나겠다는 것인가?

아는 척하지 마라.
모른다고 자랑하며 돌아다니지도 마라.
더욱이 남의 재산 가로채다니!
명성도 권력도 휘어잡다니!

침묵 이외에는 모두 자타 속이는 헛수작.
무언의 미소, 이심전심 따위란
과연 무엇일까?

2016.9.7.

우연히

우연히 태어나고 우연히 간다.
우연히 만나고 우연히 떠나간다.

인연,
우연 덩어리.

필연이라 믿고 싶겠지.
그렇다고 우기고 싶겠지.

포기해라.
흔적도 없이 흩어져버리는,
허공 거기 던져진 덩어리.
인연.

모순 덩어리일 뿐.
영원히.

2016.9.11.

몰두하는 거야

푹 빠져야만 하는 거야.
감칠맛 나게 폭싹 익으려면,
사랑이든 사업이든 말이야.

푹 빠져 미쳐버려야만 하는 거야.
머리통이 깨진들 온몸이 부서진들
한바탕 멋지게 놀아보려면,
이승이든 저승이든 말이야.

두 눈이 깡그리 멀어야만 해.
두 귀가 모조리 막혀야만 해.
진미든 단맛이든 배 터지게 즐겨보려면,
황금이든 명성이든 말이야.

흘끔흘끔 도둑 시선이나 던지면 뭘 해?
우물쭈물 몸이나 사리면 누가 떡을 줘?
막무가내 달려들어 뒤흔들어 보는 거야.

안 되면, 화려하게 부서지면 그만,

쇠고랑이든 올가미든 무슨 상관이야?
어차피 한 세상,
미련퉁이 천치 주제에!

2016.9.11.

오줌싸개, 똥싸개

오줌은 싸는 거, 똥도 싸는 거야.
그러니까 오줌싸개, 똥싸개.
사람이란 그런 거,
영원히 그런 거.
득도했다는 자들인들 그런 거야.

무지렁이 촌놈 촌년인들, 그래,
동서고금 자칭 도사들과 뭐가 달라?
저것들도 한 세상,
이것들도 고작 한 세상이야.

책 한 권 남겨 여전히 유명한들
그 책이란 과연 무슨 걸레며
저자란 정말 무슨 뼈다귀야?

이런들 어떠하며 저런들 어떠하리?
왕창 취한 놈의 미친 헛소리야.
그런 것들이 무슨 왕이야?
저런 것들이 무슨 재벌이야?

오줌싸개, 똥싸개,
고작해야 그런 것들이!

이왕에 한 세상 만난 바에야
입 닥치고
조용히 놀다 가기나 해.

2016.9.11.

해우소(解憂所)

출가한들 여전히 더럽다고, 공연히, 공공연히
스스로 믿는 그 몸에는 도대체가
웬 근심걱정 날마다 그리 많이 쌓이느냐?

수도한 지 고작 서너 겨울 지나갔다면야
그러려니 고개 끄덕여주면 그만일 테지.
하지만 인생 칠십 고래희도 지난 여태껏
날마다 해우소에 들락날락이 웬 말이냐?

한갓 천으로 만든 옷 거룩하다고 자부하다니!
만인평등 가르치면서 자기는 귀한 신분이라니!
모두에게 봉사한다면서 높은 자리는 독점하다니!
수십 년 풍상에 깎인 모서리는 어디 있느냐?
깊이 생각하고 연구해서 깨달은 게 무엇이냐?

네 몸에서 밀려나가는 건 정말 더러우냐?
네 몸에 악착같이 달라붙은 게 더 더러우냐?
아니, 네 몸 자체가 가장 더러운 흉물 아니냐?

2016.10.16.

지구는 한 줌 잿더미

담배 재를 떠는 순간
선향 끝 타고 남은 재 맥없이 무너진다.
담배 재 떨어지는 소리는 천둥인 듯.

재가 천하를 뒤덮는다.
살아 있는 모든 것을 짓누른다.
온 우주의 무게 모조리 흡수하여
질책하듯 산 것들 위에 쏟아 붓는다.
지상에 남은 것은 질식과 죽음일 뿐.

가시적 화산재가 아니다.
굴뚝의 연기도 이산화탄소도 아니다.
그것은 인간 정신이 썩어 뿜어내는 악취,
곧 탐욕, 바로 증오다.

지구는 한 줌 잿더미.
40억, 아니, 400억 년 뒤에도 여전히!
누가 감히 구원, 해탈 따위를 외치는가?

2016.10.17.

선무당에게 잘린 모가지들

삭삭 선무당이 작두날을 간다.
싹싹 선무당에게 손을 비빈다,
전국의 온갖 철새들이.

선무당이 춤을 춘다, 미친 듯이,
시퍼렇게 간 칼날 위에서.
사방에 튀는 게거품
한 방울 한 방울마다 날아가는 모가지.

재벌 회장 모가지는 너무 하찮다.
장군 모가지는 별 거라더냐?
장관 모가지는 금테 둘렀냐?

이히히히! 이히히히!
싹뚝 싹뚝! 우수수 우수수!
가을바람에 떨어진 낙엽들
하나같이 모가지 아닌 것이 없지 않느냐?

모가지 위에 모가지 있고

모가지 아래 모가지 있지.
하지만 모가지란 한낱 모가지일 뿐.
그 어느 모가지인들 무사하겠느냐?

생사람 잡는 선무당
그 미친 춤바람이 계속되는 한!
천하를 휩쓸다가 자멸하지 않는 한!

2016.10.27.

분노의 날도 아닌데

21세기 오늘, 분노의 날도 아닌데
대성당들은 어찌하여 무너지는가?
수백 년 동안 이어진 우렁찬 찬미가마저
고작 6.6도 지진에 침묵하는가?
무신론자들이 주장하듯 신은
원래 거창한 건물에 살지 않는 것인가?

무수한 종교의 무수한 신전이 사라졌다.
신이 존재한다면, 건물 따위는 애당초부터
신의 집이 아니었던 것이다.
평범한 보통 사람들의 착한 마음,
그것만이 신을 모시는 유일한 장소였다.

지진, 전쟁, 약탈 등
각종 파괴의 힘이 소리치는 교훈.
어느 누가 귀담아 듣고 배울 것인가?

유사 이래! 수만 년 동안, 도대체,
인류는 무엇을 깨달았는가?

종교란 커다란 가르침에 불과,
도대체 무엇을 가르쳤단 말인가?

2016.11.1.

세상에!

바쁘다고?
세상에! 뭐가 그리 바빠?
천천히 가도 되.
네 묘지, 어디 도망가겠어?
헐레벌떡 달려가도 거기,
쉬엄쉬엄 구경하며 걸어도 거기.

업적?
세상에! 뭐가 그리 위대해?
남길 거 없어, 하나도.
태산보다 더 높이 솟아도 거기,
태평양보다 더 널리 차지해도 거기뿐이야.

인생?
허허허허! 웃으면 그만이야.

2016.12.8.

여행의 생사

멀리 떠나갈수록 더욱 애매해진다,
피차간에.

오래 떠나갈수록 망각은 더욱 깊어진다,
역시 피차간에.

나그네는 죽는다,
남은 자들의 기억 속에서.

그들도 역시 죽는다,
나그네의 가슴 속에서.

아무도 죽이지 않는다지만
모두 죽는다.

사실은
서로 죽이는 것이다.

2016.12.22.

지혜!

지식의 에베레스트 산보다는
지혜의 한 가닥 실이 더 소중하다.
더 유익하다. 더 필요하다
나약한 한 개인에게는!

황금 잔에 담기면 썩어 없어진다.
소박한 질그릇에 담기면 순금으로 변한다.
알아보는 눈은 극히 드물다.
에베레스트 산에서 잃어버린 바늘을 찾기보다
더 어려울 것이다.

포기할 필요는 없다.
지혜란 가장 소박하고 단순하고 쉬운 것.
누구나 마음이 깨끗하면
자기 마음속에서 만나볼 수 있는 것.

결국 지혜란 신의 얼굴!
신의 목소리가 아닌가!
그 발견, 그 깨달음에 어찌하여

철학, 신학, 종교 따위가 필요하단 말인가?

단 한 가지 필요한 것은 솔직한 양심뿐.
어찌 아니라고 하는가?

2016.12.26.

대통령이 되겠다고? 네가?

이쑤시개로 남의 코 마구 쑤시지 마라.
네 금니나 잘 쑤시라고.
네 입에서 풍기는 악취에 휘말려
전국 방방곡곡 초목이 말라죽잖아!

귀쑤시개로 하수도를 쑤시지도 마라.
네 잘난 귓구멍이나 뻥 뚫으라고.
마이동풍, 아니, 불통 귀에 놀아나는 바람에
전국 방방곡곡 곡성이 진동하잖아!

대통령이 되겠다고? 네가?
하하하하! 허허허허!
똥개들이 배를 잡고 웃을 일이잖아!
전국 방방곡곡에서!

2016.12.31.

2017년, 시

개꿈에서 깨어나라

희로애락의 오케스트라

굶어죽은 귀뚜라미 신세

너는 촛불이 아냐!

불기는 쉽다,
그래, 입김!
그래, 그걸로 꺼보면 안다.

촛불을 훅 꺼보면, 안다
얼마나 하찮은 것인지.
바로 네가!

촛불이란 꼭 필요한 데가 있지.
꼭 필요할 때도.

너도 그럴까?
아무 때나 아무 데서나 입맛대로
촛불 마구 꺼버리는 바로 너도?

2017.1.7.

개꿈에서 깨어나라

꿈만 꾸는 건 무죄야.
꿈이 꿈으로만 끝난다면 당연히 그래.
하루살이가 불로장생을 꿈꾸든,
시한부 정권이 영구집권을 꿈꾸든!
꿈 자체는 멋진 자유 아니겠어?

하지만, 허울 좋은 철통 경호 속에서
끼리끼리 음모가 무죄라니?
저승사자 명단 만든 게 어때서 라니?
남의 등을 치는 것도 무죄야?

천하가 보는 앞에서 거짓말도 무죄?
요리조리 쥐새끼처럼 숨는 것도 무죄?
모른다, 기억에 없다, 우기면 무조건 무죄?
남들도 다 했는데 왜 나만 족치느냐,
그렇게 항변하면, 무죄, 땅땅땅?

그 따위 꿈을 일컬어 개꿈이라고 해.
개가 개꿈 꾸면 최소한 개답기나 하지.

인간의 탈을 쓰고 개꿈이나 꾼다면
그야말로 개돼지만도 못한 거시기 아냐?

꿈이라고 사사건건 길몽인 줄 아나?
가정교육 학교교육이 고작 그 수준이야?
콩 심은 데 콩 나는 것도 모르면 역시 거시기!
사필귀정도 모른다면 영락없는 쓰레기!

눈 떠! 개꿈에서 깨어나라고!
그리고 똑똑히 봐, 네가 갈긴 설사에
세상이 얼마나 더 더러워졌는지를!

2017.1.10.

돈이란 과연 무엇인가?

깡술에 곤드레만드레 취했는가,
마약에 정신 잃고 찌들었는가?
너나없이 비틀비틀 걸어간다.
기약 없이 엉금엉금 기어간다.

보이지 않는 손에,
방사능 한없이 능가하는 마력에
어느 누구 하나
항거할 의지도 기력도 없다,
돈으로 포장된 길 그 위에서는!

제 아무리 순금 녹여 만든 왕관인들
병사들 월급 줄 돈이 떨어지는 순간
어린애 돌팔매에도 박살나는 요강 아닌가?

돈으로 일어난 자는 돈으로 쓰러진다,
아무리 가르친들,
돈으로 일어나려 발악하는 자
동서고금 그 얼마나 헤아릴 수도 없는가?

아니, 바로 이 순간에도!

하지만 돈이란 과연 무엇인가?
지조 없는 돈은 발가벗은 창녀,
눈 먼 돈은 푸줏간 고기 덩어리,
돌고 돌아 결국에는 사라지는 연기 아닌가?

도대체가!
어느 미친놈이 만든 요물이기에
모두 미쳐 날뛰기만 하는가?

2017.1.23.

액션 영화나 볼까?

심심풀이로 액션 영화나 볼까?
골백 번 죽었다 깬들
도무지 흉내조차 엄두 못 낼 장면들
왜 이토록 흥미 짠짠일까?

따끈따끈 안방에서 공짜로 즐기니까?
그럼, 목숨 걸고 영화 찍어 유명해지고
그래서 먹고 사는 배우들
그 진짜 인생은 뭘까?

말짱 맹랑한 허구뿐일까?
무수한 엑스트라들 인생은?
심심풀이로 사는 건
결코 아닐 텐데…

2017.1.24.

시인의 일생

인생의 골치 덩어리
뚝딱뚝딱 모조리
해치우는 여의봉 따위가
어딘가 숨어 있다면, 시인은
그걸 정말 찾아낼 수 있을까?

온 세상 까무러칠 그런 희한한 재주
눈곱만큼이라도 있다면,
예언자의 오장육부 휘돌아 흐르는 시냇물은
어찌하여 쪼르륵쪼르륵 날마다
처량한 노래나 할까?

우주의 영원한 비밀 보따리
쓱싹쓱싹 모조리
풀어헤치는 연금술이 어딘가 묻혀 있다면,
시인은 날 때부터 그걸 꿰뚫어보고 있을까?

온 세상이 숨 멎을 그럴 해탈의 경지라면,
선각자는 어찌하여 오늘도

하염없이 담배만 피워대는가?
체념과 달관의 골짜기는 어찌하여
한숨만 가득 출렁이는가?

그러므로,
무수한 주둥이가 조롱한다.
그러므로,
무한한 탐욕만이
멋진 인생의 용광로라고 착각하는
무수한 골빈 천재들이 돌을 던진다.

죽어도 여한 없이 얻어터진 시인은 중얼거린다.
"너희가 시인은 죽일 수가 있지.
때려 죽이든, 굶겨 죽이든!
하지만 시는 영영 죽지 않는다!"

비틀비틀 단칸방에 돌아가자마자
푹 고꾸라진 시인.
마지막 숨이 넘어가기 직전
선지자는
정녕 무슨 말을 남기고 싶었을까?

2017.1.27.

시간 죽이기

죽이자! 죽이자!
발버둥 치든 기를 쓰든
무슨 소용이 있겠는가?

그럴수록 더욱 짓궂게 끈질기게
천근만근 소매에 매달려 늘어지는 시간,
날이면 날마다
무료하기 짝도 없는 게 아닌가?

시간 죽이기에 애간장 다 태울
바로 그런 시간이라도 있다니,
참으로 여유롭고 한가하기도 해라!
시간 죽이기에 노심초사
사방으로 돌아다니다니,
참으로 부지런하고 갸륵하기만 해라!

시간은 너를 향해 결코,
죽이자! 죽이자!
달려들지도 않는데,

너는 어찌하여 시간 죽이기에
그토록 몸부림인가?

시간이란 원래 생사를 초월한 것.
죽여 마땅한 것이란
바로 너의 그림자,
곧 어리석은 너 자신의 망상 아닌가?

2017.1.27.

된장찌개 우리 젊은 날

뚝배기에 끓여야 제 맛이지,
된장찌개란. 안 그래?
자글자글 보글보글.
김은 모락모락, 코는 벌렁벌렁.
목구멍에 침 넘어가는 소리,
천지를 무너뜨리는 천둥소리.

하지만 뚝배기는 고사하고
양은냄비에 아무렇게나 끓인 것마저
없어서 못 먹던 시절도 있었지.
참으로 길고도 긴, 힘겹던 시절,
사람 녹초 만들던 우리 젊은 날!

뚝배기보다는 장맛이 좋아야지,
찌개라면 말이야. 안 그래?
양지 바른 돌담 밑 올망졸망 오밀조밀,
줄줄이 잘도 늘어선 항아리들.
콩은 죽어야 메주가 되고
메주는 된장 고추장으로 부활!

항아리마다 구수한 맛의 그윽한 호수!

하지만 이제는 장독대도 돌담도,
아니, 초가삼간마저도 아득한 추억.
고작 민속박물관 사진으로나 남아 있을 뿐,
슈퍼마켓마다 사방천지 산더미처럼 쌓인
된장 고추장 플라스틱 통들이 노려본다,
지나가는 사람 주머니나 털 심보로
눈알 마구 부라리는 산도적 날강도인 양!

시대가 아무리 수만 번 변한다 한들
뚝배기 그 맛이야 어딜 가겠어?
오늘도 누군가 끓이고 있지.
짜글짜글 뽀글뽀글,
정성과 사랑 듬뿍 양념으로!
아아, 침 넘어간다!

2017.1.30.

어느 할머니

점심 후 개 두 마리 산책 때마다 마주치던,
골목 끝 계단에서 햇볕 쪼이던
할머니, 팔순 고개 넘은 할머니,
오늘은 그 자리에 없다.

날이 흐린 탓일까?
몸살이나 감기로 잠시 누웠을까?
아니면, 다른 세상에서
영영 쉬고 있지는 않을까?

어제는 소년, 오늘은 할아버지.
어제는 소녀, 오늘은 할머니.
너나 나나 그 누구나
내일은 어디서 무엇일까?

지구는 인류의 공원묘지.
동시에 영원히 산모의 침대.
누군가 바라보고는 있을까?
어디서, 어떻게?

2017.2.8.

꿈꾸는 우주

누군가의 눈물 한 방울 속에
수백억 바이러스가 살고 있다면,
그 눈물이 곧 우주라면…

인류가 우주라 부르는 것 그 바깥에
수천, 수만, 아니, 무수한 눈물방울이
무한한 거리에 흩어져 있다면…

재깍재깍 매초마다
무수한 우주가 생겨난다면,
무수한 우주가 소멸한다면…

이 모든 존재가 꿈을 꾸고 있다면,
자기도 모르게…
아니, 꿈 자체라면…

오늘, 홀로 길을 걸어가는
나는 무엇인가?

2017.2.12.

희로애락의 오케스트라

생전에 3대 4대 수십 명 자손인들
한 지붕 밑 울려 퍼지는
시끌벅적 오케스트라.
희로애락 그 비빔밥.

무자식은 상팔자일까?
하지만 그것인들 영락없이
나 홀로 연주하는
희로애락의 오케스트라.

행복만 수북한 접시라니!
그 어디 있단 말인가?
슬픔만 넘치는 사발 역시
이 세상 그 어디에도 없다.

한 세상 누구나 걸어가는 길,
오로지 한 때만 걸어가는 길.
언제나 어디서나 시종일관
희로애락 그 오케스트라일 뿐.

2017.3.2.

망나니 어린애

소년이 던진다 돌멩이
하나 둘 셋
평화로운 연못에
심심풀이로.

수면에 떠오른다 개구리
하나 둘 셋
돌에 맞아 죽은
시체로.

하찮은 돌 조약돌
소년에게는 그냥 장난감일 뿐,
하지만 개구리에게는 핵미사일.
아이고! 아이고!

망나니 어린애
저 멀리 딴 데 가서 놀면
병신육갑 영락없이 그 꼴인가?
수천억 달러에 배가 터지나?

어른이 되면 안하무인
대륙에서 종횡무진
폭군으로 날뛰다가 미치겠지.
게다가 제 굿에 기진맥진
사막에 버림받은 개구리겠지.

2017.3.4.

동창이라고 다 친구는 아니야

동창이라고 해서 다 친구인 줄 아나?
친구라고 해서 다 진짜도 아니야.
수십 년 지기?
모두가 유익한 것도 아니지.
잘 판단해 봐.
스스로, 자기 머리로, 아주 냉철하게!

수만 명이 모인다고 다 애국인가?
수십만이 소리친다고 모조리 진실인가?
부화뇌동이 살 길일 리는 없지.
괴담에 유언비어에 떠내려가면
끝장은 결국 뭐겠어?

왼쪽에는 눈먼 바보들의 오케스트라.
오른쪽에는 미친 허리케인.
사방에서 들려오는 거라고는
맥 빠진 탄식뿐.

2017. 3. 13.

맞아 죽는 개

죽어라! 죽어라!
무수히 개를 팬다.
죽여라! 죽여라!
미친 함성.

단말마의 비명은 언어가 아니다.
자비를 간청하는 기도도 아니다.
깨갱깽깽! 끙끙끄으응! 끄윽!

개는 개답게 살 권리가 없을까?
힘없는 것이 그토록 죽을죄일까?
정의가 사라진 땅이라면 거기
생명의 창조는 무슨 의미인가?

죽어라! 죽어라!
무수히 개를 팬다.
죽여라! 죽여라!
사방에서 미친 함성.

개는 잠시 먼저 이승을 떠날 뿐.
죽이는 자들도 결국은 곧 떠난다.
때려죽이는 것이 영웅적 행동일까?
맞아죽는 것은 정말 순교일까?

어느 누가 개일까?
어느 누가 개가 아닐까?

2017.4.2.

성자의 턱수염

성자의 턱수염이 달까지 이른다 한들,
백발이 지구를 한 바퀴 돌고 남는다 한들,
자기 죄를 천하에 고백하지 않는 한
결코 믿지 마라.
제아무리 번드르르하게
온갖 진리를 설파한다 해도!

수십 년 날마다 목욕재계한들,
밤낮으로 기도에 명상을 거듭한다 한들,
성자인 채 거드름 피우며 홀로
부귀와 영예를 한껏 누리는 한
절대로 속지 마라.
제아무리 그럴 듯하게
청빈과 지혜를 내세운다 해도!

2017.4.21.

파리가 더 낫지

두 발을 쉴 새 없이 싹싹 비비는 파리.
아무 죄도 지은 게 없어
뒤가 구린 자보다는 낫지.
말단이든 고위층이든 언제나
구석구석 마구 긁어 들이는 주제에
갑질이나 일삼는
썩은 관리보다는 천만 배 더 낫지.

2017.4.21.

파리도 사람도 완제품

테이블 한 구석 미동조차 하지 않는
파리 한 마리는
출격 직전의 최신 전투기.

손을 휘휘 내젓기는커녕
손가락 하나만 까딱 해도
순식간에 공중에 치솟는가 하면,
어느 새 얼굴, 목, 팔다리 가리지 않고
아무 데나 자유자재로 착륙!

한없이 성가시긴 해도
사람과 조금도 다름이 없이
창조주의 완제품인 파리.

파리는 파리답게 살면 그만.
사람은 사람답게 살아야 사람.
완제품이 제 구실을 하기란
가장 간단하고
또 가장 어려운 일!

2017.4.21.

스모그의 바다

히말라야 산맥에 부딪쳐
스모그의 바다로 침몰한 도시
카투만두.

해저의 고대 도시를 탐사하듯
스모그의 바다로 무조건 돌진!
스모그는 오백만 개의 코,
아니, 천만 개의 허파 속으로 돌진!

누가 익사하는지,
무엇이 난파하는지
아무도 알 리가 없다.

산정에는 만년설,
지상에는 스모그.
마스크 쓴 입들은 무수하지만
근본적 개선의 손은 하나도 없다.

대도시는 오늘도 산맥에 부딪쳐

보이지 않는 바다로 침몰한다.
최고봉을 제아무리 자랑한들
그것은 관광객의 주머니를 향해 흔드는
서글픈 손짓일 뿐.

2017.4.21.

손가락은 반드시 다섯인가?

손가락이 다섯 개라고 해서
발가락도 반드시 다섯이어야만 하는가?

손가락이 자유자재로 움직여
각종 멋진 재주의 도구가 된다고 해서
사람이, 원숭이도 아닌 사람이
발가락도 꼭 그렇게 부려야만 하는가?

손가락이 둘이든 셋이든 아예 없든
사람답게 살아가는 데
도대체 무슨 지장이 있단 말인가?

스무 개 백 개가 아니라
처음부터 다섯인 까닭도
누군들 알 리가 없고.

다족충은 나름대로 돌아다니면 그만,
다리 없는 뱀은 기어 다니면 그만.
손가락도 발가락도 있으면 있는 대로,

없으면 없는 대로 고맙게 사용하면 그만.
불만도 원망도 모두
부질없는 짓!

2017.4.21.

비오는 날 아침 카투만두

지난 밤 길에서 무섭게도 짖어대던
검은 개들,
모두 어디로 갔나?
오늘 아침 폭우에
어디론가 제각기 숨어버렸나?

건너편 빌딩 베란다 아래
창틀 위에서는 비둘기들이
꼼짝도 않고 앉아서 졸고
관광객만 바라보는 가게들 카운터에는
아무도 없다.

그래도 비가 내리면
비포장 도로에서 먼지가 사라지고
만성 스모그도 맥을 못 추니
가난한 시민들은 불만이 없다.
시원하게 숨을 쉴 수 있으니!

2017.4.22.

진세

진세가 어딘가 했더니
바로 여기
카투만두.

천지사방 구석구석
숨 막히는 먼지뿐.

하지만 진세의 진미
그 누가 안다고 장담하는가?

벗어날 길 없는 먼지 우주.
우주 자체가 먼지.
그 누가 버렸다고 속이는가?

2017.4.26.

타이거 힐의 담배 연기

향을 피운다. 위로 치솟는
무수한 향연 줄기.
무수한 신들이 피우는
담배 연기.

담배를 피운다.
소리 없이 희미하게 내뿜는
담배 연기.
무수한 영혼들을 향하여 치솟는
무수한 단어들의 독백.

산정에 문득 몰아치는 안개.
수많은 봉우리들이 남몰래 피우는
담배의 연기.
새벽 일출을 보기 위해 몰려든
인파 그 머리마다 쓰다듬는다.

기억하라.
인간이란 누구나 담배 연기.

그 미세한 입자 한 알일 뿐!

2017.4.30

*타이거 힐(Tiger Hill): 인도 동북부 다질링의 산봉우리.

구름은 알까?

3천 4천 미터 산봉우리들
순식간에 뒤덮는 검은 구름은
구름으로 머무는 동안에만 구름일 뿐.

산정을 깎지 못한다.
계곡을 메우지도 못한다.
흩어지고 나면 아무 것도 아니다.
허공에는 흔적도 없다.

구름은 자신이 구름인 줄이나
알고 있을까?

제아무리 높다고 하는 산봉우린들
산사태로 와르르 무너져 내리면
돌무더기 흙더미일 뿐.

산은 자신이 산인 줄이나
알고 있을까?

계곡도 자기가 뭔지 알까?
산이 없으면 계곡도 없는 것.
텅 빈 공간일 뿐.

2017.5.1.

천둥소리

꽝! 꽝! 천둥소리,
고압선 철탑 변압기가 터지 듯
바로 머리 위에서!

고산지대 마을
와이파이 모조리 아웃!
히말라야 산맥 한 구석,
망망대해 무인도로 돌변!

펑! 펑! 가슴마다
증오의 지뢰 터지면
천 만 대도시는 순식간에
무수한 무인도,
보이지 않는 유혈의 아스팔트!

2017.5.6.

파키용 공항

히말라야 산줄기 끝자락
한라산보다 높은 지대에
작은 마을 파키용.

옛 시킴 왕국 최초의 공항
건설공사가 한창.
산 허리 잘라낸 허허벌판
빈 활주로에 한국인 세 명.

오솔길에 군데군데 폐가들
철거작업이 한창.
이차선 아스팔트가 깔리고 나면
일컬어 문명이라는 괴물이
하늘에서 지상에서 밀물로 닥칠 것.

주민들은 그때 더 행복해질까?
아니면, 지금, 가난하면 가난한 대로
불만 없이 사는 것이 더 나을까?

운동선수처럼 탄탄한 몸매에
한없이 유쾌한 프랜시스 신부.
그 젊은 활력과 선교사적 열정에
고개 숙인다. 참으로 멋진 친구!

2017.5.6.

알 수가 없다

아직도, 알 수가 없다,
그들이, 왜, 학살했는지.
수천, 수만, 수백 만, 수천 만
굶겨 죽였는지도.

왜 고문하고 학살했는지,
어린애도 부녀자도 늙은이도
왜 구덩이를 파고 집단으로
해골로 만들었는지,
오늘도, 알 수가 없다.

물론, 그 이유 아는 사람들은 있다.
비록 입을 다물고 있다 해도.
기회를 또 노리는 그들,
잔혹한 그들, 영악하다!

2017.5.6.

사람도 충전된다면

충전하기만 하면 즉시 작동되는
휴대폰처럼 사람도
그렇게 활동할 수 있다면!

아무리 가난해도
무엇을 먹을까 걱정이 없겠지.
굶어죽는 사람도 전혀 없겠지.
전파로 충만한 세상이니.

전파는 신의 손길.
아무도 독점할 수 없는,
독점해서도 안 되는 것.
사실은, 은총도 자비심도 진리도
전파의 일종이 아닐까?

그런데 이상한 생각이 드는 까닭은 뭘까?
혹시, 전파에도 가짜는 없을까?
진짜 뺨 칠 듯 더 멋지게 보이는
진짜 가짜들!

2017.5.6.

가상세계

눈에 귀에 머리통에
최신의 전자장비 뒤집어 쓴 채
가상세계로 뛰어든다.

탕! 탕! 탕!
마구 사람을 죽여도 무죄!
우주를 폭파해도 역시 무죄!

가상세계를 현실로 착각하는 자들,
그 삶은 가상일까, 현실일까?
현실을 가상세계라고 외치는 자들,
그 죽음은 현실일까, 가상일까?

전자장비 벗어버리면
모두 천치가 된다.
미망과 집착에서 벗어나면
정말로 해탈인가?

2017.5.6.

존귀와 비천

식탁 위 하얀 냅킨은 원래
화장실 두루마리보다 존귀한가?

피부가 흰색에 가까울수록
검은색에 가까운 사람보다 태초부터
존귀하고 또 우수하단 말인가?

죽어서 다시 태어난다고 쳐도
소는 개나 돼지보다 정말 존귀한가?

어쩌다가 남보다 돈이 조금 많으면
바로 그 이유 하나만으로
당연히 으스대는 귀인인가?

개미 뒷구멍에 붙은 진딧물 같은,
하찮은 말단 조무래기들이
어디가 어때서 존귀한가?

영원, 불멸, 무한 등 추상명사들,

남보다 더 잘 안다고 나팔 부는 자들은
지금도, 또 영원히 존귀한가?

2017.5.6.

부패의 스모그

아무리 가난한 사람이 많이 모여
힘겹게 살아가는 마을이라 해도
누군가는 돈이 흐르는 강
그 물줄기를 노려보고 있다.
극소수의 그 누군가는.

특권의 매서운 눈초리.
부패의 스모그
그 악취!

2017.5.8.

미련한 짓이 가련하다

선생이 꼴도 보기 싫어
아예 교실에 들어가지 않는 학생.
오죽하면 그럴까
이해가 안 가는 것은 아니지만
가련하기만 하다 그 미련한 짓이.

낡은 자기 집이 남부끄럽다 해서
아예 불 질러 깡그리 태우는 자
그러고도 직성이 풀리지 않을 테지.
이해가 안 가는 것은 아니지만
가소롭기만 하다 그 미련한 짓이.

자기 밥그릇을 발로 걷어차는 자,
자기 우물에 오물을 퍼붓는 자,
누워서 하늘 향해 침을 뱉는 자,
자기 똥 비단으로 덮고 뭉개는 자.

하나 같이 모두 가련하기만 하다
그 눈 먼 무모함이.

그러나 정신 없이 돌아가는 이 난세에
누가 누구를 동정할 자격이 있겠는가?

2017.5.9.

세상이 바뀌었다지만

자고 나니 세상이 바뀌었다.
아니, 무엇인가
세상이 바뀌니 고이 잠들었다.
그것은 과연 무엇일까?

자고 나니 세상이 바뀌었다지만
누구를 위한 상전벽해인가?
무엇을 위한 천양지차인가?
잠들면 그만이지 왜 깨어나는가?
아니, 세상이란 도대체 무엇인가?

자고 나니 세상이 바뀌었다지만
실제로 바뀌어야 마땅한 것은
바로 사람들!
사람이 전혀 바뀌지 않았는데
세상이 어떻게 바뀐단 말인가?

세상이 바뀌었다는 건 빈 말일 뿐.
사람이 바뀔 것이란 말도 공염불인가?

차라리 모두 입이나 다물고 있다면
그야말로 세상이 바뀐 것이 아닐까?

2017.5.9.

신뢰가 사라지면

단층이든 백층이든 한 지붕 아래
상호신뢰가 증발해 버리면,
방을 나설 때마다 각자 문을 잠근다.
방마다 천 리 만 리 떨어진 무인도.

방에 들어설 때마다 각자 문을 잠근다.
방마다 다닥다닥 이어진 감방.

수백 만이든 수천 만이든 한 나라 안에
상호신뢰의 탑이 무너지면,
단독주택, 아파트, 초고층 빌딩 가릴 것 없이
방마다 무인도, 방마다 감방.

자물쇠, 쇠창살, 유리창, CCTV 앞에
보이지 않는 시체로 즐비하게 널린
문명의 폐허,
나, 너, 그, 우리, 너희, 그들…

2017.5.9.

황혼에

서재 창문에 어느덧 황혼.

말없이 성숙하라.
더 이상 바랄 것도 없이
꾸준히 뚜벅뚜벅 걸어가라.
남은 시간 얼마인지 물을 것도 없이
언제나 만족 속에 미소하라.

저녁 햇살은 그렇게 속삭인다.
곧 어둠이다.
무한한 정적.
고요한 세월.

2017.5.27.

내로남불

내로남불이 무엇인고? 하니,
내가 하면 로맨스, 남이 하면 불륜,
한 마디로,
거시기 족속의 본색이라 하더라.

내로남불이 어때서? 배 아파?
철면피가 최신 유행, 그것도 몰라?
이런 먹통 휴대폰 같으니.
방 빼! 지구에서 방 빼라고!

큰소리 탕! 탕!
사방에서 활개치니,
이거야말로 하늘도 땅도 놀라 자빠질
거시기 족속의 평생직업이라 하더라.

2017.6.13.

설거지는 서럽다

믿는 도끼에 발등 찍힌 홀아비에게도,
억울하게 원통하게 과부가 된 여인에게도
설거지란 서럽기만 하다.
기구한 사연이야 말해 무엇 하겠는가?
설거지도 힘이 있어야 깨끗이 하지,
제 몸 하나 가누기도 버거운 판에!

정월 초하루 설날이 돌아올 때마다
설 거지란 언제나 서럽기 마련.
구걸도 힘이 있어야 제대로 하지,
재주도 배짱도 아무 것도 없는 주제에
어디에 손을 벌려 얻어먹을 텐가?
북풍에 기죽고 허리케인에 숨 막히는 판에!

그래도 바락바락 악 쓰기는 세계 제일,
아전인수 떼쓰기는 우주 제일이라니!
예의도 염치도 사전에서 가출해 버렸으니
철들기 기다리기는 백년하청이겠지.

2017.6.23.

애걸복걸 만만세!

밥 한 술만 주세요, 찬밥이라도.
굶주림에는 이길 장사 없다 하니,
죽기 싫으면
철천지 원수 앞에서도 애걸복걸.
그건 정말 잘하는 짓이로다.

한 푼만 줍쇼, 동전이라도.
파산에는 용 빼는 재주 없다 하니,
패가망신 면하려면
시궁창에도 엎드려 애걸복걸.
그것 역시 잘하는 짓이로다.

한 자리만 줍쇼, 말단이라도!
동풍에는 동쪽으로, 서풍에는 서쪽으로
자빠지고 나뒹굴며 애걸복걸.
기껏, 아무도 거들떠보지 않는,
비석에나 새길까 말까 할 벼슬,
그게 뭐 대단한 거라고!
하지만, 동서남북 남녀노소 가릴 것 없이,

한둘도 아니고 수십 수백만 애걸복걸이라니,
참으로 대견하기 짝이 없도다!
장관이로다!
동서고금 최고 최대의 위업이로다!

한 표만 줍쇼, 한 표라도.
애걸복걸 민주주의 만세!
한 자리만 줍쇼, 말단이라도.
애걸복걸 공화국 만만세!

2017.6.28.

부채질 재주도 무형 문화재?

더위가 어지간하기나 해야
부채질도 시원하기나 하지.
최신형에 초고압 찜통더위 속에서는
아무리 용 쓴들 무용지물.
손목에 팔목에 쥐만 날 뿐이야.

불구경은 언제나 흥미진진하지,
타는 게 자기 집만 아니라면.
불난 집에 부채질 와글와글,
신바람에 덩실덩실 춤추기도 하지.
자기 집 초가삼간 잿더미인 줄도 모른 채.

부채 만드는 솜씨가 무형문화재라면
좌로 우로 자유자재로 부채질하는
각종 재주도 당연히 마찬가지일까?

인간이 만물의 영장인 것은 오로지
인간만이 자살 꼴의 명수니까 그럴 테지.
그 진리 가장 절묘하게 연출하는 부채질에

이 더위 어느 잡놈들만 여전히 신바람인가?

2017.6.30.

잘못 걸린 전화

여보세요!
여보라니? 어디다 대고 여보야?
아, 잘못 걸린 전화예요.

여보세요!
여기 보라니? 거기, 안 보여!
아, 잘못 걸린 전화예요.

잘못 걸린 건, 사실,
전화가 아니라 사람이지.
전화는 언제나 잘 연결되거든.

어쩌다 잘못 걸었을 때 전화야
말없이 끊어버리면 그만.
하지만 사람에게 잘못 걸린다면
그야말로 코피 왕창!
심하면, 모가지도 뎅강!

무엇을 걸든 언제나 여리박빙,

무엇에 걸리든 더더욱 망명도생.
아무 것도 안 걸면 유유자적,
걸리는 게 없으면 만사태평.
걸지도 말고 걸리지도 마라!

2017.7.2.

게걸게걸 식탐

식탐이 없다면 개도 돼지도 아니지.
식탐이 무엇인지도 모른다면
사람도 아니라 천치나 신선이겠지.

알면서도, 끊임없이 줄기차게 게걸게걸,
내 꺼 남의 꺼 가리지도 않은 채,
공익 사익 은근 슬쩍 모른 척
뭐든지 닥치는 대로 모조리 꿀꺽!

그런 것도 사람인가?
혼자 잘난 척 점잔 빼며 질문하겠지.
하지만 눈알을 쉴 새 없이 뺑뺑 돌려도
뭐가 뭔지 어찌 돌아가는지
알 수 없는 세상이라,
그런 거야말로 사람이지!
그렇게 큰소리 뺑뺑 치기가 십중팔구!

식탐이 없다면 사람도 없겠지.
식탐을 모른다면 개도 돼지도 아니지.

알면서도, 아니까, 밤낮으로 게걸게걸하면
청사에 길이 빛날 영웅, 위인, 천재겠지.

그러니까 그들 호화무덤은 서로 서로 빼닮아
복수에 한껏 부풀어 오른 맹꽁이 뱃대기!
터질까 말까 아슬아슬,
그게 문제가 아니라
결국 도굴꾼들 잔칫상일 뿐!

2017.7.2.

술잔의 우정이란

술잔이 오갈 때에는 뜨겁게 달아올라
가슴 속에도 얼굴에도
눈부신 광채 발산하는 우정.
입술마다 굳센 언약 넘쳐서 흐르고
가슴마다 감격의 파도 출렁이지.

그러나 잔에 남은 술,
병 밑바닥 버림 받은 술
어느 누가 거들떠보는가?

죽을죄를 진들 친구는 친구!
죽을죄는커녕 한 때 어리석은 판단으로
궁지에 몰려 오갈 데 없게 된 친구라면
더욱 따뜻하게 보살펴주는 게 우정 아닌가?

윗사람의 총애 혹시라도 잃을까,
주변의 눈치도 어쩐지 너무 무서워
몸이나 사리며, 어려운 친구 외면하다니!
그 따위가 무슨 개떡 같은 우정인가?

술잔이 오갈 때만 노래하는 우정,
춥고 배고프고 외로운 친구는 외면하는 자들,
개나 물어가라 해라!
아무리 성자인들 천사 같은들
그 따위 친구는 사람도 아니니,
필요 없다 해라!

2017.7.10.

꿈결 속에서

무수한 사람들이 오늘도 걸어간다.
자동차를 몰고 마구 달리는가 하면
열차로 비행기로 어디론가 가고 있다.
여객선도 사람들을 실어 나른다.
하지만 어디로 가고 있는 것일까?

누구나 오늘도 변하고 있다.
자기도 모르게,
모른 척 하면서, 조금씩,
서서히, 끊임없이 변하고 있다.
하지만 어떻게 변하고 있는 것일까?

무수한 사람들이 오늘도 잠들어 있다.
악몽이든 길몽이든 현실보다
더 많은 종류의 꿈결 속에서 헤맨다.
하지만 언젠가 다시
눈을 뜰 수는 있는 것일까?

2017. 12. 10.

유구무언!

고생, 고생, 또 고생,
끝내 임종 직전에 이르러
하늘에 하소연한들 무슨 소용인가?
유구무언!
온 몸에 힘 빼고
조용히 떠나가면 그만인 것을…

고생도 생각하기 나름,
억울함도 역시 그러하며
팔자타령도 넋두리에 불과.
부귀영화도 꿈인 줄 뻔히 알면서
하소연이라니!
새삼 그 무슨 어리광을 부리는가?

하늘은 모든 것을 사람에게 맡기고
살아생전 한껏 자유를 보장했으니,
유구무언!
살아도, 죽어도,
언제나 유구무언!

2017.7.29.

죽여주는 그 맛

비밀의 그 맛, 신비의 그 맛,
불가사의한 그 맛!
황홀한 그 맛! 죽여주는 그 맛!
끝내 주는 그 맛, 운명의 미끼,
자나 깨나 그 맛!
죽이는 그 맛, 죽어도 그 맛!

무수히 죽었다, 그 맛에!
무수히 죽고 있다, 그 맛에!
무수히 죽을 것이다, 멸종할 때까지!
그 맛에! 빌어먹을!

누구나 자기만 안다고 자부하지만
사실은 아무도 아무 것도 모른다.
빌어먹을 그 맛!

누구나 탐내어 달려들지만
누구나 죽어야만 끝장이 난다.
모조리 죽여 버리고 나서도

홀로 온전히 남아 있는 그 맛,
인생의 마지막!

충분! 만족! 이제 그만!
그런 건 알 리도 없고,
알려고 할 리도 없는 그 맛.
자, 위대한 그 맛을 위하여,
굿모닝, 커피!
그 영원불멸의 승리를 향하여,
굿모닝, 커피!

2017.8.22.

가짜 신부도 있겠지

혼자 사는 게 뭐 그리 대단해?
신부? 그게 무슨 벼슬이라고!
60대 수녀가 볼멘 소리로 내뱉는 말.
젊은 신부에게 한바탕 야단맞고 나서
억울해서 몹시도 화가 난 표정.

평생 홀몸의 길을 걸어가는 것은
어려운 사람들 열심히 도와주려는 게지.
모든 이에게 겸허히 봉사하려는 게지.
남의 돈 걷어 자기 주머니 채운다거나
아무에게나 왕처럼 군림하려는 건
결코 죽어도 아닐 테지.

신부? 그야 남을 인도하는 직책이라니
벼슬은 벼슬이겠지.
하지만 사람답게 사는 길 보여주기는커녕
아무에게나 세도나 부린다면
그야말로 개념 없는 가짜일 테지.
비단 옷에 모자 쓴 허수아비 아닌가!

2017.9.13.

굶어죽은 귀뚜라미 신세

거실 옷장 틈새에 숨어들어 간 뒤
영영 소식이 없던 귀뚜라미 한 마리.
가구 재배치할 때 발견한 것은
굶어죽어 이미 분해된 시체.

어쩌자고 사람 사는 거실에,
얻어먹을 부스러기조차 없는 곳으로
무턱대고 기어 들어왔던가?
아무 준비도 없이 홀로 죽음의 계곡으로
돌진하는 어리석은 나그네처럼!

사람이 사는 곳이라 해서 당연히
귀뚜라미도 편히 먹고 살 곳은 아니지.
돈도 권세도 펑펑 남아도는 궁전이라 해서
누구나 안전하게 속 편하게 살 곳도 아니지.

귀뚜라미는 풀밭에서 놀아야 제 명대로 살지,
공연히 엉뚱한 곳 넘보다가는 굶어죽기 십상.
거실도 거실 나름,
운동장일 필요는 없지. 그저 몸 하나

자유롭게 오락가락하면 그만.

어거지로 대궐 차지하고 금수저 휘두른들
결국 뼈도 못 추리고
쇠고랑 차기가 눈부신 전통이라니!
만세! 만세! 만만세!

2017.9.13.

멀리서 찾아온 형제를 위하여

손님에게 베푸는 친절은 미덕,
형제를 보살피는 정성은 사랑이지.
만 리 밖 저 높은 산골에서
친구가 찾아오면 그 얼마나 반가운가?
하물며 형제가!

어젯밤 인사동 식탁은 조촐했지만
형제 열 명 둘러앉은 소신학교였지.
추억은 술잔 따라 흐르고
우정은 세월 따라 한없이 깊어 가는데,
멀리서 찾아온 형제에게 쏠리는 정이야!

우리가 함께 나눈 것은 단순히 한 끼
식사가 아니라
이천 년 전 그날 밤의 아가페 만찬,
인류가 존속하는 한 영원히 반복되는
미사였지.

아니, 멀리 또는 가까이

형제들이 어려움, 시련에 시달릴 때
언제나 보살펴 주리라 굳게 다짐하는
우리 인생의 가장 멋진 무대였지.

2017.9.24.

건강 진단

강아지가 자기 똥을 킁킁거리네.
된 똥? 물찌똥? 건강 진단!
이윽고 안심한 듯
다시금 걸어가네.
앞으로!

사람들은 자기 똥을 덮기만 하네,
비단 보자기로.
속이 썩은 줄도 모른 채
뒤만 돌아다보네.
오늘도 앞길은
한 치 앞이 캄캄 절벽!

하늘이 무심한 까닭이야
우주는 제 갈 길을 가고 있을 뿐,
저절로 사라지는 것들이란
내버려 두어도 그만이니까.

2017.10.11.

노가다판 꾼들의 궤변 천하

너도 나도 입이 있어
노가다판에서 마구 내뱉는 말이란
무슨 수작을 지껄이든 모두
일리가 있지, 아무렴!
그러나 진리는 결코 아니지.
어딘가 수상하지,
일리만 있으니까!

일리를 빼고 나면 남는 건
모조리 허위 투성이.
그런 걸 뭐라고 하는지 아나?
나 몰라!
잡아떼겠지, 너야.
궤변이야.
문자 그대로 궤변이라는 거야.

궤변의 궤라는 건 뭐지?
말이 위험하다 이거지.
왜 위험하다는 거지?

아직도, 나 몰라! 이거지?
여전히 넌 어거지!

말이란 원래 자기 속에 든 것을
솔직하게 남에게 전달하는 거지.
그런데 넌 입만 열면
천하를 속여 넘기려 달려들잖아.
네 속이야 물론 거짓말 주머니니까.
바로 그게 위험하다 이거지.
그런데도 넌 변함없이 어거지!

AI 뺨치는 네 말이야
거침없는 달변에
너 홀로 감격하는 웅변이지.
일리는 있지, 아무렴!
하지만 진리는 결코 아니지.
언제나, 어디서나, 궤변이니까!

2017.10.14.

떠나간 이가 바라는 것은

아무리 호상이라 한들 가슴마다
빈 자리가 어찌 사라지겠는가?
천세 만세를 누리고 떠난들
애달픔이야 어찌 잦아들겠는가?

이승과 저승 사이 그 심연이야
도무지 알 길이 없겠지, 아마.
아니, 이승인들 저승인들,
그 사이인들,
어느 누가 정녕 안다 하겠는가?

하지만 떠난 이 발자취가 진실이라면
햇빛에 바래지도 않고
비바람에 씻겨 없어질 리도 없겠지.

오히려 지상에서 각자 차분하게
눈물 거두고
불멸의 희망 속에
내일을 바라보라고 하겠지.

2017.10.14.

모르면 모르는 대로

우주가 무한한지 아닌지,
시작이든 마지막이든 있는지 없는지
어느 누가 알 수 있단 말인가?
안다 한들 더 잘난 것도 아니고
모른다 한들 더 어리석은 것도 아니지.

까마귀를 백조라고 선전해대면
온 세상 사람들이 정말 비웃을까?
남의 장단에 허깨비 춤이나 추는 자가
어찌 한둘뿐이라 하겠는가?

나 홀로 위대하다고 우기던 자들도
지금은 모두 지하의 흙 한 줌일 뿐.
나 홀로 구원받는다고 소리치던 자들도
지금은 저 세상 어느 구석에서
홀로 방황하는지 아무도 모르지.

아는 것도 사실은 진짜 아는 것도 아닌데
모른다고 해서 뭐가 그리 부끄러운가?

모르면 모른다고 툭 털어놓으면
그뿐 아닌가?

우주든 진리든 모르면 모르는 대로
한 세상 착하게 정직하게 살면 그뿐.
도대체 이 하늘 아래
뭐가 그리 대단하고 대수롭단 말인가!

2017.11.13.

만족

어제는 토요일.
오늘을 일요일.
그뿐.

사방이 조용하다.
사방이 책뿐이다.
만족.

오늘은 일요일.
내일은 월요일.
그뿐.
대만족일까?

2017.1.1.

일출을 맞이하며, 굿모닝 커피!

새벽 다섯 시 타이거 힐.
가벼운 여름 옷차림을 비웃듯
매섭게 파고드는 찬 기운.
호랑이가 얼씬거리지 않아도
사지는 와들와들 떨리기만 한다.

커피 사세요, 커피!
아줌마들 목소리가 유난히 낭랑하다.
그래, 굿모닝, 커피!
한 잔이라도 빨리 팔아야지.
아줌마들에게는 먹고사는 문제겠지만
관광객들이야 일출만 고대할 뿐.

커피 사세요, 커피!
호랑이가 튀어나온다 해도 역시,
굿모닝, 커피!

미완성 전망대에 빼곡한 군중이
함성을 내지르든 말든,

해는 어쩔 수 없이 밀리고 밀려
산봉우리 위로 떠오를 뿐.
그래서 다시금,
굿모닝, 커피!

2017.4.30.

*타이거 힐(Tiger Hill): 인도 동북부 다질링의 산봉우리.

개밥에 도토리라도, 굿모닝, 커피!

마지막 왕조가 자멸한 뒤에도 강물은
어언 백여 년이나 흘러가 버렸지.
새 나라의 어린이는 일찍 일어납니다!
합창하던 아이들도 대부분 이미 저 세상.

살아남은 자들이야 이리저리 밀리고 밀려
개밥에 도토리 신세라 해도,
맑은 하늘 흰 구름을 향하여,
굿모닝, 커피!

왕 따위는 있을 턱도 없는 땅인데도
높은 자리에 오르면 오를수록
하나같이 꿀 먹은 벙어리!
왕초 앞에 모조리 잡초란 말인가?
침묵은 금이다? 새빨간 거짓말!

면종복배! 그런 주제에 고작
귀신 씨나락 까먹는 소리나 씨부리다니!
그렇게 구차하게 살 바에야 차라리 알몸으로

바닷가 모래톱에서 뒹구는 게 더 낫겠지.

땡볕에 땀을 뻘뻘 흘리면서
진하디 진한 블랙커피 한 잔 들어,
굿모닝, 커피!
인생이란 다 그런 거야!
허공에 고함치면 속이나 시원하겠지.

2017.12.2.

하나라도 만족, 굿모닝, 커피!

하나라도 있으면 됐지,
또 하나는 왜 넘보나?
하나마저 제대로 즐기지 못하면서
한없이 손에 넣은들 뭐하려고?

공연히 한 눈 팔지 말고,
굿모닝, 커피!
골목에서 뒤통수 맞지 않게,
골방에서 코피 터지지 않게,
굿모닝, 커피!

하나인들 마음 맞으면 그만.
그나마 없다 해도
스스로 만족하면 더욱 그만.
멋지게, 우아하게,
굿모닝, 커피!

2017.12.3.

모든 인연을 위하여, 굿모닝, 커피!

가을바람에 힘없이 밀려가는 구름도
나름대로 수많은 사연이 있지.
찬 비에 젖어 길바닥에서 찢기는
낙엽마다
남모르는 사연들을 품고 있게 마련.
무심한 발길에 채이는 조약돌인들
어찌 사연이 없겠는가?

태고이래 무한히 스쳐간 사연들을 위해,
굿모닝, 커피!
오늘도 정신없이 얽히고설키는 사연,
한없이 내일을 향해 파문 짓는
각양각색 모든 사연을 위하여,
굿모닝, 커피!

사람과 사람 사이에 맺어지는 것이기에
인연이란 이어지기도 끊어지기도 하지.
사람과 사람 사이에 피어나는 것이기에
사연이란 얽히기도 설키기도 하지.

그러니 잠시나마 만족스러웠다면
그 모든 사연, 인연을 위하여
다시금, 굿모닝, 커피!

2017.12.8.

또 한 해를 보내며, 굿모닝, 커피!

한 해가 저물 때마다 백가쟁명,
천하는 언제나 야단법석이다.
저마다 제일 잘났다 으스대지만
고작해야 도토리 키 재기가 아닌가?

저마다 최고의 진리만 설파한다지.
그런데 진리가 정말 그렇게도 많고
서로 다르기만 한 것인가?
더욱이나 최고의 진리라는 것이!

어쨌든 또 한 해를 넘기며,
굿모닝, 커피!
날벼락 맞지 않은 것만도 다행,
큰 탈 없이 살아있는 것만도 천운.
가볍게 잔을 들어,
굿모닝, 커피!

가는 해를 향하여 손을 흔든다.
아쉬운 마침표 찍으며,

굿모닝, 커피!
오는 해를 향하여 두 팔을 벌린다.
희망의 물음표 품은 채,
굿모닝, 커피!

2017.12.25.

꿈이라도 꾼다면, 굿모닝, 커피!

꿈을 꾼다고 하네 무수한 사람들이.
꿈을 꿀 수 있는 것만 해도 다행이겠지.
꿈을 꾸는 동안만이라도 행복하겠지.
꿈이라도 꾼다면,
굿모닝, 커피!

도대체 무슨 꿈을 꾸는 것일까?
어떤 꿈을 꾸고 싶어 하는 것일까?
꿈이라도 꾸는 모든 이에게,
굿모닝, 커피!

꿈속에서 마냥 헤매기만 하다가
영영 깨어나지 못하기도 하지.
꿈에서 깨어났다고는 해도
꿈속보다 정신이 더 몽롱하기도 하지.

그러니까 꿈꾸는 모든 이에게
진한 블랙커피 잔을 들어,
굿모닝, 커피!

자는지 마는지 자기도 모른 채,
꿈을 꾸는지 마는지 자각도 못한 채
희희낙락 한 평생 보내기도 한다지.

그래도 꿈이라도 꾸는 이들에게는
염화시중의 미소와 함께,
굿모닝, 커피!
굿모닝, 커피!

2017.12.25.

피안을 향하여, 굿모닝, 커피!

망망대해에는 오로지 아득한 수평선뿐인데
무수한 사람들이 피안을 찾아 떠난다지.
오늘도 여전히 무작정 항해중이라지.
남녀노소 너나없이 누구나
피안을 행하여, 굿모닝, 커피!

호화 유람선은 암초에 부딪쳐 침몰하고
쾌속정은 연료가 바닥나서 표류한다지.
뗏목은 끈이 삭아 해체되고
조각배는 거센 파도에 뒤집혀진다지.

자초한 파멸이든 천만 뜻밖의 재난이든
피안에 무사히 도달하지 못한 모든 이를 위하여,
엄숙히 애도하는 심정으로,
굿모닝, 커피!

나무토막에 매달려 마냥 떠가는 사람들.
그나마도 없으면 빼앗으려 달려들어
죽기 살기 아수라장인 판에서도

자기 것 내어주고 스스로 가라앉는
살신성인이 있다니!

참으로 희귀한 그 불멸의 모범 앞에
감동이든 찬사든 모두 허울 좋은 형식일 뿐.
부끄러운 줄 깨닫고 진심으로 참회하는 자세로
침묵 속에, 굿모닝, 커피!

나이가 들만큼 들면 피안이 보인다지만
수평선 너머 과연 피안이란 있는 것일까?
바다가 무한하여 영겁의 시간과 동일하다면
피안이란 죽음 자체, 아니, 생사의 경계선
곧 죽는 순간 자체가 아닐까?

피안이란 파도에도 해저에도 허공에도 있지.
우주 어느 구석인들 없는 곳이 없지.
결국 인간 자신이야말로
인간이 도달할 유일한 피안 아닌가?

그러니까 살아 있는 동안
언제나 유쾌하게
각자 자기만의 피안을 향하여,
굿모닝, 커피!

2017.12.25.

모든 친구들을 위하여, 굿나잇, 소주!

인생 칠십 고래희 고개 넘으면
낯익은 얼굴들 하나 둘 사라지고,
모임이란 모임도 어느덧
덩그라니 빈 자리만 가득하네.

텅 빈 가슴이야 원래 채울 길 없는 것.
술 한 잔 주욱 들이키며,
굿나잇, 소주!

요절이란 언제나 안타까운 것.
먼저 떠나가면 누구나 요절이라네.
그리운 모든 친구들을 위하여
하염없이 깊어가는 밤에
홀로,
굿나잇, 소주!

그리워! 새록새록 더욱 그리워!
아무리 외쳐본들
허공에 메아리 질 리도 없건만,

한 잔 술에 외로움 달래는 순간이란,
그나마, 살아남은 자만 누리는 사치일 테지.

몽롱한 정신 꿈속으로
한없이 침몰하며,
굿나잇, 소주!

2017.12.29.

모든 죄인을 위하여, 굿나잇, 소주!

팝송은 언제나 팝송이지,
1960년대든 2010년대든 변함없이.
오늘도 우리 가슴 울려주는
팝송을 위하여, 굿나잇, 소주!

사랑해선 안 될 사람을
사랑하는 것이 정녕 죄가 된다면,
사랑해야만 할 사람을
사랑하지 않는 죄는 그 얼마나 크겠는가?

짐승이 아니라 사람이 되기 위하여,
짐승이 아니라 사람으로 살아가기 위하여
반드시 지켜야 할 천륜이란
간단하고 알기 쉽고 자명한 것일 뿐인데,

태초 이래 죄에 오염된 공기로 숨을 쉬며
살 수밖에 없는 인류의 나날을 조망할 때는
별 수 없이 모든 죄인을 위하여,
굿나잇, 소주!

그런데 돈도 권력도 명성도 신앙마저도
내로남불에 미친 자들의 전유물이라니,
굿나잇, 소주!
어쩌면 참으로 허망한 염원일 테지.

하지만 용서받지 못할 죄는 정녕 있을까?
아무리 용서를 애걸하려 해도
용서해 줄 사람이 이미 저 세상에 갔다면
죄다 아니다 따진들 무슨 소용이겠는가?

설령 용서받은들 땅거미 짙은 들녘에서
어디를 향해 목 놓아 울어보겠는가?
운다고 죄의 멍에 영영 사라지겠는가?

그러니 오늘도 어쩔 수 없이
모든 죄인을 위하여,
굿나잇, 소주!

2017.12.29.

텅 빈 가슴에, 굿나잇, 소주!

가슴이란 텅 비기 전에
평소 미리 미리 문단속 잘 해야지.
일단 텅 비어버리고 나면,
세상에!
무슨 수로 채울 수가 있겠는가?

만족감에 푹 젖은 가슴을 위하여,
축복의 미소와 함께,
굿나잇, 소주!
편안하고 아늑한 가슴을 향하여,
간절한 손짓을 보내며,
굿나잇, 소주!

하지만 속절없이 흘러가는 세월 따라
정든 얼굴 하나 둘 먼저 사라지고
어쩔 수 없이 자꾸만 텅 비는 가슴이야!
아득히 멀어지는 얼굴들을 향하여,
굿나잇, 소주!

술잔에 서리는 한숨으로 채우려 한들,
방울방울 떨어지는 눈물로 채우려 한들,
아, 무슨 소용이 있단 말인가?
오로지 넋을 잃은 듯,
굿나잇, 소주!
굿나잇, 소주!

2017.12.30.

2018년, 시

인간에 관한 망상

대동소이 한 패거리

우리에게 남은 산봉우리

세월에 찌드는 민낯

좋은 세월 맘껏 즐기는 동안에는
얼굴도 한창 피어나지.
근심 걱정에 어깨 축 늘어지면
얼굴도 볼품없이 쪼그라들지.

거울 앞에 서지 않아도 알 수가 있지,
얼굴이란 세월이 고이는 그릇이라고.
하지만 세월은 자취 없이 사라지고
결국 남는 것은 빈 그릇뿐.

최신 최고의 화장품인들
지난 세월의 흔적 어찌 다 감추랴?
아무리 철저히 발자국을 지운다 한들
못된 짓 그 사실이 어디로 사라지랴?

인조가죽 가장 멋진 가면을 쓰고
한 때 천하를 주물러 본들
세월에 찌드는 민낯이야

속수무책 아닌가!
민낯이 드러나는 것은 시간 문제일 뿐,
사필귀정 아닌가!

2018.1.12.

교회는 헐리고 빌라는 솟는다

요즈음 세월은 예전 같지가 않아.
시온성 교회는 헐려 빌라가 치솟고
예루살렘 교회에는 어린이집이 들어섰지.

기복이나 구원이야 보이지도 않아
애들 놀이터든 침대든 당장 더 다급하지.
목구멍에 풀칠이라도 해야 비로소
기도 소리도 한결 낭랑하게 들리겠지.

초원이 황폐하면 양떼는 흩어지고,
양떼가 씨가 마르면
목장인들 어찌 사라지지 않겠는가?
세상 이치란 다 그런 게지.

시냇물 원천인 옹달샘에 백년 천년
쓰레기 처넣어 완전히 망치고 나면,
건물 팔고 땅 팔아 어디론가 이사 간 뒤
잘 먹고 잘 살아 대대로 속이 편안할까?

암, 요즈음 세월은 예전 같지가 않아.
세월 따라 사람이 변한 게 아니라
사람 따라 세월이 변한 게지. 아무렴.
다음 세월이야 더욱 더 예전 같을 리가 없지.

세상만사란 상식 속에서 맴돌 뿐이니,
상식을 벗어나면 천년왕국인들
한나절의 백일몽이 아니겠는가!
남의 얘기라고 웃는 자는 누구인가?

2018.1.17.

망한 집안과 생쥐

집안이 결딴나면 생쥐가 춤을 춘다.
아니, 생쥐가 춤추면 집안이 망한다.
아무렴, 그렇지. 그렇고말고!

생쥐 떼는 불구경에 신바람이 나니,
굿모닝, 커피!
망한 집안은 잿더미에 주저앉아,
굿나잇, 소주!
아무렴, 그렇지. 그렇고말고!

생쥐 떼는 흩어져서 어디로 가나?
망칠 집안 찾아서 어디로 가나?
망할 집안 단 하나도 남지 못한
허허벌판에서 생쥐 떼인들
무엇을 갉아먹고 살겠다는 건가?

생쥐끼리 서로 잡아먹으면서,
굿모닝, 커피! 그럴까 정말?
아무렴, 그렇지. 그렇고말고!

망할 집안을 위한 장송곡에 맞추어,
굿나잇, 소주!
그런다고 세상은 다시 편안해질까?
어디선가 생쥐 떼가 이를 가는 소리
다시금 들려오지 않을까?
아무렴, 그렇지. 그렇고말고!

2018.1.19.

술맛이란

술맛이란 말이야
마셔봐야만 아는 거야.
한 잔에 또 한 잔.

잔이란 말이야
돌아가야만 잔이야.
주거니 받거니.

정겨운 친구끼리 한 잔.
먼저 간 친구들 이야기에
안주 없이도 또 한 잔.

세상만사란 말이야
만취하면 있거나 말거나야.
취하기 전에 음미해야만
쓴맛 단맛 모두 제 맛이야.

2018.1.20.

말 안 듣는다고 팬다

팬다, 팬다, 마구 팬다.
말 안 듣는다고
개를 팬다.
개가 뭘 안다고!
사람은 또 뭘 안다고!

팬다, 팬다, 죽도록 팬다.
말 안 듣는다고
아이를 팬다.
아이가 뭘 안다고!
몸집만 큰 자기는 뭘 안다고!

팬다, 팬다, 붓도록 팬다.
말 안 들었다고,
상하좌우 전직 현직 막론하고
모조리 잡아다가 팬다.

무엇을 불어야 빠져나갈까?
어떻게 불어야만 살아남을까?

오늘은 이놈들이 얻어터지고
내일은 저놈들이 고꾸라지는
패거리 싸움판!

허허허허!
굳이 싹쓸이를 해야만 속이 시원할까?
모조리 사라져야 세상은 조용할까?
虛虛虛虛!

2018.1.31.

할 말 못할 말

할 말이 없다니!
그럼, 못할 말은 있는가?
도대체가!
할 말이란 무엇이며
못할 말이란 또 무엇이란 말인가?

도무지 모르겠다면,
도통 뭐가 뭔지,
뭐가 어떻게 돌아가는지도
정말로 모르겠다면,
이놈의 세상은 지금
어떻게 돌아간단 말인가?

저놈의 세상은 또 지금
왜 돌아가고 있는가?
너도 돌고 나도 돌아
모조리 돌아버린 판 아닌가?

우하하하! 어허허허!

엉큼한 구석에서 끼리끼리
닭살 돋구는 웃음소리에도
봄은 기어이 오고야 만다지.
진달래꽃 빨갛게 불타는
산에도 들에도!

2018.2.7.

때밀이는 과연 무슨 죄인인가?

때를 민다 앞으로.
마음대로 밀릴 턱이란
없다 결코.
때가 뭐라고!

때를 민다 뒤로.
마음대로 마냥 밀리기만 할 리도
없다 절대로.
때가 뭔지 아나?
자기는 또 뭔데?

너도나도 때를 민다 기를 쓰고.
날마다 누구나 하염없이 민다.
누군들 때밀이가 아니랴?
하지만 밀리지 않는 때
하늘이 무너진들 요지부동일 뿐.

때가 너를 민다 쉴새없이.
때가 나를 민다 가차없이.

때를 밀 수 있다고 믿는 착각,
기어이 밀겠다고 발버둥치는 오만,
바로 그것이 우리를 침몰시킨다
무한한 때의 심연 속으로.

어디서나 느닷없이 불타는 때,
때, 때, 때.
때밀이는 과연 무슨 죄인인가?

2018.2.9.

그놈의 물건

그놈, 참!
물건은 물건이야! 기막힌 물건!
수십 년이나 떡을 주물러도
여태껏 노익장 끄떡도 없었다니 말야.
그놈의 물건! 기막힌 물건!

그놈, 참!
괴물은 괴물이야! 못 말리는 괴물!
수십 년이나 절구에 떡을 쳐도
여태껏 노익장 문전성시였다니 말야.
그놈의 물건! 도깨비 방망이 물건!

그놈, 참!
물건은 물건이야! 한 물 간 물건!
세월 앞에 천하장사 없다고 하니
이제는 허리 꺾고 누울 때가 됐지.

그놈의 물건!
영영 한 물 간 물건!
우하하하! 虛虛虛虛!

2018.2.22.

쓰레기에 관한 명상

쓰레기도 예술이라 우기는 자들이나
예술도 쓰레기라 비웃는 자들이나
모두 사기꾼에 도둑에 날강도,
아닌가?

쓰레기인간도 인간이라 내세우는 무리든
인간쓰레기도 성인이라 추앙하는 떼거지든
모두 애꾸눈에 장님에 귀머거리,
아닌가?

히말라야 수천 수만 개보다 더 많은 게
바로 쓰레기!
허허벌판이든 대도시든,
고속도로든 골목구석이든,
가장 은밀한 곳이나 가장 거룩한 곳일수록
더욱 더 무소부재로 파고들어
널려 있는 게 바로 쓰레기!

하지만 쓰레기라고 다 같은 쓰레기는 아니지.

쓰레기가 쓰레기를 지배하고
스스로 쓰레기가 되어 버리지.
쓰레기로 내몰린 사람들은
쓰레기를 주워서 먹고 살지.

지구는 쓰레기통, 아니, 쓰레기 별.
아름답고 비참한,
우주의 쓰레기 별!
허허허허! 虛虛虛虛!

2018.3.2.

진짜 고래희

인생 칠십 고래희? 이제는 소도 웃지.
어물어물 웬만하면 개나 소나 다 칠십.
그러니 두 배쯤 마구 늘려서
백 사십에 가까워야 진짜 고래희!

투표는 60세부터!
피선거권은 70세부터!
은퇴는 80세,
경로우대는 90세부터!
이쯤 되야 제대로 굴러가는 노익장,
명실 공히 초고령 사회가 아닐까?

그런데 말씀이야.
온갖 강력범죄마저 고령화하는
기나긴 노년에 뭘 하겠다는 건가?
언젠가 이백 삼백 오백이 고래희가 된다면
그거야말로 참으로 큰 일 아니겠나?

재앙이지, 재앙!

인류 전체의 찬란한 재앙!
눈부신 기술 발전이 자초한
슬로우 모션의 자멸!

그런데도 불사약을 파는 자들이 있지.
그 약을 사려는 자들도 즐비하지.
이거야 말로 정녕 꿈도 야무지다고
축복해주어야 마땅한 포부일까?

2018.3.4.

그들의 일용할 양식

개 눈에 보이는 것이라고는
오로지 똥.
그러니까 똥개지만
그야말로 개다운 개가 아닌가!

수전노 눈에 보이는 것이라고는
오로지 돈.
그러니까 돈 노예.
똥개보다 못한 미친놈.

거룩한 척하는 자들 눈에 보이는 것은
과연 무엇일까?
돈, 지위, 명성일까? 그거야 OK!
입술, 젖통, 구멍일까?
그거야 금상첨화에 다다익선!

하지만 그들의 일용할 양식이란
결국 똥이지, 똥.

생각하는 갈대들이 수천 년이나 토해낸
허위라는 미명의 똥.

휘황찬란, 구린내 천지진동 똥.
똥! 똥! 똥!
지옥으로 추락하는 똥!
우하하하! 虛虛虛虛!

2018.3.9.

일어서네 일어서

종이 울리네, 땡, 땡, 땡!
종이 울리네, 생사람을 울리네.
땡중! 땡중! 땡땡중!
도대체가 무엇을 하는 중인가?
종이나 울리는 중인가?

꽃이 피네, 꽃이 펴. 아름답게 피네.
고추가 서네, 고추가 서. 시퍼렇게 서네.
목사가 일어서네. 벌떡벌떡 일어서네.
신부도 질세라 불쑥불쑥 일어서네.

너도나도 일어서네.
개나 소나 모두 모두 일어서네.
온 세상 방방곡곡 우렁차게 합창하네.
할렐루야! 아멘!
저 강을 건너가 만나리!
아아! 나무아미타불!

모가지들 떨어지네.

땡강! 땡강! 땡땡강!
하염없이 떨어지네.
추풍낙엽에 낙화유수라네.

도마뱀도 못 되는 것들 사이에는
꼬리 자르기가 유행이라네.
짤라! 짤라! 짤라 버려!
싹뚝! 싹뚝! 싹뚝!
이발소 가위만 정신없이 분주하네.

임자 없는 나룻배에
임자 없는 이발소!
꽃이 피네, 꽃이 펴. 하염없이 피네.
일어서네, 일어서. 개나 소나 일어서네.
우하하하! 虛虛虛虛!

2018.3.9.

다리를 놓아라

다리를 놓아라, 다리를!
요리조리 비틀기나 하면서,
하품하는 척 먼 산만 바라보면서
남의 다리 긁어대는 헛소리나 토하지 마라.

다리를 놓아라, 다리를!
미련없이 두 다리 쭉 뻗고 나서
사실은 사실대로만 밝혀지는 다리,
일생일대 가장 멋진 다리를 놓아라.

천지간에 흙먼지 가득 차면 찰수록,
시시각각 어둠이 짙어지면 질수록
누구나 안심하고 건너갈 다리야말로
더욱 더 절실하게 필요하지 않은가!

튼튼하게 다리가 놓여진 다음 비로소
왕이든 거지든 누구나 등불을 들고
왼쪽에서 오른쪽으로,
오른쪽에서 왼쪽으로

안전하게 강을 건너갈 수 있는 게지.

천길 만길 낭떠러지 계곡을 사이에 둔 채
양쪽에서 허구한 날 삿대질 일삼는다면,
세상살이 하루인들 어찌 편안하겠는가?
비 오는 날에도 다리를 놓아라!
눈보라친들 기를 쓰고 놓아라!

2018.3.16.

하루살이에 관한 명상

포연이 휩쓸고 간 능선에 계곡에
화랑담배 연기 따라 산화해 버린
무수한 이름들이란!
어느 하나 가릴 것도 없이 모두 또 모두
꽃망울보다 더 탐스러운 청춘이었지.

하지만 비목이나마 세울
나무조차 없었지.
포연은 담배 연기였던가?
담배 연기가 차라리 포연이었던가?

그 시절 이후 수십 년 동안
방방곡곡 더 가혹하게 휩쓸었던
춥고 배고픈 나날이란!
헤아릴 수 없이 무수한 이름이 쓰러졌지.
하지만 통곡해도 눈물조차 말라버렸지.

그런데 오늘,
말보로, 조니워커, 샤블리, 나폴레옹, 기타 등등,

벤츠, 볼보, 비엠더블유, 기타 등등,
돈만 있으면 뭐든지 맘껏 즐길 수 있는 판에
웬 놈의 잡소리가 죽 끓듯 이토록 시끄러운가?
무슨 불구대천 원수라고 서로 멱살 잡고
하나뿐인 밥그릇마저 깨어버리려는가?

한강의 기적이란 말 따위 하지도 마라.
그게 어찌 하늘에서 뚝 떨어진 기적이냐?
그것을 기적이라 코웃음치며 넘겨버린다면
그거야말로 화랑담배 연기 따라 가버린
무수한 청춘을 모독하는 짓이 아닌가!
굶주림과 추위에도 부지런히 일해온
무수한 사람의 땀을 조롱하는 게 아닌가!

앞서간 사람들의 희생 기릴 줄 모른다면
오늘 숨쉬는 자들에게 내일은 결코 없는 법.
지난 날을 망각한 채 큰소리나 탕탕 친다면
오늘의 고관대작 따위가 도대체 무슨 의미인가?

세월의 보이지 않는 연기 따라
사라지는 하루살이들!
그들이 오늘 만끽하는 쾌락,
하늘 무서운 줄 모르는 박수갈채,

환호성 따위가
면면한 역사 앞에 무슨 가치가 있단 말인가?

2018.3.19.

미인에 관한 명상

미인이란 좋은 거야.
다들 그렇게 생각하지. 말도 해.
아니, 너도나도 달려들지.
남녀노소 동서고금 막론하고!
뭐 먹자고 하는 짓인지도 모르고!

미인이란 좋은 거야. 정말?
만 명 중에 한둘이 미인이라면
그거야 제법 귀하고 볼만도 하겠지.
하지만 한둘 빼고 모조리 미인이라면
자갈밭에 자갈 꼴 아니겠어?

뭐든지 수리, 미화, 교체에 복제도
창조마저 얼마든지 해주는 이 시대에는
미인도 대량생산 대량소비야.
돈만 주면 말이야.

그래도 미인이란 좋은 거야.
아무렴, 그럴 테지.

하지만 얼굴만 반드르르하다고 해서
개나 소나 돼지 늑대 모두 미인일까?
제 눈에 안경!

감옥의 안팎을 가릴 것도 없이
천하 방방곡곡 발에 채일 정도 수많은
못된 년놈 몹쓸 년놈들일수록
어찌하여 얼굴이 그토록 번드르르할까?

그들이야말로 뉴스를 생산하지.
날마다, 밤낮으로, 부지런히!
그 뉴스 덕분에 잘 먹고 잘 사는
자칭 미인들도 많지.

하지만 피눈물에 한숨조차
마음대로 못 토하는 사람들도 무수해.
죽은 자들이야 헤아릴 수도 없고.

아아, 미인! 아름다운 사람!
얼굴이 아니라 마음이 착한 사람!
마음이란 정녕 보이지 않는 것인가?
볼 줄 아는 눈이 있어야 말이지!

눈먼 자들의 시대, 눈부신 이 시대에
진짜 미인을 찾아 헤매는 나그네 길이란!
재미라니?
우하하하! 虛虛虛虛!

2018.3.28.

인간에 관한 망상

오, 인간이여! 만물의 영장이여!
이 얼마나 위대한 존재인가!
무한히 깊은 고요,
무한히 넓은 죽음의 공간에서
홀로 생각하고, 홀로 종합하고,
홀로 제조하다니!

신은 만물을 창조하고 휴식할 뿐.
인간은 싸구려 제사, 빈껍데기 찬사,
겉치레 감사 따위로
신을 마음대로 조종한다고 믿다니!

오, 인간이여! 만물의 쓰레기여!
이 얼마나 오만의 극치인 백치인가!
이렇게 탄식의 만가를 부르다가 그만
고대의 철학자는 어리석은
자칭 천재들의 돌팔매에 사라졌다.

그 후 수천 년이 지나 욕설이 예술로 둔갑,

개나 소나 아무나 마구 소리친다.
야, 이 인간아!
아니, 이 사람이! 이거 사람 맞아?

남을 가르치기 전에, 구제하기에 앞서서,
다스리기 전에 자기 먼저 인간이 되라!
그렇게 외치는 대낮의 디오게네스에게
어디선가 날아오는, 익명의 가면 뒤
가장 비겁한 돌팔매,
무수히, 밤낮 가림 없이, 줄기차게!

그래, 망상이지.
인간, 지구, 우주, 모두 망상이지.
우하하하! 망상!
虛虛虛虛! 망상!

2018.3.31.

자유로운 삶을 향하여

터벅터벅 한없이 걸어가는 길,
나그네길,
먼지만 뽀얗게 난무하는 길.

때로는 녹초 되어 주저앉고 싶을 때,
굿모닝, 커피!
때로는 외로움에 눈물이 쏟아질 때,
역시,
굿모닝, 커피!

아무리 화려한 황금마차를 탄들
엉덩이가 어찌 아프지 않겠는가?
어느 누군들 끝없이 걸어가다 보면
노쇠에 질병에서 벗어날 길 있겠는가?

바라든 싫어하든 전혀 상관도 없이
세상만사 모두가 자연의 순환, 섭리일 뿐.
우연이냐 필연이냐 따져본들 헛수고!

물이 흐르듯, 바람이 불어가듯
오로지 참다운,
자유로운 삶을 향하여,
굿모닝, 커피!
굿모닝, 커피!

2018.4.6.

하얀 장갑

장갑은 손이 아니지.
그러니까 사이비라 하지.
반가운 척 미소하며 내미는 손,
하지만 장갑을 낀 손.

아무리 하얀 장갑인들
그 손이야
아예 우정, 신의 따위 알 리가 없지.
평화라면 영영 연목구어 아닐까?

장갑만 보고 만세 부르는 자들이야
검은 손, 피 묻은 손을 어찌
알아볼 눈 하나인들 있겠는가?

끊임없이 반복되는 역사의 광증,
자멸이든 파멸이든 아랑곳없이
올봄에도 산에 들에
꽃은 피고 또 진다.

빈 바람만
천지를 휩쓸고 간다.

2018.4.12.

우리에게 남은 산봉우리

소나기가 지나간 뒤 먼 산을 바라보니
산 허리 휘감은 구름은 미련이 남은 듯,
아이들 삼각 모자만한 산봉우리만
기를 쓰고 치솟아 오르고 있다네.

세월의 강물 위로 맴도는 미련한
구름이 된들 무슨 소용이 있겠는가?
이미 멀리 흘러가버린 젊음을 향해,
굿모닝, 커피!

한 때나마 멋진 계절 선물해준 것만 해도
진심으로 감사하며,
경쾌하게,
굿모닝, 커피!

그래, 우리에겐 아직 남은 것이 있다네.
무한한 창공으로 한 치라도 더 치솟아
깨달음의 피안에 한 치나마 더 가까이!
그 의욕, 그 노력의 산봉우리가!

비록 우리 염원이 처음부터 끝까지 온통
아무 것도 아닌 것이라 해도
슬픔이든 절망이든 빠질 수는 조금도 없네.
더욱이 우리 한 평생이 모닝커피
한 줄기 향기나 다름없다 해도!

굿모닝, 커피!
커피 한 잔이 내 손에 도달하기까지
땀흘려 수고해준 모든 이에게 감사하며,
다시금 겸허하게,
굿모닝, 커피!

긁어모으는 재미보다는 나누어주는 보람을!
움켜쥐는 손보다는 포용하는 두 팔을!
휘두르는 주먹보다는 쓰다듬는 손길을!
그렇게 푸근하고 착한 마음가짐으로
오늘도 먼 산을 바라보며,
굿모닝, 커피!

2018.5.6.

고향이란(1)

뒷산에는 지금도 봄 여름 가을 겨울,
앞마당 너머 시냇가에도 여전히
갈마드는 봄 여름 가을 겨울.
우리 가슴에 고향이란 어느 철에나
변함없이 포근한 엄마품일 뿐.

아기가 아이에서 어른이 된들,
엄마도 아줌마에서 할머니가 된들,
엄마품이야 어찌 누구에겐들
그 넉넉함 변할 리가 있겠는가?

똑똑해서 떠나고 눈치 빨라 날아간들,
아기 울음 날마다 더욱 희귀해질 뿐.
떠날 수만 있다면 모두 멀어진다 해도
여전히 제 자리에 남아 기다리는
엄마품,
그게 바로 영원한 고향!

2018.5.14.

고향이란(2)

전후도 좌우도 없이, 아래위도 없이,
아니, 알 리도 없고 필요도 없이,
그저 무한하게 펼쳐진 고요,
캄캄한 어둠 속에 도사린 영원.

있는듯 없는듯 떠가는 우주선은
반짝반짝 빛나는 별 하나.
고작 먼지 한 알에 불과한 이 별은
바로 인류의 고향.

여기에, 하나밖에는 없는,
단 한 번만 주어진 별.
살아도 죽어도, 누구에게나
영원한 고향.

어디론가 가고는 있을까 인류가?
미지의 새로운 고향을 찾아
하염없이 다가가고 있을까 이 별은?

자나 깨나 알듯 모를 듯
어리석은 질문만
날마다 되풀이할 뿐,
그 뿐이겠지 아마.

2018.5.14.

몽조리 썰이야! 몽땅 썰이라고!

신의 목소리를 들었다니!
해탈했다고? 깨달았다고?
몽조리 썰이야! 몽땅 썰이라고!
그렇게 자기만 생각하는 게야.
진리라고 마구 우기는 것 뿐이라고.

신이 무슨 목소리가 있겠나?
신이 도대체 무슨 말을 하겠나?
목이 있어야 목청이 있고
목청에서 목소리도 나오는 법.
말도 혀가 있어야만 하는 게야.

눈, 코, 입, 목, 혀, 모두 구비한 신이라면,
그거야말로 인간이 만들어낸,
인간을 닮은 신, 즉 우상 아닌가!

마음의 소리, 영감, 계시, 진리 등등
기세등등하게 강요하는 정도(正道)라는 거,
그것도 결국 인간이 상상하는 것일 뿐.

몽조리 썰이야! 몽땅 썰이라고!

물론 썰이라고 해서 몽조리 싸잡아
비웃거나 배척한다면 나만 손해야.
무슨 썰을 푸는지, 사기 치는지
잘게 씹어 소화만 잘 시킨다면
영양가 아주 많을 수도 있으니까.

유사이래 무수한 썰! 썰! 썰!
철학, 종교, 예술, 정치, 경제 등등
번드르르한 탈을 쓴 채 혹세무민에
선동, 거짓말, 축재 전문가들이
날마다 토해내는 더러운 썰! 썰! 썰!

각자 알아서 잘 다루기 나름이지만
눈멀어 푹 빠지면 끝장이야.
그래, 몽조리 썰이야! 몽땅 썰이라고!
이 말도 사실 또 하나의 썰일 테지.

그런 의미에서 허심탄회하게,
겸손하게, 커피나 한 잔!
굿모닝, 커피!

2018.5.28.

천하 명의, 천하 박사

못 고치는 병이 없어 어디서나 번쩍번쩍
신의 오른 팔이라 칭송이 자자,
이름 떨치던 천하 명의.

못하는 운동이 없어 강철 같은 근육에
탄탄한 몸매 자랑하더니,
나이 겨우 70도 못 되어 이름 모를
암으로 황천길에 올랐다, 홀로.

모르는 게 없어 누구나 고개 숙여
떠받들어 모시던 천하 박사.
이승 저승 무슨 문제든 못 푸는 게 없어
살아있는 신이라 추앙 받더니,

나이 고작 70에 치매에 걸려
날마다 하루종일 중얼거린다.
나는 누구인가?
어디서 와서 어디로 가는가?

모든 질병을 정복했다고 인간이
개선 합창곡을 목놓아 부를 때
시궁창 한 구석에서 바이러스가 웃는다.

만물의 모든 이치 파혜쳤다고 인간이
우주선 타고 막막한 공간에서 활개 칠 때
쓰레기통 바닥에 붙은 바이러스가 웃는다.

그런 의미에서 바이러스야말로 인간이
발견하지 못한 미지의 신일까?
아니, 바이러스마저 지배하는 에너지야말로
진짜 미지의 신일까?

에너지 전체를 알파라고 한다면
알파를 지배하는 오메가야말로
모든 생명을 좌우하는, 스스로 존재하는,
영원한 원천 그 자체가 아닐까?

2018.5.29.

잘난 맛에 살겠지

너, 잘난 맛에 살겠지?
나도 그래. 누군들 아니겠어?
사실은, 진짜 잘난 게 아니니까
잘난 척하는 맛만 볼 거야.
솔직히, 나 역시 그래.
누군들 아니겠어?

잘난 이들 휘파람 불며 가는 길은
황금에 다이아몬드로 포장되었을까?
못난이들 힘겹게 걸어가는 길은
자갈에 진흙 수렁 투성이일까?

그럴지도 모르지.
아니, 정반대일지도 모르지.
세상의 길이란 길은 모조리
끝까지 걸어가 봐야 아는 거잖아.

사실, 잘나고 못나고는 없는 거야.
자타가 보는 관점에 달린 허상일 뿐.

누구나 지구에 피어난 한 송이 들꽃이니까.
아니, 그보다도 못한 그림자는 아닐까?

2018. 6. 21.

뭐가 그리 대수로운가?

으앙, 으앙! 으앵, 으앵!
갓난아기 요란한 울음소리.
왕궁이든 빈민가 골방이든
누구나 영락없이 그렇게 시작하지.

아이고, 아이고! 어허이, 어허이!
체면이고 뭐고 울리는 곡소리.
많은 이들 눈물을 쥐어짜고 나서야
누구나 어김없이 떠나고야 말지.

비 한 방울 흙으로 스며들듯이,
연기 한 줄기 하늘 높이 사라지듯이,
촛불 하나 바람에 혹 꺼지듯이
그냥 조용히 떠나가면 그만 아닌가?

여러 사람 울리는 것도 문제지만,
천하 모든 이들 웃기고 간다면
그거야말로 참으로 골치 아픈 문제.
천 년을 울리든 웃기든 다 부질없는 쇼.

오늘은 내 차례, 내일은 네 차례라지.
곡하던 이들도 머지않아 떠날 테지.
숨어서 웃던 자들인들 별 수 있겠나?
숨이나 쉬니 그저 살아 있는 것일 뿐.

어차피 도저히 피할 수 없는 길이라면
언제, 어떻게 가든 뭐가 그리 대수로운가?
살아 있는 동안 바로 지금 여기서
사람답게, 떳떳하게, 착하게 사는 것만이
우리에게 유일한 보람에 위로 아닌가!

2018.7.25.

천기누설

거기가 평생 그리운 고향인 줄 알았더니
고향도 전혀 몰라보게 변하고 말았지.
말만 고향이지
원래부터 딴 동네가 아니었던가?

멋들어진 별장에 매혹되어 자주 찾았더니
어느 덧 온 데 간 데 없고
빈 터에는 가시나무에 잡초만 무성하지.
별장이란 원래 그런 게 아닌가?

세상에 믿을 게 하나도 없다 하여
제 몸만은 철석같이 애지중지했더니
그마저도 이제는 무용지물에 애물단지.
몸이란 원래 일회용 종이컵이 아닌가?

그래서 불로초 불사약이나 구해볼까 하고
이곳저곳 기웃거리며 돌아다니기도 했지.
그런데, 아니, 이게 뭔가?
월드컵에 자살 골 넣는 헛발질 개발질에

한 평생 고스란히 허송세월 아닌가?

불로초 장수는 돈방석에 앉더니
발기부전에 비만증에 요절하고,
불사약 장수는 가상세계나 구경시켜주는
관광안내업자, 돌팔이 약장사일 뿐이었지.

아, 세상만사! 허허허허! 虛虛虛虛!
원래부터 다 그런 거긴 하지만
믿을 게 그나마 딱 한 가지는 남아 있지.
그게 무엇인고?
참말로 그게 무엇이란 말인고?

천기누설이면 능지처참,
돈도 빽도 힘도 없는 하찮은 시인에게
어찌 감히 천하에 입을 열라 하는가?
각자 알아서 추측해도 충분하지 않은가!

2018.7.28.

공짜 더위 푸념

21세기 신천지가 온통 찜통에
한증막 사우나탕, 폭, 폭, 폭, 폭염!
이게 웬 떡이냐?
이거야말로 진짜 공짜가 아닌가!

평소 공자라면 거들떠보지도 않더니,
공짜라면 바락바락 악쓰며 달려들더니,
오래 전에 이미 예고된 이 공짜만은
왜들 이토록 난리에 진저리를 치는가?

폭염을 한없이 꽁꽁 다져서
알라딘 램프에 저장하는 수는 없을까?
그래서 한겨울 가난한 동네마다 찾아가
한 집에 하나씩 공짜로 나눠줄 순 없을까?

말로만 공수래 공수거!
그래서 자기들 눈에는 세상만사 모조리
공짜로만 보이는 모양일 테지.
그래서 체면이든 자존심이든 영혼마저

공짜로 마구 넘겨 버리는 게지.

예고된 폭염에는 짐짓 호들갑을 떨면서!
곧 닥칠 더 큰 재앙 앞에서는
알고도 애써 모르는 척,
보고도 못 본 척 딴 짓만 하면서!

2018.7.28.

착한 몽동이를 위하여

몽동! 몽동! 착한 몽동이!
뭐든지 잘 먹어 먹보 몽동이!
우리 집 강아지가 새벽에 갔네.
굿 바이, 몽동!

심장이 너무 약해 콜록콜록 기침에
헉헉대다가 잠이 들더니 그만
영영 저 세상에 가버리고 말았네.
영원히 안녕, 착한 몽동이!

십 년 가까이 재롱떨며 귀엽기만 하던
그 시절도 결국은 오늘까지만!
지난 시절은 모두, 아, 옛날이여!
그래서 담배 한 대 피워 물고,
굿모닝, 커피!

몽동! 몽동! 착한 몽동이!
굿 바이, 굿 바이, 몽동!
이제는 더 이상 목줄에 매이지 않고

대책 없는 고통에 날마다
계속 허덕이지 않아도 되지.

그래, 목숨이란 모두 존엄하지만
자연의 섭리에는 고개 숙일 수 밖에!
지나간 세월은 언제나, 아, 옛날이여!
덧없는 인연도 모두, 아, 옛날이여!
굿 바이, 영영 안녕, 착한 몽동이!

2018.7.30.

미친 날씨에는 섰다판 타령이나

(1)

미친 날씨에는 섰다판 타령이나 하자.
어제는 36도, 삼육은 갑오라
그 정도면 간신히 괜찮았지.
오늘은 38도, 삼팔 따라지라니
똥배짱으로 끝까지 버티어 보자.

내일은 40도, 사공은 장사라 하니
천하 없는 광땡도 눌러 버리겠지.
지구는 동서남북 가릴 것도 없이
21세기도 여전히 온통 초상집이니까.

더위야, 썩 물러가라!
사람들이 악을 쓰며 주문을 외쳐대지.
하지만 제 아무리 영악한 악귀인들
자기가 무슨 외국어 천재라고!

히브리어, 희랍어, 라틴어, 아랍어에

영어, 불어, 독일어, 중국어, 한국어, 일어에
기타 5대양 6대주 수만 가지 언어를
어찌 다 알아듣고 물러가란 말인가?

기세등등 폭염도 제 풀에 꺾이게 마련,
가지 말라고 붙들어도 뿌리치고 갈 테지.
악귀인들 사람마다 제 정신 차려
스스로 사람다운 구실을 시작한다면,
할 일 잃고 풀 죽어 달아나고야 말 테지.

(2)

자, 섰다판 타령이나 다시 해 보자.
모레는 41도, 쌔삥!
꽤나 세게 들고 치겠지.
글피는 44도, 사땡!
아이고! 아이고! 방방곡곡 곡소리!

그러면 그 다음은 55도, 오땡?
하느님, 하나님, 맙소사!
차라리 노름판 몽땅 뒤엎어 버려!
미친 날씨에다 미친 독재자들마저

우후죽순 날뛰는 세상 아닌가!

이런들 어떠하리, 저런들 어떠하리요 등등
눈치병에 아첨병, 거짓말, 식언, 헛소리병에는
살충제나 쥐약이 직방일 테지.

약육강식에 자원 싹쓸이 따위에
항공모함, 원자탄, 미사일 광증 등에는
눈에는 눈, 이에는 이, 이열치열!
또는 프랑스에서 일찍이 실용특허 받은
단두대가 오로지 슈퍼 특효약일 테지.

하지만 의사도 약방도 자진 폐업이라니
이거 정말 거시기만도 못한 세상 아닌가!
작심하고 푸는 이 섰다판 타령마저
어찌하여 이토록 썰렁하게 한심하게
울려야만 한단 말인가?

2018.8.21.

참된 소멸의 진미를 위하여

수백 년에 한번 나타나는 혜성 같은
대가의 묘사가 아무리 정교한들,
캔버스에 남은 그림이란
이미 지나간 실물의 잔영일 뿐이라네.

세상에서 제일 비싼 고급 카메라
그 렌즈가 제 아무리 고성능인들,
포착된 순간의 사진이 어찌
이미 변모해버린 실물과 같다고 하랴?

사랑하든 집착하든, 혐오, 증오하든
그 대상인 사람이나 사물이나 모두
끊임없이 매순간 달라지게 마련이라네.
아니, 애증 자체마저도 다 그런 거라네.

모든 것은 변한다는 사실 이외에
변하지 않는 것이 그 무엇이랴?
사라지는 것들이 그리도 아쉬운가?
변모하는 것들이 그다지도 안타까운가?

사라지는 순간이 없다면
영원이란 도대체 무슨 의미인가?
변하는 것들이 없다면
대자연이란 그 얼마나 무미건조한가?

변화의 진면목 깨달은 이를 위하여,
굿모닝, 커피!
참된 소멸의 진미 미리 맛본 이를 향하여,
굿모닝, 커피!

2018.9.8.

대동소이 한 패거리

먹는 게 조금 다르기는 하다지.
싸구려에서 비싸구려까지 그렇다지.
입는 것도 약간 다르기는 하다지.
싸구려에서 비싸구려까지 다양하다지.

하지만 대동소이, 그게 그거지.
멀리서 보면 한 무리에 한 패거리.
개나 소나, 당나귀든 호랑이든
그게 그거, 그저 움직이는 짐승일 뿐.

먹고 자고 돌아다니다가
번식하든 말든 결국은 한 때뿐인데,
도토리 키 재기가 뭐 그리 대단하다고
돈다발, 권력 부스러기 따위나 휘두르며
고달픈 이들만 더욱 모질게 밟아대는가?

대동소이 알 리도 없는 주제에
눈먼 꼭두각시 마구 날뛰는 꼴이란!
어휴! 여우, 늑대, 살무사, 전갈 패거리가

수입 포도주에 만취해 악이나 쓰는
자화자찬, 광란의 춤과 뭐가 다른가?

2018.11.12.

백세 시대, 정말 그럴까?

인생 칠십 고래희!
그래, 예전에는 그랬다지.
추위, 굶주림, 약탈, 전염병에
두목들 놀이터 전쟁마당에서는
칼이 정의, 약육강식은 당연!
그래, 여태껏 그렇기는 했다지.

하지만 지금은 백세 시대라지.
큰 사고나 불치병만 없다면
개나 소나 백살까지 산다지.
그러니 인생 칠십 고래희 따위는
개나 물어가라! 그렇다지.

그런데 그게, 그게 정말 그럴까?
개나 소나 정말 모두 그럴까?
두목들은 구석구석 날로 늘기만 하고
각종 최신무기 날로 우후죽순인 판에,
지상에 먹을거라곤 언제나 뻔한 판에
정말 천하는 태평성대 장수촌일까?

인간의 지능이 발달하면 할수록
바이러스도 한발 앞서 진화할 수 밖에!
대도시가 증가할수록, 날로 팽창할수록
지구도 몸부림치며 생존을 도모할 수 밖에!

그래, 개나 소나 백살까지 OK!
그래서? 정년은 팔십까지 연장한다?
청춘도 로맨스도 팔십 구십까지?
개나 소나 구구팔팔이삼사?
우하하하! 허허허허!
헛소리 따위는 개나 물어가라!

오래 산다고 해서 더 착해질까?
오래 살았다 해서 더 지혜롭지도 않지.
관용도 유유자적도
노욕에 독선 앞에서는 맹탕일 뿐.

정말로 전혀 쓸 데도 없이
나이만 먹으면 배가 부른가?
우하하하! 허허허허!
헛소리 따위는 개나 물어가라!

2018.11.24.

죽은 별

식사 후 베란다 흔들의자에 앉아
아버지는 행복한 표정으로 담배를 문다.
여닐곱 살 아들이 살그머니 다가와
역시 행복한 표정에 나란히 앉는다.

앞마당 건너 낮은 언덕 능선 너머에
유난히도 반짝이는 작은 별 하나.
— 아버지, 저건 무슨 별이예요?
— 아, 저거, 지구라고 하지.
— 지구라는 건 뭔가요?
— 그저 흙 덩어리지, 뭐.

한참이나 말없이 밤하늘 응시하다가
조심조심 아들이 다시 묻는다.
— 저 별에도 사람이 살고 있나요?
— 십만 년 전까지는 살았지만
지금은 죽은 별이야.
— 왜요? 다들 어디 갔나요?
— 사람들이 온갖 무기로 서로 죽이다가

결국은 저 별마저 죽여버리고 말았지.
우리 조상만 일찌감치 이 별로 탈출했고.

— 자멸하다니, 그건 바보짓이잖아요!
— 아니, 미친 짓이지.
남은 죽이고 자기만 잘 살겠다니,
그거야말로 정말로 미친 짓이라고!

아들은 도무지 알아들을 수가 없다.
무수한 별들, 이 무한한 우주에서
뭘 혼자 차지하겠다고 싸우는가?
설령 뭔가 독차지한다 해도
인간이란 고작 백여년 살다 갈 뿐인데.

담배 연기 멋지게 내뿜으며 아버지가
체념 어린 어조로 나직하게 말한다.
— 인간이란 원래 그런 거야.
저 별이 죽은 지 십만 년인데
여기 우리도 나아진 게 전혀 없거든.

2018.11.27.

나 홀로 먼저! Only Me First!

동서를 막론하고 21세기 오늘 유난히
온 누리를 휩쓸고 있는 미친 바람,
아니, 도깨비들의 미친 춤바람!
그것은 바로 "나 홀로 먼저!"
"Only Me First!"

물도 불도 가리지 않고, 염치 코치도,
권위, 양심, 종교 나부랑이 따위도
거들떠볼 틈도 생각도 필요도 없이,
무조건! 나 홀로 먼저!
Only Me First!

남이야 굶어죽든 얼어죽든,
바다에 빠져 죽든 고향에서 맞아죽든
내가 알 게 뭐냐?
무조건! 나 홀로 먼저!
Only Me First!

아, 문명의 발전이란 위대하구나!

참으로 놀랍고도 기가 막히구나!
인류가 기어이 도달한 산꼭대기란
고작 "나 홀로 먼저!"뿐이라니!
빌어먹을 도깨비들의 미친 춤바람
"Only Me First!"뿐이라니!

2018.11.28.

발가벗은 신들

수십억 달러에도 안 판다고 하는
세계적 명화 비너스 앞에서
어린 소녀가 물었다.
— 저 여자, 왜 발가벗고 있어요?
겨울에는 춥지도 않나요?
직업은 뭐예요?
무슨 일을 해서 먹고 사나요?

젊은 엄마가 얼굴 붉히며 대답했다.
— 저건 여자가 아니라 여신이란다.
직업? 그거야 필요도 없지.
여신이니까.

소녀가 미친소리에 눈이 똥그래졌다.
— 아니, 놀고 먹는 주제에
아무 앞에서든 발가벗다니!
여신이든 뭐든
우리 동네 창녀들보다 못하잖아요!

비너스만 발가벗었나 했더니
디오니소스도 발가벗고 술을 먹는다.
— 신들이란 원래 몽땅 저런 거야.
인간들이 제물을 제대로 안 바치니
옷도 없는 빈털터리 거지꼴이지, 뭐람.
어린 소녀가 남몰래 혼자 중얼중얼.

오늘도 무수한 신들이 발가벗은 채
지상에서 활보 중이지만
아무도 감히 손가락질 못한다.
그들은 나체를 오히려 특권이라 자부하고
젊은 엄마는 그저 고개를 돌릴 뿐이다.

하지만 어린 소녀는 언젠가
모든 것을 깨닫고 깜짝 놀랄 것이다.
이미 때는 늦었지만…

2018.11.29.

813

멍멍? 멍멍!(1)

오늘도 별볼일없는 우리 동네,
구멍가게 또 하나 문을 닫으니
뒷골목은 꼬불꼬불 캄캄한 밤길.

오늘도 얼렁뚱땅 굴러가는 나라,
못 살겠다 비명소리 날로 거센들
금수저에 철밥통만 행복한 낙원.

오늘도 기도소리 요란한 세상,
내로남불 철면피에 복을 달라니
하늘도 기가 막혀 고개 돌리네.

멍멍? 멍멍!
멍멍? 멍멍? 멍멍멍!

2018.12.1.

멍멍? 멍멍!(2)

청산에 살리라. 청산에 살리라.
눈보라에 초근목피 청산에만 살리라.
보릿고개 코앞인들 청산에 또 청산,
하늘이 무너진들 청산에만 살리라.

아리랑 아리랑 아라리요
실업자 줄줄이 청산 고개.
나라 버리고 실성한 님은
오리도 못 가서 천벌 만벌!

노조랑 노조랑 모조리요
노조랑 끼리끼리 오리발 고개.
나라 버리고 뺑소니나 치다니
오리도 못 가서 천벌 만벌!

멍멍? 멍멍!
멍멍? 멍멍? 멍멍멍!!

2018.12.1.

멍멍? 멍멍!(3)

한밤에 바스락 소리만 나도
간담이 서늘해질 때가 좋았지.
그건 위험을 미리 알려주는 경고,
몸에 켜진 빨간불이니, 정신이 번쩍,
멈출 수도 있고 달아날 수도 있지.

하지만 충성! 충성! 외치며 두목에게
간도 쓸개도 다 바치고 나니
서늘해질 간담이 어디 있겠나?

아, 두목들 사이에 얽히고 설킨
끝없는 먹이사슬이여!
조무래기 두목은 윗두목에게,
그 두목은 더 높은 두목에게 고이 바치니,
천하는 모조리 간도 쓸개도 없는
나부랑이들만 활개친다 하니!

머리 위에서 핵폭탄이 터진들
간담이 없으니 서늘해질 리도 없지.

하늘이 무너지면 깔려 죽고
땅이 꺼지면 곧장 지옥행.
그걸로 그냥 끝장이지, 뭐.

멍멍? 멍멍!
멍멍? 멍멍? 멍멍멍!

2018.12.6.

멍멍? 멍멍!(4)

길거리는 영하 20도, 아니, 30도, 40도…
천하는 바야흐로 빙하시대!
쓰러져 얼어 죽기 직전 사람들에게
공해방지! 어쩌구, 탈원전 최고! 저쩌구
공염불에 잿밥이나 탐내는 선무당만 득시글,
똥구덩이 구더기 떼와 뭐가 다른가?

북극성을 절대신으로 모신답시고
날마다 북쪽으로 절하며 애걸복걸하더니,
사시사철 일은커녕 간도 쓸개도 없이
낡아빠진 유행가나 중얼대더니,
잔혹한 삭풍에 뼈도 못추린 부화뇌동 족속,
맑은 공기 찬 이슬에 얼어죽은 매미 아닌가!

그래, 구더기란 똥이라도 먹어야 살지.
그래, 메뚜기도 한 철, 매미도 한 철이지.
너도 먹고 나도 먹고 몽땅 먹어치우자,
다음 세대야 죽든말든 내가 알 바냐 이거지.

그래, 잘 한다 잘 해!
그래, 잘 났다! 정말 잘 났어!

멍멍? 멍멍!
멍멍멍? 멍멍멍!

2018.12.15.

멍멍? 멍멍!(5)

사람은 누구나 평등하게 태어난다.
그건 거짓말이야! 멍멍!
부모들이 빤히 불평등하게 사는 판에
무슨 뚱딴지에 개똥철학인가?

사람은 누구나 평등하게 죽는다.
그것도 거짓말이야! 멍멍멍!
누구에게나 어김없이 닥치기는 해도
죽음이야말로 그 얼마나 천차만별인가!

황제들 치사한 붕어도 애도되는가 하면
충신들의 억울한 사약, 단두대도 있지.
민초들의 무수한 개죽음은 또 뭐란 말인가?

자칭 타칭 인재들이 거리마다 소리친다.
누구나 평등한 사회! 지상낙원 건설!
천년왕국 만세! 구원에 영생불멸!
오, 그 만용만은 참으로 예술의 극치로다.
거짓말도 이쯤은 되야 우중이 환장하지.

왕후장상의 씨가 따로 있나?
그럼에도 불구하고 초연한 심정으로
왕은 왕답게, 졸은 졸답게!
인생이란 기껏해야 한 바탕 연극 판,
너도 배우 나도 배우, 결국은 피장파장.

이상은 하늘 높이, 현실은 발밑에!
어차피 불평등한들 최대한 평등하게,
아니, 그렇게 되도록 모두 모든 노력을!

이왕에 거짓말을 할 수 밖에 없다면
차라리 이 정도라면 어떨까?
이게 아예 솔직한 거짓말이 아닐까?

불평등해야 한몫 잡을 뒷구멍 무수하고
평등 따위 지겹다는 자도 원래 많으니,
멍멍? 멍멍!
멍멍멍? 멍멍멍!

2018.12.17.

멍멍? 멍멍!(6)

개천을 한자로 쓰면 어렵지도 않지.
열릴 개, 내 천, 열려 있는 물줄기,
그래서 윗물도 아랫물도 있게 마련이지.
막힘없이 끊임없이 흘러내려 가야만
피라미도 송사리도 사는 맑은 물이 되지.

미꾸라지 한 마리 개천을 온통 흐린다 하니,
아하, 개천은 원래 맑고 투명했다 이거지.
그래야만 흐리고 자시고 할 게 아닌가?

윗물은 하늘 아래 땅 위에 모든 사람 앞에
티 한 점 부끄러울 게 없이
원래부터 끝까지 맑기만 하다 이거지.
그런데 아랫물이 저절로 혼탁, 썩었다 이거지.

맑은 물에 모이는 미꾸라지 본 적이 있나?
흙탕물 싫어하면 미꾸라지도 아니지.
미꾸라지와 같이 노는 것들은 또 뭔가?
저놈은 미꾸라지다! 라고 덮치겠다면

자기는 어물전 꼴뚜기라도 된단 말인가?

개천을 한자로 쓰면 어렵지도 않지.
열릴 개, 하늘 천, 열린 하늘.
하늘이 열린 지도 수천 년이나 되는데
땅 위에서 오늘도 벌어지는 꼬락서니란!

아하, 이런 걸 애들이 뭐라고 하지?
멍멍? 멍멍!
멍멍멍? 멍멍멍멍!

2018.12.19.

멍멍? 멍멍!(7)

토사구팽이란 그냥 해보는 말도 아니고
농담일 리도 없는데 하물며 덕담이랴!
평소에 앞잡이들을 마음대로 부리는 자들
그 입에 발린 말이 아닌가?

그들은 자칭 언행일치를 숭상한다 하니
당연히 날마다 보신탕을 즐기고 있지.
오늘은 이놈이 토사구팽,
내일은 저놈이 토사구팽이지.

아니, 천하에 토끼가 득시글 번식해도
역시 구팽은 날마다 벌어지게 마련.
원래 보신탕 먹고 패권을 쥐어야만
속이 후련해지는 족속이니
제 버릇 어찌 마각을 가리겠는가?

알량한 출세 길에서 으스대는 앞잡이들
가마솥으로 눈감고 질주하는 꼴이란!
오늘은 이놈이 들어가고

내일은 저놈이 들어가지.

어차피 하늘 아래 영원한 패권은 없으니
남을 토사구팽하는 놈들 역시
차례차례 가마솥으로 사라지게 마련.
토사구팽으로 떨치고 일어나는 나라들이란,
아하, 참으로 위대한 미식가들의 천국일까?

하늘은 스스로 돕는 자를 돕는다 하니
살아남으려면 자기 힘을 길러야만 하지.
이놈 저놈 믿어봤자 모조리 헛탕,
어리벙벙 까딱하면 당장에 보신탕!

멍멍? 멍멍멍!
멍멍멍? 멍멍멍멍!

2018.12.21.

멍멍? 멍멍!(8)

백과사전 한 세트 서가에 꽂아놓고
세상의 모든 걸 아는 척하다니!
처음부터 끝까지 한두 번쯤
건성건성 훑어보았다 해서
그 머리에 과연 뭐가 남을까?

하물며 과시용 장식품일 뿐인 책
한 권도 제대로 숙독하지 않고!
게다가 뇌가 그리 좋지도 못한 주제에!

책이란 어차피 그릇에 불과한 것.
아무리 그릇이 크다고 한들 어찌
세상의 모든 요리 담을 수가 있는가?
아무리 책이 수천 쪽 두껍다 한들
세상의 모든 지식 담을 수가 있는가?

각자 제 눈에 안경이기는 해도
세상에는 거룩한 책들 많기도 하지.
하지만 제 아무리 거룩하다 한들

책이란 사람 손이 만든 것일 뿐,
세상의 모든 진리가 어찌 담기겠는가?

책이 사람을 거룩하게 만드는가?
사람이 책을 거룩하다 떠받드는가?
떠받든다 해서 정말 거룩한 것인가?

멍멍? 멍멍!
멍멍멍? 멍멍멍멍!

2018.12.26.

멍멍? 멍멍!(9)

모기 다리 연구로 박사가 된들
지가 생물학을 어찌 전부 알겠나?
먼지의 운동 따위로 박사가 된들
지가 기후변화를 어찌 그리 잘 아나?

그런 박사 수백 명을 거느린다 해서
사장이 제멋대로 모조리 쥐락펴락하면
수천 수만 직원들은 무슨 맛에 사나?
아하, 그야말로 죽을 맛!

헌데 사장이 대물림한 바보천치라면
그런 놈의 회사는 망쪼에 또 망쪼!
수익 따위는 나 몰라라 하는 주제에
회삿돈 뭉텅 빼돌려 내로남불에 탕진,
직원들 월급만 마구 올려준다면
그런 놈의 회사 쪽박은 그야말로 초읽기!

게다가 사장이 트위터에 미친놈이라면,
인정사정 볼 거 없이 잔인한 놈이라면,

아이고! 아이고! 아이고야!
방방곡곡 울려 퍼지는 장송곡이야!
메리 크리스마스! 해피 뉴 이어!
메리든 해피든 어느 놈의 개새끼야?

멍멍? 멍멍!
멍멍멍? 멍멍멍멍!

2018.12.26.

이 풍진세상을 만났으니

하늘도 땅도 온통 뒤덮은 미세먼지,
오로지 이 빌어먹을 미세먼지 때문에
이 풍진세상을 만났다고 하는가?
세상이란 태초부터 그렇고 그럴 뿐인데
공연히 엄살에 호들갑만 떠는가?

이 풍진세상을 만났으니
너의 희망이 무엇이냐 감히 묻는가?
먼지가 모조리 사라지고 깨끗하다면
희망이고 자시고 물을 것도 없으니,
차라리 먼지가 무엇이냐 물어야 옳지.

시도 때도 없이 그 어디서나 무수히
약한 사람부터 해치는 각종 먼지,
그 중에 가장 지독한 미세먼지란
바로 증오, 자멸의 증오가 아닌가?

아, 증오에 구석구석 찌들어버린 세상,
이 풍진세상을 어차피 만났으니,

너의 희망은 참으로 무엇이냐?
그것이 정녕코 가능하단 말이냐?

우리 가슴속에서, 우리 주변 사방에서
증오의 잡초가 기를 쓰고 번식하는 한,
천하에 그 무슨 희망을 품어본들
어느 시대 어느 곳 무슨 소용이 있나?

한 해 또 한 해 하염없이 돌아가는 길목에
증오란 증오는 실뿌리마저
몽땅 없애버리는 것 이외에
그 무엇을 더 바라겠다는 말인가?

2018.12.28.

무더위에도, 굿모닝, 커피!

펄펄 끓는 무더위란 원래 언제나
어디서나 견디기 괴롭게 마련이지.
쓰러지는 이도 많아 원망스럽기도 하지.
하지만 피할 수 없는 계절의 손님,
때가 되면 제 발로 떠나게 마련이지.

그러니까 고요한 마음으로 심호흡하며,
굿모닝, 커피!
온 몸에 줄줄 흐르는 땀도 결국은
찌꺼기 배출해주니 고마운 현상이지.
땀 한 방울 또 한 방울을 향하여,
굿모닝, 커피!

불한당이라는 게 있지. 기억하나?
아무리 더워도 땀 한 방울 안 흘리는 자!
못된 짓이라면 골라서 마구 저지르는 자!
그들의 헛된 삶을 맑은 거울로 삼으며,
기회 닿을 때마다 모질게 혼도 내주며,
굿모닝, 커피!

2018.6.24.

꼬부랑 할머니, 굿모닝, 커피!

꼬부랑 할머니 얼굴은 주름 투성이,
봉천시장 입구 길바닥에는 각종 야채.
굿모닝, 커피!
하루벌이 삼사만 원만 된다면야
극락이든 천당이든 부러워할 게 뭐람.

염주알 굴리든 맨손가락 꼽아 기도하든
그 믿음이 무엇인지, 얼마나 깊은지
어느 누가 감히 헤아릴 수 있겠는가?
신통한 고승인들 신학에 박사인들
어찌 함부로 입방아를 찧겠는가?
그나마 장소나 가려야 아첨 박수라도 받지!

영웅호걸, 재벌, 제왕, 대통령 따위란
꼬부랑에 꼬부랑 할머니에게는
착한 아들딸보다 천 배 만 배 무용지물!
그들의 영광이란 커피 한 잔보다
맛대가리 하나 없이 무가치할 뿐.

지상에 70억이나 80억 인류 가운데
자기가 얼마나 다복한 위치에 있는지
알 리도 없고 알 필요조차도 없는
꼬부랑에 꼬부랑 팔순 노파.

팔자 소관이든 천복이든 하루 하루가
만족스럽게 마냥 흘러가면 그만이지.
굿모닝, 커피!
그 맛 제법 즐길 줄 아는 젊은 세대에게
은은한 미소 유산으로 남기기만 한다면,
더 이상 무엇을 새삼 바라겠는가?

너희가 휘젓는 길도 한 세상이요,
내가 걸어가는 길 역시 한 세상이라.
길고 짧은 거 대볼 것도 없이
모두가 그저 그렇고 그런 거 뿐이더라.
노파의 졸린 시선이 무언 중 던진 명언이지.

2018.7.11.

미련 없이, 굿모닝, 커피!

60 고개 넘으면 다리에 힘도 예전과 달라
날로 더욱 속절없이 새기만 하네.
세월은 노망도 피로도 모르는 준마인가?
해마다 더욱 빨리 질주하기만 하네.

은퇴한 지 10년은 눈 깜짝할 사이,
20년, 아니, 30년인들 허공에 자취 하나 없네.
거대한 봉분, 멋진 비석 따위 탐낼 건 또 뭔가?
50 주기, 100 주기마저 덧없는 기억일 따름이네.

제 아무리 억만장자 세계 신기록을 세운들
유산 정리 끝나면 아무 짝에도 쓸 모 없는
그 이름인데, 명성 따위 탐낼 건 또 뭔가?
차라리 자선 한 가지나마 더 베풀고 떠날 것을!

두 다리가 버티어 주는 한
부지런히 걸어 다니게나.
아침마다 맑은 정신에 착한 마음으로,
굿모닝, 커피!

조금 더 깨달아야 할 것이 남아 있다면,
열정으로 가득 채운 잔에
포용도 희망도 한 방울씩 더해
흔쾌하게, 향기롭게,
굿모닝, 커피!

네 곁을 스쳐간 것은 사람이든 사물이든
모든 인연이 끊어지고 말았으니
이제는 편안하게 잊어 버리게나.
망각의 능력 베풀어준 하늘에 감사하며,
굿모닝, 커피!

네가 지상에 남겨둘 것이란
유형이든 무형이든 모두 나름대로
새로운 인연의 사슬에 묶이게 마련이네.
미련 없이 툭툭 털어버리고,
굿모닝, 커피!

2018. 7. 18.

알쏭달쏭이라네, 굿모닝, 커피!

이거 정말 사방천지 모조리
알쏭달쏭하기만 하네 그려.
아는지 모르는지조차 그럴 뿐이네.
하지만 결국 알 길은 영영 없는 게
어디 하나둘이겠는가?

안다고 소리치면 정말 알기나 하는지,
모른다고 고백하면 진정 몰라서 그러는지,
북극성은 미친 먹구름들이 가려
캄캄한 밤 전혀 보이지도 않으니,
확인도 부정도 온통 오리무중 아닌가?

알쏭달쏭, 바로 그러니까,
굿모닝, 커피!
알쏭달쏭, 그러면 그렇다고 솔직하게,
굿모닝, 커피!
알쏭달쏭, 그게 아니라면,
만용마저 부리며 역시,
굿모닝, 커피!

2018.7.21.

땡땡이 옷을 위하여, 굿모닝, 커피!

느닷없이 한 번 땡! 울리는 종소리는
주변 마무리 잘 하라는 경고.
또 한 번 땡! 하고 울리는 것은
드디어 떠날 때 마감이라 알리는
마지막 재촉.

그래서 황천길에 누구나 걸치는 옷
그걸 바로 땡땡이 옷이라고 하지.
그나마도 없다면,
태어날 때부터 끝내 벗지 못한
숙명의 피부라도 누구나 다 있지.

땡볕에도 눈보라에도 속수무책인 바에야
단 벌이든 수십 겹이든 무슨 상관인가?
땡땡이 옷은 그저 땡땡이 옷일 뿐,
인간도 귀신도 하나 거들떠보지 않고
구더기조차 옷과 주인 차별할 리 없지.

우주가 눈 깜짝할 순간 신기루라면

지구란 도대체 무엇인가?
아니, 지구가 찰나의 찰나 반딧불이라면
인류란 정녕 무엇이란 말인가?

평생 남을 밀치고 짓밟고 약탈하여
움켜쥐는 것이란 고작 땡땡이 옷일 뿐.
단 벌이든 수만 겹이든 무슨 상관인가?
알몸으로 떠난들 뭐가 그리 서러운가?

있어도 그만, 없어도 그만인 땡땡이 옷
오늘도 고요히 뇌리에 떠올리며,
담배 한 대 피워 문 채,
굿모닝, 커피!

2018.8.2.

백 년 전 사진 앞에, 굿모닝, 커피!

백 년 전 사진을 들여다본다.
20세기 어느 독재자의 사진.

천하 제패를 외치던 웅변의 혓바닥도
온 누리 위협하던 두 주먹도
이제는 먼지와 연기일 뿐이니,
굿모닝, 커피!

카리스마로 신조차 압도하던
그 이름도 한갓 반면교사일 뿐이니,
굿모닝, 커피!

그가 거리 재며 이해타산으로 만났던
무수한 사람들은 사진에 없다.
그의 권력욕, 비열, 비겁을 잘 알던 사람들도,
오판이든 고의든 열렬히 지지하던 자들도
역시 사진에는 없다.

다른 사진에는 있을 테지,

각자 나름대로.
하지만 사진 한 장 전혀 없다 한들
무슨 차이인가?

백 년 전 사진을 지금 바라보는
무수한 사람들…
비난에 조소에 매도를 하든,
선망에 찬탄에 추앙을 하든,
어쩌면 자기 자신도
반면교사로 전락하는 건 아닐까?

백 년 뒤 사진에 남은들,
한 장도 남기지 못한들
도대체 무슨 차이인가?

쌓이고 쌓인 과거를 바라보고도
개선은커녕 더 어리석은,
더 참혹한 짓만 반복한다면
인류의 번식이 어찌 하늘의 축복이겠는가?

아무리 약육강식이 판을 친다 해도,
오늘은 강자인들
내일은 더 강한 자 앞에 약자일 뿐.

하늘 아래 영원한 강자가 어디 있는가?

우리에게 유일한 터전인 이 행성도
결국 우주에 부유하는 먼지 한 알일 뿐.
어차피 유한한 목숨들의 이승인 바에야
승자든 패자든 도대체 무슨 차이인가?

이미 지나가 버린 바람
그 소리를 곰곰이 음미하며,
반면교사가 남긴 교훈을 위하여,
굿모닝, 커피!

지금 지나가고 있는 바람
그 소리에도 정신 차려 응대하며,
반복되는 어리석음도 경계하며,
다시금,
굿모닝, 커피!

2018.8.6.

그네 타는 소녀에게, 굿모닝, 커피!

텅 빈 공원에서 홀로
그네 타는 소녀.
커피 맛 아직은 모를 테지만,
굿모닝, 커피!

어차피 머지않아 사람들 사이에서
부대끼며 절감할 쓴맛을 위하여,
땀도 눈물도 잘 닦으면 보석인 것을
문득 깨달을 그 날을 향하여,
굿모닝, 커피!

그래, 백 년, 아니, 천 년 뒤에도
텅 빈 공원에서 홀로
그네 타는 소녀를 향하여,
굿모닝, 커피!

무한한 듯 보여도 결국은
하찮은 통계숫자에 불과한 인류.
각자 지상에서 영생할 듯 으스대지만

한 구비 또 한 구비 어느 덧 물갈이일 뿐.

그러니 불가피한 것들이야 겸허히 감내,
탐욕, 독선도 눈 딱 감고 버려야만 하네.
이것 저것 문득 깨달을 그 날을 향하여,
굿모닝, 커피!

2018.8.18.

또 만나세, 굿모닝 커피!

만나면야 즐겁기 그지없으련만
피치 못할 사정이 도사린다면,
다음을 기약하며 그만
마음 편하게 넘어가 보세.

날이면 날마다 새 날은 오고
오늘만 날은 결코 아니니,
너도, 굿모닝, 커피!
나도, 굿모닝, 커피!

정이야 만날수록 더욱 깊어가련만
불가피한 사연 가로지른다면,
내일 또 내일 마냥 바라보며
조용히,
굿모닝, 커피!

다시는 영영 만날 수가 없다면,
그야 정녕 피치 못할 사정 아닌가!
그래도 도저히 억제 못할 그리움에,

"다시 또 만나세!"
기어이 기약해 보는 마음이야!

커피 잔에 떨어지는 눈물방울마다
무한한 사연들이 압축된 파일.
누군가는 열어 볼 테지.
그게 언제일까?

그나마 기대감에 가슴 설레며,
굿모닝, 커피!
굿모닝, 커피!

2018.9.13.

나는 똥이다, 굿모닝 커피!

결국은 나는 누구인가?
수십억 가운데 하나
아무개 아무개.
그보다 더 근본적인 질문은,
나는 무엇인가?

설령 날마다 똥을 눈다 해도
언제나 똥자루 끼고 걸어다닌다.
그러니까 결국은 똥이다.
대지에서 태어나 한 동안 놀다가
한 줌 똥이나 남기고 사라질 뿐.

그런데도 여전히
나는 아무개 아무개라고 뻐긴다.
자기 똥만도 못한 멍청이 같으니!
똥이 정말 뭔지도 모르는 주제에!

똥이란 똥은 어느 누구 것이든
모두 언제나

대지에게 얼마나 고마운 비료인가!
그 얼마나 필수 불가결인가!

참으로 위대한 똥을 위하여,
굿모닝, 커피!
똥다운 똥이 되기 위하여,
굿모닝, 커피!

2018.10.7.

2019년, 시

호화찬란한 악몽

담배 연기의 철학

천하의 묘수는 있다

액땜보다는 조심 또 조심!

새해 들어 가게들이 문을 처음 여는 날,
참새가 방앗간 지나가듯 나의 발길은
낙성대 헌책방으로 저절로 향했지.
뱃속이 꾸르룩하니 설사가 아슬아슬.

문고판 20여 권에 3만원이라니!
싼 맛에 횡재한 기분에 취한 채
책방 입구 인도에서 걸음 멈추고
담배 한 대 불을 붙이려던 참이었지.

아니, 맑은 하늘에서도 날벼락인가?
갑자기 등에 뭔가 부딪쳐 밀어대는 통에
엎어지는 순간 몸을 옆으로 돌리니,
자동차 바퀴 밑이 아닌가!

헌책을 싣고 와서 인도에 주차했던
소형트럭이 후진하며 차도로 빠지는데,
운전사는 뒤에 선 사람도 보지 않는가?
그나마 서행에 차가 급정거.

엄지손가락 피부가 약간 벗겨졌을 뿐
별다른 상처 없어 천만다행이었지만,
하마터면 싸구려에 한껏 들뜬 기분에
하늘 높이 영영 날아갈 뻔 하다니!

산사나이가 등산하다 최후를 맞이하면
그보다 더 한 행복이 없다고들 하지.
책벌레가 헌책방 앞에서 끝장 본다면
역시 인류 역사상 가장 행복한 최후일까?

허허허허! 그냥 액땜이라고 치자.
올해는 적어도 연말까지는 무사하리라.
하지만 인명은 결코 재천이 아니라
사람 손에 달렸다는 것만은 명심하자.

대문 밖이 저승이라지.
언제나 어디서나 구석구석 도사린 채
우리를 호시탐탐 노리고 있는
의외의 각종 위험에
조심! 또 조심!

2019.1.2.

꿀꿀? 꿀꿀꿀!(1)

시궁창에서 얼어 죽는 거지마저도
마지막 숨이 넘어갈 때까지도
왕이 되는 꿈을 꾸고 있다지.

왕의 자리가 분출하는 그 마력이란
수소탄 수만 개보다 더 무시무시하지.
왕 자리 침 흘리며 노리는 자들이야
그 누군들 해치우지 않고 배기겠는가?

왕들이 꿈꾸는 것은 무엇인가?
민중의 환호 갈채로 추대되었든,
자기 칼로 그 자리를 강탈했든,
동서고금 모든 왕들이 정녕 꿈꾸는 것,
그건 바로 신이 되는 게 아닌가?

코딱지만 한 산동네의 추장이든,
광활한 대륙에 웅거하는 황제든,
그야말로 진짜 신이라도 된듯이
할 짓 못할 짓 모조리 제멋대로!

자, 그러면 신이란 도대체 무엇인가?
먹고 마시고 놀기만 하는 건달 아닌가?
올림포스 산정 신들이 하는 짓을 보라!
거짓말, 절도, 질투, 내로남불은 약과라서
겁탈, 약탈, 살인, 학살, 전쟁도 마구 또 마구!

제멋대로 인간으로 둔갑하여
범죄 백과사전을 인류에게 시범하는 신들,
그들의 보물창고란 민초에게는 고작해야
고통과 눈물의 판도라 상자가 아닌가!

신화란 진정코 신들의 영웅담
또는 자비와 시혜의 역사인가?
인간의 탈을 쓴 신들의 범죄 기록 아닌가!
아니, 신의 탈을 쓴 인간들이 저지르는
잔인하고 무한한 탐욕의 향연,
그 이외에 무엇이란 말인가!

아직도 왕이 되고 싶은가?
죽어도 왕이 되고야 말리라!
그런 개꿈에 오늘도 행복한가?
꿀꿀? 꿀꿀!
꿀꿀꿀? 꿀꿀꿀꿀!!!

2019.1.5.

어느 친구에게

허심탄회! 좋지, 좋고 말고!
어이, 친구! 진짜 내 친구야!
솔직하게 툭 터놓고 얘기해 볼까?
속된 말로 마늘 두 쪽 까놓고
속 시원히 까발려보자 이거야.

나 홀로 잘난 맛에 푹푹 도취하여
수십 년 폼잡고 설친 건 사실이야.
예전에는 그럴만도 했지.
사방에서 군화 소리 요란하고
어수룩하기 짝이 없는 구석 천지였으니.

하지만 머리에 서리 내린 지금
뒤를 돌아다보니 자네 말마따나
나라고 내세울 인간이라고 해야
속된 눈에 별볼일 있을 턱이 없지.

약간의 재능 구비? 오케이!
학벌? 오케이! 이목구비? 오케이!

그래서? 정말로 그래서?
잘나봤자 지가 얼마나 잘났다는 거야?

내가 잘났다고 스스로 자부한다면
남들도 나름대로 다른 분야에서
그 정도는 유능한 법 아닌가?
이 평범한 상식을 여태껏 외면했다니!
아, 바보!
아니, 천재들의 비극적 맹목이여!

면목이 없네. 그저 미안할 뿐이지.
다만 오늘이라도 뒤늦게나마
홀연히 내 눈을 뜨게 해준 충고에
충심, 진심으로 감사할 따름이네.

오늘 어두운 밤이 지나면 내일 아침부터
새로운 눈으로 세상도 사람들도
인정할 건 솔직히 인정해야 마땅하지.
그래야만 친구들도 내 마음마저도
한결 더 인간다운 한 덩어리로 굴러갈 테지.

가려운 데나 수시로 긁어주는
달콤한 말은 치명적 독약일 뿐,

싫은 소리로 잠든 영혼 일깨워주는
친구야말로 영원히 변함없는 보배라네.

아, 오늘 저녁은 자네가 곁에 있어서
참으로 보람차고
행복한 시간이었네.

2019. 1. 7.

마당발의 최후

각계각층에 친구들 평생 동지들이
엄청나게 많다고 으스대는 마당발
언제나 희희낙락 활개치는 꼴이란!
여기도 건드리고 저기도 들쑤시질 않나,
요리조리 눈치 보며 챙길 건 다 챙기다니!

그놈의 능수능란한 처세술이야말로
천하제일 명장의 전술 따위야
개나 물어가라 이거지.

인터넷은 물론, 생생한 현실에서마저
추종자가 수십 수백 만 셀 수도 없다니,
위풍당당 천하무적 그 위세란
손바닥으로 하늘도 가린다고 덤비지.

모래를 쌓아 놓고 쌀더미라 우기질 않나,
자갈밭에서 떡가래가 쑥쑥 자란다고
평평평 탕탕탕 큰소리만 마구 치지.
그럼에도 모른 척, 묻지 마 광신도들이야

방아개비인 양 고개만 끄덕끄덕,
만세 만세 만만세! 영광 영광 할렐루야!

입만 열면 거짓말이 나이아가라 폭포,
손만 들면 선동 현수막이 만리장성.
건의, 충고, 비판, 대화는 말할 것도 없고
탄식, 한탄, 청원, 탄원, 애걸복걸마저도
금지! 절대로 금지!

하지만 참으로 유감스럽게도 다행히도
마당발인들 목숨만은 단 하나뿐이지.
배신, 사고, 질병, 노쇠 등 사방에 널려 터진
복병에는 꼼짝없이 속수무책일 따름.

오늘 가든 내일 가든 차이가 있는가?
떡 주무르듯 한 때 천하를 휘둘러본들
송장에게 도대체 무슨 의미가 있는가?

마당발의 최후란 대개 개만도 못하지.
어쩌다 진짜 가짜 뉴스나 공짜 빵에 눈멀어
거국적 또는 거세적 애도 쇼도 벌어지지.
하지만 그 이름이 후세에 기록되든 말든
이미 사라진 뒤 도대체 무슨 상관인가?

다만 한 가지 마지막으로 남은 게 있지.
생전에 정녕 줄곧 올바르게 살았는지,
올바르게 살려고 노력이나마 했는지,
바로 그걸 창조주에게 이실직고해야지.

요 발칙한 놈! 네 죄는 네가 알렸다!
이런 호통 떨어지면 끝장이지.
영원히 또 영원히 끝장이고 말고.

그제야 비로소 난생 처음 정신 차린들,
아이고야! 아이고!
울고불고 아무리 제 가슴을 쳐본들,
단 한번뿐인 제 인생 스스로 내팽개친
우매하고 허망한 놈일 뿐이지.

2019. 1. 15.

요셉의원이란

오갈 데 없어 하루 하루 노숙도 고달픈데
몸마저 병이 들어 죽을 지경인 사람들,
그래, 노숙자들을 무료로 치료해주자!
영등포역 근처에 한 뒷골목에
자리 잡은 작은 병원이 있지.

의사, 간호사, 자원봉사자들이
차별이란 일체 없이 누구나 받아들여
시간표 따라 교대로 헌신하는 일터.
선우 경식 원장의 세례명을 따라
요셉의원이란 부르기로 했지.
그게 벌써 20년인가? 30년인가?

십시일반 전국에서 성금을 모을 때
한 친구가 매정하게 내뱉은 말이
아직도 귀에 쟁쟁하니 참으로 서글프다.
"그런 쓰레기들은 도와줄 가치도 없어!"

십억 이십억 짜리 아파트 차지했다 해서

안하무인 그의 눈에는
돈이 좀 두둑해야만 사람이겠지.
돈도 없고 병도 들면 쓰레기겠지.
그런 식으로 떵떵거리는 사람들에게
인간성이란, 아니, 우정이란 무엇일까?

모르면 입 다물고 가만히나 있지.
싫으면 고개 돌리고 제 할일이나 하지.
기댈 데 없는 사람들 도와주기는커녕
쓰레기라고 잘라 말하다니!
냉혹한 그 심보야말로 싹 쓸어내야 할
진짜 쓰레기가 아닐까?

선우 원장이 영영 떠난 지도 어언 10여 년.
그를 기리고 그리워하는 이들은
오늘도 말없이 봉사하고 있지.
멀리서도 열심히 성원하고 있지.
그 누가 아무리 허튼소리 떠벌린다 해도!

2019.2.4.

담배 연기의 철학

입만 열면 헛소리다.
쓸 데라곤 하나도 없는 잔소리,
남의 뒷통수나 치는 고자질,
간도 쓸개도 없이 거짓말,
모조리 제 무덤 파는 헛소리다.

입이 심심하니까,
할 일이 있어도 하기는 싫으니까,
아니, 할 능력이 없으니까,
아니, 바로 그걸 감추고 싶으니까,
이놈 저놈 모조리 헛소리만 한다.

심심하면 담배나 한 대 어떤가?
담배를 피는 동안만은 적어도
헛소리 따위는 하지 않으니까,
아니, 하기 싫으니까,
아니, 할 수가 없으니까,
아니, 바로 그걸 감추고 싶으니까.

조금씩 타들어가며 피어오르는
한 줄기 담배 연기야말로
죽어도 사는 길, 살신성인의 모범!
저명한 사이비들의 헛소리와 달리
말없이도 인생무상 힘차게 설파하는
가장 겸허한 철학자가 아닌가!

2019.3.25.

가장 특별한 날

그 날,
바로 너의 첫날,
너만 홀로 태어난 것은 아니지.
어디선가 이름 모를 구석구석에서
무수한 아기들도 숨쉬기 시작했지.

해마다 돌아오기는 해도 그 날은
역시 한없이 특별한 날이었지,
적어도 너에게는.
나이테가 늘면서 나무가 자라듯이
미래 향한 네 발판도 더욱 굳어질 테니.

지난날이 쌓이면 오늘이 된다지만,
오늘이 순식간에 사라진 뒤에는
내일이 아니라 다른 오늘이 닥치게 마련.
어느덧 미래란 더 이상 남을 리 없어
모든 동작 정지!
바로 그 날 그 순간이 절벽이 되지.

아, 어제도 오늘도 미래마저도
허공에 사라지는 숨결일 뿐인가?
누구에게나, 지상에서 한 때 숨쉬던
생물에게는 예외 없이 고작 그뿐인가?

하지만 그 날이야말로 가장 특별하지,
적어도 총결산의 길 떠난 너에게는,
오늘을 영영 다시 누릴 길 없는 너에게는.
또한 너를 추모하는 모든 이들에게도,
적어도 그들이 지상에서 숨쉬는 한
가장 특별한 날이 아닐 수가 없겠지.

2019.4.15.

호화찬란한 악몽

풍뎅이 모가지 비틀어 길에 버린 아이들,
고위층 집안의 귀하신 몸이라지.
방향 잃어 제 자리만 맴도는 풍뎅이,
날개 펴고 제 아무리 발버둥을 친들
날아갈 수 없으니 애처로울 뿐이지.

아이들은 재미있다고 깔깔깔,
신바람이 난다고 박수도 짝짝짝.
서서히 힘이 빠지는 풍뎅이,
얼마 못 가서 죽어버린 풍뎅이.
어쩌다 노리개나 되어 비명횡사라니!

떠오른 해는 반드시 지게 마련이지만
마른하늘 문득 쏟아지는 날벼락에
하늘도 땅도 온통 불바다로 변한다지.
고위층이고 나발이고 동서남북 불바다라.
아, 하염없이 사라지는 담배 연기인듯
평등, 평화, 행복 그 황홀한 공염불이여!

모가지가 비틀려 죽은 풍뎅이.
고아로 길 헤매다 굶어죽은 아이들.
오만, 독선, 무능이 끝장을 내고야 마는,
아, 호화찬란한 악몽이여!
무수한 입을 막고 모가지도 비트는,
알쏭당쏭, 달착지근한 그 마춰여!

2019.4.20.

고마운 햇빛

달라는 거 없이 언제나
소리 없이 다가오는 햇빛,
내 몸 감싸고 따뜻하게 해 주는 햇빛,
고맙지. 그래, 정말 고맙지.

적절하게 체온이 유지되는 한, 몸은
목숨이 허공에 흩어지지 않도록
부축해 주는 햇빛이 되지.
고맙지. 그래, 정말로 고맙지.

가까이 또 멀리
수많은 목숨도 조금이나마
부축해 줄 수만 있다면 그 얼마나
보람 찬 햇빛이 되겠는가?

그런 사람이라면
단 한 번만 사는 것이 아니지.
천 번 만 번 한없이 살지.
죽어도, 여전히 살아 있다고 하지.

2019.5.17.

백 년도 만 년도 하루라더니

하루가 백 년, 백 년이 하루라더니,
하루하루 살림살이라는 것이
예전보다 전혀 몰라보게
훨씬 더 넉넉해지기는 했지.

추위도 더위도 마음대로 조절하지 않나,
굶주림도 얼핏 영영 굿바이!
옷이니 신발, 아파트마저 남아돌지 않나,
편의점에 슈퍼, 커피숍에 통닭에
생맥주에 뭐든지 등등등 사방천지
한없이 널려 있기는 하지.

오, 과연 유사 이래 처음 보는 별천지!
너나없이 누구나 행복한 세상!

정말? 정말로 그럴까?
예전보다 정말로 더 만족스러울까?
한층 더 사람답게 살아가는 나날인가?
자유도 정의도 넘치는 거리인가?

이런 질문은 누군가의 귀에 거슬릴 테니
권력, 언론, 단체들의 뭇매 감인가?

그렇다면, 병원은 왜 날로 늘기만 하나?
휴대폰 압수, 신종 사기, 해킹은 뭔가?
핵무장이든 우주개발이든
정녕 누구를 위해 온 세상이
미친듯이 경쟁에 날뛰는가?

하루가 만 년, 만 년이 하루라더니,
아, 캄캄한 우주 그 무한한 허공 속에서
생각, 말, 글 때문에 홀로 위대하다고
자만하는 호모 사피엔스란
고작 요 모양 요 꼴 밖에 못 되는가?

2019.6.3.

갈팡질팡하다가

제발 이랬으면 좋겠는데…
하지만 아득한 시절 이래 세상이란
거의 언제나
그렇지 않게만 굴러 왔다.

반드시 이래야만 하는데…
하지만 고의든 무지든 세상이란
여전히
그렇지 않게 굴러가고 있다.

왜?
어떡하면 좋을까?
그러면서 세상은 몸부림도 치고
밤낮 몸서리도 치면서 굴러간다.

세상이란 오만한 자의 눈에는
손 안에 든 빵 한 조각에 불과하고,
개미에게는 무한한 우주일 테지.
하지만 무한한 듯 팽창하는 우주공간에서

지구란 미세먼지 한 알도 되지 못하니…

어떡하면 좋을까?
아니, 어떡해야만 하는가?
갈팡질팡하다가 천 년이 가고,
만 년도, 백만 년도 가고,
어디선가 문이 닫힌다고 하니…

2019.6.27.

놀고 있네

소금 먹은 놈이 물 먹는다 했지.
숨이 막혀도, 얼씨구 좋다!
배가 터져도, 만세 만세 만만세!
사방에서 불벼락 칠똥 말똥 이 판에
어찌 그리 태연히 꿀 먹은 벙어리들인가?

높은 자리 노른자위 모조리 차지하여
천년 만년 누릴 듯 백일몽에나 빠진 자들
요즈음 뭐 하나?
놀고 있네. 잘들 놀고 있다네.

믿는 도끼에 발등 찍힌다 했지.
절친인 줄 알았더니, 그게 아니올시다,
아하, 부동산 투기꾼 역시 본색이나 드러내
동에 번쩍, 서에 번쩍, 돈타령만 하네.
놀고 있네. 잘들 놀고 있다네.

편가르기에 거짓말에 선동 따위야
동서고금 권력의 왕도라고 했지.

하지만 꽃이 피면 며칠이나 간다고!
갓끈 떨어지면 그 꼴이 뭐라고!

오리발 쑥쑥, 철판 깔고 궤변에
선무당보다 더 날뛰는 자들,
그래, 요즈음 뭐 하고 희희낙락인가?
놀고 있네. 암, 잘들 놀고 있다네.

우리도 만난 지 꽤 오래 되었네.
요즈음 어떻게 지내는가?
놀고 있네. 어영부영 백수라
잘 놀고 있다네. 허허허허!

정직하게 좋은 일만 하기에도
남은 시간 턱없이 모자라는 판에
제 잘난 것들 얼빠진 굿판이라니!
입 딱 벌린 채 공짜 구경 즐기며
참으로 빈둥빈둥 잘 놀고 있다네.

노는 거야 좋지. 암, 좋고말고.
누가 말려? 말릴 수나 있는가?
하지만 놀고 난 다음엔 뭐가 오지?

2019.8.12.

거지 인생, 굿모닝, 커피!

학사란 대학에서 뭔가 조금은
배웠다고 자칭하는 사람일 게다.
하지만 대학이란, 간판이 그럴 뿐,
큰 가르침이 모인 곳은 아닐 게다.

상아탑이라니?
상아는커녕, 탑은커녕 구린내 나는
동전이나 캐내는 빈 무덤일 게다.
수백, 수천, 수만 개 대학이란…

석사란 학사 때보다 조금 더 배웠겠지만,
모든 사람보다 더 배운 건 결코 아니다.
박사도 석사 때보다 공부는 더 했겠지만,
더 많이 아는 것도 아니고,
더욱이 모든 사람보다 세상만사
더 깊이 깨달은 것은 결코 아니다.

대학도 교수가 교수다워야 빛이 나겠지.
학사, 석사, 박사든 교수든 총장이든

배웠으면 배운 만큼 남보다 더 엄하게,
더욱 더 사람답게 처신하지 않는다면
일자무식 거지만도 못하지 않은가?

권력, 돈, 인기 따위에나 눈독들이고
여기저기 감투나 기웃거리며
헤픈 웃음에 동분서주 얼빠진다면,
그보다 더 헛된, 비열한, 가련한
거지 인생이 어디 또 있겠는가?

이래도 한 세상, 저래도 한 평생이라,
자, 그러면 오늘도 사방에서 설쳐대는
얼빠진 무수한 거지들을 향하여
껄껄껄 낄낄낄 웃음보나 터뜨리며,
굿모닝, 커피!

2019.8.16.

영영 애처로운 염원

길고 짧은 건 대어 봐야 알지.
얕고 깊은 건 넣어 봐야 알지.
열 길 물속은 건너봐야 알고
사람의 속이란 겪어봐야 알지.

꼭 그래야만 아나?
해본 다음에야만 비로소 아나?
아니, 그래야만 알 수가 있는 것인가?

미리 알면 헛고생도 없을 터이고
네 탓 내 탓 따지고 자시고는 물론,
서로 미움도 원망도 없을 텐데!

만남도 헤어짐도 세월이 흘러가야만
어쩌다 참 맛을 알지도 모르겠지.
하지만 삶도 죽음도 참으로 무엇인지는
아무리 오래 살아본들 알 리가 없고
제아무리 멋지게 죽어본들 어찌 아나?

해마다 무수한 매미들이 나타나 맴맴맴
저마다 시원하게 해탈을 노래하지만
지상에 진짜 해탈이 정녕 있었던가?

해마다 무수한 씨앗이 싹트고
저마다 천 배 만 배 결실을 자랑하지만
천하에 진짜 부활이 정녕코 있었던가?

간절한 염원이야 인간답게 숭고한 것,
한없이 고귀한 것이라 외치겠지.
하지만 그럴수록 천상천하 그 무엇이
그보다 더 영영 애처롭다 하겠는가?

2019.8.31.

민심 천심 양심

민심이라고 해도 좋다.
천심이라고 믿어도 좋다.
양심이라 부른들 뭐가 다른가?

극도로 연약한 듯 보이기에 언제나
잔인무도한 주먹들이 무시하지만
결코 부서진 적도 없고
영영 질식할 리도 없는 마음.

나는 거기서 태어났던가?
거기서 잔뼈가 굵어 그나마
아슬아슬 목숨 하나
여태껏 부지하고 있는 것인가?

나는 마음속 그 길을 걸어가고 있다.
과거로 영원히 뻗어 있는 길,
미래로도 영영 끊어지지 않는 길,
시작도 끝도 없는, 보이지도 않는,
그러나 걸어가지 않으면 안 되는 길.

지상의 무수한 길 황금으로 포장된들
배설물 구린내를 어찌 막겠는가?
제아무리 초고속으로 달려 산꼭대기
다이아몬드 왕관 움켜쥐는 길인들
마음속 그 길에 어찌 비할 수가 있는가?

어느 길을 가든 누구나 자유라지만
누구에게나 닥칠 그 밤이야 어찌하겠나?
젊음도 한 때, 노년도 잠시, 어느 누구도
피할 길 없는 그날 그때야 어찌하겠나?
정녕 어찌할 작정이란 말이냐?

2019.9.3.

가을 저녁에

언제 어디서 시작했는지 어찌 알겠나?
떠나는 줄마저도 알 리가 없었고
왜 떠나는지는 물을 데도 없었지.
알몸으로 솜털처럼 바람에 날렸을 뿐.

어쨌든 시작은 시작한 길 아닌가?
발길 닿는 대로 그냥 걸어가는 길,
마냥 하염없이 이어지는 길,
지금 우리가 걸어가고 있는 길….

언제 어디서 끝날지야 어찌 알겠나?
언젠가는 끝나리라 알기야 알면서도
자기만은 예외라고 억지다짐도 하지.
어리석은 줄도 알지만 헛된 고집이지.

왜 끝나야만 하는지 물을 데나 있나?
어쨌든 반드시 끝나고야 마는 길,
하지만 그게 정녕 끝이라고는
믿을 수가 도저히 없다고들 하니….

여전히 마냥 걸어가는 길일까?
하염없이 허공인들 이어지는 길일까?
지구보다 더 아름다운 별들 사이로
영원히 황홀하게 이어지는 길일까?

그렇다고 믿으면 정말 그럴까?
아니라고 우겨대면 없어지는 길일까?
뭐가 뭔지 물어볼 데도 없지.
뭐가 뭐가 아닌지는 누구에게 묻나?
어딜 가나 물어본들 그게 그거지.

결국은 각자 홀로 곰곰 생각해 보고
제 발길 닿는대로 걸어갈 뿐,
달리 신통한 길이야 없지 않은가?
다 버릴 때까지,
내 꺼란 하나도 없다고 깨달을 때까지
마냥 하염없이 걸어가는 길….

2019.9.12.

인연이란 원래 바람이지

하루가 멀다 하고 연락하더니,
허물없이 속내 모두 털어놓더니,
하루아침에 싸악 돌아서 버린다면
거긴 분명 곡절이 있게 마련이지.

내가 뭔가 몹시 잘못했다면
단도직입 호되게 충고해도 좋을 테지.
자기가 괜히 오해하고 있다면
섭섭한 심정 솔직히 토로하면 어떤가?

세상에 인연이란 원래가 바람이지.
훈풍만 내내 불 리가 어디 있겠나?
때로는 냉풍, 역풍, 태풍, 게다가
배신의 바람, 죽음의 바람도 있지.

그래, 인연이란 서로 좋을 때 좋은 게지.
죽은 인연도 인연이라 할까?
부득이 자연히 끊어지면 그만이지만,
일방적으로 끊어버리는 인연이라면

참으로 난감하기 짝이 없는 노릇이지.

하지만 굳이 아쉬워할 것도 없지.
인연이란 원래가 바람일 뿐이니까.
가는 바람 잡을래야 잡을 길도 없고
잡아본들 그게 어디 진짜 바람이겠나?

2019.9.13.

이래 가나 저래 가나

지상에 그 어느 마을인들
견딜 수 없는 비극 하나 없겠는가?
세상에 그 어느 가슴인들
비통에 찢어지지 않은 적 있었던가?

이래 가나 저래 가나 죽기는 매일반,
여기 누우나 저기 처박히나
어차피 사라져 버리고야 마는 것.

피와 살, 아니, 정신도 영혼마저도
대지에 스며들어 긴 겨울 지나면
봄마다 꽃망울로 다시 태어나는가?

애끊는 탄원도, 간절한 기도소리도
하늘 높이 하염없이 올라가 정녕
밤마다 인과응보로 돌아오는가?

하지만 천 번 만 번 쓰러진다 해도
무수한 별들이 돌고 도는 한

결코 두 눈을 감지는 마라.

세상에 어느 마을인들 타는 목에
물 한 잔 내밀 손이 어찌하여 없겠는가?
세상에 어느 가슴인들 얼어터진 손
잠시나마 품어줄 여지 어찌 없다 하는가?

2019.9.17.

마돈나의 모델

이천 년 전 중동 한 구석 유데아란
전성기 로마제국의 하찮은 영토.
성지라면 누구에게 그런 것인지,
구원의 땅이라면 누가 구원되었는지
사람마다 대답은 천차만별일 테지.

하지만 뜬금없이 솟는 한 가지 의문.
그 당시 마돈나가 과연 비단옷에 금발에
왕관을 쓴 여왕의 모습이었을까?
아기도 국제 우량아대회 일등으로
튼튼하고 잘 생긴 아기였을까?

르네상스에 이르면 괴물로 변하는 의문.
불후의 명화 속 각종 마돈나,
그 모델이 된 여자들은 누구일까?
아기들은 또 누구일까?

여자들도 아기들도 그럭저럭 살았겠지.
황제보다 높은 교황들도 포도주에 고기,

고용된 화가들도 여기 한 잔 저기 한 잔,
모델이 창녀인들 강도인들 무슨 상관인가?

불후의 명화 그 가치란 과연 무엇일까?
경매에서 수천만, 수억 달러인들,
어쩔 수 없이 지상에 태어난 죄로
별 수 없이 굶어 죽는 수억 생명에게는
한낱 장식일 뿐, 정녕 무슨 가치인가?

2019.9.28.

뚜벅뚜벅 걸어가자

걸어가자, 폭우도 꿰뚫고 과감하게!
물에 빠진 생쥐 된들 뭐가 겁나냐?
걸어가자, 태풍마저 마주 안고 태연하게!
가슴 터져 숨이 넘어간들 뭐가 아까우냐?

안개에 가린 채 보일락 말락,
아아, 산봉우리!
굿모닝, 커피!
무수한 고목들이 쓰러져 아슬아슬,
아아, 산 비탈길!
굿모닝, 커피!

뚜벅뚜벅 걸어가자, 돌아보지 마라!
남들이야 온갖 못된 짓 가리지 않고
오늘도 서로 물어뜯어 생지옥인들,
쉴 새 없이 걸어가자, 홀로 바른 길만!

밤마다 밝은 저 달도 누군가에게는
피할 길 없이 마지막이 아니냐?

날마다 눈부신 저 해도 언젠가는
역시 마지막이 아닐 수가 있느냐?
영원한 길로 들어서는 그 날까지
걸어가자, 착하게!
정직하게, 또 열심히!
금은보석이니 허깨비 장신구 따위란
아낌없이 모조리 내어버리고
훌훌 발가벗은 알몸과 마음으로!

돌아보지 마라!
남은 시간 외에는 빈 손 뿐이라,
굿모닝, 커피!
쓰러지지도 마라!
각자 제 길 가기만 해도 벅차리라,
굿모닝, 커피!

2019.10.2.

버티어본들 무슨 소용인가?

더 이상 갈 데가 없어, 아니,
반드시 가야만 하는 데도 하나 없어
이제 당장 떠날 때가 닥쳤는데도
발버둥치며 악착같이 버티기만 하지.
하나 둘이면 몰라도, 인지상정이라,
아마도 십중팔구는 그렇다고 하지.

마냥 버틴다고 그냥 넘어갈 일이라면
얼마든지 무슨 수라도 써야겠지만,
어허허, 세상 이치라는 게 어찌 그렇겠나?

안 되는 줄 알면서도 억지 부리는 게
사람이라, 생로병사라는 게
원래부터 어리석게 마련이라,
그렇게 가볍게 웃어넘기면 그만일까?

너무 낡아서, 너무 썩어서, 아니,
너무 홀로 잘난 척하다 절로 미쳐서
이제 쓰레기통에 들어갈 때가 닥쳤는데도

기어이 끝장 보겠다 버티기만 하지.
한두 번이면 몰라도 수천 년간 줄줄이
영락없이 그 꼴이니, 그래서 인지상정일까?

버티어본들, 어허허, 무슨 소용인가?
해는 이미 저물고 갈 데조차 없으니,
어차피 떠나야만 하는 몸이라면
하늘이 무너지기 전에, 땅도 꺼지기 전에
얌전히 손 털고 사라지는 것이야말로
그나마 남은 마지막 길이 아닌가?

자기 주변 사람들을 위해서라도,
무수히 이어질 후대들을 위해서도!

2019.10.4.

의자도 결국 사라지리라

사형수들 애처로운 마지막 의자,
무심하게 고압 전류가 흐른다.

권력자들 눈부신 유리 의자,
끊임없이 구린내에 피가 흐른다.

국경 없는 큰 손들 황금 의자,
죽음의 마약 연기가 서린다.

사람은 가도 의자는 남으리라.
이어서 누군가는 앉으리라.

누가 어디서 몇 해를 가든
부질없는 짓, 무의미할 뿐,

의자도 결국 사라지고 말리라,
문명의 숙명 그 폐허 속으로.

시간만 홀로 남으리라.

아무도 누릴 수 없는 영원.

아, 유한한 자의 무한한 탐욕,
참혹한 고독의 불모지대일 뿐…

2019.10.5.

인파도 인파 나름이지

백만이든 천만이든 사진을 보니
사람들이 모인 건 엄연한 사실.
천안문 광장이든 평양 광장이든
사람들이 모였으니 인파는 인파.

샹젤리제 거리든 홍콩 번화가든
거기도 모였으니 인파는 인파.
광화문 광장인들 서초동 거리인들
우글우글 모이면 어찌 인파가 아니랴?

하지만 인파도 인파 나름이지.
떼지어 아우성치면 무조건 민심인가?
내가 바로 나라다! 큰소리 탕탕,
그 왕의 손자는 모가지가 댕강.

사람도 사람다워야 사람이듯이
제 발로 모여야 민심이 천심 아닌가!

2019. 10.6.

895

천하의 묘수는 있다

정부가 정부답지 못해서 어리벙벙,
국회도 넋이 빠져 허깨비 비틀비틀,
판검사도 눈치나 보며 갈팡질팡,
변호사란 간에 붙었다 쓸개나 핥는다면,

세상에 믿을 놈이 하나도 없다면,
선거도 여론조작에 사기극이라면,
그래도 기어이 결판은 내야겠다면,

묘수는 있다.
반드시 천하의 묘수!

탕탕탕! 황야의 대결은 피냄새가 싫고,
알몸 씨름은 결국 서로 코피 터지리라.
선거판은 돈판이라 싹 치워버리고
스포츠 게임으로 모든 걸 결정하자.

대통령 당락은 축구시합으로!
국회의원은 골프대회 성적순으로!

기타 등등은 아무 종목이나 골라서!
심판이야 당연히 국제심판!
대학입시도 회사 사장도 마찬가지로!
스포츠가 자신 없거나 아예 싫다면,
간단히, 알기 쉽게 로또 방식으로!
아니면, 뺑뺑이 삼세번 찍기!

그놈이 그놈이라 하니
어느 놈이 어느 자리를 차지하든
무슨 차이가 있겠느냐 이 말이다.
나라꼴만 잘 되면 그만 아닌가?

그러면 하루아침에 뭐가 사라지나?
돈 들 일도 청탁할 필요도 없으니
뇌물도 부정부패도 경력위조도
각종 허위도 범죄도 모조리 사라지리라.

아니, 이게 탁상공론이라고?
어차피 일장춘몽인데 뭐가 어때서?
당장 한번 해 보시라.
지상천국이 눈앞에 뺑 펼쳐지리라!

2019.10.6.

마음속 신전만이 진정한 신전

어느 신전이든 눈에 보이는 건물이란
아무리 향을 피우든, 고사 지내든
원래부터 신성한 것일 리는 없지.
때와 장소를 초월하고,
소유, 소속, 종류, 크기 등도 막론하고
다만 그저 돌무더기에 불과하지.
무수한 신전들의 폐허를 보라!

지구 전체 크기의 신전을 지은들
어찌 신이 깃드는 집이 되겠는가?
사람에게는 사실 사랑도 사정도 없고
또한 한(限)도 있을 리가 없는 우주,
그 광막한 공간조차 신의 집이란
결코 될 수가 없지 않은가!

오로지 깨끗한 양심만이
신을 모실 수가 있는 고요한 전당,
오로지 겸허한 마음속 신전만이
참으로 진정한 전당이 아니겠는가?

이웃을 네 몸과 똑같이 사랑하라.
그래, 그 사랑이야말로 진짜 신전이지.
몸과 마음이 지치고 병든 네 이웃들이
거리마다 구석구석 널린 이 세상에,
아니, 도대체 이게 뭐란 말인가,
무수히 솟는 어마어마한 신전들을 보라!

우상이란 신전에서나 존재를 과시하지만
참된 신이라면 건물이 왜 필요한가?
사랑의 신전을 거들떠보기는커녕
고작 남들의 신앙과 땀이나 부추기면서
엄청난 부동산 따위나 독점하는 자들,
그들은 과연 누구인가?

공(0)이 수십 개나 붙는 거액의 건물이란
결국 허공의 공일 뿐,
언젠가 폐허가 되어 사라지고 말겠지.
원래 신은 아예 거기 있지도 않았으니…

마음속에 진정한 신전 하나 못 세운다면,
어느 누구의 일생이든 단 하나 예외 없이
가을바람에 어디론가 사라지는 낙엽일 뿐…

제아무리 천하를 뒤흔드는 재산, 명성,
아니, 수천만 목숨조차 단숨에
증발시킬 수 있는 무기, 그 권력인들
담배 한 모금 연기만도 못한
지나간 뉴스의 허망한 영상자료일 뿐…

2019.10.27.

상대성원리 앞에서는

만나는 것이든 손에 쥐는 것이든 모두
간절한 소망 이루어지기 기다릴 때마다
재깍재깍 초침은 달팽이 기어가듯
어쩌면 그리 느리기만 한가?

팔딱팔딱! 미치고 환장하고,
안달복달! 지지고 볶고 부시고 터지고,
해봤자 다 소용없는 짓이지,
상대성원리 앞에서는.

비단실로 감든 눈물로 호소하든 모두
아까운 것들이 곁에서 떠나가는 것을
속수무책으로 바라만 볼 때마다
재깍재깍 초침은 초음속의 천배 만배
어쩌면 그리 보이지도 않게 달아나는가?

제 아무리 애를 태워도 부질없는 짓,
산목숨 불태운들 받아줄 잡신도 없지.
그래, 모두 다 부질없는 짓일 뿐,

상대성원리 앞에서는.

영원한 원리 처음 발견은 위대하지만
그 사람도 위대할까? 영원히?
영원한 진리 깨달음은 대단한 일이지만
한번 깨달았다고 해서,
그렇다고 말한다고 해서
그 사람은 과연 대단할까? 영원히?

원리가 뭔지도 모른 채, 알 필요도 없이,
진리라는 게 있는지, 뭔지도 모른 채,
굳이 아는 척도 하지 않으면서
평생 착하게 정직하게 사는 거,
그거야말로 참으로 위대하지 않은가!
오로지 그것만이!

2019.11.12.

버는 놈 따로, 쓰는 놈 따로

버는 놈 따로, 쓰인 놈 따로,
세상이란 다 그런 거야.
그러니까, 굿모닝, 커피!

지구가 날마다 돌고 또 도니까
돈 바람은 허리케인이 되고,
인류는 춤추다가 미치고,
미쳐서 춤을 춘다 밤이나 낮이나.

버는 놈 따로, 쓰는 놈 따로,
인생이란 그래, 별 게 아니야.
그럼에도 불구하고, 그러니까 더욱 더,
굿모닝, 커피!

눈먼 신도들이 돈도 몸도 자꾸 바치니,
광신자들은 정신도 영혼도 무조건 바치니,
교주들이야 손도 안 대고 코풀어 희희낙락,
천하의 곳간 모조리 텅텅 비우고야 만다.

산 입에는 거미줄 칠 날이 결코
닥치지 않는다고 어찌 장담하는가?
헛소리는 개나 물어가라 하고,
굿모닝, 커피!

거적에 싸여 사라지는 쪽배나
악어눈물의 바다 물결 헤치고
영영 떠나가는 화려한 여객선이나
어차피 그 놈이 그 놈 아닌가?

거지는 자기 팔자 자각이나마 하지만
왕은 자기야말로 진짜 거지인 줄마저
깨닫지 못한 채 영영 흙가루가 되다니!
한숨이나 내쉬며,
굿모닝, 커피!

버는 놈 따로, 쓰는 놈 따로,
인생이란 너나없이 모두 그 게 그 거!
공수래공수거! 점잔 빼며 유식한 척
염불하지만 아무도 믿지 않는 말,
그래, 공수래공수거를 위하여,
굿모닝, 커피!

2019.11.13.

살처분이라… 허허허허!

어차피 죽이는 짓일 뿐이니
그냥 죽인다고 말하면 그만이지,
생소하게 살처분이란 건 또 뭐냐?
도살, 몰살, 학살이라 하면 찜찜하고
살처분 신조어 쓰면 속이 편하냐?
뭔가 근사한 업적 이룬 기분이 드냐?

병든 것만 해도 서럽고 괴로운데
병드는 것도 죽을죄란 말이냐?
예방주사 스스로 맞을 능력도 없는 판에
그런 기회조차 주지 않은 자들이
남의 집 쓰레기 치우듯이 지시나 한다.
살처분하라! 빨리 빨리!

병든 닭도 돼지도 살처분!
무조건 모조리 살처분! 빨리 빨리!
에볼라에 감염된 아이들은 어찌하랴?
에이즈에 감염된 남녀노소는 어찌하랴?
우주에서 신종 바이러스가 날아온다면?

부동산 증권 등 투기 열병에 걸린 자들,
부정부패, 권력남용, 뻔뻔한 거짓말에
궤변에 여론조작 등 불치병 환자들은
어찌하여 살처분은커녕 출세만 잘 하냐?

차라리 탐욕 자체를 살처분하라!
각종 우상, 우상숭배도 살처분하라!
이거야말로 빨리 빨리!
이것만은 참으로 빨리 빨리!

날마다 어영부영 눈치만 보다가는,
요리조리 각종 미꾸라지만 번식한다면,
남용, 오용, 악용된 최신 무기들이 바로
짓눌린 용수철이 어찌 아니겠느냐?

낭비된 세월, 학대받고 짓밟힌 대자연이
인류의 오만, 무도, 잔인, 어리석음을
영영 제 멋대로 내버려만 두겠느냐?
살처분하는 날 어찌 아니 닥치겠느냐?

2019.11.13.

미운 정 고운 정

지지고 볶으면서도 수십 년,
치고받아도 별 수 없이 한평생 어울려
미운 정 고운 정 듬뿍 들었더니,
많이도 떠나갔네 우리 곁에서.
어느 새 참으로 많이도 갔네 그려.

인연이란 원래 그렇고 그러하다니
새삼 허전한들 안달한들 어찌 하랴?

오늘은 아직 여기 남아 있기는 해도,
빗방울 황토에 스미듯 자취도 없이,
하나 또 하나 끊임도 소리도 없이
언젠가는 모두 떠나고야 말겠네 그려.
너도, 그리고 나도…

산목숨이란 원래 그런 거라 하니
애달픈들 아쉬운들 정녕 어찌 하랴?

허공에서 얼떨결에 태어난 우리가

한 세상 잠시 물려받았듯이
어영부영 우리가 떠난 뒤에도 여전히
이 세상 잠시 떠맡을 무리는 있을 테지.

세대교체란 원래 그러하다 하니
미련 둔들 발버둥친들 무슨 소용이랴?

하지만 반드시 하나는 기억하라.
이 세상이란 천하에 그 누구 막론하고
잠시만, 오로지 잠깐 동안만 구경하는,
각자 홀로 산책해 보는 오솔길임을.

미운 정 고운 정이 아무리 깊다 한들
어차피 예외 없이 떠나가는 길,
참으로 많이도 떠나갔어도
더 많이, 한없이 무수히 떠나가는 길….

인생이란 원래 그저 그런 거라 하니
잘난들 못난들 도토리 키 재기일 뿐,
미운 정 고운 정이 정녕 무슨 소용이랴!

2019.11.14.

단칸방과 감방

단칸방에 사는 게 뭐가 어때서?
아침마다 제 손으로 자유롭게,
굿모닝, 커피!
저녁에도 언제나 속 편하게,
굿나잇, 커피!

오늘도 무사히 정직한 하루,
더 이상 아무 것도 바랄 게 없다는데,
뭐가 어때서?
도대체 어디가 뭐가 어때서?

감방에 들어가 사는 게 그리 잘났나?
아침마다 뉴스에 얼굴이 쪽팔리고
어딜 가나 사방에 카메라가 노리는 판에,
호텔이든 대궐이든,
그게 감방이 아니라면 도대체 뭔가?
거기 스스로 갇힌 게 그리도 자랑인가?

아무도 찾아올 리 없다 한들,

넓고 넓은 이 세상에 그 누구도
이름 석 자 기억해 줄 리도 없다 한들,
단칸방에 사는 게 뭐가 어때서?

아침마다 제 손으로 라면 끓여 먹어도,
자유! 무명인사의 눈부신 자유!
버디가드 없이 누리는 무료 안전!
도청도 감시도 걱정 없는 한가로움!
세상에 그보다 더한 진수성찬이 있는가?

아침마다 자유롭게, 굿모닝, 커피!
저녁에도 속 편하게, 굿나잇, 커피!

2019.11.24.

빈 상자도 쓸모가 있어야지

한 친구가 선물로 준 종이 상자 하나
크고 작은 과자가 각양각색 가득.
하나씩 빼어 먹은 다음에는 그 상자를
어디에 쓸까 슬그머니 생각해 본다.

그냥 버리기에는 참으로 아까운,
어딘가 분명 쓸모가 있을 멋진 상자.

하늘이 누구에게나 선물한 일생 한 상자
길고 짧은 시간이 각양각색 가득.
하루, 한 달, 일 년 하나씩 꺼내 쓴 뒤
어딘가 쓸모 있는 상자 과연 남을까?

쓸모는 고사하고 상자 자체나마
생각해 줄 사람들 정녕 몇이나 될까?

오늘의 선물도 누릴 줄 모르면서
어제 탓만 일삼겠다 설치다니,
내일은 과연 무사하기나 할까?

동시대 형제들은 모질게 구박하면서
조상이든 후세든 어찌 그리 알뜰살뜰
잘 보살피겠다 재잘재잘대나?

제 상자도 제대로 간수 못하는 주제에
남들 상자마저 마구 부수며 히죽거리다니,
그런 자들이란 도대체 무엇인가?
그들이 자만하는 상자란 고작 금칠한
거짓말 고무풍선에 불과하다니…

사람은 가도 세월은 남아돌고
세월이야 간들 상자는 남게 마련.
하지만 상자란 아무리 빈 거라 해도
어딘가는 쓸모가 있어야만 하련만…

2019.11.27.

술 한 잔은 꿈인가?

술 한 잔 했지 친구들과 기분 좋게,
개소리 새소리 마음 놓고 속 편하게.
하지만 술 깨고 나니 어젯밤 도대체
뭘 그리도 미친듯 지껄였는지…

백지 기억, 아니, 백치 기억은
짙은 안개 속 아득한 옛날 같이…

아무리 그래도 남은 건 있게 마련.
푸근한 자리, 즐거운 시간 한껏 누린
만족감, 그 여운이야 어딜 가겠나?

아침마다 다시 시작하는 하루,
더 멋진 한 잔을 준비하기 위해,
굿모닝, 커피!

술 한 잔은 꿈인가?
아니, 꿈이 술 한 잔인가?
꿈속에 또 꿈인듯 흘러가는 세월,

한 평생이야말로 술 한 잔인가?

메아리 없는 의문이 떠오른다 해도
역시, 굿모닝, 커피!

2019.11.29.

문학예술에 단체라니!

건질래야 건질 실속이란 하나도 없고
실력은커녕 창의적 노력마저 말라붙은
어느 문학 서클에
수십 년 군림하는 할망구.
한 때 이름 좀 얻었다 해서
목이야 언제나 빳빳하기만 하지.

나이 90이 넘어도 매사 여전히 좌지우지,
그래야만 직성이 풀리겠지.
젊은층은 물론, 70대든 80대마저
아랫것들이라 언제나 굽실굽실,
모임마다 반드시, 회장님 만세! 할렐루야!

예술혼이 뭔지 알 리도 없고,
안들, 영혼 팔아먹은 지가 하도 오래된
늙은이들이 모이는 어느 예술서클에
미꾸라지로 스며들어 군림하는 영감태기.

연줄연줄 잡아당겨 이름 좀 얻고 나니

이 감투 저 감투 얼마나 탐이 나는지
아침저녁 날마다 눈에는 핏발이 서지.
그래야만 직성이 풀리겠지.
이 자도 노는 꼴이란 역시 영락없이,
회장님 만세! 할렐루야!

문학한다는 소위 원로들이 고작 요 모양,
예술한다는 자칭 중견들이 요 꼴이라면,
화류계 꽃뱀들이 배꼽 잡고 웃을 테지.
뒷골목 주먹들도 턱 빠지게 웃을 테지.

문학이든 예술이든 기타 나부랭이든
서클이니 협회니 연합, 연맹, 법인 등
도대체 단체란 게 뭐 먹자고 필요한가?
화류계, 암흑가, 정계 따위라면 몰라도!

2019.12.8.

불우한 천재, 불우한 성자

백 년에 한 번 혜성 같은 천재,
그 출현은 천지개벽일까?
아니면, 천재지변 재앙일까?

불우한 천재라니!
그는 세상을 제대로 꿰뚫어 보고
천명에 따라 제 길을 걸었건만,
시대와 사람들은 눈이 멀 대로 멀어
전혀 그를 알아보지 못했으니,
도대체 누가 정녕 불우한 것인가?

천 년에 한 번 천둥 같은 성자,
그 출현은 과연 인류의 축복일까?
아니면, 분열, 살육의 나팔소리일까?

불우한 성자라니!
그는 진리를 바닥까지 훑어 살피고
영원한 해탈의 길을 걸어갔건만,
자칭 제자들은 스스로 귀에 못을 박고

그의 가르침에는 콧방귀도 안 뀌니,
도대체 누가 누구를 불우하다 하나?

천재든 성자든, 참으로 불우하다면,
그들이 만나지 못한 것이 있다면,
그것은 시대와 장소가 아니라
사람들의 마음,
바로 인류의 영혼이 아닐까?

제 아무리 천재인들 성자인들,
어차피 불우할 수밖에 없다면,
그들이 결코 만날 수 없는 게 있다면,
그것이야말로 바로 그들 자신,
즉 진정한 자기 분신들이 아닐까?

2019.12.8.

황혼에는 겨울 산도 몸을 사린다

세상에 제 아무리 높은 산인들
태초부터 거기 있을 리는 없지.
땅이 솟으면 바로 거기가 산이고
가라앉으면 바로 다시 평지가 아닌가?

흙이든 돌이든 쌓이고 또 쌓이면
없던 산도 어느 날 우뚝 버티어 서고,
사람들이 개미 떼처럼 달라붙어서
파먹고 깎아먹고 쪼개어 팔아먹다 보면
어느 날 문득 사라지고 마는 산…

황혼에는 겨울 산도 몸을 사린다.
언젠가 지상에 생겨난 것이란,
하나도 예외 없이, 반드시, 언젠가는
사라지고야 만다고 절절히 알고 있기에
당분간이나마 산으로 살아남기 위해
몸도 사리고 숨도 죽이는 것일 테지.

하지만 보라!

산도 아닌 것이 산인 듯 행세하는 꼴을!
신도 아닌 것이 신으로 군림하는 추태를!
귀신도 아닌 것들이 잡귀보다 더 흉악하게,
더 잔인하게 날뛰는 무도함을!

아하, 천사도 아닌 것들이
천사보다 더 곱게, 찐하게 화장한 채
순결한 듯 청렴한 듯 얌전빼는 꼴을!
구원의 구 자도 알 턱 없는 것들이
메시아로 자처하며 무수히 죽이고 있는
인류의 이 희한한 코미디를 보라!

2019.12.13.

평화상 따위는 개나 물어가라!

평화상이라니! 우하하하!
어느 남녀가 어느 남녀에게 주는 것인지,
상금이 도대체 얼마이기에
사방에서 정액처럼 군침이나 흘리는지,
그 따위는 알 필요도 없을 테지.

하지만 그나마 명색이 평화상이라 하니,
평화란 과연 무엇인지,
상이란 어떻게 주고받고 하는지,
그 정도 호기심은 누구나 애교 아닌가?

진짜 평화가 무엇인지 상을 주는 자들이
알기나 하고 주는지도 알쏭달쏭
영원히 흑막에 가린 미스테리지만,
받는 자들이 그걸 안다면 기적일 테고
아예 관심조차 없는 것만은 확실하지.

빽을 쓰든 대기업 등을 쳐서 돈 뿌리든
상패를 따기만 따면, 장땡, 아니, 광땡!

영광! 할렐루야! 각하 만만세!
그런 용비어천가나 즐기는 얼간이들이
어찌 평화 사랑, 평화 염원 나팔 부는가?

평화상 받은 자들이 어디 한둘인가?
해마다 시상식 행사는 화려하건만
지상에서 진정한 평화는 어디로 갔나?
수백 수천만 난민은 도대체 무엇인가?
오늘도 구석구석 여전히 자행되고 있는
고문, 살인, 방화, 약탈, 인종청소는 뭔가?

대자대비를 염불하는 나라의 한 여자가
평화도 상도 뻔뻔하게 짓밟은 것쯤이야
그리 대수로울 것도 없는 다반사겠지.
아무렴, 그럴 테지.

하지만 부서진 진흙 우상인 그 여자가
오늘날 온 세상에 선포한 메시지란,
평화상 따위는 개나 물어 가라!
바로 이거라고! 하하하하! 우하하하!

2019.12.13.

똥은 똥이고 그릇은 그릇이다

개는 개똥이 최고라고 외치고
소는 쇠똥이 최고라고 우긴다.
어느 거든 그게 그저 그 똥인데,
개는 자기 것만 똥이라 하고
소도 질 새라 치받으며 막무가내.

접시에는 거기 알맞는 음식이 있고
뚝배기도 역시 그러하기 마련이다.
둘 다 그게 그저 그 그릇일 뿐인데,
접시는 자기만이 그릇이라 뽐내고
뚝배기도 지지 않고 덜거럭댄다.

접시에 수북히 쌓인 개똥은 약인가?
뚝배기 가득한 쇠똥은 과연 꿀인가?
어느 것이 진짜 똥인지, 최고인지,
아니, 유일무이, 신성한 똥인지
그 따위가 무슨 대수로운 문제인가?

생사결단이라니!

적이란 모조리 섬멸하라니!

아하, 차라리 이렇게 외치면 어떤가?
나는 똥이다, 나 이외에 다른 똥은 없다!
오로지 내 똥만 맛도 영양가도 최고!
나는 그릇이다,
나 이외에 다른 그릇은 없다!

아하, 그릇다운 그릇은커녕
똥다운 똥마저 있을 리가 없는
허허벌판에서나 울려퍼지는 헛소리,
천상천하 유아독존!
우하하하! 허허허허! *虛虛虛虛*!

2019.12.14.

오, 장기판의 왕이여!

장기판의 왕도 왕인가?
남의 손가락 끝에서 놀아나기는
왕이든 졸이든 피장파장.
외통수에 걸리면 끝장이다,
외마디 꽥 소리도 치지 못하고.

대회마다 연전연승 승승장구하는
천하제일 고수는 과연 왕인가?
배운대로 머리를 아무리 쥐어짠들
초고속 AI 하고 맞붙으면 끝장이다,
헉! 마지막 한숨도 토하지 못하고.

수천년간 오늘도 펼쳐지는 장기판,
생존경쟁 그 역사의 무대에서
누가 손가락을 멋대로 놀리는지,
누가 거기 놀아나고나 있는지를
외통수에 걸려야만 비로소 깨닫는가?
망국! 그게 정말 무슨 뜻인지도?

장기판의 왕도 왕은 왕인가?
졸이야 추풍낙엽 피박을 쓴다 해도
왕은 홀로 살아남을 수 있을까?

장기야 또 한 판, 삼 세 판도 가능하지만,
약육강식 현실에서 끝장난 판이 어찌,
꿈이여, 다시 한 번! 그게 되는가?
어쩌다 그런 개꿈에나 풍덩 빠져서
얼이 빠진 채 허우적대기만 하나?

오, 왕이여! 장기판의 왕이여!
매정, 무도한 남의 손가락만 빨지 말고
차라리 장기판을 뛰쳐나가든지,
판을 아예 뒤엎을 용기마저 없는가?
혀를 깨물어 피 토하며 죽을망정
거시기 달린 사나이답게! 당당하게!

2019.12.13.

노익장, 아니, 노익청춘!

돌고 도는 물레방아 인생이라지만
흘러간 물이 어찌 바퀴를 돌리겠는가?
지난 세월이야 40년이든 50년이든
없던 걸로 치고, 허허허허!
툭툭 털어 잊어버린다면,
사회에 첫발 내딛던
그 초심으로 돌아간다면,
그게 바로 노익장, 아니,
그야말로 진짜 진짜 노익청춘.

물레방아 인생이라 믿거나 말거나,
윤회의 수레바퀴도 믿거나 말거나,
내 마당이나 잘 쓸어 깨끗하면 그만이지
남의 집을 담 너머 기웃거릴 게 뭐냐?
남의 일생이란 그 사람의 인생일 뿐,
내 일생은 단 한 번 나만의 일생.

아이고, 늙었구나! 한숨이나 내쉬며
기죽지 마라. 주저앉지도 마라.

20대 시절 그 초심으로 돌아가
아침마다 인생을 다시 시작하라.
새로운 인생 그 서막을 활짝 열어라.

그거야말로, 아니, 오로지 그것만이
진정한 노익장!
누구에게나 영원한 노익청춘!

이마에 피도 마르지 않은 주제에
입에서 젖비린내나 퐁퐁 풍기면서
선배든 세상이든 우습게만 보고
으스대며 멋대로 날뛰는 청춘이라면
철부지 경거망동 가짜일 수밖에!

우린들 어찌 그런 한 때가 없었겠는가?
하지만 이젠 한 50 년 없던 걸로 치고
날마다 진지하게 다시 시작하자,
원숙한 노익장, 노익청춘을!

2019.12.22.

길거리 풍경

허겁지겁 어디론가 몰려가고 있다,
수많은, 참으로 무수한 남녀노소가.
어디로 가는지 알고 있다고 누구나
생각도 하고 믿기도 한다.
하지만 그게 진짜 목적지일까?
아니면, 선입관에 찌든 신기루일까?

비 온 뒤 솟아나는 죽순인 양 수많은,
참으로 무수한 사람이 몰려오고 있다.
어디서 왔는지 알고 있다고 누구나
생각도 하고 자만도 한다.
하지만 그게 정말 아는 것일까?

길이란 백 년 전, 천 년 전에도 그러했고
만년 백 만년 뒤에도 그저 그럴 것이다.
너나 나나 우리 모두 떠난다고 해서
길이야 그저 길이지 어찌 변하겠는가?

본전은커녕 빈손으로 길 떠난 주제에

무슨 손해를 보았다고 억울하다 하나?
누구나 빈손으로 마감하는 여행길에서
무슨 횡재를 했다고 희희낙락인가?
아쉬워할 것도, 못내 미련 둘 것도 없고,
탓할 것도 미워할 것도 없지 않은가?

길거리 풍경이란 언제나 그저 그렇다.
대단한 것이란 아예 기대도 마라.
새삼 놀라운 것도 있을 리가 없으니,
하늘이 무너진들 땅이 꺼진들
그저 그러려니 하고 놀라지도 마라.

2019.12.29.

가 볼 테면 가라

호기심의 용수철에 튕겨
가 볼 테면 가라.
무한한 우주 저 너머까지도…

가 볼 테면 얼마든지 가라.
다만 홀로 가라.
무고한 사람 억지로
무수히 끌고 가지 말고!

기어이 가고 싶으면 가라
AI 드론 타고 돌아올 수 없는
다리 저 너머까지도…
언제든지 마음대로 가라.
다만 홀로 가라.

볼만한 것이 과연 있는가?
허공 속 허공 이외에
암흑 속 암흑 이외에 그 무엇이
그리도 대단한 구경거리인가?

무수한 은하계든 별이란 것도
결국 언젠가 시작된,
결국 언젠가는 소멸하게 마련인
에너지 자체의 환상일 뿐 아닌가!

2019.12.29.

그러거나 말거나

지렁이도 밟히면 꿈틀꿈틀 몸부림,
하지만 그러거나 말거나.
갯지렁이도 눌리면 불뚝불뚝,
무지렁이도 어이없이 마구 터지면,
아이고! 아이고!
하지만 여전히, 그러거나 말거나.

억울한 한숨이란 하늘 높이 치솟아
먹구름에 반드시 폭우로 쏟아지지.
사방에서 둑이 터지고
천리만리 성벽도 제 풀에 무너지지.
아하, 그러거나 말거나!

앞마당에 불지르고 몰래 뒤로 빼돌린
황금의자 앞에서 술잔을 높이 들고,
위하여! 위하여!
천세 만세 위하여!
감투 도적 떼가 흥겨운 자축 파티.

오늘은 요놈이 앉아서, 에헴! 에헴!
내일은 조놈이 걸터앉아 천하에 호령.
내가 먼저!
너는 안돼!
치고받고 난장판에 고작 사나흘에
박살나 버리는 허울 좋은 황금의자.
아하, 그러거나 말거나!

지렁이도 나름대로 한 철일 테고
무지렁이도 제 멋에 한 세상일 테지.
그러거나 말거나…
정말 그럴까?

둑이란 터지기 전에 조심 또 조심,
성벽도 뚫리기 전에 철통 또 철통,
그야말로 생사의 갈림길일 테지.
그러거나 말거나…
과연 그럴까?

2019.12.29.

발가벗은 임금님

발가벗은 임금님 연말연시 시가행진
참으로 위풍당당 장엄하게 활보한다.
무수한 백성이 보고 입이 쩍 벌어졌지만
아무도 말은 하지 않았다 외설이라고,
음란노출증, 미풍양속 파괴라고.

아니, 말을 할 수가 없었다,
이실직고, 사실을 사실대로.
우하하하! 이건 그냥
코흘리개 아이들 이야기란다!

허나 어리석은 백성이 잘못 본 것이다.
김이박최에 천방지축 마골피 백성이란
어중이떠중이 수백 가지 성씨라 하니
두 눈 떠도 제대로 알아볼 리가 없다.

임금님이 발가벗고 나선 까닭은
워낙 청렴하여 입을 옷이 없어서일까?
그 몸은 날때부터 원래 옥체라 하니

옥으로 된 몸에 무슨 옷이 필요한가?

오히려 발가벗고 다녀야만 비로소
눈부시게 아름다운 천하제일 걸작.
그 몸에 달린 물건은 분명 옥경이니
어찌 만천하에 자랑하지 않겠는가?
가리고 숨기고 도사리고 자시고 없이!

임금님이란 언제나 발가벗고 다녀야만,
옥경도 철면피로 마구 흔들며 활보해야만
그야말로 제 격에 위대한 걸물 아닌가?
실사구시, 이실직고 따위 유식한 척
쿵더쿵 쿵더쿵 입방아나 찧어대다가는
목이 천만 개라도 모자라는 세상이다.

아하, 태평성대 끼리끼리 잔치판!
그야말로 단군 이래 최대 난장판!
우하하하! *虛虛虛虛*!

2019.12.31.

2020년, 시

그 알량한 돈봉투

돈키호테는 영원히!

제멋대로 생각할 뿐

꿈길에서 만난 친구들

꿈속에도 보일락 말락 길은 있기에
먼저 간 친구들 느닷없이 만나보네.
반갑기는 한도 없이 반갑다마는
왠지 이상한 생각이 절로 떠올라
도무지 떨쳐버릴 수가 없네.

어딘지도 모르게 마냥 흘러간 세월
거칠고도 덧없이 너무 길었던가?
다가올 날 아무리 멀리 바라본들
고작 어느 어스름 무렵일 뿐인가?

나 자신도 그 언젠가는 잠시나마
누군가의 꿈길에서 쉬어가지 않을까?
그 누군가도 역시 언젠가는
다른 누군가의 꿈길에서 잠시…

그리운 얼굴들 가슴 깊이 묻어
정겨운 이름들 귓가에 맴도는 한
보일락 말락 꿈길만 애타게 이어지네.

우리도 한결 더 애절하게,
그래도 언제나 황홀하게,
메아리만 남기고 떠나갈 따름이라네.

2020.1.8.

봄바람이라

바람이 어찌 봄에만 불겠느냐?
봄에 불어오니 봄바람일 뿐,
무심한 바람, 봄바람일 뿐.

그래, 바람이 어찌 불고 싶어 불겠느냐?
불고 또 불어 다 불어버리고 나면
텅 빈 바람, 자취 없이 사라진 바람,
한 봄에 불었던 봄바람일 뿐.

하지만 누군가에게는 아리송한 바람,
또 누군가에게는 수상한 바람이라지.
미세먼지는 무수한 칼날,
바이러스는 무수한 원자로일까?
날벼락 몰아오는 바람, 봄바람에
수만 수십만 목숨이 날아가 버리다니!

바람이 어찌 봄에만 불겠느냐?
바람이 나든, 바람이 들든, 지상에서
살아있는 한 그저 그런 거라지.
전염병이 어찌 어제 오늘만 돌겠느냐?

태초 이래 생명이란 모두가 원래
아메바든 바이러스든 거기가 시작일 뿐,
몸이란 영영 바이러스의 포장지일 뿐.

알쏭달쏭 한평생에 사방 두리번거리다
하염없이 스러지는 숨결들…
수상한 공포심의 바람에 까불리다
맥없이 벼랑으로 내몰리는 꽃잎들…

봄에 분다고 언제나 훈훈한 봄바람이냐?
봄에 핀다고 모두 반가운 꽃이라더냐?
아하, 지존의 자리란 고금이든 동서든,
신전이든 시궁창이든, 어차피
벌거벗은 망나니들 난장판이라니!

2020.3.20.

마음대로 불러도 좋다

마음대로 불러도 좋다, 호칭 따위야.
이런들 저런들 너나 내게 무슨 상관이냐?
개나리라 한들 내가 어찌 개나리며
물망초라 한들 어찌 너를 기억하느냐?
나는 그냥 꽃, 이 꽃 저 꽃일 뿐,
인류 이전에도 수십억년 피고 지고
인류 이후에도 여전히 피고 지고 할 뿐.

멋대로 불러도 좋다, 허명 따위야.
대왕이라 한들 졸물은 졸물, 강도는 강도,
신이라 칭송한들 구더기밥보다 어찌 더하랴?
하늘 아래 땅 위에든, 이승이든 저승이든
사람이면 그냥 사람, 이 놈 저 놈일 뿐,
유사 이래 잘린 왕들 모가지 헤아릴 수 있느냐?
내일도 부서질 옥좌들은 그 또한 얼마인가?

오매불망 불러도 좋다, 이름 따위야.
아폴로라 부른들 태양이란 신은커녕
그냥 뜨거운 불덩어리일 뿐,

하늘님이라 부른들 어찌 하늘이냐?

신의 이름으로 착취, 고문, 살인하는 자들,
신의 영광을 위하여 사기치고 때리고
사방을 닥치는 대로 정복하는 자들,
그들의 광신, 맹신이 범죄가 아니라면,
정의의 신이란 도대체 무엇인가?
자비의 신이란
누구를 위해, 왜 존재하는가?

마음대로 불러도 좋다.
멋대로, 오매불망 불러도 좋다.
다만 속이지 마라, 너 자신만은!
아예 하지 마라,
남들을 속일 생각 따위도!

2020.3.31.

영영 무소식

벗꽃이 피면 온다더니 감감 무소식이네.
꽃이 지면 오나 했더니 여전히 오리무중.
무소식이 희소식이라 믿어볼까 했더니만
영영, 참으로 영영 무소식일 뿐이라니!
아아, 야속한 사람!

천년 이천년 기다리면 다시 온다더니,
만년 백만 년 지나면 혹시나 했더니만,
언약이란 원래 허망할 뿐이던가?
기다리는 자들의 애처로운 짝사랑,
영영 구름 잡는 백일몽일 따름인가?
아아, 무책임한 사람!

눈보라치는 꽃잎에 아무리 흠씬 맞아도
얼굴에는 아픔도 상처도 하나 없네만,
남몰래 찢어진 가슴이야 누가 알아주나?
뜨거운 눈물이야 어느 손이 닦아주겠나?
아아, 영영 무소식이라니!
아아, 얄미운 사람!

2020.4.2.

바이러스가 어디 가나?

거시기 대통령이 아무리 헛소리 지껄여대도
바이러스가 어디 가나?
거시기 황제가 아무리 사실을 숨기려 해도
화장터 유골들이 어디 가나?

대통령 간인들 황제의 허파인들
언제나 어디서나 바이러스 밥일 뿐.
온 세상의 진짜 지배자가 있다면
창조 이래 오로지 바이러스뿐,
앞으로도 영원히
유일한 슈퍼 황제!

생명체란 너나없이 모두 무릎 꿇어라.
극히 미세하여 보이지도 않는 바이러스,
하나는 한없이 미약하다 해도
무한히 번식하면 모든 것 먹어치우는
바이러스, 그 천하무적 탐욕 앞에
무릎 꿇어라. 겸손한 척이라도 해라.

깨달아야만 살아남는다. 깨달아라,
만물의 지배자로 자처하는 인류마저
무수한 종류의 변종 바이러스 앞에서는
참으로 아무 것도 아니라는 진실을.

이제라도 깨달아 겸손해진다면 살아남지만,
오만, 어리석음, 아집에 침몰한다면
그야말로 벼락치듯 끝장 아닌가?

사람 위에 바이러스가 있고
바이러스 위에 대자연의 원리 있으니,
또 그 위에는 무엇인가 있게 마련이니,
자신의 무지, 나약함 깨닫고 무릎 꿇어라.

살아남는 길이 그나마 아직 있다면
그 길 외에 무엇을 바라보고 있는가?

2020.4.5.

별일 없지? 정말?

벼락 맞아 마땅한 것들은 멀쩡한데다
오히려 희희낙락에 떵떵거리며
애꿎은 남들만 벼락 맞게 만드는,
벼락 맞을 도깨비 세상이야.
좀비 대왕들 제국주의 시대라고.

그래도 별일 없지?
그래, 별일이야 없어야지. 아무렴!

하지만 세상이란 원래 태초 이래
별별 생명체가 우글우글 번식하는 마당,
너 죽고 나 살자 아우성치는 놀이터라
오만가지 별일이야 당연히 사방 천지!
잠시나마 별일 없다면 그야말로 기적!

어느 대왕인들 권불십년 한줄기 바람,
어느 황제인들 결국에는 풍전등화에
영영 암흑일 뿐, 별 게 아니잖나?
아무리 미화한들, 신으로 숭배한들

미세 바이러스에 좀 먹혀 사라지는
한 때 인간이었다는 게 뭐 그리 대단한가?

그래, 그들도 한 때는 인간이었지.
한 동안만, 단 한번만 인간이었지.
하지만 참으로 인간다운 인간이었던가?
사람다운 삶을 보여주기는 했던가?

별일 없지?
여전히, 정말, 별일 없는 거지?
하지만 잘 생각해 보라고.
별일 없는지 네게 묻는 사람 전혀 없다면,
아니, 너무 많아 이루 헤아릴 수 없다면,
바로 그게 별일이라는 거야.

그러니까 조심!
손발, 눈코입귀 모조리 조심!
별별 도깨비들 좀비들의 나라
그 아수라장 난장판에 조심, 또 조심!
그래야만 비로소 별일 없을 거야.

2020.4.10.

꿈속에서

무수히, 참으로 무수히 굶어죽었지
꿈속에서.
무수한, 참으로 무수한 구덩이,
파도 파도 또 파도 끝이 없는 구덩이,
꿈속에서…

세월아 네월아 어영부영하다
엉겁결에 잠이 깨어 보니,
그게 그냥 꿈만은 아니었지,
그래, 결코 아니었지.

아, 참으로 무수히 죽고 있었지,
참사랑에, 신의에 허기지고,
여기, 저기, 어디서나 쓰러지고.

아, 참으로 무수한 구덩이.
진리도 정의도 생매장되고
파고 파고 또 파고 있었지,
여기, 저기, 언제까지나.

눈이나 다시 감을까
꿈속에서,
바이러스 모조리 사라질 때까지
꿈속에서…

아니, 눈이라니,
둘은커녕 하나인들 있기나 할까?
아니, 다시 뜨기나 할까,
꿈속에서…

2020.5.10.

헛소리 세상

알바로 하루살이 젊은이가 자문 구하러
은사인 경제학 대가를 찾아갔다네,
세계 갑부란 꿈도 못 꿀 주제라 고작
지속가능한 호구지책이나 배울까 해서.

그런데 대가는 오리무중!
헤지펀드 모은 돈 몽땅 들고 튀었다 하네.
아하, 돈이란 그렇게 버는 게야!
젊은이는 일생일대 진리를 터득했다네.

난세영웅 청운의 꿈에 취한 젊은이가
은사인 정치 백단 대가를 찾아갔다네.
살신성인, 천하중생 구제, 태평성대,
정의, 평등, 다 같이 잘 사는 세상 운운

대가가 한창 큰소리 탕탕 치는 중
특검 수사대가 들이닥쳐 쇠고랑 찰칵!
알고 보니 불법 자금 모아 나 홀로 꿀꺽,
수백 수천 억, 아니, 수천 조 수만 경!

여기저기 현금다발 마구 뿌려 두었으니
민심확보에 지지기반은 여전히 탄탄대로라,
쇠고랑이란 정의 쇼에 잠깐 보여주고 마는 소도구,
아니, 다이아몬드 팔찌일 테지.
아하, 권력이란 그렇게 잡는 게야!
젊은이는 그 자리에서 득도했다네.

눈먼 돈 먹어 조지기야 어차피 피장파장,
지들이 먹으면 합법, 내가 먹으면 불법이냐?
정치 탄압! 학살! 독재!
악을 쓰며 끌려가는 대가를 보니,
어랍쇼, 이거 뭔가 각본이 틀렸잖아!

고달픈 인생길 막바지에서 늙은이가
내세에서나마 편히 사는 길 있을까 해서
영생 진리 도사를 찾아갔다네.
나를 믿으라, 영생을 주리라!
오로지 나만 믿으라!
영원한 행복을 주리라!

도사는 전 재산 헌납을 강요하는데,
늙은이는 가진 게 하나도 없어
평생 기른 수염이라도 잘라 바치겠다 하니

도사가 노발대발에 쌍욕만 퍼부었다네.

천당, 극락, 낙원도 돈 없으면 입장금지?
영생 영복도 결국 사고파는 투기주식인가?
아하, 진리의 말씀이란 게 고작 그런 게야?
늙은이는 그 자리에서 문득 해탈했다네.

내세도 돈타령이라면 역시 고달플 테니
굳이 애써 서둘러 갈 필요가 있겠나?
차라리 이승에서 그럭저럭 뒹굴다가
그냥 사라지는 게 더 낫지 않겠나?
개똥밭에 굴러도 이승이 좋다는 건
배부른 천치들 새빨간 거짓말이긴 해도…

2020.5.29.

이런 세상 저런 세상

드넓은 초원이 사막으로 변했지.
그래, 그래, 그런 세상도 있었지.
사막이 다시 초원으로 탈바꿈한다지.
그래, 그래, 그런 세상도 있기는 하지.
수천만 대도시도 폐허로 변할 테지.
그래, 그런 세상도 있게 마련이지.

이런 세상 저런 세상 다 살아보면
정말 여한없이 만족할 수 있을까?
이 따위 세상 저 따위 세상 모든 꿀맛
만끽하고 나면 속이 시원할까?

이 풍진 세상 쓴맛은 쏙 빼고 나서
단물만 쪽쪽 빨면 장땡이다 이거야?
무슨 짓을 하든 증거만 없으면 무죄,
높은 자리만 차지하면 광땡이다 이거야?

수백 미터 댐도 개미구멍에 무너지지.
천리만리 손아귀에 쥔들 실뿌리 썩으면

문전옥답도 어느 새 모래밭일 뿐이라.
상호신뢰가 증발한 자리에 뭐가 남겠나?

그래도, 아무리 그렇다고 한들
이런 세상 저런 세상 굴러는 가지.
백세 이백세 얼빠지게 살아보고 나면
정말로 여한 없이 만족할 건가?

눈시린 꼴에다 배알 뒤틀리는 추태마저
온 천하에 마구 과시한 주제에,
가짜라도 좋다! 위조라도 오케이!
금뱃지만 달면 의기양양이라니!

아하, 기자회견이라!
무슨 말인들 겉만 번지르르 못 하겠어?
아무렴, 잘 났지! 잘 났고말고!
뭐든지 모조리 다 처먹을 수 있으니까!
빽! 빽! 저 높은 곳 똥빽이 든든하니
땅 짚고 헤엄, 여유작작 처먹으니까!

2020.5.30.

955

돈키호테는 영원히!

21세기에도 다음 세기에도 여전히,
백 세기 천 세기에도 돈키호테는 영원히!
가상세계 상상 속의 여인을 위하여
목숨 걸고 풍차에 돌진하는 사내
그 순정은 과연 숭고한 코미디일 뿐인가?

신의 영광을 위하여! 이념을 위하여!
조국, 민족, 사랑을 위하여!
반대든 비판이든 심지어 중립마저
적대, 유해 세력에 불과할 따름이니
모조리 체포, 고문, 처형, 학살하는 광기에
환호하는 무리, 영원한 돈키호테!

그래, 진짜 돈키호테는 홀로 미쳤을 테니
약탈, 살인, 정복 따위란 능력도 없었겠지.
하지만 사이비 돈키호테 광기의 집단이란
맨정신에 냉혹하게 사회 전체를 파멸시키지.
건설만 문명이 아니라 불장난에 파괴야말로
진정한 발전이라고 외치며!

똥개호태 나가신다, 길을 비켜라.
동에서 번쩍, 서에서 홀쩍, 아, 눈부셔라.
그의 하인은 이름이 뭐더라, 그래,
최신 유행 따라, 산산조각이라지.

산산조각 나가신다, 길을 비켜라.
동서남북 종횡무진,
남남북녀 벌벌 기며 만세 삼창이라.

우하하하! 허허허허!
이거야 정말 여태껏 본 적이 없는
지상최대 전대미문의 쇼! 쇼! 쇼!
벌거벗은 왕들의 끝도 없는 행진!

2020.6.2.

꿈인들, 굿모닝, 커피!

꿈인지 생시인지 알 수가 없어
악몽의 소용돌이에 휘말려
허위적 거리기나 할 뿐,
너와 나, 쪽배 타고 한없이 표류 중.

아무리 그렇다고 해도,
아침마다 언제나,
굿모닝, 커피!

잔에 서리는 뿌연 입김이
아무리 초라한 역사의 앙금이라 해도,
잔에 떨어지는 눈물이
풀릴 길 없는 누명
그 녹슨 족쇄라 해도,

오늘 새벽 눈을 뜬 것만 해도
더없는 행운이 아닌가?
그러니까 흔쾌하게,
굿모닝, 커피!

인터넷에 우주로켓 시대라 한들
바이러스에 속절없이 녹는 국경선들,
덧없이 사라지는 생령들은 무엇인가?

사교든 왕조든 마지막 막장극인 판에
수십 년 반복되는
천치들 사기꾼들 연속극은 또 뭔가?

아무리 세상이 희한하게 미쳐 돌아간들
너와 나, 아직은 숨도 쉬고
비교적 건강한 편이라고 한다면,
굿모닝, 커피!

감사! 감사! 또 감사!
내일을 향하여,
굿모닝, 커피!

2020.6.12.

959

얼빠진 잡초

불현듯 숨 막히게 하늘 온통 뒤덮더니
어느 틈에 자취도 없이 사라져버리다니!
구름이란!

제 멋대로 일까? 천만에!
나름대로 따라야 할 법칙은 있으려니…

어느 길에서 솟았는지는 몰라도
슬그머니 솔솔 화단에 씨를 날리더니
어느덧 이 꽃 저 꽃 모조리 몰아내고
화단 몽땅 독차지에 한 살림 차리다니!
잡초란!

제 멋대로 일까? 천만에!
나름대로 따르는 길 있기는 있다 하니…

구름이 물러가면 하늘이야 깨끗해지나
시든 잡초 산더미 이루면 화단은 어찌하나?
쓰레기도 마음대로 태우지 못하는 판이니

잡초 썩은 구린내에 그만
쓸모 잃은 허수아비들 코만 문드러진다니…
잡초란!
아무리 빳빳하게 살아 있어도 역시 잡초,
땅에 묻혀야만 고작 비료나 되는 것,
그게 대자연에 보은하는 유일한 길일 테지.

제 철보다 일찍 제 풀에 시들었다 해서
동네방네 요란하게 곡소리,
한사코 그래야만 염치, 의리, 예의라 하니…

기댈 기둥도 막막하고 쓸모조차 잃은
허수아비들은 눈도 귀도 멀어 버렸다 하니,
오호라! 얼빠진 잡초들만 무성한 광장,
한여름 코로나 바이러스 카니발!

2020.7.10.

참된 영웅에게 바치는 조시

군주가 비록 어리석고 무능, 비열하다 해도,
외적의 침략에 비겁하게도
수도도 백성도 버린 채 홀로 달아난다 해도,
그들에게는 지켜야할 나라가 있었다.

목숨마저 던져 구해야만 할 나라,
아버지의 나라 조국,
어머니의 나라 모국이 있었다.
그들은 장군, 참으로 장군다운 장군,
그보다 먼저 사람다운 사람, 군자였다.

군주든 장군이든 혈통이나 운에 따라
어중이떠중이 누구나 될 수는 있지만,
장군다운 장군은 아무나 되는 게 아니다.
아무 때나 흔한 것도 결코 아니다.

더욱이 인간다운 인간, 군자란
어느 시대든, 이 세상 어느 곳이든
그 얼마나 희귀한 존재인가!

참된 장군에 군자를 겸비한다면
밤하늘의 별보다 한없이 더 찬란하리라.
그에 비하면 군주답지 못한 군주란
길 잃고 헤매다가 시궁창에 빠져 죽은
생쥐보다 더 나을 게 뭐란 말인가?

그들에게는 이름이 있다.
불멸의 이름,
참된 영웅의 이름,
이순신, 그리고 백선엽!

군주들이란 덧없이 망각될 따름이지만
그들의 이름은 길이길이 칭송되리라.
나라를 진정 사랑할 줄 아는 가슴마다
그들의 영원한 안식처일 터이니!

2020.7.14.

제 멋대로 생각할 뿐(1)

광대들이 춤추고 기생들이 노래할 때
금잔에 술마시는 원님들은 자기들이
그들을 가지고 논다고 말한다,
돈푼이나 얻어먹으려 안달하는
아랫것들! 하면서.

하지만 광대도 기생도 자기들이
저것들을 가지고 논다고 생각한다,
속으로만
저것들! 허수아비들! 하면서.

사장은 직원들을 고용했다고 자부한다.
직원들은 사장을 자기들이
그 자리에 유지시킨다고 자부한다
속으로만.

대통령, 수상, 장관들은
백성을 다스린다고 큰소리친다,
무지렝이 하찮은 것들! 하면서.

개돼지만도 못한 것들! 하면서.

백성은 그들을 고용했다고 자위한다,
허수아비들! 하면서.
몽땅 도둑놈들! 하면서,
이불속에서만.

2020.7.26.

제 멋대로 생각할 뿐(2)

목자는 양떼를 양육한다고 자랑한다.
양들은 목자와 그 가족을
자기들이 먹여 살린다고 자부한다,
실직자 신세도 면하게 해주고.

이런 저런 종교에 무수한 교파가 있다.
종교인은 신도들에게 진리를 가르치고
그들을 구원한다는 긍지에 산다.
신도들은 조직의 발전과 영광을 위해
그들을 고용했다고 생각한다.

절대신이 우주를 다스린다지만
우주 만물이 신을 고용한 것은 아닐까?
아니, 인간이 그렇게 생각할 뿐,
그렇게 주장할 뿐인 것은 아닐까?

2020.7.26.

없으면 없는대로!

없으면 없는대로
하루 또 하루 살아가면 그만 아닌가?
있으면 있는 대로 고마울 따름이고.

자연이란 앞을 바라보아도
뒤를 돌아보아도 밑도 끝도 없이
아득하기만 하고,

세월이란 바람도 구름도
타지 않은 채 날아가 버리기만 하지.

어느 시대에 태어나든
누구나 한 세상은 매일반이지.
어느 곳인들 어느 놈인가
총칼을 휘두르기도 매일반이지.

없으면 없는 대로, 있으면 있는 대로
황혼이나 고요히 바라보라.

마른하늘에 날벼락이나 맞지 않고,
화산 터질 때 용암에 쓸려가지도 않고,
대홍수, 쓰나미, 토네이도마저 용하게도
피해서 살아남았다면 그나마 감지덕지,
공짜로 얻은 인생 아닌가!

무엇이 없다고 그리 안달복달인가?
무엇이 좀 있다고 그리도 의기양양,
동네방네 과시하고 돌아다니나?

있는 것이란 모조리 없어지게 마련,
없는 것도 언젠가는 있을 수가 있지.
자연이란 원래 유무상통하는 것,
그러니까 자연이라 하고
세상은 자연 따라 영원히 유무상통 아닌가?

세상 만물, 아니, 우주 자체마저
있어도 그만, 없어도 그만일 뿐인데,
지상의 그 무엇이, 아니, 그 누가
천상천하 유아독존이란 말인가?

없으면 없는 대로
허허허 웃으며 살아가라.

있으면 있는 대로 남들에게 조금이나마
베풀며 언제나 감사하라.

2020.7.28.

장마철 빗소리

때가 어차피 장마철이니 비란 그저
주루주룩, 좍좍, 왁왁,
퍼부을 수밖에는 없을 테지.
한쪽 귓구멍을 제 손가락으로 막으면
빗소리라 하는 것이
좍좍 좌악좌악으로 들리는가?
왁왁 우악우악 하고 들리는가?

수천 년에 한번 닥친
단군 이래 최대의 홍수라 하나?
댐이란 댐 모조리 무너지고, 아니,
이미 일찌감치 제 손으로 허물었으니,

동서남북 대도시들 모두
망망대해 물바다에 잠기고,
수십층 빌딩도 아파트도 침몰하니,
수족관 속 들어앉은 황홀한 수중도시들이라.

인간이란 산소마스크 쓴 자들만 살아,

그것도 고작 한두 시간이라.
결국은 너나없이 모조리 물고기 밥이라.

지구 전체가 바이러스 바다에
풍덩 빠져 허위적대는 판에
원폭, 수폭, 미사일이 무슨 소용인가?
그거 팔아 백신을 살 수나 있나?

빗소리가 좌악좌악 들리면 어느 편인가?
우악우악 하고 들린다면 어느 편인가?

재주라고는 눈치 하나뿐인 생쥐 같은,
한쪽 귀 제 손가락으로 막은 귀머거리들
무수한 귀가 허공에 떠돈다
바이러스인 양.

하지만 장마도 기껏해야 메뚜기 한 철,
지나가고야 만다 반드시.
그것도 눈 깜짝할 사이에!

2020.7.29.

또 꿈속에서

멋지게 세계일주 여행도 했지,
유람선, 비행기, 우주선마저 마음대로 타고.
돈 한푼 안 들이고
꿈속에서.

각종 미인과 팔짱끼고 샴페인에 캐비어
배터지게 신물나게도 즐겼지.
언제든지 어디서든지
꿈속에서.

포도송이처럼 다이아몬드, 진주가
주렁주렁 열리는 나무들
촘촘히 늘어선 드넓은 정원은 물론
황금 벽돌로 지은 성의 영주가 되어
황금마차도 타고 돌아다녔지.
땀 한 방울 안 흘리고
꿈속에서.

죽지 않고 영원히 산다고 했지.

고통, 질병 없이 오로지 행복만 넘치는
극락, 천당에 무사히 들어갔다고 했지.
자선, 선행 따위는 나 몰라라 해도,
손가락 하나 까딱 안 해도
꿈속에서.

하지만 꿈이 어찌 영원히 이어지겠나?
아무리 멋진들 굶주린 배 채워주겠나?
꿈속에서 활개치는 게 어찌
우리의 진정한 삶이라 하겠나?

차라리 헛된 꿈은 버리고
내 손으로 땀 흘려 밥 한 그릇 마련하면
그거야말로 진짜 최고의 삶이 아닌가?
이웃끼리 화목하고 상부상조에
자선마저 베풀며 살아간다면
바로 여기가 극락, 천당이 아닌가?

허망한 꿈속이나 들락날락하는 게
도대체 무슨 인생이란 말인가!

2020.8.4.

거세금연 아독연

천하가 제 아무리 금연! 금연! 외친들
나 홀로 유유히 담배를 피리라.

천재 시인과 달리
먹라수에 풍덩 할 리도 만무하거니와
오히려 강태공인양 호기 부리며
언젠가는 눈먼 대어도 낚아 올리리라.

비록 천재도 강태공도
모두 다 아득히 먼 인연이라 해도
오늘은 그냥 담배 한대에 만족하리라.
어차피 한 세상 살다가 갈 뿐이니,
만물은 사람마저 한 줄기 연기일 뿐이니.

남들처럼 어영부영 살아도 그만이지만,
나 홀로 담배를 즐기든 말든
어차피 결국에는 피장파장일 바에야,
거세금연이라도 아독연하리라.

2020.8.3.

우습게 본다고 화내나?

우습게 본다고 화내나?
원래 우습지 않다면 남들이 어찌 보든
언제나 우습지 않은 게 아닌가?
남들이 어찌 보든 무슨 상관인가?

원래 우습기 짝이 없는 것이라면
우습게 보지 않는 게 수상하지 않은가?
우습게 볼 가치조차 없는 거라면 그야
더 말하고 자시고 할 나위도 없지.

어쨌든 우습게 보이기만 하니까
남들이 우습게 보는 것일 터이고,
우습게 구니까 우습게 안 볼 수도 없고,
우습게 거짓말에 놀아나기만 하니
우습게 보는 것도 신물이 날 지경이라.
정작 누가 화를 내야 할지 알기나 하나?

우습게 본다고 화만 내선 뭐하나?
그건 이불속에서 방귀 뀌는 짓,

제 코나 문드러질 뿐 말짱 헛발질.

정 억울해서 못 견디겠다면,
우습게 보다간 코피 터진다는 걸
확실하게 대낮에 당당하게 보여줘 봐.
한평생 단 한 번만이라도.

그래야 비록 우습게 봐도 되는 것인들
결코 우습게보지는 못할 테니까.
세상이란 수상한 게 하도 많으니,
아니, 수상하지 않은 게 없으니까.

2020. 8. 6.

사별이든 생이별이든

죽은 자들과 완전히 영영 헤어지는 것은
그들이 숨을 거두는 순간일까?

그들이 다른 세계로 떠나가는 것은
그야말로 불가항력이지.
그들의 모든 감각이 끝나는 것도
역시 그럴 수밖에는 없는 노릇이지.

하지만 헤어진다는 것은 오로지
살아남은 자들만 누리는 애달픈 특권.
장례식이든 추도사, 기도, 동상, 기념비든
천상천하 오만 가지 형식이 과연
이별을 참으로 확인해주는 것일까?

죽은 자들과 영영 헤어지는 것은
살아남은 자들도 언젠가는
이승을 떠나는 그 순간이 아닐까?
하지만 그것이 진정 헤어지는 것일까?

그렇다면 살아생전 끊어지는 인연들,
제 손으로 멋대로 끊어버린 인연들은
도대체 무엇이란 말인가?

맺어진다는 그 말은 정녕 무슨 뜻일까?
아무리 인연이 무상하다고 말한들
바로 그 말이 결국 무상하지는 않을까?

2020.8.9.

속수무책이라니까!

오늘 하루야 어떻게든 버티어본다 해도
내일은 캄캄절벽인데 어떡한다?
무얼 먹고 사나?

오~! 대~한~민~국!
박수갈채 이미 아득히 사라지고
방방곡곡 한숨에 탄식만 넘치다니,
이게 도대체 웬 말이냐?

속수무책이라니,
쥐뿔도 별 뾰족한 수도 없다 하니
돌팔이 의사의 만병통치약이겠지.

만병이 자기인 줄도 모르는 주제에,
통치가 뭔지는 더더욱 까막눈인
돌팔이가 날마다 뿌려대는 가짜 백신.

공짜인 듯 떠벌리고 다니긴 하나
바가지만 팍! 팍! 씌우고 나서

국물은 홀로 뒤로 챙기는 돌팔이.

죽을 놈은 어차피 죽게 마련일 테고
살 놈이 살아남기도 그야말로
천 년에 한 번 기적 아닌가!

오~! 대~ 한~ 민~ 국!
선수란 모두 위장전입한 패거리에
심판들마저 몽땅 매수된 진흙탕인데,
공정한 게임, 정말 좋아하시네.
정의의 대행진, 진짜 놀고계시네.

오뉴월에 얼어죽을 돌팔이들,
오로지 그들만의, 그들만을 위한 쇼!
오~, 그들만이 철면피에 아전인수에
미친듯 박수치는 전대미문 환상 쇼!
그 화려한 제목이란 바로,
속수무책이라니까!

불꽃놀이 쇼가 문득 끝나고 나면
돌팔이들이 과연 용도 폐기되어
토~사~구~팽~! 그럴까?
폭죽 연기와 함께 몽땅 사라질까?

어쩌면 변종 바이러스가 튀어나와
더 독하게 천지에 날뛰지 않을까?

2020.8.31.

그 에미에 그 새끼

애새끼가 뭐 저래?
세상에 뭐 저런 게 다 있어?
그 에미에 그 새끼잖아!
그 애비에 그 새끼 누가 아니랄까 봐!

이런 소리가 천하를 휩쓸고 있은들
조상마저 파묘당할 욕인 줄도 모르고,
아니, 알고도 당당하게 모르는 척,
오히려 훈장인 양 기세등등 희희낙락!

장관이란 자들의 추한 꼬락서니란
여태껏 한번도 경험해보지 못한
그야말로 천하 명품 장관이로다!
유네스코 무형문화재 깜이로다!

그런 자들을 제 새끼보다 더하게
무조건 싸고돌며 춤추는 무리,
상하고하 전후좌우 모조리
원래 속도 배알도 없는 매미껍질!

한 철 지나면 사라져버린 매미 떼
다시 제 철 만나면 더욱 극악 떨겠지.
하지만 속고도 밀고 털려도 떠받드는
패거리 떼거리는 도대체 무엇인가?

정신도 영혼도 없는 허수아비,
양식도 양심도 운명마저도
헐값에 팔아 게걸게걸 먹어치우는
하루살이 허깨비들인가?

2020.9.8.

불길한 소리

거리란 거리마다, 골목이란 골목마다
그 어디서나 들려온다 불길한 소리가.
유사 이래 한번도 들어보지 못한 소리,
참새 떼가 거머리들 비웃는 소리가.

남을 돕기는커녕 쓰러진 자의 피마저
빨아 제 배나 채우고 큰소리치려 든다면,
노른자위 저택이든 아파트든 빌라든
투기노름이나 신물나게 홀로 즐기든지,

천년만년 늘어지게 낮잠이나 자지,
나오기는 왜 나와? 뭐를 더 먹자고?
동네방네 설치다가 조롱이나 당하니
그 조롱 꼬락서니는 도대체 뭐냐?

까마귀는 노래한답시고 까악까악 하지만,
기가 막혀 몸서리치며 참새 떼가 내뱉는
불길한 소리도 둑은 이미 터진 뒤라.

인간의 인 자도 알 턱이 없을 테고
법조문을 읽어도 까막눈이라 우기겠다면,
고개라도 숙이고 글자나 쳐다만 보지,
파기는 뭘 파? 마른 우물에 무슨 물이 고여?

미술의 미 자도 알 턱이 없을 테고
몰상식 철면피로 청사에 길이 남겠다면,
남의 걸작이야 입닥치고 그냥 바라만보지,
만지기는 왜 만져? 뭘 또 훔치려고?
손때나 잔뜩 묻히며 추태만 만발이냐?

거머리 까마귀 끼고 돌며 덩실덩실 춤추는
허수아비가 인재라고 부득부득 우긴다면,
교활, 비겁, 뻔뻔함이 천상천하 탁월하니
천재지변이 아니라 인재가 틀림없을 테지.
어느 문간방 아궁이 한줌 재가 될른지…

참새 떼가 거머리를 콕콕 찍어 냠냠.
까마귀는 톡톡 쪼아 피투성이,
마침내 시궁창에 내동댕이…
그래야 비로소 거리란 거리마다 정녕코
무수히 갈망하듯 다시금 평온해질까?

세상이란 어쩌다 거꾸로 돌기도 하고
언제든 뒤집히기도 만고의 철칙이라,
그게 또한 사람 사는 묘미라고도 하니,
혹시 참새 떼는 공짜 좁쌀이나 쪼아먹다
엉겁결에 그야말로 일망타진되어
포장마차 참새구이로 전락하면 어쩐다?

2020.9.23.

쓸 데가 없는 것들

저 물건, 쓸 데가 없어.
적어도 나에게는,
적어도 지금은.
그런데도 호시탐탐이라니
도대체 뭐하는 짓이야?

저 인간, 쓸 모가 없어.
적어도 우리에게는,
적어도 지금은.
그런데도 주머니 털어 돈도 바치고
그놈의 밑구멍마저 핥아주다니,
도대체 제 정신이 있어 없어?

아무개 아무개 역시 쓸모가 없어.
쓸 데도 전혀 없는 것들이야.
적어도 무수한 사람들에게는,
적어도 지금은,
아니, 어쩌면 날이면 날마다 영원히.

그런데도 불구하고 뻔뻔하긴 천하제일,
여전히 거짓말에 허풍이나 떨며 설치다니,
도대체 저게 정말 사람이야?
악귀가 탈쓰고 전대미문 쇼하는 거야?

인사가 만사라니?
허허허허!
만사가 허사로다!

2020.10.1.

신부님, 사랑하는 우리 신부님!
— 나상조 신부 탄생 100주년에 부쳐

헐벗고 굶주린 젊은이들에게
빵 한 덩이 밥 한 끼 베푸는 것도 좋지만,
밭갈이도 가르치고 곡괭이, 호미도 주고
스스로 논밭을 마련하여 자수성가하는
그 길을 열어주는 것이야말로
정녕 멀리 내다보는 참사랑이 아니겠습니까?

신부님! 사랑하는 우리 신부님!
저 가혹하던 시절에,
하루 또 하루 살아남기도 힘든 시대에
당신은 우리에게 그렇게 베풀었습니다.

생선 한두 마리 주기보다는
그물과 쪽배를 마련해 주었습니다.
한두 번 익사 위기에서 구출하기보다는
아예 수영하는 법을 가르쳐주었습니다.
신부님! 사랑하는 우리 신부님!
당신은 우리에게 그렇게 베풀었습니다.

잘 살아보세! 우리도 한번 잘 살아보세!
그 합창소리 온땅을 뒤흔들던 시대에도,
모진 권력에 짓눌려 숨도 못 쉬던 시대에
사람은 빵만으로 사는 개돼지가 아니라고
당신은 그 누구보다도 더 분명하게,
더 멀리, 더 깊히 내다보았고, 그래서
우리에게 마련해준 것이 있습니다.

그것은 바로 샘물,
마르지 않는 영혼의 샘물,
곧 진리와 신앙입니다.

당신은 말이 아니라 모범으로 가르쳤습니다.
저명인사들의 흔해빠진 위선의 자서전보다
더 소중한, 더 힘찬 사랑의 추억도 남겼습니다.
하루하루 당신의 삶 자체가 강한 펜이 되어
당신을 추모하는 가슴마다
한없이 풍성한 기록을 남긴 것입니다.

당신 자신이 아무리 길고 모진 가뭄에도
결코 고갈될 리 없는 샘이기에,
신부님! 사랑하는 우리 신부님!
아무리 칭송해도 여전히 부족할 따름입니다.

지난 세월 동안에도 늘 그러했지만
올 한가위에는 유난히 새록새록
더욱 그립기만 하는 당신 모습입니다.

당신과 동시대에 숨쉬던 이들이
모두 떠나간 뒤에도
당신을 본 적도, 만난 적도 없는 무수한 이들이
신부님! 사랑하는 우리 신부님! 하며
대대로 끊임없이 추모할 것입니다.

당신이야말로 참사랑의 실천으로,
진리의 모범으로
우리 영혼의 샘이 되고, 언제까지나
쟁쟁한 산 이름을 남겼기 때문입니다.
신부님! 나상조 신부님!
사랑하는 우리 신부님!
사랑하는 우리 영혼의 아버지!

2020.10.1.

가장 무시무시한 미지수

숨이 멎자마자 곧 문이 보인다지.
평소에는 결코 보이지 않던 문,
그 누구도 맨눈으로는 영원히 볼 수없는,
두 세상 영영 갈라놓는 그 문이.

죽음이란 고작해야 한 순간,
소리없는 암흑의 번개이긴 해도
저 문을 여는 유일한 열쇠라지.
오로지 영혼만이 문을 통과하고
그 다음은 모든 것이 미지수라 하니,

존재라는 것이 과연 존재하는지,
허무란 애초부터 존재와 하나인지,
그 누가 감히 제 입으로 장담할 텐가?

광명이란 것이 과연 빛인지도,
암흑이란 것이 결국 블랙홀인지도,
아니, 모순도 진리인지, 진리도 모순인지,
도대체 논리 자체가 있을 턱도 없는데,

그 누가 무슨 힘으로 설파하려는가?

숨이란 언제든지 멎을 수가 있고
대개는 느닷없이 그러하게 마련이니,
사람으로 태어나는 순간부터 그 누구든
언제나 줄기차게 저 문 앞에 서있고
열쇠도 역시 어디서나 대기한다지.

하지만 숨이 멎자마자 누구에게나
저 문이 반드시 열리는지,
아니면 영영 닫힌 문 앞에서
한 줄기 연기로 사라지고 마는지,
천상천하 고금동서, 역사도 초월하여
이보다 더 무시무시한 미지수가 또 있는가?

2020.10.2.

바보인듯 아닌듯, 굿모닝, 커피!

바보인듯 아닌듯,
굿모닝, 커피!

남들이 너를 바보라고 조롱, 멸시할 때
네가 진짜 바보다운 바보라면
바보를 간파하는 밝은 눈알들을 향하여
솔직히 고백, 바보의 진가를 발휘해 보라.

그래, 내가 바보인 것은 맞지만
온 세상 휩쓸고 있는 바보병 바이러스에
너희가 더 독하게 감염된 게 더 옳다! 고.

하지만 천부적 바보도 못 되는 주제에
바보인 듯 아닌 듯 침묵만 고집한다면
그 삶이야말로 비겁의 극치가 아닌가?

게다가 고분고분 굽실굽실은 고사하고
제가 나서서 아양 떨기까지 열성이라면
그 처세술이야말로 거세개탁 혹세무민의

참으로 황홀한 걸작이 아니겠는가?

바보인 척 아닌 척,
굿모닝, 커피!

이왕에 한 번 이 땅에서 태어나
갈 데까지 가볼 수밖에 없는 바에야
바보면 뭐가 어떻고
아니면 또 뭐가 그리도 잘났나?

세상이란 원래 요지경, 아니,
영원히 가상현실일 따름이라니
바보들만 신나게 즐기는 장난감인가?

남을 바보라고 조롱, 멸시하는 짓거리,
마구 손가락질하며 으스대는 무리,
그 얼마나 광견만도 못한 추태인가?

바보인 듯 아닌 듯, 할 테면 해봐라.
바보인 척 아닌 척, 뭐가 또 어때?
오, 기가 막혀도, 굿모닝, 커피!
아, 여유작작, 굿모닝, 커피!

2010.10.11.

나라든 울타리든

보이거나 말거나 아무 데나
나라마다 제멋대로 울타리를 쳐놓고 나서
신성불가침 국경이라 우기기는 하지만,
고무줄인 양 늘었다 줄었다 하게 마련이니
그건 사실 무수한, 무고한 사람들의 피와
땀과 눈물이 하염없이 흐르는 실개천,
무수한 시체 쌓아 올린 기나긴 성벽.

10만이 모여도 한 나라가 되고
10억이 바퀴벌레처럼 바글거려도 한 나라.
민심이 천심이라, 아니, 오로지 민심만이
천심 즉 나라일 터이니,
10만이 이민 가면 나라도 없어지고
10억 민심이 돌아서면 나라가 어디 있나?

나라란 원래 허공에 뜬 비누방울이니,
어느 나라든 역사의 강물에 떠내려가는
낙엽처럼 있어도 그만, 없어져도 그만.
대지는 어제도 오늘도 내일도 변함없이

언제나 온 인류의 삶의 터전인데,
자기 조상 대대로 살았다고 해서,
네가 어쩌다가 거기서 태어났다고 해서
그 땅이 영영 네 것이라 우기려는가?
첫 조상 이전에는 거기 누가 살았던가?

먼저 자리잡으면 그게 네 땅인가?
힘센 놈이 빼앗으면 그놈 땅이 되는가?
어차피 한 목숨 우연히 땅 위에 태어나
한 세상 동시대에 살아갈 운명이라면
어디로 언제 누가 이사를 가든
사이좋게 서로 돕고 살면 왜 안 되는가?

수십만 수백만 난민을 몰아내는 나라도
나라다운 나라일 리가 없지만,
난민이 바다에서 익사하든 들에서 아사하든
강 건너 불 구경이나 하지를 않나,
심지어 난민촌에 불마저 지르는 나라들도
역시 이기심의 맹수 우글대는 동물원일 뿐.

게다가 수십만 수백만 백성을 모질게도
한없이 넓은 감옥에 처넣고 나서
고문에 죽든 굶어죽든 얼어서 죽든

그걸 교육이라고, 각자 팔자라고 둘러대니,
도대체 이런 것도 나라라고 하나?

나라든 울타리든 원래 이 세상에는,
또한 역사에도 신성불가침 따위는 없으니,
하늘 아래 정의가 아직 살아 있다면,
인류의 양심이란 것이 정녕 존재한다면,
아아, 하늘 위에 자비가 남아 있다면,
그 어느 나라든, 그 어느 울타리든
줄어들어 마땅한 것은 반드시 줄고
소멸이 당연하면 없어져야 시원하리라.

2020.10.27.

도둑놈의 직업은 도둑질이다

도둑놈은 그 직업이 도둑질이라
그 짓을 잠시라도 하지 않으면
아마도 심심해서 죽을 지경이리라.
어쩌면 정말로 죽을지 누가 알겠나?

세금의 이름으로 남의 돈 긁어간다지.
애국의 명분으로 남의 목숨도 소모하지.
충성의 방패로 남의 영혼도 파괴하지.

죽을 때까지 들통 날 리도 없고
천하에 밝혀져도 처벌 따위 염려없지.
도둑놈이 자기 법을 만들어내니
도둑질은 당연히 합법적인 사업 아닌가?

합법이라고 모두 정의일 리 없지만
주먹이 판치는 현실은 고개만 푹 숙이지.
예전에는 그런 도둑놈들을 존칭하는 척
왕, 황제, 교주 등등이라 했지만,
지금은 원망, 증오, 경멸, 조롱 다 섞어서

대통령, 수상, 위원장, 지도자라고 하지.

나라, 왕조, 아니, 대륙마저도 홀라당
자기 주머니에 쑤셔넣은 도둑놈들을
영웅이라 우겨 도처에 동상이 우상이지.
이왕에 직업으로 도둑질을 할 바에야
치사하게 좀도둑으로 만족할 건 뭔가?

지구 전체, 아니, 우주마저 몽땅 집아삼켜
인간을 초월하는 도둑신은 왜 못 노리는가?
그래야만 참으로 진정한, 영원불멸 영웅!

오오, 말세!
영원히 말종들의 천국이여!

2020. 10.28.

그 알량한 돈봉투

그 알량한 돈봉투에 휘둘린다면
그걸 어찌 사람이라 하겠느냐? 라고
예전에는 웬만한 지조의 사람은 모두
혀를 끌끌 차며 아예 절교해 버렸다는데,
요즈음은 역시 세상이 거꾸로 돌아가니
법률전문가 국장이라는 자마저
뻔뻔하기 천하제일, 냉정 침착 당당하게
그 알량한 돈봉투 마구 나누어주었다니,
그것도 수십 명 법률전문가들에게!

그러니까 돈봉투란 알량한 게 아니라
귀신조차 자기 멋대로 부릴 수 있는
무시무시한 만능 도깨비 방망이라는데,
바로 이 천하에 공개된 비밀정보를
지조나 조지나, 절개나 개절이나 뭐든지
와글와글 떠들기만 하다 허송세월하는
오합지졸만 모르거나 모른 척했으니,
세상이 요모양 요꼴인 게 뭐가 이상한가?

전문가란 전문적으로 거짓말만 하고
게다가 남의 등만 쳐 먹는 자의 아호,
개돼지란 돈봉투 쓰나미에 떠밀려
도살장으로 줄달음치는, 뇌도 심장도
개념도 없는 먹잇감들의 별칭인가?

그 정답을 제일 잘 아는, 아니, 독점하는
그들은 역시 최고 전문가들일 터이니,
세상은 이래저래 여전히 요지경이지.
오가는 돈봉투 속에 샘솟는 무한권력!
난무하는 돈봉투 아래 압사, 질식사하는
아아, 자유, 평등, 평화, 행복!
희망의 나라는 도대체 어디 있는가?

2020.11.23.

황제가 뭐 별거냐?

만세! 만세! 황제 폐하 만만세!
악몽 속에 천둥치는 저 환호성은 무엇인가?
천년 왕국을 꿈꾸던 수많은 황제들 중에
천년 만 년은커녕 단 백년이나마
천수를 누린 자가 과연 있었던가?

황제는 죽은 뒤에도 여전히 황제, 영웅,
얼빠진 무리가 숭배하는 우상이 될까 말까,
하지만 그가 휘날리던 깃발 아래
어이없이 쓰러진 무수한 장병들,
그들은 고작 황야의 한줌 흙일뿐인가?

꽃이란 피면 시들어 떨어지게 마련이지.
제아무리 천하 없는 권력이라 한들
아침에 피었다가 저녁에 속절없이 지는,
그늘진 화단 꽃 한송이와 뭐가 다른가?

만세! 만세! 황제 폐하 만만세!
영혼마저 팔아먹은 어중이떠중이 군중,

죽지 못해 로봇처럼 운직이는 노예 군상,
그들이 목청 터져라 아무리 외쳐댄들
황제의 옥체 역시 한낱 고깃덩어리일 뿐,

마지막에 그 무슨 단말마의 비명이라도
내지르든 말든, 침묵 속에 굳어지든
흙에서 솟아나 흙으로 돌아가는 것,
기껏해야 그보다 더할 게 무엇인가?

2020.11.23.

난파선 월세호

전대미문 허리케인이 휘몰아 닥치는 판에
의지할 데 하나 없는 망망대해,
돛대는 두 동강 나고 밑바닥은 구멍 뚫려
속수무책 침몰하는 난파선 월세호를 보라.

사람 살려! 살려줘요 제발!
무수한 생령이 아우성, 애소에 읍소한들
내로남불 교주라 큰소리치던 선장이야
어느 시궁창에 뒹굴던 바퀴벌레 화신인듯
나 홀로 살겠다고 일찌감치 줄행랑이라.

출항할 때는 세계 굴지의 고급 여객선이
어쩌다가 망쪼 들어 난파선이 될 줄이야!
월세나 전세나 셋방살이 고달프긴 매일반,
멋모르고 배에 탄 게 기어코 죽을죄인가?
그 배에서 태어난 아기들은 무슨 죄인가?

파도가 미운들 바다를 원망한들, 오호라!
난파선 월세호는 하염없이 해저로! 해저로!

바다는 아랑곳없이, 태초와도 변함없이
파도만 밀고 밀리고 부수고 부서질 뿐이라.

세월이야 원래 무심하니 그렇다 치고,
월세란 모질기만 하니 죽어도 참아야 하나?
참다 못해 죽는 판에 비명조차 틀어막나?
오호라! 역사의 파도는 누구를 위하여
오늘도 끊임없이 출렁거리고 있는가?

2020.12.2.

그 시절 우리 정열은 어디로 갔나?

머리가 깨진들 온몸이 부서져 가루 된들
기어이 일으켜 세우려던 깃발이 있었지.
자유의 깃발, 민주의 깃발,
평등의 깃발, 정의의 깃발,
그 깃발은 어디로 갔나?
어느 검은 손이 찢어서 버렸나?

그 아래 비록 숨을 거둔다 해도
그것이야말로 행복이라 믿었던 시절,
활화산보다 세차던, 용암보다 더 뜨겁던,
그 시절 우리 정열은 어디로 갔나?
토사구팽 미끼나 입질하다가 고작
모래밭에 스스로 자지러지고 말았나?

아, 지난 날이란 신기루의 비누방울인가?
회상이란 하염없는 담배 연기인가?
제아무리 삶이 공수래공수거라 해도
오늘, 지금, 바로 이 땅 위에서 숨쉬며
살아가고 있는 너, 나, 바로 우리들이

어찌 마냥 무기력한 허깨비일 뿐인가?

목이 달아난들 심장이 터진들
너도 나도 나서서 앞을 다투어
외치고 또 외쳐야만 할 그 진리가
이 땅에는 과연 발붙일 수가 없는가?

자유의 이름으로 싹트는 진리,
민주의 이름으로 퍼지는 진리,
평등의 이름으로 무르익는 진리,
정의의 이름으로 추수하는 진리,
그 진리는 어디로 갔단 말인가?

돌아보면 볼수록 더욱 그리워지는
그 시절 우리 정열과 함께 진리마저
맥없이 자취를 감추고 말았는가?
건전한 상식은 어디로 갔나?
보통사람 양심은 어디로 갔나?
대답할 자격이 정녕 아무도 없는가?

2020.12.20.

이 동 진 작 가 연 보

이동진 작가 연보

1945년	황해도 신천군 남부면 비봉리 출생
1948년	서울 거주(영등포구 상도동)
1950년	대구 거주(대명동 피난민촌)
1952년	대구 복명초등학교 입학
1955년	서울 강남초등학교 전학(상도동)
1961년	경기중학교 졸업(2월)
	시 〈나는 바다로 가지 않을 테야〉 발표(2월, 교지 "경기" 제2호)
1964년	성신고등학교 (小신학교) 졸업
1964년	가톨릭대학 (신학교) 철학과 입학
1965년	성균관대학교 영문과 2학년 편입
1966년	서울대 법과대학 법학과 입학
	시 〈'앙젤루우즈'를 울리라는〉 발표, 서울대 교지 大學新聞 (8.29.)
	시 〈갈색 어항 속의 의식〉 발표, 대학신문(11.7)
1967년	단편소설 〈위선자, 그 이야기〉 발표(10월, 법대 교지 Fides)
	시 〈10월의 대지−광시곡 1〉 발표, 대학신문(10.2.)
1968년	단편소설 〈최후 법정〉 발표(2월, Fides)
	학훈단 (R.O.T.C.) 간부 후보생(3월)
	『가톨릭시보』 현상문예작품모집 시 당선(10월)
1969년	시 〈韓의 숲〉 발표(현대문학 5월호)
	제2회 외무고시 합격(6월)
	학훈단 (R.O.T.C.) 간부 후보생, 폐결핵으로 제적(8월)
	외무부 근무 개시 (9월, 외무사무관)
	시 〈눈물〉 발표, 대학신문(6.2.)
	시 〈지혜의 뜰〉 발표, 대학신문(9.1.)
	시 〈비극의 낙엽을 쓸어내는 시간〉, 대학신문(12.15.)
	제1 시집 《韓의 숲》 발간(12월, 지학사)
1970년	〈현대문학〉 시 추천 3회 완료로 등단(2월, 추천위원 박두진)

서울대 법과대학 법학과 졸업(2월)

서울대 경영대학원 입학(3월)

월간 상아(象牙) 창간, 편집장(6월, 발행인: 나상조 신부)

1971년 월간 상아 폐간(2월, 발행인이 교회 내부 사정으로 사퇴)

극단 〈상설무대〉 창단, 극단 대표(3월)

제2 시집 《쌀의 문화》 발간(5월, 삼애사)

희곡 〈베라크루스〉 공연 (6월, 극단 상설무대, 혜화동 소재 가톨릭학생회관)

희곡 〈써머스쿨〉 공연(11월, 극단 상설무대, 가톨릭학생회관)

1972년 주일대사관 근무(2등서기관, 영사)

희곡 〈금관의 예수〉 공연(2월~3월, 극단 상설무대)

– 서강대학교 캠퍼스 야외 초연(2월), 서울 드라마센터 공연 이후

1개월간 전국 순회공연 실시

– 관련 기사 : 가톨릭시보(3.12.), "풍자극 금관의 예수, 위선적

그리스도인을 질책", 유치진 연극평 "간결해도 깊은 우수작,

격하돼가는 교회 신랄히 비판"

극단 〈상설무대〉 해산(12월)

1976년 외무부 아주국 동북아2과 근무(2월, 외무서기관)

장편소설 《그림자만 풍경화》 출간(11월, 세종출판공사)

1977년 희곡집 《독신자 아파트》 출간(3월, 세종출판공사)

희곡 〈카인의 빵〉 공연(6월, 충남대 한밭극회)

희곡 〈독신자 아파트〉 공연(12월, 강원대 극단 영그리 26)

1978년 외무부 법무담당관(3월), 행정관리담당관(9월)

제3 시집 《우리 겨울 길》 출간(3월, 신서각)

번역 《나를 찾아서》 출간(9월, 웨인 W. 다이어, 자유문학사)

번역 《버찌로 가득 찬 세상》 출간(12월, 에마 봄베크, 자유문학사)

기증: 극단 "연우무대"에 연극관련 외국어 서적 200여권 기증(12월)

1979년 번역 《미래의 확신》 출간(1월, 허먼 칸, 자유문학사)

제4 시집 《뒤집어 입을 수도 없는 영혼》 출간(1월, 자유문학사)

희곡 〈자고 니러 우는 새야〉 발표 (1월, 심상사, 별책 부록)

인터뷰: 경향신문(1.10.), "시집, 희곡집, 번역서 등 출간"

희곡 〈배비장 알비장〉 공연 (3월~4월, 극단 민예, 이대 앞 민예극장)

인터뷰: 일간 스포츠(4.21.), 선데이 서울(5.6.)

희곡집 《당신은 천사가 아냐》 출간(3월, 심상사)

희곡집 《참 특이한 환자》 출간(3월, 심상사)

주이탈리아 대사관 근무 (4월, 참사관)

번역 《왜 사는가 왜 죽는가》 출간(9월, 죤 포우웰, 자유문학사)

1980년	제5 시집 《꿈과 희망 사이》 출간(5월, 심상사) 번역 《하느님, 오, 하느님》 출간(8월, 존 포우웰, 지유문학사)
1981년	이탈리아어로 번역된 시 5편 특집 게재(문학 및 정치평론 월간지 L'Osservatore Politico Letterario, 1월호) – 관련 기사: 한국일보 및 일간스포츠(2.27.); 서울신문 및 경향신문(3.3.); 조선일보(3.5.); 문학사상 4월호 제6 시집 《Sunshines on Peninsula》 출간(3월, Pioneer Publishing Co., LA) 번역 《왜 사랑하기를 두려워하는가》 출간(4월, 존 포우웰, 자유문학사) 국제극예술협회(I.T.I.) 마드리드 총회, 한국대표단 참가(6월) 이탈리아 시인 쥬세페 롱고(Giuseppe Longo)의 시 5편 번역 발표 (심상, 7월호) 기행문집 《천사가 그대를 낙원으로》 출간(이탈리아 및 유럽 기행문집, 9월, 우신사) 주바레인 대사관 근무 (9월, 참사관) 개인 영어 시화전 개최 (10월, 장소: 로마 Galleria Astrolabio Arte)
1982년	인터뷰 : 바레인 영어일간지 Gulf Daily News(6.2.), 영역 시 3편 게재 번역 《악마의 사전》 출간(9월, 앰브로즈 비어스, 우신사) 번역 《교황님의 구두》 출간(11월, 모리스 웨스트, 우신사) 바레인 시인 이브라힘 알 아라예드(Ibrahim Al Arrayed) 대사의 詩論 "컴뮤니케이숀의 단계, 시인과 수학자" 번역 발표(심상, 11월호)
1983년	사우디 아라비아 시인 가지 알고사이비(Ghazi A.Algosaibi) 대사의 시집 "동방과 사막으로부터" 번역 발표(심상, 4월호.) 번역 《악마의 변호인》 출간(6월, 모리스 웨스트, 우신사) 제7 시집 《신들린 세월》 출간(7월, 우신사)
1984년	단편소설 〈자유의 대가(代價)〉 발표(주부생활, 3월호) 희곡 〈배비장 알비장〉 공연(12월, 극단 노라)
1985년	제8 시집 《Agony with Pride》 출간(1월, Al Hilal Middle East Co.,Ltd., Cyprus) – 관련 기사: 코리아 헤랄드(2.20.), 코리아 타임즈(2.26.) 인터뷰: 경향신문(3.15.), 조선일보(3.19.) 단편소설 〈허망한 매듭〉 발표(소설문학, 2월호) 단편소설집 《로마에서 띄운 작은 풍선》 출간(5월, 자유문학사) – 관련 서평: 주간 조선(10.13.) 사진집 〈Rhapsody in Nature〉에 영역 시 10편 발표(9월, 서울국제출판사) 인터뷰: 소설문학(10월호), "외교관 작가" 번역 《예수님의 광고술》 출간(11월, 브루스 바톤, 우신사)

1986年   번역 《매디슨카운티의 추억》 출간(2월, 제이나 세인트 제임스, 문학수첩)
번역 《장미의 이름으로》 출간(3월, 움베르토 에코, 우신사, 국내 최초 번역)
하버드대 국제문제연구소 연구원(Fellow), 외무부 파견 연수(6월)
제9 시집 《이동진 대표시 선집》 출간(8월, 동산출판사)
제10 시집 《마음은 강물》 출간(8월, 동산출판사)
제8 시집 《Agony with Pride》 국내 출간(8월, 서울국제출판사)
번역 《이탈리아 민화집》 출간(10월, 이탈로 칼비노, 샘터사)
번역 《덴마크 민화집》 출간(12월, 스벤트 그룬트비히, 샘터사)
번역 《하느님의 어릿광대》 출간(12월, 모리스 웨스트, 삼신각)

1987年   뉴질랜드 시인 루이스 존슨(Louis Johnson) 의 시 5편 및 미국 여시인
패트리셔 핑켈(Patrisia Garfingkel)의 시 7편 번역 발표(심상, 2월호)
주네덜란드 대사관 근무(6월, 참사관)
희곡 번역: 빌 C.데이비스 작, 매스 어필(Mass Appeal), 극단 바탕골
창단기념 공연(9월)

1988年   번역 《아버지에게, 아들에게》 출간(5월, 엘모 줌발트 2세, 삼신각)
인터뷰: 네덜란드 격월간지 Driemaster(5월호)
제11 시집 《객지의 꿈》 출간(8월, 청하사)
제12 시집 《담배의 기도》 출간(11월, 혜진서관)

1989年   영역 시 11편 발표(Korea Journal, 5월호, 7월호)
장편소설 《우리가 사랑하는 죄인》 출간(5월, 삼신각)
– KBS TV, 12부작 미니시리즈로 제작, 1990.8~10.방영, 1991.2. 재방영
인터뷰 특집: 주간조선(8.6.), “인간 내면과 공직 수행”
중편소설 《암스텔담 공항》 발표 (민족지성, 10월호)
중편소설 《펭귄과 갈매기의 대화》 발표 (민족지성, 12월호)
희곡 〈금관의 예수〉, 한국 희곡작가 협회, “1989년도 연간 희곡집”에 수록

1990年   제13 시집 《바람 부는 날의 은총》 출간(1월, 문학아카데미)
주일 대사관 근무 (3월, 총영사)
번역 《무자격 부모》 출간(5월, 삼신각)
번역 《중국 황금살인 사건》 출간(7월, 로베르트 반 훌릭, 삼신각)
대담 특집 : 일본 마이니찌 신문 논설부위원장과 대담(언론과 비평, 8월호)
인터뷰 특집: 일본의 인기가수 아그네스 챤이 취재 (일본 월간지
“家庭の友”, 10월호)
인터뷰: 시사 저널(10.4.), “우리가 사랑하는 죄인 소설의 원작자”
– 관련 기사: 일간스포츠(8.2.); 조선일보(8.22.); 국민일보(9.2.)
장편소설 《민주화 십자군》 출간(11월, 삼신각)
제14 시집 《아름다운 평화》 출간(12월, 언론과 비평사)
희곡 〈베라크루스〉, 한국 희곡작가 협회, “1990년도 연간 희곡집”에 수록

1991년 희곡 〈베라크루스〉 발표(월간 민족지성 1월호)
인터뷰: 일본 일간지 東洋經濟日報 (7.26.)
희곡집 《누더기 예수》 출간(8월, 동산출판사)
– 관련 기사: 동아일보(8.8.), "희곡 금관의 예수 원작자"; 가톨릭신문(9.1.)
인터뷰: 국민일보(8.17.), "문화 외교, 희곡 금관의 예수";
일간스포츠(8.19.) ; 코리아 타임즈(8.22.)
번역 《꼬마 호비트의 모험》 출간(8월, J.R.R.톨키엔, 성바오로출판사)
주벨기에 대사관 근무(9월, 공사)
번역 《귀향》 출간(11월, 앤 타일러, 삼신각)
번역 《이런 사람이 무자격 부모다》 출간(12월, 수잔 포워드, 삼신각)

1992년 세계시인대회 (벨기에 리에쥬), 한국대표로 참가(9월)
– 주제 발표:한국 시의 현황
번역 《성난 지구》 출간(10월, 아이작 아시모프, 삼신각)
번역 《마술반지(1)》 출간(11월, J.R.R. 톨키엔, 성바오로출판사)

1993년 번역 《꼬마 호비트의 모험》 출간(2월, 톨키엔, 성바오로출판사)
인터뷰: 국민일보(2.2.), "문화 알려야"
국방대학원 안보과정, 외무부 파견 연수(2월)
– 논문 "미국 신행정부의 대한 외교정책 연구" 발표
인터뷰: 주간조선(3.4.), "외교관 시인"
제15 시집 《우리가 찾아내야 할 사람》 출간(3월, 성 바오로 출판사)
인터뷰 특집: 월간 퀸(4월호), "금관의 예수 원작자"
인터뷰: 스포츠서울(8.4.), "현직외교관 47권 출간"
인터뷰: 주간여성(8.26.), "이런 남자"
외무부 외교안부연구원 근무(12월, 연구관)

1994년 번역 《숨겨진 성서 1, 2, 3(전 3권)》 출간(1월, 3월, 윌리스 반스토운,
문학수첩)
번역 《마술반지(2)》 출간(1월, 톨키엔, 성바오로출판사)
수필 〈동숭동 캠퍼스의 추억과 나의 길〉 발표(1월, 서울대 법대 동창
수상록(2) 하늘이 무너져도 정의는 세워라, 경세원)
번역 《희망의 북쪽》 출간(2월, 존 헤슬러, 우리시대사)
번역 《일본을 벗긴다》 출간(5월, 가와사키 이치로, 문학수첩)
번역 《Starlights of Nirvana》(석용산 시선집 "열반의 별빛") 영역 출간
(12월, 문학수첩)

1995년 번역 《지상 60센티미터 위를 걸으며》 출간(3월, 미국 시인협회 회장
제노 플래티 시집, 책만드는 집)
대구시 국제관계 자문대사(4월)
중편소설 〈추억의 유전〉 발표(계간 작가세계, 95. 여름호)

번역 《공포 X 파일》 출간(7월, 추리단편선, 문학수첩)
번역 《괴기 X 파일》 출간(7월, 추리단편선, 문학수첩)
제16 시집 《오늘 내게 잠시 머무는 행복》 출간(10월, 문학수첩)
칼럼 연재 : 동아일보, "이 생각 저 생각" 주간연재(1월~4월)
매일신문, "매일춘추" 주간연재(5월~6월)
주간 불교, "세간과 출세간 사이" 주간연재(6월)
라디오 대담: MBC-FM, "여성시대"(11.25. 사회: 손숙)

1996년   번역 《에로 판타지아 1, 2 (전2권)》 출간(1월, 단편소설집, 문학수첩)
번역 《매디슨 카운티의 다리, 그 추억》 출간(2월, 제이나 세인트 제임스, 문학수첩)
라디오 대담: KBS 제2라디오(2.1.), "한밤에 만난 사람 대담"(사회: 박범신)
교통방송(2.27.), "임국희 대담, 라디오광장"
번역 《학교에서 일어나는 폭력문제》 출간(3월, 단 올베우스, 삼신각)
주나이지리아 대사 부임(3월), 주시에라 레온, 주카메룬, 주챠드 대사(겸임)
시집 〈Agony With Pride〉 서평, 나이지리아 일간지 The Guardian(10.14.)
시 "1달러의 행복" 영역 발표, 나이지리아 일간지 The Guardian(12.19.)

1998년   시 "1달러의 행복" 발표(월간조선, 2월호)
제17 시집 《1달러의 행복》 출간(4월, 문학수첩)
제18 시집 《지구는 한방울 눈물》 출간(4월, 동산출판사)
– 관련 기사: 중앙일보(4.28.), "현직 외교관이 펴낸 두 권의 시집"
가톨릭신문(5.17.), "일상 소재 121편 소박한 시 담아"
중앙일보(7.9.), "한국문학 세계로 날갯짓"
한국일보(7.15.), "한국문학 유럽에 번역 소개"
해누리기획 출판사 공동 설립에 참여(9월)
번역 《예수 그리스도 제2복음》 출간(12월, 조제 사라마구, 문학수첩)

1999년   외교통상부 본부 대사(1월)
번역 《바로 보는 왕따: 대안은 있다》 출간(2월, 단 올베우스, 삼신각)
희곡 《Jesus of Gold Crown》(금관의 예수) 영역 출간(3월, Spectrum Books Ltd., Nigeria)
기행문집 《아웃 오브 아프리카》 출간(8월, 모아드림)
– 관련 인터뷰: KBS제1라디오 (8.28.); KBS 라디오, 봉두완 (8.30.);
SBS라디오(8.31.); SBS라디오 이수경의 파워(9.5.)
제19 시집 《Songs of My Soul》 출간(10월, Peperkorn Edition, Germany)
번역 《The Floating Island》(김종철 시선집 "떠도는 섬") 영역 출간(12월, Peperkorn Edition, Germany)
희곡 〈딸아, 이제는 네 길을 가라〉 발표(화백문학 제9집, 99년 하반기호)
라디오 대담: 이케하라 마모루(맞아죽을 각오로 쓴 한국, 한국인 저자)와

한일관계 대담 1시간, 기독교방송(8.13.)

칼럼 연재: 가톨릭신문, "방주의 창"(9월~12월)

인터뷰: 중앙일보(11.4.), "이득수 교수 공동 인터뷰",

조선일보(11.8.), "한국시 라틴문학론으로 포장해 유럽수출",

동아일보(11.9.), "한국문학 유럽에 소개; 교수-대사 의기투합"

2000년　평저 《에센스 삼국지》 출간(2월, 해누리출판사)

번역 《The Sea of Dandelions》(이해인 시선집 "민들레의 바다") 영역
출간(2월, Perperkorn Edition, Germany)

번역 《아담과 이브의 생애》 출간(5월, 고대문서, 해누리출판사)

대담: 평화방송 TV (6.26.), 방영 1시간, 김미진 대담, 5회 방영

인터뷰: KBS라디오(6.29), 방송 40분, 2회 방송, "나의 삶, 나의 보람",
최영미 아나운서 대담

외교통상부 퇴직(7월)

– 관련 기사: 매일신문, 연합통신, 대한매일, 한국일보(6.26.),
뉴스피플(6.28.), "자동퇴직에 항의"

번역 《예수의 인간경영과 마케팅 전략》 출간(10월, 브루스 바톤,
해누리출판사)

번역 《예언자》 출간(10월, 칼릴 지브란, 해누리출판사)

2001년　해누리출판사 인수, 발행인(1월)

번역 《걸리버 여행기》 출간(1월, 조나탄 스위프트, 해누리출판사)

희곡 〈가장 장엄한 미사〉 발표(화백문학 제11집, 2001년 상반기 호)

번역 《제2의 성서, 신약시대, 구약시대(전 2권)》 출간(9월, 해누리출판사)

장편소설 《외교관 1, 2 (전 2권)》 출간(9월, 우리문학사)

– 관련 기사: 조선일보, 중앙일보, 세계일보(8.31.), "소설 외교관 출간,
외교부 인사정책 비판"; 동아일보(9.1.), "말, 말, 말"(소설 외교관 인용)

인터뷰: MBC 라디오 "MBC초대석 차인태입니다"(9.29.)

2002년　번역 《권력과 영광》 출간(4월, 그레이엄 그린, 해누리출판사)

번역 《이솝 우화》 출간(7월, 해누리출판사)

번역 《사포》 출간(10월, 알퐁스 도데, 해누리출판사)

번역 《군주론; 로마사 평론》 출간(12월, 마키아벨리, 해누리출판사)

수필 〈나는 부자아빠가 싫다〉 등 8편 발표(12월, 국방부 "마음의 양식"
제80집)

2003년　번역 《짜릿한 넘 하나 물어와》 출간(4월, 동화집, 해누리출판사)

특강: "21세기 문화의 흐름", 추계예술대학(4.9.)

월간 〈착한 이웃〉 창간, 발행인(5월)

– 노숙자 등을 무료로 치료하는 〈요셉의원〉 돕기 활동, 2008년 4월까지
잡지 발행, 매년 연말에 자선미술전 개최, 수익금 전액 기증

번역 《新 군주론》 출간(7월, 귀차르디니, 해누리출판사)
제20 시집 《개나라의 개나으리들》 출간(9월, 해누리출판사)

2004년　번역 《Sunlight on the Land Far From Home》(홍윤숙 시선집
"타관의햇살") 영역 출간(1월, Perperkorn Edition, Germany)
편저 《동서양의 고사성어》 출간(3월, 해누리출판사)
편저 《동서양의 천자문》 출간(4월, 해누리출판사)
번역 《세상의 지혜》 출간(4월, 발타사르 그레시안, 해누리출판사)
장편소설 《사랑은 없다》 출간(12월, 해누리출판사)

2005년　번역 《주님과 똑같이》 출간(3월, 성 샤를 드 푸코 일기, 해누리출판사)
편저 《세계명화성서, 신약, 구약(전 2권)》 출간(5월, 해누리출판사)
제15회 한국가톨릭 매스컴상, 출판부문상 수상 (12월)

2006년　번역 《아무도 모르는 예수》 출간(3월, 해누리출판사)

2007년　편역 《세계의 명언 1,2(전 2권)》 출간(1월, 해누리출판사)
서평: 《세계의 명언》, 배인준 칼럼, 동아일보(2.27.)
인터뷰 특집: "우리들의 '착한 이웃' 이동진 시인", 글 박경희, 방송문예(4월호)
특강: "이웃에게 봉사하는 삶", 레이크사이드 CC(5.7.)
제21 시집 《사람의 아들은 이렇게 말했다》 출간(6월, 해누리출판사)
번역 《링컨의 일생》 출간(8월, 에밀 루드비히, 해누리출판사)
번역 《천로역정》 출간(12월, 존 번연, 해누리출판사)

2008년　번역 《좋은 왕 나쁜 왕-帝鑑圖說》 출간(1월, 중국고전, 해누리출판사)
편저 《에센스 명화 성경-구약 1,2, 신약 1,2 (전 4권)》 출간(1월, 해누리출판사)
서평: "에센스 명화성경-구약 1,2, 신약 1,2 (전 4권) 발간", 가톨릭시보(2.17)
월간 《착한 이웃》 폐간(4월)
번역 《터키인들의 유머》 출간(8월, 해누리출판사)

2009년　제22 시집 《Songs of My Soul》 출간(11월, 해누리출판사)
제23 시집 《내 영혼의 노래-등단 40주년 기념시집》 출간(11월, 해누리출판사)
번역 《명상록》 출간(9월, 아우렐리우스, 해누리출판사)

2010년　번역 《성서 우화》 출간(1월, 중세 유럽 우화집 "Gesta Romanorum"의
국내 최초 번역, 해누리출판사)
《A Review of Korean History 1, 2, 3 (전 3권)》(한영우 저, "다시 찾는
한국역사") 영어 감수 및 일부분 영역, 출간(1월, 경세원)
번역 《365일 에센스 톨스토이 잠언집》 출간(7월, 톨스토이, 해누리출판사)

2011년　칼럼 연재: 원자력위원회 회보 "원우"(1월~12월)
일본 일간지에 이동진 소개 칼럼: "브랏셀의 가을", 글 오이카와 고조.
日本經濟新聞(3.2.)

2012년	인터뷰 특집: "책벌레 외교관 30년, 책장수는 내 운명", 일간 아시아경제(9.11)
	인터뷰 특집: "출판사대표가 된 전직 대사 이동진". 기아자동차 사보 "마침표"(12월호)
2014년	번역 《Rose Stone in Arabian Sand》(신기섭 시집 "사막의 장미) 영역 출간(3월, 해누리출판사)
	편저 《영어속담과 천자문》 출간(8월, 해누리출판사)
	제24 시집 《개나라에도 봄은 오는가》 출간(12월, 해누리출판사)
2015년	대화마당 "공영방송, 국민의 기대와 KBS의 현실"에 질문자로 참여 (5.16~28., 주최 KBS이사회)
	편저 《영어속담과 고사성어》 출간(7월, 해누리출판사)
	번역 《성공 커넥션》 출간(12월, 제시 워렌 티블로우, 이너북)
2017년	제25 시집 《굿 모닝, 커피!》 출간(12월, 해누리출판사)
	번역 《영어속담과 함께 읽는 세상의 지혜》 출간(2월, 발타사르 그라시안, 해누리출판사)
2018년	번역 《역사를 바꾼 세계 영웅사》 출간(7월, 해누리출판사)
2019년	번역 《세상을 어떻게 이해할 것인가》 출간(1월, 니체, 해누리출판사)
	번역 《1분 군주론》 출간(8월, 마키아벨리, 해누리출판사)
	제26 시집 《얼빠진 세상–등단 50주년 기념시집》 출간(12월, 해누리출판사)
2020년	제27 시집 《얼빠진 시대–등단 50주년 기념시집》 출간(4월, 해누리출판사)
2021년	평역 《한 권으로 읽는 밀레니얼 삼국지》 출간(7월, 해누리출판사)
	인터뷰: "칠십 평생 직업만 다섯 개, 이동진 전 대사가 사는 법", 조선일보(4.24.)
	제28 시집 《얼빠진 나라–등단 50주년 기념시집》 출간(11월, 해누리출판사)

찾아보기

—시 가나다순

시, 가나다순

사